[中国新文学发展史研究丛书]

消费浪潮与文学潜流

——新世纪文学（1997—2012）研究

常 立著

浙江工商大学出版社
ZHEJIANG GONGSHANG UNIVERSITY PRESS
·杭州·

图书在版编目（CIP）数据

消费浪潮与文学潜流：新世纪文学（1997—2012）研究 / 常立著. — 杭州：浙江工商大学出版社，2020.1（2020.12 重印）

（中国新文学发展史研究丛书 / 高玉主编）

ISBN 978-7-5178-3510-3

Ⅰ. ①消… Ⅱ. ①常… Ⅲ. ①中国文学 – 当代文学 – 文学研究 – 1997–2012 Ⅳ. ① I206.7

中国版本图书馆 CIP 数据核字 (2019) 第 224684 号

消费浪潮与文学潜流——新世纪文学（1997—2012）研究

XIAOFEI LANGCHAO YU WENXUE QIANLIU——XIN SHIJI WENXUE (1997—2012) YANJIU

常　立著

策划编辑　郑　建
责任编辑　徐　凌
封面设计　王　辉　张俊妙
责任印制　包建辉
出版发行　浙江工商大学出版社
（杭州市教工路 198 号　邮政编码 310012）
（E-mail: zjgsupress@163.com）
电话：0571-88904980，88831806（传真）
排　　版　庆春籍研室
印　　刷　杭州高腾印务有限公司
开　　本　710mm×1000mm　1/16
印　　张　21.25
字　　数　326 千
版 印 次　2020 年 1 月第 1 版　2020 年 12 月第 2 次印刷
书　　号　ISBN 978-7-5178-3510-3
定　　价　52.00 元

总 序

当今文学教育主要是通过文学史来完成的，本科教育是这样，研究生教育也是如此。在学科分类和学术研究中，文学史都是文学中最重要的内容，没有之一。在某种意义上，文学史涵盖或牵涉所有的文学现象和理论问题，所以不论是学术研究还是教材编写，文学史都将是说不完的话题，文学史作为教材“常编常新”，作为学术“常研究常新”。

大约从 2008 年起，我和同事们有意编一套中国现当代文学史教材，并且希望有所突破和创新。这种突破和创新不仅体现在教材内容上，也体现在体例上。我们也希望这能对中国现当代文学的教学改革有所推进，避免各种陈陈相因。我发现，很多教材之所以陈陈相因，很重要的一个原因是编纂者缺乏对他书写内容的深入研究，因而多是人云亦云，甚至以讹传讹。我们最大的努力就是把教材编写建立在研究的基础上，以此希望能够提供一些新鲜的东西，于是就有了“中国新文学发展史研究丛书”这个项目，并于 2015 年申请浙江省高校人文社科重大攻关项目，获得通过（编号 2014GH006）。

需要特别说明的是关于中国现当代文学（或“新文学”）“时间段”划分及其模式的问题。虽然说中国新文学发展至今只有一百余年的历史，就时间而论其无法与古代几千年的文学史相提并论，但这百余年与古代的任何一百年都不一样，就其发展演变的复杂性、内容的丰富性（如涉及的材料、文学现象、文化背景的交融等）、矛盾的多重性（古 / 今、中 / 外、城 / 乡、传统 /

现代等）、作家作品数量上的巨大性（21世纪以来，仅每年出版的长篇小说，就达数千部之多）等特征而论，它是全新的类型和品质，所以中国现当代文学史与古代断代文学史式的简单叙述不同，需要一种新的研究方式。

同时，百年来的新文学本具有一体性，把它简单地划分为中国现代文学与中国当代文学，在20世纪80年代是适合的，在今天则完全不合适了，最重要的原因就是内容上的严重不平衡。现当代文学史在发展上是“自由落体运动”式的，也即文学现象特别是作品在量上是以“加速度”的形式增加的，90年代以来的中国文学“密度”很大，内容非常丰富且复杂，但在文学史的版图里却被“压缩”在非常有限的空间里。现代文学仅30年，而当代文学已有70年，且时间上还在向前延伸，这不仅在时间上不平衡，在内容上更不平衡。当代文学内部，由于内容的丰富性与复杂性，再加上巨大的差异性，笼统地研究中国现当代文学已经不可能，笼统地研究当代文学也不可能，因此，中国现当代文学研究也需要分工协作，需要分“时间段”来研究。

事实上，自晚清以来，新文学经历了多次转型，其中既有晚清以降传统向现代的新旧转型、中华人民共和国成立后“十七年”文学的当代转折，以及70年末80年代初的新时期裂变等这样具有“知识型”层面的大的转折，也有像五四时期新文学的发生发展、20—30年代的新文学繁荣、40年代初至1949年的文学发展的区域性分割、“文革”前后文学演变的反转、80年代文学的盛世想象、90年代文学的“大转型”等阶段性特征非常明显的时段。如此种种，使得以发展阶段为基础，对其特征进行深入、细致的“史”的研究，成为必要。中国现当代文学史研究既需要宏观的演变研究，也需要更为细致甚至琐碎的“横断面”的“解剖性”研究。

狭义的“中国现代文学”最初作为一个独立的学科有它的合理性，它意味着一种不同于过去三千年文学的新文学的开始，但随着新文学的发展，它越来越成为新文学的一个组成部分而不具有独立性，现代文学在实绩上的确具有巨大成就，伟大作家群星闪耀，但从文学史的角度来说，现代文学作为一个宏观时期越来越不合适，它甚至没有纯粹属于自己时代的作家，鲁迅、郭沫若、茅盾、巴金、老舍、曹禺等多跨两个时代，或者从晚清到民国，或者从现代到当代，没有跨越时间之外的叙述，这些作家都不可能是完整的。正是从“完整”的角度，本丛书专著“清末民初”文学一册。我相信，将百余年文学发展的自然时段作为分段的依据，这既是一种分期法和对约定俗成的文学现象的认知，也是一种新的文学史观的体现。这一体例既能有效避免在现代和当代之间人为强制地划定界限，避免对现代文学和当代文学中各自复杂性的化约，也能更为详细地梳理百年文学的纹理脉络，有利于我们更好地把握百年文学的历史走向。

高 玉

2019 年 10 月 23 日于浙江师范大学

目录

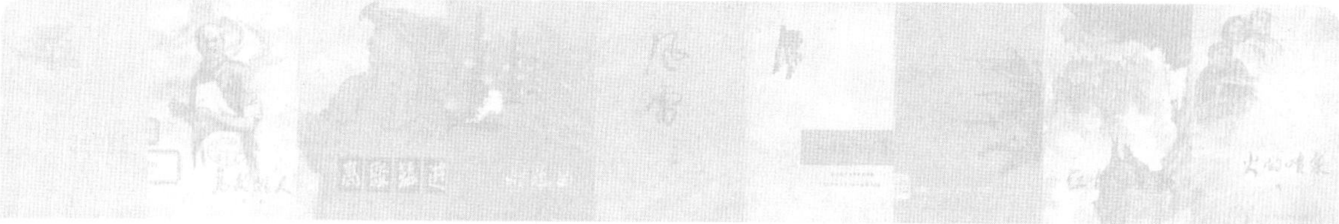

绪论

鲁迅创作与20世纪及新世纪文学

1918年5月，中国文学史上第一篇白话小说《狂人日记》在《新青年》上发表，鲁迅成为中国新文学运动的奠基人之一，他在中国现代文学史上的地位与成就毋庸置疑。但论及鲁迅对中国新世纪文学创作的实质性影响却颇有争议，一方面，不时有写作者被媒体人过誉为"当代鲁迅"（比如周筱赟、梁文道称"韩寒就是当代鲁迅"），另一方面，又有写作者断言："对于今天的写作而言，鲁迅也确无教育意义。"（韩东）[01] 对于置身于新世纪文学现场的我们来说，一个更值得关心的问题是：鲁迅的文学创作中究竟有什么东西值得当下乃至未来的写作者学习、借鉴和传承？

我们对新世纪文学的描述和论说，就从对鲁迅创作的回顾开始。

鲁迅

一、鲁迅创作的"文学家叙事"

日本汉学家竹内好认为，在鲁迅的诸多身份中，文学家是让鲁迅成为鲁迅的第一身份，思想家或革命家是附着于文学家之上的附属身份，作为文学家的鲁迅，给后来的文学爱好者和写作者以最多启迪[02]。郜元宝分析过鲁迅创作中文学与学术的分途现象，指出鲁迅的

[01] 朱文：《断裂：一份问卷和五十六份答卷》，《北京文学》1998年第10期，第29页。
[02] 竹内好：《近代的超克》，生活·读书·新知三联书店2005年版，第108页。

自我定位首要是文学家："鲁迅的文学，并非众多出路中的一条，而是否定了众多'出路'之后认定的唯一出路，唯一希望。这是鲁迅的'根本态度'，是作为文学家的他无可退避的立场。"[01] 作为鲁迅作品的读者，我们能接触和感知到的"文学家"，并非生活中的鲁迅，而是作品中的鲁迅，是我们可以从作品中推知的抽象人格，即文本的隐含作者。综观鲁迅的文学创作（包括杂文在内），这一隐含作者同时兼具三重人格——独立者、失败者和自觉者的人格特征。

首先，鲁迅在《文化偏至论》中推崇独立个体，"掊物质而张灵明，任个人而排众数"[02]，在《破恶声论》中盛赞"虽天下皆唱而不与之和"的"恶声"[03]，在《文艺与政治的歧途》中说："人类是欢喜看看戏的，文学家自己来做戏给人家看，或是绑出去砍头，或是在最近墙脚下枪毙，都可以热闹一下子。且如上海巡捕用棒打人，大家围着去看，他们自己虽然不愿意挨打，但看见人家挨打，倒觉得颇有趣的。文学家便是用自己的皮肉在挨打的啦！"[04] 这个宁愿"挨打"也不与恶政同流合污，却不被世俗尊重理解的"文学家"，正是普遍存在于鲁迅作品中的坚韧而悲壮的独立者，是"自在暗中，看一切暗"的"爱夜的人"（《夜颂》），是发出"救救孩子"呐喊的"狂人"（《狂人日记》）……独立者，指向人格的自我部分，涉及个人与社会环境的关系，具体到写作，则是对写作者的叙事立场的确定，文本发出的是个体的声音而非群体的和声。因其独立于政治权力和主流价值观，也独立于"因袭的重担"，独立者常常具有社会批判意识，用批判的眼光去审视现实生活，使文本呈现出文学所特有的对现实的反抗和违越。

鲁迅《狂人日记》
京华出版社2006年版

其次，鲁迅作品中作为独立者的隐含作者同时也是

[01] 郜元宝：《鲁迅六讲》，上海三联书店2000年版，第72页。郜元宝还指出：旨在发扬民族精神的文学和旨在发扬民族理性的学术，理论上可以并行不悖，实际上却经常相互抵牾，鲁迅本人也是严谨的学问家，他并非轻视学问本身，而是不满于现代中国学术背后隐藏的某种基本思想方法，特别是现代中国学术努力争取而实际上又注定争取不到的社会文化功能。（第63页）

[02] 鲁迅：《文化偏至论》，《鲁迅全集》第1卷，人民文学出版社2005年版，第47页。

[03] 鲁迅：《破恶声论》，《鲁迅全集》第8卷，人民文学出版社2005年版，第25页。

[04] 鲁迅：《文学与政治的歧途》，《鲁迅全集》第7卷，人民文学出版社2005年版，第121—122页。

失败者。狂人在发出“救救孩子”的“恶声”之后，却病愈并“赴某地候补”（《狂人日记》）；烈士为革命抛头颅洒热血之后，群众却拿馒头来蘸他的血治痨病（《药》）；青年时“到城隍庙里去拔掉神像的胡子”的进步人士，后来却蜕变为以教“子曰诗云”谋生的“教书人”（《在酒楼上》）；举起了投枪的“战士”却冲杀于“无物之阵”（《这样的战士》）；高歌“有我所不乐意的在你们将来的黄金世界里，我不愿去”的“影子”却只能茕茕孑立、独自远行（《影的告别》）；……失败者，指向人格的超我部分，涉及人格结构中代表理想和价值观的部分，具体到写作，是对写作乃至生活本身的自省，文本的叙事主体不会自我膨胀到扭曲世界本然或者盲目乐观到以为真理在握的地步。因其深省失败，故能深入人生的虚无之境，洞察人性的黑暗渊薮，使文本时常呈现出荒诞与奇诡之境、悲悯与绝望之情。

最后，鲁迅作品中作为失败者的隐含作者同时又是不屈不挠的自觉者。明知“前方，是坟”，但仍奋而前行（《过客》）；置身于悔恨与悲哀中但仍要“用遗忘和说谎做我的前导”默默前行（《伤逝》）；虽然寂然死去但是坟前终于平添出花环（《药》）；尽管“世上本没有路”却“于无所希望中得救”（《墓碣文》）；……自觉者，指向人格的本我部分，涉及作为文学家而生存所需的欲望、冲动和生命力，具体到写作，自觉者具有对文学可能性的信仰和对艺术持之以恒的追求，文本叙事首先为艺术负责而不是作为某一实用目的的工具。因其对艺术创造难以遏抑的内驱力和对艺术技巧的迷狂，文本具有精美的艺术形式和独特的艺术风格。

鲁迅《伤逝》
江苏凤凰文艺出版社
2015 年版

综上，鲁迅作品中的隐含作者兼具独立者、失败者和自觉者的三重人格特征：叙事立场独立不倚，具有批判意识；叙事主体反躬自省，具有悲悯情怀；叙事艺术推陈出新，具有独创性。此即鲁迅的“文学家叙事”，而这正是鲁迅对后来的写作者最具启发意义和长久价值之所在。

二、中国现当代文学史主流叙述中消隐的“文学家叙事”

基于“文学家叙事”的角度回顾和考察 20 世纪的中国文学史，

最直观的感受是“文学家叙事”在文学史主流叙述中的消隐而不是传承。

在苦难深重的社会环境和救亡图存的时代诉求中，中国现代文学从一开始就不是一个相对独立的存在，经世致用的实用思想为文学埋下了成为附庸和工具的种子，致力于艺术创造的文学自觉者很快就消隐了。1921 年周作人起草的《文学研究会宣言》表明了“为人生而艺术”的态度，强调了艺术的社会功用。虽然继而成立的并在观念上与文学研究会针锋相对的创造社极力标举“自我即是一切，一切即是自我”的独立个性，但其文学主张似乎更像是一时激情的产物而非受永恒回归的内在生命力的驱动，因而不久就宣告“别了，虚无的幻美”，独立者旋即变身为“标语人”、“口号人”、政治的“留声机器”。以上双方于 1928 年开始的革命文学论争，最终以握手言和并于 1930 年共同组织成立中国左翼作家联盟而告终。这也宣告了独立者和自觉者在主流文学史上的正式隐退。

周作人

1942 年毛泽东的《在延安文艺座谈会上的讲话》在《解放日报》上发表，之后，文学进一步被明确为“为工农兵服务”的工具，讲话宣布“和政治并行或互相独立的艺术，实际上是不存在的”。如此，文学的自觉者和独立者都被文艺标准规定为不合适与不合法的。与此同时，解放区的文学充满了一种新生的激动和对胜利及未来黄金世界美好生活的乐观情绪，那个忧患的、彷徨的失败者也不复存在了。1949 年后的中国文学延续着这种激动和乐观，但随着文艺运动的不断开展和政治色彩的日益浓郁，文学的发展逐渐走向了文学本身的反面，叙事立场上齐声合唱，叙事内容上讴歌光明，叙事形式上一元化，文学的主流成为否定文学的标语口号和样板文章，这一切最突出地表现于“文革”时期。

毛泽东《在延安文艺座谈会上的讲话》华东新华书店 1949 年版

20 世纪 70 年代末兴起的“反思文学”，终于又发出了属于文学的声音，但大多表现为集体的声讨而非个人的沉思。继而出现的“先锋文学”，再度勾勒出文学的独立者和自觉者的形象。

但是面对豁然敞开的广阔的西方文学世界，在欣欣向荣的文学前景的感召下，独立者渐而被自我的膨胀和对自我的深度迷恋俘获，导致“私文学”的无节制泛滥；文学自觉者也渐被繁复的文学形式与技巧所捆缚，导致“纯文学”曲高和寡；而失败者的自省和反思却在不断高涨的文学热情中付之阙如。

20 世纪 90 年代至 21 世纪以来，在消费文化日趋广泛和深入的影响下，文学逐渐远离政治的控制和推动，一方面出现了多元化的倾向，另一方面也走向了边缘化的境地。文学自身的影响迅速衰减，而沦为可以被“机械复制”的商品和不断逐“新”的时尚。“时尚作为一种历史现象的出现，与现代性有一个相同的主要特征：与传统的割裂以及不断逐新的努力”[01]，这与独立者的境地和自觉者的追求相仿，也是文学发展的题中应有之义。看起来时尚的独立者，不断努力表达自我的个性，“但是吊诡的是，越是这样做，似乎就越仅仅表达了抽象的非人格性”，其自我在机械复制和快速更迭中越来越稍纵即逝，“令人窒息的激情与致命毒性的无聊互相唱和”。[02] 时尚的独立者（如韩寒、郭敬明等）似乎刚刚离开政治的掌控，又迅速投入市场的怀抱，在商业包装和媒体助推之下，“独立”日益成为一种表演、一种姿态，而“独立者”也日益成为一种符号、一种品牌。文学的自觉者并不比独立者更为幸运，自觉者确实从一系列传统束缚（如高大全形象塑造原则、写实主义规范和为政治服务宗旨等）中解放出来，一如鲁迅当年从文言写作传统中开辟新路，但是又成为新机制（穿越、后宫、盗墓类型文学的套路，青春、校园、言情等类型文学的情调和为消费文化服务的宗旨）的奴隶。而失败者所固有的对写作及生活本身的警醒和反思，在物质诱惑和娱乐快感的双重夹击之下，更是远未到来。文学从政治的工具变成经济的工具，立足于文学本位的独立者、失败者和自觉者三位一体的“文学家”仍是被遮蔽和被忽略的存在。

“文学家叙事”在 20 世纪中国文学史主流叙述中消隐的原因大致有二：其一，政治形势和现实时局的影响。中国现代文学自萌芽始就背负上了救亡图存的使命，需要服务于现实的功利目的（使自觉者缺失），需要黄金世界的光明未来促其前行（使失败者缺失），需要集

[01] 拉斯·史文德森：《时尚的哲学》，北京大学出版社 2010 年版，第 13 页。
[02] 同上。

体的合力来推动历史进程（使独立者缺失）。其二，民族的深层集体心理作用。竹内好认为鲁迅不会产生于日本社会，即使产生也必不会成为被继承的传统，其原因在于，日本民族的深层集体心理中欠缺反思和自省，他们需要快速遗忘和不断前进，因而倡导反思和自省的失败者必被日本民众孤立[01]。与此相仿，中华民族的深层集体心理中也有不擅或不愿反思和自省的一面，鲁迅在《阿Q正传》中对此予以深刻的揭示，至今亦然，故失败者缺失；中国传统文化中也素来存在对个人不够重视的一面，因此鲁迅才借“狂人”之口说“难见真的人”，到处是“吃人”，才要倡导“立人”“立心”，这一任务至今尚未完成，故独立者缺失；中国文学传统讲求“文以载道”，以文学为工具谋稻粱、传训诫也有较为深厚的历史根基，文学本位观在作者和读者中均难以确立，故自觉者缺失。

鲁迅《阿Q正传》
人民文学出版社2014年版

三、个体文学写作中隐性传承的“文学家叙事”

文学史的主流叙述并不能描画文学创作的全部风貌，也不能涵盖丰富多态的文学生活，因而鲁迅的“文学家叙事”虽然在文学史主流叙述中难觅踪迹，但并未在真实的历史过程中完全消失，而是在若干作家的个体文学写作中隐性地传承并悄然前行着。之所以说这种传承是隐性的，是因为传承了“文学家叙事”的写作者中多数并不声明受到鲁迅影响（甚至有人声明从未受到鲁迅影响），他们也并未形成一种作家群落或者文学流派，这是一种发生于作家和作家之间、作家和作品之间神秘的影响与接续。我们只以文本的隐含作者是否兼具独立者、失败者和自觉者三重人格特征作为判断依据来检验文学作品，以判断该作者的写作是否可被称为“文学家叙事”的传承。我们不难发现一些作家可以作为这个“文学家叙事”链条上的具有代表性的结点，需要说明的是，穷尽所有的传承者是不可能的，也无此必要，因为相较于文学史主流叙述中为数众多且同声合唱的作家，这些独立发声、深刻自省、执着于艺术创造的“文学家叙事”的隐性传承者始终

[01] 竹内好：《近代的超克》，生活·读书·新知三联书店2006年版，第210页。

是名副其实的“少数派”，其代表性作家有穆旦、残雪、王小波、朱文、陈卫等。以下我们来简要考察这些传承者的作品。

穆旦的诗歌隐含作者始终在为人民写作和为自己写作的两极中往复徘徊，如“甜蜜的未生即死的言语”“游进混乱的爱底自由和美丽”（《诗八章》）。隐含作者孤独绝望的自我因“割裂”而“残缺”——“从静止的梦离开了群体”（《我》），他看穿了权力的把戏——“不管是神，是魔，是人，登上宝座……最后……人已多次体会了那苦果”（《神的变形》），还看穿了幻想、爱情、友谊、理想的虚无——“还有什么彩色留在这片荒原？”（《智慧之歌》）。而在晚年（1976 年），他却依然唱出了这样的诗意吟咏：“我愿意感情的热流溢于心间，来温暖这人生的严酷的冬天。”（《冬》）

穆旦

穆旦《穆旦自选诗集》天津人民出版社 2010 年版

穆旦并未直陈鲁迅创作对自己的影响，而残雪则在《艺术复仇》一书中坦陈鲁迅创作的影响力，她于此书中唯一提及的中国作家就是鲁迅。她认为“鲁迅是那个时代唯一达到新文学创作标准的人”，“《野草》到今天也是最好的新文学作品”，并称“除了鲁迅，我并不同中国大师对话”。而残雪本人遗世独立的另类写作也时常被论者拿来与鲁迅创作相比较，并以鲁迅所称道的“恶声”来指称。

王小波一生始终游离于文坛之外，更是以相对沉默的独立姿态旁逸斜出，创作出了最具殊异性的作品。这些作品既是对既存经典与写作规则的有意识的冒犯，又直接针对传统文化、社会心理、伦理道德、日常生活、阅读习惯等诸多方面，其中以《万寿寺》最具代表性。一个叫王二的历史学家，怀着对文学可能性的无上信仰，作为叙事者讲述了一个手稿记载的故事，同一故事，却反复讲述了 22 遍，每次叙事从方式到内容都迥然相异，又隐约相关，故事中的人物性格、关系设置、情节发展、逻辑因果一次又一次地被创造，而后被颠覆，再创造，再颠覆。叙事者于此想做的事，隐含了作者的艺术追求，即穷尽可能性。这正是鲁迅在《呐喊》《彷徨》《故事新编》《野

王小波

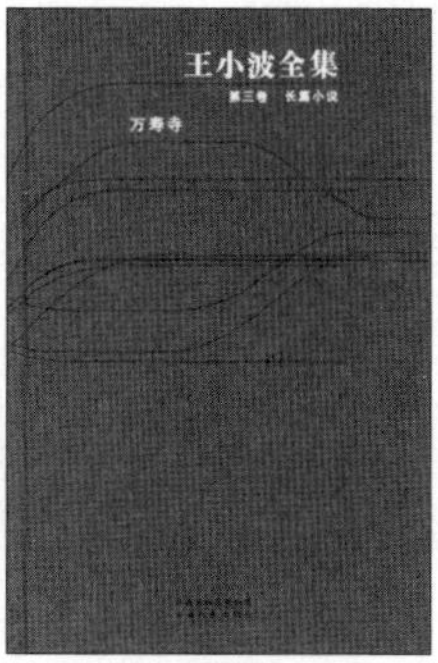

王小波《王小波全集：万寿寺》
云南人民出版社 2006 年版

草》中所尝试的艺术探索，也正是鲁迅内心想写而始终未开始书写的长篇小说——一本包罗万象、容纳一切的无限之书。隐含作者并未沉溺于无限的欣悦自得之中，而是始终保持着失败者的反思——“一本书不能容纳一切”。尽管如鲁迅《过客》中的长者所言“前方，是坟”，尽管如《万寿寺》的结局所言“一切都无可挽回地走向庸俗”，但是过客依旧前行，作者依旧重新开始讲故事，尽管他们知道自己是在与虚无对话，朝大海扔石子，推石头上山，播种于戈壁荒滩，冲杀于无物之阵，他们知道虚无缥缈，大海无垠，石头总是滚下来，沙漠寸草不生和无物之阵的寂寞，但是他们还是说、扔、推、播、冲、杀——这就是文学家之所以存在且生生不息的生命内驱力，这就是当下文学世界中难能可贵的独立者、失败者和自觉者。

朱文在对独立性的追求方面走得相当远，他和韩东于 1998 年发起以“断裂”为名的问卷调查，直陈鲁迅于己并无影响，但他们真正要与之“断裂”的并非文学传统，而是文学体制，成为体制外的写作者，是他们的独立姿态和自觉追求，而身处体制外被疏离的后果也为他们所深知，因而独立者、自觉者和失败者也常常成为其文本的隐含作者。朱文在小说《因为孤独》中写道：“我之所以把它写出来，更多的是因为我爱你们，爱那些和自己一样不得不来承受注定孤独的命运的人们。”孤独，是其小说叙事者的基本情绪状态——既不能融入集体，又不能融入环境，而且面对永恒逝去的时间倍感孤独。孤独也是其小说的内在主题——孤独者无法跟外界发生有效联系，又渴望打破人生寂寞的大海。因而孤独在外在世界化为反抗，成为独立者拒绝妥协的理由和自觉者抵制平庸的动力，而在内在世界却化成敏感、弱小、忧伤的万种柔情，成为失败者沉思和自省的源泉。

朱文

陈卫

陈卫的独立性不仅体现出其对文学体制的背离，还同时体现出对消费文化的警惕。其作品既没有被主流意识形态文学网络所覆盖，也没有迎合市场需求而融入市场主导的消费文学中。他处在一个探索的领域，努力远离当下主流文学话语的规范，试图去言说那些不能言说、不愿言说或不易言说之物，这无疑是自觉者的艺术探索，努力突破既往文学、大众文学的限制而扩大文本所能表现的范围，正如陈卫所言："一个优秀的艺术家，必然为这世界创造新的'命名'，也必然为这个世界'重新命名'。在这个意义上，作者必须敢于寻求和面对'不可言说之物'的言说。在这里分清种类并不重要，重要的是达到'不可言说'。作者应该敏感'不可言说之物'的降临，一旦如此，他会知道'创造'的激动随之降临，相反，如果他始终面对'可言说之物'或'已被言说之物'，写作也就变得索然寡味。"[01] 由于在这种不可遏抑的艺术内驱力影响下主动挑战有难度的写作，又由于有意疏离主流文学和消费文学所倡导的价值观，陈卫小说的隐含作者经常与禁忌、隐秘、空无相关，而与文学名望、世俗成功无关，因而失败者的警醒始终在文本中显现。

有趣的是，当我们进一步检视这些鲁迅"文学家叙事"的传承者时，会发现随着时代的更迭、时间的流逝，知识分子身份的叙事者日渐稀少。鲁迅大多数文本的叙事者具有作家或学者等知识分子身份，但朱文和陈卫作品中的叙事者却很少具有知识分子身份，而常常是疏远主流社会的边缘人、生活在社会底层的无业游民。这一现象不独出现在这些传承者身上，甚至出现在经常以知识分子身份叙事的先锋作家身上，比如 20 世纪 80—90 年代出现在文坛的林白。她原本沉溺于自我的内心世界，"只热爱纸上的生活"，"写作就是一切，世界是不存在的"，而在 21 世纪的某一天，她未曾想到的是："我会听见别人的声音，人世的一切会从这个声音中汹涌而来，带着世俗生活的全部声色和热闹，它把我席卷而去，把我带到一个辽阔光明的世界，使我重新感到山河日月，千湖浩荡。……我愿意多向民间语言学习。

[01] 陈卫、常立：《很多过往的好方法都不适合你》，黑蓝网刊第 89 号，2010 年 5 月 20 日，http://www.heilan.com/periodical/heilan_89/cxzks_6.htm。

更愿意向生活学习。”（《妇女闲聊录》）于是，一个承认失败而自省之后的叙事者用“民间语言”讲述了“一个辽阔而光明的世界”，文本叙事者的身份成为一个农村妇女而非知识分子。21 世纪兴起的“打工文学”与此相仿，文本有对过往文学叙事的自觉革新，也有对个人生活的个性表达和对人生失败经验的写实记录，但叙事者身份是在底层打拼生活的民工而非知识分子。“知识分子的失语”是一个从 20 世纪 80 年代以来日益普遍化的文学现象，这与经济发展、社会转型有着密切联系，也与消费文化、新媒介传播不可分离，多方合力促成了知识分子叙事者在文学作品中的普遍失语。

综上，21 世纪的文学写作者值得从鲁迅创作中学习并借鉴的应是这样一种“文学家叙事”——它是独立者的表达、失败者的反省和自觉者的艺术追求，它发出对现实的批判之声、对真相的质询之声，发出基于对文学可能性的信仰、基于爱和理性的个体之声。它可以由一个知识分子身份的叙事者来讲述，当然，叙事者也可以是任何其他身份。对鲁迅创作与新世纪文学关系的梳理，为我们提供了观照新世纪文学的一个角度，依据对“文学家叙事”的传承与否，我们可以把新世纪文学分为主流文学、消费文学和独立文学三类，而这正是新世纪文学场裂变而成的三个亚场（本书第二章将对此进行详尽论述），对这三个亚场游戏规则下的文学写作的观察、记录和分析，正是解构全书的最重要的组成部分（本书第三、四、五章将分别加以详述）。

第一章

新世纪文学的发生

本章致力于探寻新世纪文学的起源和发生，通过对历史中出现的具体事件的梳理，将新世纪文学的历史起源定位于 1997 年；通过对文学制度、媒介传播、消费文化与文学关系的辨析，解析“新世纪文学”这一观念的发生。关于起源的研究基于经验主义的认识论和实证主义的研究方法，侧重于客观史料的发掘整理，以解答新世纪文学何时产生的问题；关于发生的研究基于发生认识论原理，侧重于探究知识结构的生成机制；文学从一个阶段向另一个阶段过渡，以形成新的知识结构为标志；探究文学的新结构特征及其构造机制，不但可以告诉我们新世纪文学是如何发生的，还可以告诉我们新世纪文学为何会发生。

第一节 新世纪文学的起点：聚焦 1997

我们先来回顾 1997 年的几个重大历史瞬间：

● 1997 年 1 月 1 日，江泽民在全国政协新年茶话会上指出，1997 年将是我们党和国家发展史上不寻常的一年，将有两件举世瞩目的大事发生：我们党将召开第十五次全国代表大会；我国政府将恢复对香港行使主权。

● 1997 年 1 月 6 日至 9 日，国务院在北京召开全国国有企业职工再就业会议。朱镕基在会上强调，解决国有企业困难要走减员增效、下岗分流、规范破产、鼓励兼并的路子，建立社会主义市场经济体制下的优胜劣汰新机制。

● 1997 年 2 月 19 日，邓小平在北京病逝，享年 93 岁。

● 1997 年 7 月 1 日零时，中华人民共和国国旗和中华人民共和国香港特别行政区区旗在中国香港升起，香港回归祖国。

1997 年对于大多中国人而言意味着许多——制度改革，伟人逝世，香港回归，新时代的大幕正在人们面前徐徐拉开。对于中国文学，1997 年又意味着什么呢？我们不妨来浏览一下从历史河流中采撷出的吉光片羽：

郑伯农

● 1997 年，《文艺报》主编郑伯农在《求是》1997 年第 3 期发表《世纪之交的文艺纲领——学习江泽民同志在文代会、作代会上的讲话》，指出世纪之交的文学纲领应坚持“两为”（为人民服务、为社会主义服务）方向和“双百”（百花齐放、百家争鸣）方针，坚决反对“那种远离群众实践的倾向，那种迎合低级趣味、‘一切向钱看’的倾向，那种鄙薄革命文艺传统，推崇腐朽文艺思潮的倾向”，文章引用了江泽民在第六次全国文代会讲话中的论点——“中国社会主义文艺发展和繁荣的最深刻根源，在中国人民的历史创造活动之中”，并指出：“一段时间里，让文艺‘回到自身’，让文艺‘返回家园’等呼声洋洋溢耳……离开了时代、人民、国家、集体、经济、政治等等，剩下的无非就是封闭的自我，就是纯粹的形式。于是以自我为中心、以形式为中心的文艺理论一度风靡起来。这种理论不但严重地影响着创作，也严重地影响着对文艺史的评价”；还引用江泽民的另一论点——“国家要独立，不仅政治上、经济上要独立，思想文化上也要独立”，并指出：“要维护民族的思想文化独立，就要在文艺上‘保持自己的社会主义性质和民族特色’。”[01]

● 1997 年，希利斯·米勒在《文学评论》1997 年第 4 期上发表了《全球化对文学研究的影响》，文章提出了一系列问题：全球化导致新的人类感性的出现并产生新的电脑空间中个人的发展，文学研究会发生什么呢？今天我们是否仍然可以研究文学？我们是否应该或必须研究文学？在新的全

[01] 郑伯农：《世纪之交的文艺纲领——学习江泽民同志在文代会、作代会上的讲话》，《求是》1997 年第 3 期，第 31—32 页。

球化的世界上文学研究为什么目的服务？并提出四点作为这些问题的简要回答：第一，文学在旧式意义上的作用越来越小；第二，新的电子设备在文学研究内部引起了变革；第三，旧的独立的民族文学研究正在逐渐被多语言的比较文学研究所取代；第四，文化研究迅速兴起，而文学只是多种文化象征或产品的一种。[01]

● 1997 年，刘震云完成了四卷本长篇小说《故乡面和花朵》的创作，历时 6 年。

刘震云《故乡面和花朵》华艺出版社 1998 年版

● 1997 年，余华应汪晖之约，开始为《读书》杂志写作随笔。

● 1997 年，《洪峰小说自选集（四卷本）》在华夏出版社出版。

● 1997 年，韩东没有小说作品问世，诗歌作品也极少，只留下《爸爸在天上看我》和《进行曲》两首，他在《爸爸在天上看我》中写道："夏至已经过去，天气也已转凉 / 你担心的灾难已经来过了，起了作用 / 我因为爱而不能回避……""对韩东来说，1997 年这个刻度被爱情——或者说爱情的毁灭——标示出来，指示了绝望和虚无。"[02] 1998 年韩东和朱文一起发起"断裂"活动，在"断裂"宣言中说："于今天的写作而言鲁迅也确无教育意义。"

● 1997 年，朱文完成了长篇小说《什么是垃圾什么是爱》，小说集《我爱美元》出版。

● 1997 年，陈卫在常州深居简出，写出小说《被迫接受》。此前一年，陈卫创办的纸刊《黑蓝》停刊，这是第一份在封面打出"70 后——1970 以后出生的中国写作人聚集地"字样的民刊。

● 1997 年，北京《天地人》总第 21 期"零点出击——

[01] 希利斯·米勒：《全球化对文学研究的影响》，《文学评论》1997 年第 4 期，第 72—78 页。

[02] 陈霖：《直面危机的写作——漫论韩东》，《今天》2003 年冬季号，http://blog.mediachina.net/blogview.php?id=2025。

70后出生诗人”栏目刊登谢永新、大川等“70后”诗人作品。在随后出版的第22期、24期、25期、26/27期合刊相继推出了“零点出击——70后出生诗人”“崛起——七十年代诗人特辑”“七十年代诗人方阵”“零点出击——七十年代诗人九家”等专辑[01]。受《黑蓝》启发，《小说界》于1996年第3期起开设了“七十年代以后”栏目，1997年，“70后写作”的影响力持续增强，其他刊物也陆续做出反应，直至1998年7月，《作家》推出“七十年代出生的女作家小说专号”，刊发卫慧、棉棉、周洁茹、戴来、朱文颖、金仁顺、魏微7位女作家的作品及创作谈，并配以各自的照片。“70后写作”概念在文坛上深入人心。

●1997年，王小波去世。小说《黄金时代》在BBS上被广泛传播。

●1997年，痞子蔡（原名蔡智恒）因困于博士论文写作，时常在BBS上散心。1998年3月15日，程序调试失败，论文仍然面临瓶颈，他自述说：“我觉得被逼到墙角，连喘息都很吃力。突然间我好像听到心底的声音，而且声音很清晰，我便开始跟自己对话。通常到了这个地步，一是看精神科医师；二是写小说。因为口袋没钱，所以我选了二。”[02]小说《第一次亲密接触》问世，在BBS上被广泛传播。

●1997年，网易推出免费个人主页空间。

●1997年，江苏的《雨花》杂志进入互联网，《文艺报》《文学报》同时报道“国内首家文学期刊进入互联网”。

●1997年，“榕树下”原创文学网站成立。

●中国互联网络信息中心于1997年10月发布《第一次中国互联网络发展状况调查

“榕树下”网站首页截图

[01] 刘春：《关于“70后”和〈70后、80后诗歌档案〉》，http://blog.tianya.cn/blogger/post_show.asp?BlogID=164128&PostID=17324018。

[02] 蔡智恒：《写在〈第一次的亲密接触〉十年之后》，http://www.01ny.cn/forum.php?-mod=viewthread&tid=58946。

统计报告》：截至 1997 年 10 月 31 日，中国上网计算机数为 29.9 万台，上网用户数为 62 万。

● 1997 年，韩寒在《少年文艺》等刊物发表《傻子》《书店》《生涯模式》等一系列“文笔老到”的作品。

● 1997 年，郭敬明在《人生十六七》杂志上发表了他的处女诗作《孤独》，他收到了杂志社寄来的 10 元钱稿费和样刊。

梳理以上史料，我们不难看出，1997 年无论是对中国社会史还是对中国文学史而言，都是一个意味深长的时间点，有的传承，有的消亡，有的新生，有的衍变。

第一，从社会环境层面来看，经济改革的步伐加大，“下岗”成为热点词，经济制度的变革改变了人们的日常生活，为消费文化的蓬勃发展提供了充足的条件和动力，也为“底层生存写作”提供了源源不断的生活素材。

第二，从文学制度层面来看，稳中有变，江泽民在 1996 年第六次全国文代会的讲话中强调坚持“两为”（为人民服务、为社会主义服务）方向和“双百”（百花齐放、百家争鸣）方针，这被文坛解读为对 20 世纪 80 年代以来“让文学回到自身”的文艺思潮的批评，预示着新的文艺思潮的兴起；江泽民还指出，要“坚定不移地实行对外开放的政策，与世界各国进行广泛的经济、贸易、科学、技术、教育、文化交流”，“学习和借鉴世界各国的文明成果”，同时“在思想文化上要独立”，这被解读为全球化的“世界文学”与独立性的“民族文学”之间的辩证关系，也正是文学制度在世纪之交面临改革时所需处理的问题：如何让文学创作及研究在适应经济、文化全球化的条件下保持民族思想文化的独立性？如何让文学创作与研究在继承当代文学传统的条件下有所创新？

第三，从媒介传播层面来看，电子技术的革新带来了阅读和写作方式的巨大变化，互联网络的飞速发展带动了一场文化大变革，传统作家和知识精英的话语中心地位面临着前所未有的挑战，各行各业中每一个有志于写作的网民似乎都站在了成为作家的门槛上，一种新文学的知识结构正在逐渐形成。

第四，从写作者个体层面来看，许多作家的写作立场、态度和作品内容、主题发生了重要的改变：20 世纪 80 年代末 90 年代初兴起的先锋文学热潮已然消退——刘震云在巨幅长篇《故乡面和花朵》之后，放弃了意识流的实验性写法，回归更加通俗有趣的平民故事，此后创作了一部又一部被改编成电影的小说，如《手机》《我叫刘跃进》；余华开始了一系列文化随笔的写作，在相当长的时间内离开了他赖以成名的先锋小说写作，之后再度回归时他捧出的是风格迥异的长篇小说《兄弟》；洪峰在出版《洪峰小说自选集（四卷本）》之后，就淡出了文坛的视野，偶尔在新世纪的一些新闻报道中出现，有时是关于作家行乞的“行为艺术”，有时是关于作家被殴的“悲惨事件”。90 年代兴起的“新生代文学”也变故丛生——朱文出版《我爱美元》，写完了第一部也是最后一部长篇小说《什么是垃圾什么是爱》，宣告走上有意疏离文学制度的离经叛道的文学之路；韩东和朱文一起发起“断裂”活动，用一份问卷和五十六份答卷宣告与文学传统和文学制度的“断裂”：“当代汉语作家中没有一个人曾对我的写作产生过不可忽略的影响。50、60、70、80 年代登上文坛的作家没有一个人与我的写作有继承关系。他们的书我完全不看。”“当代文学评论并不存在，有的只是一伙面目猥琐的食腐肉者。”“大专院校内的当代文学研究首要的意义在于职称评定。”“各级作家协会是地道的权力机构，它代表政府管理作家。”[01] 以网络为传播载体的网络文学开始兴起，作为纯文学的王小波小说和作为通俗文学的痞子蔡小说同时在网络上风行；“榕树下”网站开启了中国网络通俗文学的第一扇大门，几年之后，安妮宝贝、宁财神、李寻欢、邢育森、蔡骏、今何在、慕容雪村等都成为“榕树下”的知名作者；民间纸刊《黑蓝》的创办者陈卫此时还未发现网络之于文学传播的力量，几年之后，他将创办《黑蓝》网刊

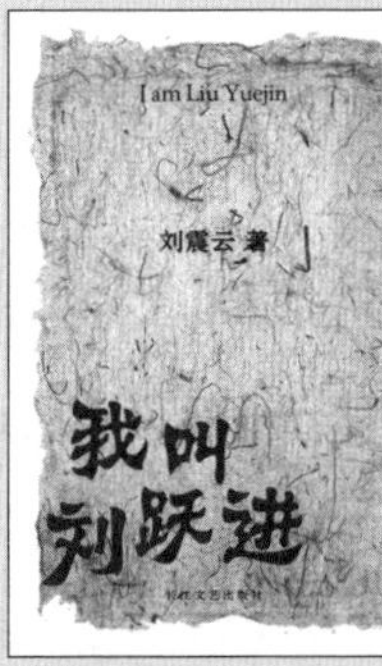

刘震云《我叫刘跃进》
长江文艺出版社2007年版

余华《兄弟·下部》
上海文艺出版社2006年版

[01] 朱文：《断裂：一份问卷和五十六份答卷》，《北京文学》1998 年第 10 期，第 29 页。

并打造纯文学网站“黑蓝文学网”；而韩寒、郭敬明也已开始发表他们的处女作，他们还在等待一个历史的机遇，几年之后，他们将成为畅销全国的“80 后作家”。

在 2012 年回顾 1997 年，狄更斯在小说《双城记》开头中的议论是如此恰切（也许是因为狄更斯准确地描画出了任何时代投射在人们内心的影子）：“这是最好的时代，这是最坏的时代；这是智慧的时代，这是愚蠢的时代；这是信仰的时期，这是怀疑的时期；这是光明的季节，这是黑暗的季节；这是希望之春，这是失望之冬；人们面前有着各样事物，人们面前一无所有……”

第二节 文学制度与新世纪文学的发生

晚清以来，伴随着中国社会的现代化进程，政治观念嬗变，传播技术发展，文学读者分层，作家身份变化，这些因素合力建构起现代中国文学制度，为新文学的发生提供了生成空间和生产场所，为新文学的发展开辟了广阔的社会通道。当代文学的发生，也与中国社会主义文学制度的创制密切相关。所谓“中国社会主义文学制度”，“主要表现在对作家的思想改造和评价机制，对文学创作的题材选择、形象设计、主题升华和形式处理的计划和引导，对报刊、出版等文学生产资料的计划管理，对文学读者的想象性设置，以及对文学批评的操控，对文学政策的制定等”[01]。它产生于中国特定的政治、经济和文化环境中，影响了当代文学的生产方式，推动了当代文学的发生。20世纪90年代末期，中国政治、经济和文化环境都发生了巨大的改变，文学制度也相应做出了调整和重组，进而激发了新世纪文学的发生。

一、文代会与新世纪文学的发生

当代文学史一般把1949年7月第一次中华全国文学艺术工作者

[01] 王本朝：《中国当代文学制度研究》，新星出版社2007年版，第1页。

代表大会（简称文代会）的召开作为当代文学的起点和中国当代文学制度建立的标志。这次会议的召开，有着明确的政治目标，旨在“调和矛盾，整合利益，规划未来，建立社会主义文学新秩序”[01]，以结束之前中国文学界因作家或“南下”或“北上”引起的动荡局面，并整顿文学各界（解放区、国统区、沦陷区文学）各种利益诉求和文学观念彼此冲突所引起的无序状态。第一次文代会具有重塑意识形态和建立文学制度两大功能，它标志着作为独立个体的作家在文学制度中的退场。此后历届文代会均担负起意识形态重塑和制度规则调整的责任，帮助人们明确对文学的新认识，掌握文学制度的新规则。

第二次文代会于 1953 年 9 月召开，这次会议更深入地诠释了第一次文代会所确立的规则概念，明确了党之于文艺的领导地位，强调了文艺的政治针对性。

第三次文代会于 1960 年 7 月召开，明确提出文艺为工农兵服务、为社会主义服务的方向，实行百花齐放、百家争鸣、推陈出新的方针，强调了文艺界无产阶级和资产阶级的路线之争，把文艺工作的首要任务确定为与资产阶级思想做斗争，本次会议标志着艺术标准在文学制度中的退场，同时退场的还有自觉追求艺术价值的作家们，政治标准则成为最高的、唯一的文学评价标准。

第四次文代会于 1979 年 10 月召开，对意识形态和制度规则做出重大改变，邓小平在大会祝词中指出，“党对文艺工作的领导，不是发号施令，不是要求文学艺术从属于临时的、具体的、直接的政治任务，而是根据文学艺术的特征和发展规律，帮助文艺工作者获得条件来不断繁荣文学艺术事业，提高文学艺术水平”[02]，并重申坚持百花齐放、百家争鸣的“双百”方针。1980 年 1 月 26 日《人民日报》社论将第三次文代会提出的“为工农兵服务”调整成“为人民服务”。本次会议强调了文学本体的重要性，弱化了文学为政治服务的工具性，提升了艺术标准在文学制度中的地位，会议还讨论了文学与政治的关系、文学创作方法等一系列属于文学范畴的理论问题，标志着

---

[01] 王本朝：《第一次文代会与中国当代文学的发生》，《广东社会科学》2008 年第 4 期，第 155 页。

[02] 邓小平：《在中国文学艺术工作者第四次代表大会上的祝词》，http://www.book118.com/yuwen/html/kejiao_198426.shtml。

“文革”结束后文学界的思想解放和文艺复兴。

第五次文代会于1988年8月召开，作为中国文联负责人，夏衍在开幕词中高度评价了“文学艺术在崭新的历史条件下”感应时代脉搏而产生的“深刻变化”，强调“那种用行政命令来管理文艺的方法是不明智的”“那种片面强调民族性而泥古不化，反对吸收借鉴外来文化的观念是褊狭的”“文学艺术和科学技术一样，只能在学术自由、科学探讨无禁区的环境中才能进步和发展”[01]。本届会议充分肯定了“让文艺回到自身”之后的创作业绩，继续强调艺术标准在文学评价机制中的有效性和权威性，倡导吸取借鉴外来文化，创作出无愧于时代的优秀作品。

第六次文代会于1996年12月召开，会议继续强调文艺“为人民服务”的大方向，但对“让文艺回到自身”的观念予以一定反思，对以自我为中心、以形式为中心的文艺作品和文艺理论予以一定批判，继续坚持对外开放和思想解放的政策，但强调文艺要“保持自己的社会主义性质和民族特色”，保持思想文化的独立性。

第七次文代会于2001年12月召开，江泽民在讲话中指出，“世界多极化、经济全球化的深入发展”引起世界各种思想文化相互激荡，广大发展中国家“在文化发展上也面临严峻挑战”“通观我国和世界的文学艺术发展史，还可以清楚地看到，历代文学艺术家们之所以能够创作出传世之作，一个重要原因就是他们具有踏着时代前进的鼓点不断探索、勇于创新的精神”，当代中国的文艺工作者“应该遵循先进文化的前进方向，自觉投身改革开放和现代化建设的伟大实践”“努力创作出弘扬中华民族的民族精神和我们时代的进步精神的作品”“努力创作有利于群众性文艺活动蓬勃开展的优秀作品”[02]。会议明确把中国文学的发展放置于全球化的背景下进行规划，强调作品的“创新性”和“时代意义”，强调“群众性文艺活动”的重要性。

比较以上七次文代会所塑造的文学意识形态，可以将其划分为三个不同阶段：第一至第三次文代会强调政治标准，认为文学是依附于政治的工具，政治标准高于艺术标准，体现出政治与文学之间的高

[01]《第五次全国文代会开幕》，《新华日报》，1988年11月9日。

[02] 江泽民：《在中国文联第七次全国代表大会、中国作协第六次全国代表大会上的讲话》，新华社，2001年12月18日，http://www.china.com.cn/chinese/2001/Dec/87830.htm。

秀作家所应具有的独立者、自觉者的人格特征相冲突，因而作协的管理有时会成为文学艺术发展的阻力。同时，作协本身也时常陷入一种两难处境："它一方面要紧跟社会形势和政治需要开展文艺界的思想斗争、政治批判，另一方面又要切近文艺规律组织文艺创作，进行理论批评，往往出现当成错误去批判的东西实际上并无错误，当成正确去树立的东西实际上又并不正确。"[01] 作协因之时常受到来自或政治权威、或社会公众、或作家自己的彼此对立的谴责和批评。例如毛泽东在 1964 年《关于全国文联和各协会整风情况的报告》中说："这些协会和他们所掌握的刊物大多数（据说有少数几个好的），十五年来，基本上（不是一切人）不执行党的政策，做官当老爷，不去接近工农兵，不去反映社会主义的革命和建设。"[02] 同时，胡风在"三十万言书"中直言作协的行政管理方式"培植了宗派主义统治的支柱的官僚主义""用行政的手段保证了一批没有发展前途的成员硬要做作家，同时排斥了有发展前途的作者尤其是青年作者无法参加文艺活动，得到成长"，甚而激烈地倡议解散"所谓创作机构""废除不合理的作家等级制度""作家以劳动报酬自给"[03]。胡风所提出的这一系列针对文学机构行政化管理的改革措施，涉及文学意识形态和文学领导权的重大问题，为自己的个人命运埋下了悲剧的种子，但确实击中了文学机构限制文学发展的制度软肋，因而各界呼吁作协体制改革的声音缕缕不绝，到 20 世纪 90 年代，在深化改革开放、全面启动市场经济体制的大环境下，这一呼声也越来越高涨了。

胡风

北京作协的体制改革由来已久，1985 年起，北京作协为了保障作协会员有充足的创作时间开始试行"会员创作假制度"，会员可以带薪休假，并率先打破作家终身制，设置"合同制作家"岗位，1986 年开始正式实行合同作家制度，聘期两年。到 20 世纪 90 年

---

[01] 杨匡汉、孟繁华：《共和国文学 50 年》，中国社会科学出版社 1999 年版，第 98 页。

[02] 郑惠等主编、夏杏珍（卷）主编：《五十年国事纪要·文化卷》，湖南人民出版社 2000 年，第 269 页。

[03] 胡风：《关于解放以来的文艺实践情况的报告》，《胡风全集》第 6 卷，湖北人民出版社 1999 年版，第 425 页。

代，“为了改变北京的文艺创作与北京的文化中心地位不符的情况”，1997 年北京作协开始着手建立“新的驻会合同作家制”，1998 年刘恒成为第一名“驻会合同制作家”……经过一系列体制改革实验，北京作协最终实行的是五种合同制作家模式：“一是专职合同制作家，面向在原单位办理停薪留职或无单位的居京作家，签约后由作协发给生活补贴，每月 1000 元。二是返聘合同制作家，面向在原单位已提前退休的居京作家，签约后由作协发给创作补贴，每月 500 元。三是兼职合同制作家，面向不脱离原单位本职工作，兼职从事创作，工资待遇由原单位承担的居京作家，签约后不领取生活或创作补贴。四是选题合同制作家，面向北京及各地中青年作家，合同期间给予创作补贴。五是特殊合同制作家，史铁生作为特殊情况长期签约的著名残疾人作家，在本人坚持创作的情况下，每月发给 1000 元生活补贴，并且由北京市委宣传部出面协调解决透析费。”[01] 这一兼收并蓄、灵活多样的合同制模式满足了不同具体境况的作家的不同需求，为作家提供了物质帮助和精神鼓励，深受作家认可，签订合同的作家及其作品的数量迅速增长，近十年来作品质量也有显著提升，如史铁生的《病隙碎笔》获第三届鲁迅文学奖，张之路的《非法智慧》获第五届全国优秀儿童文学奖，徐坤的《野草根》被中国香港的《亚洲周刊》评为“2007 年十大中文小说”，刘庆邦的《卧底》获第十二届《小说月报》百花奖，张承志的《一册山河》获第八届全国少数民族文学骏

史铁生《病隙碎笔》
人民文学出版社 2008 年版

张之路《非法智慧》浙江
少年儿童出版社 2010 年版

张承志《一册山河》
作家出版社 2001 年版

[01] 韩小蕙：《作家为何纷纷签约北京作协》，《光明日报》，2004 年 9 月 7 日。

马奖……[01] 北京作协的这一体制改革被各地作协纷纷效仿，这标志着在新的时代背景下，作协与作家的关系正在发生深刻的变化，作协正在由管理型机构向服务型机构转变，而这一转变正适应并且推动了新世纪作家身份和生存形态的多样化趋势，进而推动了新世纪文学复杂多样的历史风貌的形成。

三、作家、读者、出版与新世纪文学的发生

中国现代文学诞生的五四时期，作家身份多为“现代知识分子”[02]，“以思想的批判性、价值的西方化和立场的现实感作为自己的精神特征”[03]；而1949年以后，作家的身份发生了重大改变，作家成为行政化管理机构的工作人员，是国家干部编制的“单位员工”，国家对作家实行供给制，作家则交付创作的自由。20世纪90年代，文学制度根据时势需要进行改革，各地作协实行多种“合同制作家制度”，作家的“单位员工”身份逐渐被淡化，他们拥有越来越多的自主权，以至于越来越多的作家把写作视为一种“自由”的职业。与此同时，五六十年代属于高标准的作家工资和稿费一降再降之后，到90年代则显得相对较低，这就意味着作家单纯依靠国家体制生存的可能性在逐渐减弱。90年代以来，有的作家辞去公职，如张承志、阿城，有的作家从未有过公职，如王朔，他们以相对独立的姿态进行写作，以稿费为生，近似“自由职业写作者”，“已经与1949年后逐渐形成的隶属于宣传部门管辖的‘文艺工作者’分道扬镳，他们是经济上的自食其力者，自己对自己负责，靠自己的文字的市场效应来维持个人的生活和写作生涯”[04]。无论自觉与否，每一个作家都日益需要去直面云谲波诡的市场，直面丰富多态的社会生活，直面品位难测的读者大众，此即作家身份的“去单位化趋势”。此外，作家身份的

---

[01] 张泉：《改革开放以来北京作协的体制改革》，《北京社会科学》2008年第5期，第105页。

[02] 爱德华·W. 萨义德界定知识分子是“具有能力‘向(to)’公众以及‘为’(for)公众来代表、具现、表明信息、观点、态度、哲学或意见的个人……在扮演这个角色时必须意识到其处境就是公开提出令人尴尬的问题，对抗(而不是制造)正统与教条，不能轻易被政府或集团所收编，其存在的理由就是代表所有那些惯常被遗忘或弃之不顾的人们和议题”。参见《知识分子论》，生活·读书·新知三联书店2002年版，第16—17页。

[03] 王本朝：《中国当代文学制度研究》，新星出版社2007年版，第80页。

[04] 龚海燕：《出版还能继续引领新世纪文学吗？》，《文艺争鸣》2009年第8期，第103页。

变化还有两重趋势：“市民化趋势”和“年轻化趋势”。前者是指越来越多的作家成为城市居民，对乡土生活的书写逐渐让位于对城市生活的表述；后者是指越来越多的年轻一代成为作家，他们开始书写属于自己的生活体验和独特认知。网络媒介的迅猛发展，更是加速了作家身份的改变，催生了许多以网络为主要发表和传播阵地的新一代作家，而新世纪文学正是从这些具有新身份的作家笔下创造而来的。

依据接受美学理论，读者无可争议地参与了文学史的书写，“只有当作品的连续性不仅通过生产主体，而且通过消费主体，即通过作者与读者之间的相互关系来调节时，文学艺术才能获得具有过程性特征的历史”[01]。从历次文代会所提出的文学纲领来看，当代文学制度所设置的文学读者主要由“人民”构成，而所谓“人民”在理论上被看作是“历史进步力量的代表，是无产阶级革命的参与者，是社会主义革命和建设的主人翁”[02]，文学制度通过对文学读者的设置来间接实现对文学创作的控制，如同在经济领域中国家通过对消费的控制来实现对生产的控制一般。但是这种符号化的读者设置，却遮蔽了生活中有血有肉的真实读者的个性差异，使得文学读者面目模糊。20 世纪 90 年代以来，文学读者的构成发生了诸多变化，其中最主要的变化是呈现出“细分化趋势”：形形色色具有独特个性、美学趣味和阅读期待的读者越来越多，读者不再仅仅是单纯的受教育者，也不再仅仅是文学传播过程中信息的接受方，而是依据不同年龄特征、不同身份地位、不同经历、不同趣味、不同价值观被细分为各个群落。传播学中把这种现象称为“受众细分”，在读者细分化趋势中，文学管理者对文学的指导和文学批评者对文学的评价，也不再是读者尊奉的文学的金科玉律，读者的真实愿望和个人好恶在“创作——出版——阅读”这一文学生产链中的影响越来越大，甚而影响到作家的创作和批评家的评价。此外，读者构成变化还呈现出“大众化趋势”：读者由带有更强政治色彩的“群众”转化为市场经济条件下的“大众”，后者在现代科技和媒介传播的支持下可以更充分地表达出个人性与自主性，他们更关心都市生活、时尚潮流而不是政治观念。读者构成的这些变化，较大程度上改变了作家的写作内容和写作方法，也推动了

[01] 姚斯：《走向接受美学》，《接受美学与接受理论》，辽宁人民出版社 1987 年版，第 19 页。
[02] 王本朝：《中国当代文学制度研究》，新星出版社 2007 年版，第 169 页。

文学出版机制的转型。

20 世纪 90 年代，在政府控制之外，市场的力量逐渐增长，读者构成发生了重大变化，图书出版的需求更多地倾向于市场，文学出版机制也发生了重大转型。在市场力量的压迫之下，80 年代延续下来的文学主题和思想议题日渐冷却，而数量众多的长篇小说和规模巨大的丛书频频出版。这是因为市场亟须吸金，于是亟须输血，对图书数量的需求超过了文学质量，对娱乐性的需求超过了思想性和艺术性。在激情扩张的出版机器面前，文学写作者被迫接受了一轮“适者生存”的竞争角逐，这场竞争中的赢家大都具有旺盛的精力和高产的能力，如贾平凹、莫言、张炜等。同样的“生存竞争”也发生在不同的文学文体之间，诗歌和短篇小说更重视艺术性，学术论著更重视思想性，它们因此被市场冷落。市场最为青睐的文学文体是长篇小说和散文随笔——前者最具娱乐性，后者则最易生产并被复制。这说明“出版的影响力已经深入到作家的创作节奏与文体选择”，“图书市场的法则，是出版短篇小说集就意味着商业利润的死亡”[01]。

综上所述，20 世纪 90 年代以来市场经济制度改革深刻影响了文学制度的方方面面，文学纲领、文学机构、作家身份、读者构成和文学出版均发生了深刻的变化。新世纪文学的发生，有赖于这种种因素相互作用，在不断变化中，新的文学结构、文体特征、文学理念渐次形成。

[01] 龚海燕：《出版还能继续引领新世纪文学吗？》,《文艺争鸣》2009 年第 8 期，第 104 页。

第三节 媒介传播与新世纪文学的发生

回顾人类文学发展的历史，它的每一次进步都和媒介传播技术的进步密不可分，“每次文学的革命首先总是传播手段的革命”[01]。20世纪90年代的出版机制转型，已经使“新生代写作”远离了“新时期文学”“寻根文学”和“先锋文学”，而90年代后期网络技术的突飞猛进更是加速了这种裂变，1997年中国互联网和文学的全面结盟，正式开启了中国文学的网络时代，使得一种新的文学样式和知识结构的形成就此成为可能。互联网的兴起之于中国文学，一如百年前“白话文”的兴起之于20世纪文学，带来了无限多的新的可能性，网络和白话一样，对于文学而言，是一种新的传播载体，借鉴马歇尔·麦克卢汉（Marshall McLuhan）的媒介决定论的观点，“传播媒介是我们人类意识的延伸”“它塑造了我们每个人的认知经验”[02]，作为媒介的网络，不仅传播着作为信息的文学，也必然会参与塑造我们对于文学的认识，并进而影响到文学的创作、接受、传播、批评、生产等各个层面。中国新世纪文学史的发展实践，可以说是“媒介决定论”的有力验证——互联网深刻地改变了人们的生活，彻底地改变了文

[01] 马季：《读屏时代的写作——网络文学10年史》，中国工人出版社2008年版，第5页。
[02] 邵培仁：《传播学》，高等教育出版社2000年版，第161页。

化形态，也永远地改变了文学史的面貌。

中文文学与网络的结合，最早始自 1991 年，留美大学生王笑飞创办了海外“中文诗歌通讯网”。1994 年 2 月，方舟子（原名方是民）等人创办了第一份中文网络文学刊物《新语丝》；1995 年 3 月，诗阳、鲁鸣等人创办中文网络文学刊物《橄榄树》；1996 年，几位女性作者创办了一份网络女性文学刊物《花招》；1995 年 8 月，清华大学建立了中国大陆第一个互联网上的 BBS 站“水木清华”，北京邮电大学继而建立 BBS 站“鸿雁传情”“真情流露”，之后，各个高校相继成立校园 BBS 站，各站均有专属文学版块，其中尤以“水木清华”的文学、武侠、读书等栏目人气鼎盛；1997 年，网易免费提供个人主页空间，网络的触角延伸到了高校之外，发表在网络上的原创文学迅速增多；同年，“榕树下”文学网站成立，一大批写作者和读者迅速聚集，使其成为一个大型文学社区，在此发表的文学作品首次被称为“网络原创文学”，并被大众迅速接受且广泛传播，“榕树下”也因此成为新世纪以网络为传播载体的通俗文学的发源地和畅销网络作家的“摇篮”。

方舟子

中文网络文学刊物《新语丝》

网络和文学的结合何以令人热血沸腾？“网络原创文学”何以使人趋之若鹜？这与基于网络技术而产生的新型的网络文化特征密不可分。相较于传统的农业文化、工业文化，网络文化在思想性、实践性和时代性方面有其独特之处：网络文化的实践特征可以概括为信息海量、传播快捷、交流互动和形式多样；网络文化的思想特征主要表现为知识共享、情感分享、多元开放和去中心化；网络文化的时代特征则体现为个性张扬、商品主导和娱乐至上[01]。这些鲜明、新奇的特征激发了无数文学写作者和读者的热情，使他们共同投身网络文化生活，各自参与并推动了新世纪文学的发生、发展。

[01] 纪红：《试论网络文化的特征》，《光明日报》，2008 年 2 月 2 日。

一、网络文化的实践特征与文学的传播

网络技术问世之前，印刷术给文学的广泛传播带来了便利，甚至促进了新的文体和新的文学现象的产生，比如："自从有了印刷术，未成年人必须通过学习识字、进入印刷排版的世界，才能变成成人。为了达到这个目的，他们必须接受教育。因此，欧洲文明重新创造了学校，从而使童年的概念也变成社会必需的了。"[01]印刷术发展200余年之后臻于成熟完备，普及性强兼之成本低廉，为"儿童文学"的诞生提供了有力的物质和技术基础，因而到18世纪中叶，我们今日所谓独立于"成人文学"之外的"儿童文学"才真正出现。又如，五四时期中国新诗的发生，近来也有学者从传播学的角度切入思考，指出："在新诗出现之前，传统诗歌乃至传统文学的传播，拥有一套相对自足的体系，文人间的酬唱应和，民间的口头流传，以及诗文的传抄、刻印和编撰，都是重要的传播方式。……晚清以降，现代报刊的出现，以及出版业的兴盛，也塑造着新的诗歌形态。"[02]

互联网的出现，比之当年印刷术的普及，提供了数量更多的信息和速度更快的传播路径，据中国互联网络信息中心于1997年10月发布的《第一次中国互联网络发展状况调查统计报告》，截至1997年10月31日，中国上网计算机数已有29.9万台，上网用户数达62万[03]。而截至2011年12月底，中国网民规模达到5.13亿，全年新增网民5580万；互联网普及率达到38.3%[04]。如此众多的互联网用户，使得"足不出户便知天下事"和"一夜成名天下知"的神话成为人们的日常生活。作为媒介的网络相较于纸质书籍，具备更大容量、更快速度、更低成本的技术优势，文学作品可以在网络上以电子书、在线阅读、有声诵读等多种形式存在，成为一个电子书收藏专家，相较于成为一个藏书家，要容易便利得多。进入网络时代，知识学习（包括文学阅读）不再是少数人才能掌握的某种特权，书籍也不再是少数人囤积居奇的珍藏，而是作为一种更加方便、廉价的电子载体存

[01] 尼尔·波兹曼：《童年的消逝》，广西师范大学出版社2004年版，第53页。
[02] 姜涛：《"新诗集"与中国新诗的发生》，北京大学出版社2005年版，第20页。
[03] 中国互联网络信息中心：《第一次中国互联网络发展状况调查统计报告》，1997年10月发布，http://news.xinhuanet.com/ziliao/2003-01/21/content_699043.htm。
[04] 中国互联网络信息中心：《第29次中国互联网络发展状况统计报告》，《人民日报》，2012年1月17日，第9版。

在，并以一种无限变化的模式复制并传播，给知识禁锢、文化特权的蒙昧时代以沉重打击。

然而，由于网络文化的海量、快捷等实践特征，网络阅读也与传统的书籍阅读大相径庭，呈现出“碎片式”的特征，快读、泛读、跳读、浅读成为最常见的阅读方式。新的阅读方式波及网下，纸质纯文字书籍也日益与青年人的阅读习惯相背离，出版商需要在书中适度地安排漂亮的插图，把作品切割成一些较小的单元，以迎合青年人在网络上形成的“碎片式”阅读习惯，而更多的青年则更愿意去阅读动漫、影视中的图像，卡夫卡（Kafka）很早就预言了这个读图时代，他说:“电影使人们的眼睛千篇一律。”当我们轻松浏览热门的文学网页，在论坛上对某个大热的经典作品互动交流，或者在博客上写下自己的读后感时，我们正在把个体的隐秘的阅读变成公众的公开的行为，把面向文本的单向度的阅读变成一种面向人际的交互式的参与，把指向灵魂的严肃的阅读变成了指向眼球的娱乐的消费。

综上，网络文化的实践特征对新世纪文学传播造成了双重影响：一方面，它极大推动了文学的传播范围和传播速度，使更多人有了拥有并阅读文学作品的机会；另一方面，它也促使人们形成了“碎片式”的阅读习惯，并进而影响着文学的传播效果。

二、网络文化的思想特征与文学的接受

随着互联网应用的发展，从传播角度来看，读者“从单纯的‘读’向‘写’转变，从被动的接受向主动的传播转变，传播者从专业人士向全部普通用户发展”[01]。这就意味着，接受者和传播者的身份日益被模糊化，网络传播日益倾向于人际传播，形成越来越多有相关兴趣、志同道合的人们共同交流讨论的社区，在传播内容上，无论是共享的知识，还是分享的情感，则都完全依附于用户本人，也就是说，议题的设置不再是权威传播者的特权，而是每一位普通接受者的权利。因而，接受者在一个多元开放的体系中因个体差异而无限细分的趋势日益明显。具体到中国文学的接受问题，网络文化的思想特征对它的影响可以归纳为三种发展趋势：

[01] 常立：《百度贴吧的传播模式解读》，《新闻界》2007 年第 5 期，第 63 页。

第一，小众式接受。在网络环境中，多元开放和去中心化使得政治权威或学术权威的影响被削弱，文学作品不会因政治影响而被广泛接受，也不会因学术推荐而被普遍关注，更不会因其文学史地位而被人们喜闻乐见。不同的接受者基于相同的文学兴趣而结成无数个小型社区，无论多么冷僻的作者及其作品，在互联网上都能找到相应的爱好者聚集地，无论多么独特的文学喜好，在互联网上都能觅得知音。与此同时，每个小型社区的人数都不会太多，一般情况下，单一文学作品的接受者数量也不会太高，影响不会太甚，这种受众无限细分的情况，可以借用布莱西特的话来描述："这里的每一个人都有一座自己的监狱，但是监狱里的每一个人都是绝对自由的。"由于享有这种高度的自由，文学创作可以在一定程度上不（或者较少）依傍政治、经济、文学制度而独立存在，一些具有独立精神、形式自觉感并且志同道合的写作者可以聚集在一处，共同建设小众的文学网站，发表作品，交流探讨，彼此鼓励。新世纪以来颇具影响的纯文学网站如"北大自由坛""黑蓝文学网"等，均如此形成。

陆幼青《生命的留言》
（《死亡日记》全选本）
华艺出版社 2000 年版

第二，热点式接受。网络的即时、快捷、互动，可能促使热点的快速生成，在短时间内吸引大众的兴趣，聚集大众的眼光，当群体共同对一个热点发生兴趣时，由于从众心理，会发生社会心理学家所谓的"群体极化效应"，将其影响扩大化、极端化。当某一文学作品出于某种原因（甚至是文学之外的原因）成为热点，该作品会被广泛接受，比如"榕树下"发表的《死亡日记》，因作者陆幼青身患不治之症这一悲惨事件和"死亡直播"的观感刺激而在互联网上迅速走红，通过网络产生的群体极化效应使其在大众中的接受程度快速提升。之后，木子美的《遗情书》、韩寒的新浪博客文章、赵丽华的"梨花体"诗歌以及种种网络通俗文学的走红，均同此理。博取眼球和追求点击率，逐渐取代了文学理想而成为许多"网络写手"的首要目标。

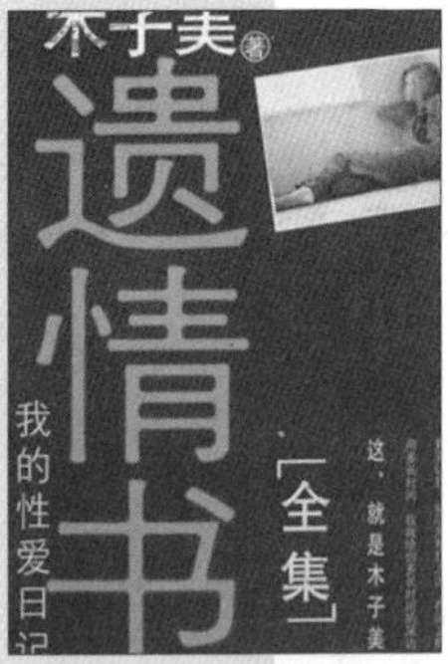

木子美《遗情书》
长江文艺出版社 2004 年版

第三，变异式接受。网络传播中，依据受众中心理论，考虑网络用户的阅读习惯，若要取得良好的传播效果，使文学作品被大众广为接受，除了制造热点这一途径，还可以通过对文学作品的形式和内容进行适当变异来迎合受众心理，满足受众需求。比如，插图版、有声版电子书的制作体现了形式变异方面的努力，甚至可以继续推进至跨越书籍的形式，延伸到网络游戏、影视中去。这种读者接受方式推动了新世纪变体文学的发生和发展。

三、网络文化的时代特征与文学的创作

网络文化是计算机和网络技术革命的产物，从世界范围来看，互联网的历史不过 30 年，而中国互联网的历史更只有区区 10 年，从这个意义上说，网络文化是一种远未成熟的新兴文化，在当前经济、政治形势下，网络文化以个性张扬、商品主导和娱乐至上为主要表征。印刷术发展两百余年，才促成了儿童文学的独立；白话文运动迄今百年，中国现当代文学能称为“经典”的作品仍为数不多；新兴的网络文化会给新世纪的文学创作带来怎样的前景，会给各类文体的演变规划怎样的路径，会给中国文学的传承提供怎样的可能性，这些都是令人深感兴趣的话题，20 世纪 90 年代末互联网络和文学的结盟已经呈现出如下一些趋势：

第一，网络时代的个性化特征使得文学创作及其发表的门槛不断降低。一个人人都可以写作、都可以言说、都可以表演的时代随着网络的发展正式到来，校园 BBS、网易免费网页空间开通之后，无数写作空间开遍神州大地，写作者的身份、年龄、性别、学历、职业，甚至文学写作水平，都不成为其能否写作的障碍，也不成为其作品能否发表的必要条件。之前在文学制度规约下的种种限制——诸如审查程序控制、出版成本核算、编辑个人偏爱等等均不复存在。网络空间实现了一种“技术民主”和“草根自由”，如果我们不计较作品质量的话，可以说，这是一个写作者高度自由的黄金时代，比之百年前五四时期的出版教育的宽松环境和文学结社的自由气氛，有过之而无不及。

第二，网络文化的商品主导意识使得文学创作的评价标准多元化，文学史标准和艺术标准不再是作品评价的单一尺度，从商业角度来衡量作品成就的现象日益增多，创作者自身的商品意识也日益增强，文学作品有产品化的趋势。比如，1998 年痞子蔡的《第一次的

亲密接触》风靡全世界的华文网络之后，引发了前所未有的网络写作热潮，相继出现了不少跟风之作，而由小说改编的同名电影也引起了观看热潮，赢得颇高票房。此种产品化趋势近年来愈演愈烈，许多作家已经不再讳言并且有意识地制造文化产品。比如，郭敬明举办的文学选秀大赛，就毫不讳言其目的即发掘具有市场潜力的年轻的畅销书作者；又如，电视剧《奋斗》的编剧石康在新浪博客上坦陈自己近来悟出的道理是：作为写作者，也得先赚钱。当然，由于评价标准的多元化，即使是在网络上，艺术标准至上的评价体系也不会完全分崩离析，北大自由坛推荐的精华作品、黑蓝文学网举办的“黑蓝文学奖”等，就仍以艺术标准为衡量作品的首要标准。

石康《奋斗》
万卷出版公司 2008 年版

电视剧《奋斗》
（2007 年版）海报

第三，网络文化的娱乐至上和多元开放使得文学的各类文体在娱乐化的前提下有交汇杂糅的趋势。在强调游戏性的创作观念下，作家类似“演员反串”的写作行为频频发生，戏剧家写小说，小说家写戏剧，诗人写小说，小说家写诗歌，大家还一起写散文。相应地，作品中文体的界限也日益模糊，诗歌可以像小说一样叙事，小说可以像论文一样探讨哲学理论；非文学和文学的界限也日益被打破，新闻可以像小说一样情节离奇，广告词可以像诗歌一样感情丰富，真人秀节目可以像戏剧一样悬念丛生。这一文体杂糅的趋势于中国文学传统而言并不陌生，中国古代所谓“文学”，并非是五四以降包含小说、诗歌、戏剧、散文四种体裁的“纯文学”的概念，而是一个广义的“泛文学”的概念，文学即“文章”。在网络文化的影响下，狭义的“纯文学”以小众化的方式传播并为受众所接受，广义的“泛文学”则在大众传播中不断繁衍、复制、生产、创造。

第四，网络文化的时代特征使得文学的写作有跨学科、跨文化的开放性，越来越多的文学作品被改编成影视剧本，并通过影视传播而成为“著名”作品。关于文学经典的改编，历来有一种观点，要求改编者尊重原著，以与原著的符合程度来衡量改编作品的艺术成就。这种对于原著精髓和整体风貌的“保真”要求，是基于“原著中心论”的观点而来的，而“原著中心论”又肇始于人们对“起源”的文化想象。人们倾向于认为事物有其原初的本质，在诞生的那一刻最为完美，最具备真理性。福柯在《尼采、谱系学、历史》中则对起源的研究进行质疑：“因为人们总是在起源中捕捉事物的最精确的本质、最纯粹的可能性以及被悉心保护的同一性，因为这样的研究假设了存在着某种固定形式，而这种固定形式也被假设成优于偶然的和连续的外部世界。”[01] 而事实上，福柯认为事物并不存在所谓的精确本质和同一性，事物的本质是从繁复多样的各种形式中提取点点滴滴的碎片拼贴组装而成的。福柯的观点恰与互联网世界的认识论不谋而合，互联网的特性在于信息的相互联通，“碎片化”也是网络文化的重要表征。在网络文化中，作品的原生态并没有优于改编品、复制品的先天合理性和必然性，改编品与复制品即便在艺术质量上劣于原作，也自有其存在的价值和合法性。在网络话语体系中，文学不单是狭义的“纯文学”，就其历史的结构与系谱而言，可以由小说、诗歌、散文、戏剧等文学文体和新闻、游戏、影像、声音等非文学文体拼贴而成，甚至可以延伸到计算机学、语言学、人类学、社会学、管理学、心理学等多门学科。因而，网络文化的时代特征扩大了文学写作者的身份范围，增加了文学表现内容的广度，衍生出新的文学表达形式，甚至催生了文学研究侧重点的变化——有时对于文学作品原创性的强调不如对于互文性的分析更切合实际，更有益有效。在网络时代，中国文学的传承、创作和研究，需要开放、多元的精神，需要跨学科、跨文化的视野，需要谱系学、非本质论的思维方法，需要对“碎片化”的细节的持续热情和关注，需要对多种现代媒介技术的熟练掌握和运用。

[01] FOUCAULT M. *Nietzsche, Genealogy, History*. Ithaca：Cornell University Press, 1977, p.142.

第四节 消费文化与新世纪文学的发生

广义地说，“所谓消费文化是指在一定的历史阶段中，人类物质与文化生产、消费活动中所表现出来的消费理念、消费方式和消费行为的总和”[01]。消费作为一种文化自有商品买卖以来就已经存在[02]，但“消费文化”研究可以说是后现代时期独特的文化现象，它建立在20世纪六七十年代西方文化人类学和消费行为学迅速发展的学科背景与网络媒介不断改变人类生活的技术基础上[03]。近10年来国内对消费文化的研究热潮的形成，首先应归功于市场经济体制改革带来的社会生活和学术生态的巨大变化；其次是外国学者杰姆逊《后现代主义与文化理论》、费瑟斯通《消费文化与后现代主义》、博德里亚《消费

[01] 管宁：《突破传统学术疆域的理论探险——近年消费文化研究述评》，《福建论坛》2004年第12期，第36页。

[02] 有学者认为：传统社会注重消费商品的使用价值；现代社会即工业社会，一部分富有阶层开始注重商品的附加价值，出现炫耀性和奢侈性消费；后现代社会则注重消费商品的符号价值，消费成为一种社会行为和文化形态，即消费本身具有文化属性，消费与文化是互相渗透的。（参见杨魁、董雅丽：《消费文化——从现代到后现代》，中国社会科学出版社2003年版，第229页、第266页）事实上，三种消费模式均存在于各个历史时期，与其从时间上来区分，不如从空间分布和形态上来把握，因为世界仍然处在一个不平衡的地区发展状态。符号消费并非后现代社会的特产，以卡西尔的观点而论，人类行为本身就具有符号化的文化特征。

[03] 蒲心文：《浅论西方消费文化研究》，《社会科学研究》1997年第4期，第54页。

社会》、卢瑞《消费文化》等著作对此的重要影响，他们提供了消费社会、消费文化和后现代主义等学术概念，宁媛、饶思中认为这些理论“在中国还有一些兄弟姐妹，比如后工业社会、媒介社会、信息社会、电子社会、网络社会、数字化社会、复制的社会等等”[01]。就文学而言，消费文化研究从社会学、历史学、文艺理论等各个角度展开了对明清小说、现代都市小说、青春文学、网络通俗文学、文学的电影改编等领域的研究，总体思路是从文化研究出发，基于艺术生存环境与生产机制来探讨问题，以阐释消费文化与文学生产之间错综复杂的关系。

为了解这种关系，我们首先需要了解消费文化的主要特征：在消费社会中，“为了生产方式自身的生产与再生产，社会就要不断地刺激消费，使大规模消费成为社会的基本生活方式”[02]，消费不再是单纯的经济行为，还是一种符号消费的文化行为，不断向审美领域扩张。相较于产品的使用价值，人们在消费过程中越来越注重产品的文化价值及其形式和品牌，博德里亚称之为消费社会的符号化运动。表现在文学领域，读者越来越关注的是作者或作品的知名度（品牌）而非作品（产品）的艺术质量，为了提高知名度，形形色色的“商业炒作”应运而生。20 世纪 90 年代的一个经典案例是贾平凹小说《废都》的营销。在作品出版前，媒体即透漏该书含有大量赤裸的性描写，堪称“当代《金瓶梅》”，以吸引大众聚焦，随即报道作者获得天价稿酬达 100 万元，不久之后又辟谣更正说只有 60 万……经此反复炒作，读者产生种种阅读期待，作品知名度迅速攀升，一经问世，即刻被媒体冠以“当代的《红楼梦》，90 年代《金瓶梅》”称号。据不完全统计，《废都》问世短短一两个月内，就出现四五种关于《废都》的评论专集，比如，陈辽主编的《〈废都〉及〈废都〉热》（中国矿业大学出版社 1993 年 11 月版），汇编了报刊上对《废都》有关论争及贾平凹生活状况的《〈废都〉废谁》（学苑出版社 1993 年 11 月版），李书磊、陈晓明等撰稿的《〈废都〉滋味》（河南人民出版社 1993 年 10 月版），先知、先实选编的《废都啊，废都》（甘肃人民

[01] 宁媛、饶思中：《消费社会及其文学》，《文艺报》，2004 年 2 月 17 日。

[02] 陈昕：《救赎与消费：当代中国日常生活中的消费主义》，山东文艺出版社 2001 年版，第 65 页。

出版社 1993 年 10 月版）等[01]。媒体如此密集的关注，学界如此迅速的评论，使得《废都》迅速成为一个社会热点和文化品牌，形成一时风潮，其风之盛被人夸张地表述为“当《废都》迎来铺天盖地的批评时，贾平凹无处藏身，连在大街上一阵风刮来的报纸上面都有批判他的文章”[02]。2000 年问世的卫慧小说《上海宝贝》的营销过程与《废都》如出一辙，均以禁忌的性内容作为卖点，均有海量的媒体批评和学术批评迅速给予支持，均在短时间内积聚了大量符号资本，均在如日中天之际遭禁，均以被禁为新的卖点，以盗版或地下读物的方式继续传播……作为消费符号的卫慧成为“美女作家”的代表性形象。

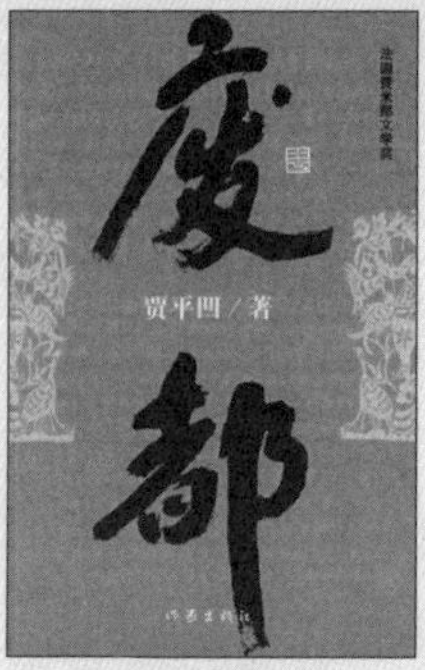

贾平凹《废都》
作家出版社 2009 年版

卫慧《上海宝贝》
天地图书有限公司 2000 年版

消费社会中，由于消费行为具有文化符号的特点，而文学故事等文化产品在传播意识形态方面具有天然优势，讲故事可以作为一种说服消费的手段，所以大众通过文化产品的消费确立了对物质产品的消费口味，文化消费可以深入渗透到物质消费中去，可以带动物质消费，甚而引领大范围的物质消费大潮。早期的法兰克福学派对这种现象十分忧虑：“我们甚至已经不能找出一种工业不是文化的工业，也找不出一种工业或者类工业的制品——在消费者的消费生活中流传的种种商品和服务——不是广义的‘文化工业制品’。”[03] 例如在《上海宝贝》的开篇，第一人称叙事者有这样一段自我介绍：

> 我叫倪可，朋友们都叫我 Coco（恰好活到 90 岁的法国名女人可可·香奈尔 Coco·Chanel 正是我心目中排名第二的偶像，第一当然是亨利·米勒喽）。每天早晨睁开眼睛，我就想能做点什么惹人注目的了不起的事，想象自己有朝一日如绚烂的烟花噼里啪啦升起在城市上空，几乎成了我的一

[01] 张志忠：《1993：世纪末的喧哗》，山东教育出版社 1998 年版，第 136 页。
[02] 胡传吉：《拒绝喧嚣》，《当代作家评论》2004 年第 6 期，第 146 页。
[03] 蒋荣昌：《消费社会的文学文本》，四川大学出版社 2004 年版，第 29 页。

种生活理想，一种值得活下去的理由。

叙述者引用了两个“名牌”：一个是物质消费的代表符号 Coco · Chanel，是昂贵奢华的象征，跟物欲密切相连；一个是文化消费的代表符号亨利 · 米勒，是性叙事的大师，跟性欲难分难解。“这两个符号就像河流的两岸，规定了《上海宝贝》的叙述流向：在汹涌的物欲和性欲的挟持中滚滚向前”[01]，尤其是文化消费符号，在《上海宝贝》中不胜枚举，“从乔尼 · 米切尔、亨利 · 米勒、伊芙 · 泰勒、艾瑞卡 · 琼、鲍 · 布拉赫特、海伦 · 劳伦森、狄兰 · 托马斯、贝西 · 斯密斯、威廉姆 · 巴勒斯、普赖斯、席尔维亚 · 普拉斯、伊丽莎白 · 泰勒、弗 · 奥康纳、萨尔瓦多 · 达利、杰克 · 凯鲁亚克、艾伦 · 金斯堡、让 – 菲利普 · 图森、罗宾 · 摩根、麦当娜、弗洛伊德、杜拉斯、保罗 · 西蒙、鲍勃 · 迪伦、伊恩 · 柯蒂斯、萨莉 · 斯坦弗、托里 · 阿莫斯、冯 · 莫里斯、尼采、米兰 · 昆得拉、苏珊 · 维加、斯纬德、比利 · 布拉格、弗吉尼亚 · 伍尔夫、丹 · 费格伯格、莱西 · 斯通，到笛卡儿和特蕾莎修女，乃至披头士、公共形象有限公司乐队。这是一份奇特的无珍不备、无奇不搜的西方品牌和时髦文化产品清单。小说庞杂的引文构成了一个色彩斑斓的奇特景观，这是一顿极端丰盛而古怪的大杂烩”[02]。卫慧的其他小说中也大量引用了五光十色的“名牌”，堆砌着涉及不同领域的消费符号——“我向来都是把书当作一种朋友、食物、镇痛剂、避难所、打火机、击球棍，甚至是宽大舒适的眠床。我熟读了博尔赫斯、塞林格、福克纳、尼采、泰戈尔、川端康成、凯鲁亚克、金斯堡、庞德、伍尔夫、斯宾诺沙、爱伦坡、屠格涅夫、陀斯妥耶夫斯基、纳博科夫，一串金光闪闪的名字……”[03]

这种重视品牌和形式而轻视质量和内容的消费文化特征对文学观念、审美范式和文学评价体系造成了巨大冲击，改变了文学生产的方式：文学作品作为消费品被生产。围绕这个问题，学界的观点分为三种：第一种观点认为，艺术终结了，“当艺术被商品化后艺术也将彻

---

[01] 申霞艳：《消费社会的文学生产》，《文艺争鸣》2009 年第 2 期，第 34 页。
[02] 旷新年：《〈上海宝贝〉：后殖民时代的欲望书写》，《天涯》2004 年第 3 期，第 164 页。
[03] 卫慧：《蝴蝶的尖叫》，湖南文艺出版社 1999 年版，第 241 页。

底地庸俗化，因而艺术也将走向终结”[01]，文艺作品的自律性和美学追求成为一个过去的历史，对现代大众的刺激越来越小，严肃、纯粹、终极关怀被感性、愉悦、世俗关怀所取代。第二种观点认为，市场繁荣会带来艺术繁荣，“当我们指出 30 年代是一个现代文学的黄金时代时，怎么能够装作忘掉或忽视那是一个市场文学生态环境的样子呢？”[02] 第三种观点认为，传统艺术终结了，新形态的艺术开始了，艺术生产方式的巨大变化中蕴含着“一种新的美学形式和解放承诺的可能性”[03]。第一种观点过于悲观，第二种观点过于乐观，造成两者差异的主要原因是两者对于文学的定义不同，代表了不同文学意识形态的冲突，前者信仰艺术标准至上，而后者强调经济标准的重要性。第三种观点对文学的定义更为宽泛，涵盖纯文学和通俗文学，兼容艺术标准和经济标准，更侧重于关注在消费文化影响下新世纪文学发展的新的可能性。这种新的可能性体现在以下几个方面：第一，文学读者的大众化，新世纪文学创作追求数量更多的读者受众，以发行量、点击率等数字指标为衡量依据，这意味着文学标准从政治标准、艺术标准向经济标准全面转移，对封面装帧、版式设计、印刷工艺、纸张质量等书籍形式包装的重视逐渐凌驾于文学作品本身之上。第二，文学形式的多媒体化，新世纪文学创作追求多媒体的表现样式，不限于书籍，影视、游戏、网络都可能成为新型文学的载体，而文学作者的知名度和稿酬的大幅提高，越来越多地借助于影视改编，比如刘震云《手机》的电影剧本改编费是 70 万元，由于电影的高票房作为宣传，小说《手机》的稿费收入达 130 万元。第三，文学作者的多元化，新世纪文学的作者身份发生了重大变化，文学消费者同时也可以成为文学生产者，各行各业的文学读者都可能成为创作主体。第四，文学叙事的欲望化，新世纪文学创作经常用欲望化叙事来承载关于享乐的想象，“消费社会给人感受至深的是物的丰盛与压迫……人的感觉神经在高频率的刺激中渐趋麻木，我们已经无法对消费品进行恰如其

电影《手机》
（2003 年版）海报

[01] 李建盛：《艺术学关键词》，北京师范大学出版社 2007 年版，第 295 页。
[02] 李洁非：《文学会被市场弄脏吗？》，《文汇报》，2004 年 7 月 4 日。
[03] 李建盛：《艺术学关键词》，北京师范大学出版社 2007 年版，第 296 页。

分的价值判断。曾经在宏大叙事中受到压抑的物欲和性欲一道铺叙出享乐主义的氛围，这种提供快感的氛围与都市壮丽妩媚的物质生活一道支配着消费社会的想象”[01]。第五，文学内容的娱乐化，消费社会中“艺术形式已经扩散渗透到了一切商品和客体之中，以至于从现在起所有的东西都成了一种美学符号”[02]，这种“日常生活化的审美”理念要求人们重新认识娱乐，从大众的角度而言，娱乐具有感官和精神的双重特色，既是炫耀、虚荣、追求快感等心理的呈示，又是一种对宏大、崇高、严肃事物的去中心化的解构[03]。第六，文学语言的狂欢化，狂欢是消费社会自身的日常状态，新世纪文学创作充满了狂欢式的戏仿修辞和语言恶搞，“狂欢节语言的一切形式和象征都充溢着更替和更新的激情，充溢着对占统治地位的真理和权力的可笑相对性的意识。这种语言所遵循和使用的是独特的‘逆向’‘反向’和‘颠倒’的逻辑，是上下不断换位（如‘车轮’）、面部和屁股不断换位的逻辑，是各种形式的戏仿和滑稽改编、戏弄、贬低、亵渎、打诨式的加冕和废黜”[04]。

消费文化之于新世纪文学的发展是一把双刃剑，在消费文化影响下产生的新世纪文学由此具有双重性。一方面，它具有大众性、民主性，适应了现代社会大众的消遣娱乐需要，美化了人们的精神生活，充实了人们的闲暇时间，推动了大众审美意识的提高。另一方面，它又具有消费性和低俗性，可能消解人们的自我意识，从而使其成为主流意识形态的补充，尤其是在大众传媒的深度介入之下，人们甚至很难在独立追求与媒介影响之间画出清晰的界限。因此，我们的时代也需要这样一些更加独立的文学写作者：他们在消费社会具备失败者的自省精神，有能力开展对于消费文化的独立思考，不妨以平庸、世俗的日常生活为写作对象，但同时需要发挥文学的超越性和批判性功能，打破消费文化所营造的美妙的幻象，揭示其实在界的无意义真

---

[01] 申霞艳：《消费社会的文学生产》，《文艺争鸣》2009 年第 2 期，第 35 页。

[02] 道格拉斯·凯尔纳斯蒂文·贝斯特：《后现代理论——批判性的质疑》，中央编译出版社 2004 年版，第 175 页。

[03] 古代娱乐神祇作为劳动的延伸；新教伦理和加尔文教清教强调工作是上帝的荣耀，娱乐是撒旦的诱惑；14 世纪以来的人文主义思潮和 18 世纪的工业革命娱乐被当作对抗劳动异化、实现自由意志的形式；20 世纪大众娱乐主义则具有享受、奢侈、炫耀等内涵。参见蓝爱国、马薇薇：《文化传承与文化消费》，北京大学出版社 2009 年版，第 21 页。

[04] 巴赫金：《巴赫金文论选》，中国社会科学出版社 1996 年版，第 106 页。

相，从而恢复人的独立自我意识，使人们能够重新体验、反思自己的生活，获得艺术的享受和精神的解放。他们拥有不多的读者、微薄的收入和微不足道的声名，但是他们的独立创作包孕着文学发展的丰富可能性，他们的作品不属于政治标准至上的主流文学，也不属于经济标准至上的消费文学，而是不合时宜地体现出艺术标准至上的纯文学意识形态。这些独立文学和主流文学、消费文学一起，构成了新世纪文学的三种形态，使新世纪文学史呈现出三分天下的复杂风貌。

第二章

“三分天下”——新世纪的文学场

新的世纪，当我们谈论起文学时，必须首先弄清楚我们谈论的是什么文学。从政治、经济、社会各种因素的复杂互动关系中考察新世纪的文学场，我们发现权力分配、资本结构与媒介传播、文学机制、消费文化一起参与到新世纪文学场的构建过程中。不同的社会小世界，形成了不同的文学场域空间，不同的文学场域空间，有不同的文学“游戏”规则，生成了形貌性质截然不同的文学作品，它们分属于三个文学亚场：主流文学、消费文学与独立文学。

第一节　三个亚场：新世纪文学场概述

“场域”（Field）是皮埃尔·布迪厄（Plerre Bourdleu）的文化社会学理论中的一个核心概念，它被如此定义：“从分析的角度来看，一个场域可以被定义为在各种位置之间存在的客观关系的一个网络，或一个架构。”[01] 场域中的权力、资本的分配结构，决定着这些位置的处境和占据位置的行动者的特征，决定着位置与位置之间的关系（如支配关系、屈从关系或结构上的对应关系）[02]。布迪厄认为：“在高度分化的社会里，社会世界是由具有相对自主性的社会小世界构成的，这些社会小世界就是具有自身逻辑和必然性的客观关系的空间，而这些小世界自身特有的逻辑和必然性也不可化约成支配其他场域运作的那些逻辑和必然性。”[03] 这些不同的社会小世界构成不同的场域空间，如政治场域、经济场域、文学场域等，它们共同组成社会这个“大场域”，其中政治场域和经济场域被称为“元场”，其他一切场域都会受到元场的支配和影响。其他场域之间或场域内部都始终存

[01] 布迪厄、华康德：《实践与反思——反思社会学导引》，中央编译出版社 2004 年版，第 133—134 页。

[02] 张意：《文化与符号权力——布迪厄的文化社会学导论》，中国社会科学出版社 2005 年版，第 273 页。

[03] 布迪厄、华康德：《实践与反思——反思社会学导引》，中央编译出版社 2004 年版。

在权力斗争和资本交换，参与竞争和交换的资本主要有以下三种：经济资本、社会资本和文化资本。经济资本是显性资本，“由生产的不同因素、经济财产、各种收入及各种经济利益组成”；社会资本是借助于“所占有的持续性社会关系网而把握的社会资源或财富”，包括个人和团体的可资利用的社会地位、声誉威望等；文化资本在现代社会和经济资本一样，它作为社会区分的原则，包括人内化的禀性与才能、物化的文化财产、制度化的学位、头衔等。三种资本之间在特定条件下可以进行相互转换，且都可以转换成象征资本。象征资本是隐性资本，“用以表示礼仪活动、声誉或威信资本的积累策略等象征性现象”，它通过“不被承认”而“被承认”，是一种通过无形和看不见的奇特方式来达到将“资本正当化”的目的的一种“魔术般”手段和奇特的竞争力量[01]。不同场域有各自占主导地位的资本，就中国社会而言，政治场域以社会资本为主导，经济场域以经济资本为主导，而文学场域则以文化资本为主导；不同场域有各自参与权力斗争的场域行动者，他们具有不同的“惯习”（habitus）[02]和文化资本；不同场域有各自支配场域运作的“游戏”[03]规则，即不同场域“自身特有的逻辑和必然性”，游戏规则的形成得益于场域的独立自主性，但是这种自主性是相对的、不彻底的，一个场域分化形成后仍难以避免受其他场域的影响，而场域内部也会发生分裂，甚至还会部分融入其他场域中去，因而游戏规则在场域运动中不是一成不变的，而是在各种力量的竞争下不断发生着动态的变化。

一般而言，文学研究有外部研究和内部研究两种基本方法。前者以文学为工具，视文学作品为指涉作品之外的世界的象征符号，认为

---

[01] 高宣扬：《布迪厄的社会理论》，同济大学出版社 2004 年版，第 150—151 页。

[02] 所谓惯习，一方面是指特定历史条件下在个人意识中内化了的社会行为的影响的总结果，是已经沉淀成生存心态的、长期反复的个人和群体特定行为方式，是已经构成内在的心态结构的生存经验，是构成思维和行为模式的、具有持久效用的禀性系统；另一方面是指一种具有创造性的、再生性的强有力的生成机制，它指挥和调动个人和群体的社会方向，赋予各种社会行为以特定的意义，是行动者的行动风格、心情、情感、品味和行为模式的一个重要组成部分。布迪厄强调这一术语的双重性特征：既重视经过道德实践而历史地固定下来的行为习惯原则，又重视在实际活动中起作用的实际活动原则。因而宣扬将“habitus”翻译为“生存心态”，以区别于一般意义上的“惯习”。本书仍采用“惯习”这一较为常见的汉语翻译。参见高宣扬：《布迪厄的社会理论》，同济大学出版社 2004 年版，第 114—116 页。

[03] 所谓游戏，是指场域行动者的实践行为。参见裴仁伟：《走近“习性”“资本”和“场”》，《贵州师范大学学报》2001 年第 1 期。

文学是政治、经济、社会和历史的反映，满足于查看作品是否符合现实历史的所谓客观真实；后者以文学为本体，强调文学的超越功利之外的纯粹审美性，割断文学与政治、经济、社会和历史的联系，局限于在文本内部探究意义。两者各有所长又各有偏颇，过分强调文学符合“客观真实”，常常导致政治标准或经济标准凌驾于艺术标准之上，从而降低作品的艺术性，事实上，所谓“客观真实”也常常是意识形态的虚构的产物；过分强调文学非功利的“纯粹审美”，常常导致形式大于内容的文学创作和放逐了现实历史的空洞的文学研究，事实上，任何作品都不能独立存在，意义也不可能凭空产生。布迪厄的文化社会学理论为我们提供了一个超越上述主客观二元对立的理论视角，去观察中国新世纪的文学场的生成，这意味着从政治、经济、社会各种因素的共同作用中考察文学场的形成，意味着“从一个空间结构、关系结构中考察文学意义的生产”[01]，意味着从文学机制、媒介传播、消费文化和文学之间的复杂互动关系中考察文学写作的策略。

基于这一理论视角进行考察，新世纪的文学场被一分为三，包括三个文学亚场，具体如下图所示：

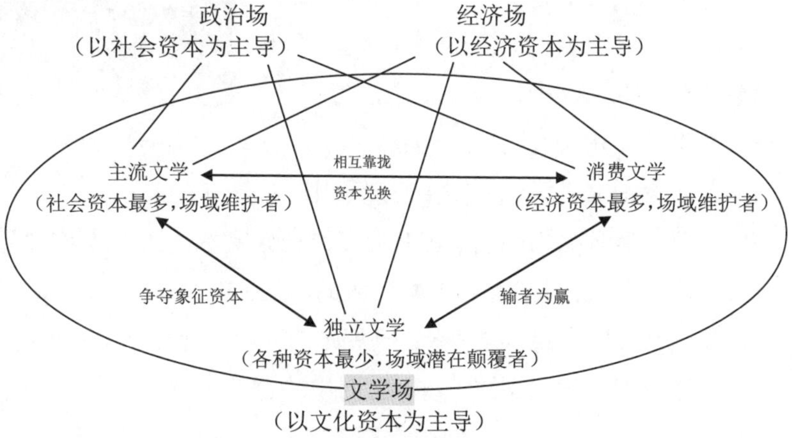

新世纪文学场示意图

上图中，椭圆部分为新世纪的文学场（以文化资本为主导）、政治场（以社会资本为主导）和经济场（以经济资本为主导），这三个

[01] 张意：《文化与符号权力——布尔迪厄的文化社会学导论》，中国社会科学出版社2005年版，第308页。

为元场，文学场受政治场、经济场的控制和支配，分为三个文学亚场：主流文学、消费文学和独立文学。

需要特别说明的是，“独立文学”这一概念，是由国内纯文学网站“黑蓝”文学网(www.heilan.com)首次于2007年“黑蓝文丛”出版之际提出，据“黑蓝”文学网创办人陈卫解释，独立文学的内涵是指“精神独立，在深厚的文学基础上特别追求以语言和细部的观察方式来体现作者的个人化风格”[01]；“黑蓝”作者赵松指出，自2000年以来中国文坛上有一个不正常现象——文学作品必须与影视“触电”才能畅销，而提出“独立文学”，正是表明这些作者的作品只能以文字的形式存在，“任何一个人的作品都无法用一个故事梗概来概括，它不是讲一个好看的故事，而是带给你新的感觉、可能性”[02]；笔者曾在《为了黑蓝新小说》一文中论及“独立性”：“诚如哈罗德·布鲁姆所说‘西方经典的全部意义在于使人善用自己的孤独’，通过小说的写作和阅读，学会与这个世界独立相处，不谄媚政治，不取悦市场，不依傍文学史，不讨好文学理论，也不斤斤计较于文坛得失，此谓独立性。”[03]这也可以作为“独立文学”这一概念的补充说明。

“黑蓝文丛·第一辑”形象海报（从左至右依次为：赵松、洪洋、顾湘、柴柴、马牛）

从新世纪文学场示意图中可以看出，主流文学距离政治场最近，占有最多的社会资本，拥有较多的名声、地位、出版资源、媒介宣传、学院派的关注，在文学史上占据一定位置，是既有文学场域的维护者，其规则由文学制度而定；消费文学距离经济场最近，与主流文学有一定对抗和分歧，学院派的关注较少，文学史的位置较为边缘，但占有最多的经济资本，也拥有较多的名声、地位、出版资源和媒介宣传，也是既有文学场域的维护者，其规则由消费市场而定；独立文学距离政治场和经济场都最远，社会资本

[01] 郭珊、吴培峰：《反对文学“挂靠”影视 “独立文学”丛书出版》，《南方日报》，2007年7月6日。
[02] 田志凌：《“黑蓝”要推“独立文学”概念》，《南方都市报》，2007年7月4日。
[03] 常立：《为了黑蓝新小说》，《不过是OPEN》，上海人民出版社2008年版，第3页。

和经济资本都十分匮乏，并不拥有名声、地位、出版资源、媒介宣传和学院派的关注，既不与主流文学合作，又不向消费文学妥协，是既有文学场域的潜在颠覆者，向主流文学发起争夺象征资本的挑战，以“输者为赢”的逻辑赢得艺术突破的可能性和占据文学史上较高地位的可能性，其规则由“为艺术而艺术”的艺术法则而定。

20 世纪 90 年代末，文学制度的变化使体制内的主流文学发生了相应变化。江泽民在 1996 年第六次全国文代会上的讲话被文学界解读为对 20 世纪 80 年代“为艺术而艺术”“让文学回到自身”的文学观念的批评，也标志着对文学外在标准的重新强调，但是这一外在标准不再是之前的单一政治标准，而是经济全球化的大背景下日益重要的经济标准的叠加。为了适应经济全球化的大环境，文学机构、作者身份、读者构成和出版机制均发生了重大变化，各地作协实行多种多样的作家合同制，作协中的作家拥有更多的创作自由，读者构成呈现出“受众细分”的状况，图书出版成为不断吸金的生产机器……所有这些使得主流文学场的规则由政治主导逐渐转向经济主导，衡量作家地位和作品价值的标准，除了政治性嘉奖、学院派认同之外，还需获得消费市场的认可。

与此同时，消费文化的蓬勃兴起改变了文学生产的方式，使文学作为消费品被大量生产。消费作为一种文化行为不断向审美领域扩张，文学作为一种符号消费品，其品牌价值日益重要，这对正统的文学观念、审美范式和文学评价体系形成了巨大的冲击，经济逻辑无孔不入地渗透到文学的各个领域，文学艺术的神秘光晕被不断消解，纯文学和通俗文学的界限开始变得模糊不清，作品的发行量和读者的数量成为文学成功与否的标志，消费文学场域的规则被确立为“金钱为王”。

在主流文学和消费文学之外，网络媒介的飞速发展增加了作品发表的机会和文学传播的途径，一批远离文学制度和市场中心的独立写作者得以从事文学创作，独立文学场域也自主形成。这些独立写作者来自各行各业，大多地位平常、收入寒微、缺乏各类社会资源和话语权，由于以“纯粹眼光”热爱文学或者因无法实现个人理想和社会价值而投入文学创作，他们身边是无处不在的权力统治和金钱操控，因而产生了失败者的意识和文学的自省精神。一方面，主流文学界作家保守、制度化的写作和传统文学期刊保守、制度化的审美让他们感到窒息，另一方面，消费文学界忽视文学的艺术价值和唯利是图的功利目的也让他们产生鄙薄情绪，因而他们可以充分发挥文学的现实批判功能，对主流文学和消费文学进行双重决裂和双重批判，从而保持自己的独立者身份，并以对文学纯粹审美价值的不懈追求来确立起“为艺术而艺术”的场域规则，从而成为文学的自觉者，实质上也成为纯文学的守护者和传承者。

法国文学史上“为艺术而艺术”原则的确立，一度成为文学场中占支配地位的艺术法则，福楼拜、马拉美、波德莱尔等人在持续不断的反抗斗争中扮演了重要角色，随着他们日积月累的创作和阅读经验的沉淀，文学逐渐获得了远离政治场和经济场的相对独立性。中国文学史亦然。20 世纪 80 年代的先锋文学浪潮中，马原、余华、刘震云等人的创作对当时主流文学的形式和内容均造成了巨大的冲击，一度确立起“让文学回到自身”的纯文学立场，并获得名声、地位、资源、话语权方面的成功，转而成为主流文学的代表人物。90 年代末以来，上述曾经的先锋文学作家或者创作停滞，或者纷纷转向，纯文学的立场产生动摇，而新的独立于政治场和经济场的作家悄然涌现，虽然他们还没能获得名声、地位、资源和话语权，但他们所进行的纯文学创作是文学场中享有象征资本最高的艺术形式，一如布迪厄对法国纯文学所做出的评价：“只有对权力和荣誉，甚至表面看来最权威的法兰西学士院，以及诺贝尔奖采取漠然态度，与当权者及其价值观保持距离，才能得到理解，甚至尊敬，并因此得到回报。”[01] 布迪厄将此竞争逻辑概括为“输者为赢”，作家创造了一种意识形态，通过对超越功利的文学艺术的信仰和尊崇，使文学场成为一个颠倒的经济世界，“艺术家只有在经济地位上遭到失败，才能在象征地位上获

余华

刘震云

[01] 布迪厄：《艺术的法则：文学场的生成和结构》，中央编译出版社 2001 年版，第 76 页。

胜”[01]，越是远离权力和金钱，文学的光环越是耀眼，文学作品的价值越是巨大。因而，独立文学场域实则在进行一场“输者为赢”的竞争游戏，对既定的政治、经济和社会立场的远离和拒绝，便成为“为艺术而艺术”的前提条件。也正因此，我们才需格外关注这些“名不见经传”的独立文学写作者，在他们寂寞萧疏的背影中，蕴含着文学艺术的新的可能性。

[01] 布迪厄：《艺术的法则：文学场的生成和结构》，中央编译出版社 2001 年版，第 99 页。

第二节 主流文学场的写作策略：先锋性的消退，通俗性的增强

在新世纪复杂的政治、经济和社会条件下，主流文学、消费文学和独立文学这三个亚场并不是以持续稳固的静态结构呈现的，而是在资本竞争和兑换中不断发生着动态的变化，不同亚场的游戏规则相应地也不断进行动态调整，这使得不同亚场的写作者们形成了各自不同又相互依存的写作策略，具体表现在媒介选择、立场选择、文体选择和表达选择四个方面。本节集中关注主流文学场的写作策略——先锋性的消退，通俗性的增强，着重论述其具体表现及形成原因。

在经济全球化的大背景下，主流文学场域中纯文学的信仰空间不断缩小，政治意识形态的控制力也有所减弱，超越功利的纯粹审美或为政治服务的创作方向逐渐被对发行量、版税、读者数量等一系列经济数字指标的追求所取代，主流文学场域的游戏规则不断从政治场或文学场规则向经济场规则转化，文学创作活动由以艺术审美为中心转变为以社会交往为中心，主流文学的写作策略也相应发生转向：20世纪80年代登上文坛的先锋文学作家的写作纷纷发生变化，追求文学形式创新和内容深度的“先锋性”渐次消退，文学作品的通俗性逐渐增强。

其一，主流文学场域形成了重影视而轻文学的媒介策略。

除了传统文学期刊和纸质书籍之外，越来越多的主流作家选择了通过多种媒介发表并传播自己的作品，从中获取个人声名和经济利益，其中影视媒介对主流文学的影响最为巨大，文学对影视的依赖程度日趋严重。文学和影视的互惠合作并非始自新世纪，新时期以来，就有多部文学作品被改编为影视，比如《城南旧事》《天云山传奇》《牧马人》《高山下的花环》《围城》《红高粱》《秋菊打官司》《活着》等，这些文学作品的成功促成了影视作品的成功，文学在与影视的相互关系中居于主导地位，一如电影导演张艺谋所说：“我们研究当代中国电影，首先要研究中国当代文学。因为中国电影永远没有离开文学这根拐杖。……就我个人而言，我离不开小说。”[01]而新世纪以来，影视艺术逐渐建立起以市场为主导的生产机制，更多地追求票房收入和受众关注，对文学的依赖程度逐渐减弱，文学和影视的相互关系发生了逆转。文学失去了主导性地位而变成了影视的副产品，影视作品的成功反而促进了文学作品的销量和知名度的提升，越来越多的文学作品的畅销需要借助于影视改编的“推波助澜”，因而作家的“触电现象”比比皆是。刘震云、苏童、余华、莫言、刘恒、池莉、史铁生、王安忆、贾平凹、刘醒龙、王安忆、杨争光、冯骥才、述平、李冯等作家均有一部或多部作品被改编成电影，其中最受市场认可、影响最大的有刘震云的《手机》《我叫刘跃进》；越来越多的作家主动参与到电影创作中去，不再是将文学作品改编成电影，而是为电影创作而写作，比如小说家朱文自编自导电影作品《海鲜》《在南方》，诗人尹丽川自编自导电影作品《与时尚同居》，等等；一些文学作品的出版甚至成为电影的宣传方式和营销手段，比如郭敬明由《无极》的电影剧本改写的同名小说，受导演陈

电影《秋菊打官司》（1992 年版）海报

电影《与时尚同居》（2011 年版）海报

郭敬明《无极》人民文学出版社 2006 年版

[01] 李尔葳：《张艺谋说》，春风文艺出版社 1998 年版，第 10 页。

凯歌之托刻意制作了一个与电影不同的华丽结尾，成为电影产业链中的必要一环；一些导演“导而优则写”，比如冯小刚的电影《非诚勿扰》即由他自己创作的同名小说改编而成……影视传播力的持续走强，与消费文化影响下大众对娱乐性的要求增强密切相关，“文学的出版依靠影视元素进行包装，这实际上是影视娱乐功能的转移”，而“无论是影视的制作，还是图书的发行，都离不开经纪人的操作。正是在这种情况下，出版社合伙制作或直接投资影视，许多作家纷纷加盟影视公司或成立影视工作室。文学创作、出版、发行都不再以内容为主要的销售基础，而是借助书商和文学经纪人的吆喝，注重作家的代群特征、身份特征、隐私元素等卖点，实现的只是一种文学的社会娱乐功能”[01]。

其二，主流文学场域形成了重众数而轻个人的叙述立场策略。

鲁迅作品中所呈现的“任个人而排众数”的独立者人格，在先锋文学中屡屡出现，个人化（甚至有点极端个人化）的叙述立场，正是先锋文学之所以成为“先锋”的重要因素之一，无论是马原的《上下都很平坦》、余华的《现实一种》和《在细雨中呼喊》，还是刘震云的“故乡”系列小说、林白的《一个人的战争》，其个人化的叙述立场都曾一扫集体合声的单调整齐而令读者感到耳目一新，并为作者赢来“先锋作家”的美誉和“纯文学”角度的认可。但新世纪以来，先锋作家的叙述立场有所变化。比如，刘震云在出版长达两百万字的先锋小说《故乡面和花朵》之后，转而创作故事性更强、迎合大众、适合影视改编的通俗小说《手机》《我叫刘跃进》；余华依靠带有强烈个人叙述风格、形式新颖且主题深刻的先锋小说获得广泛赞誉之后，转而创作颇具通俗色彩、表现当代世俗生活的长篇小说《兄弟》；作为先锋作家于 20 世纪 80—90 年代出现在文坛的林白，放弃了个人化的叙述立场而选择用“民间语言”讲述了“一

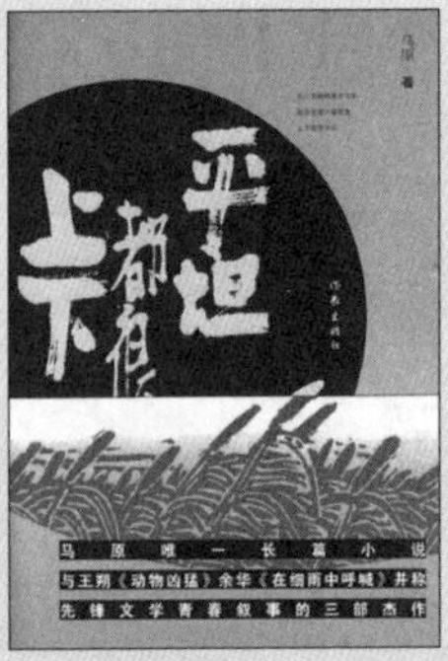

马原《上下都很平坦》
作家出版社 2010 年版

林白《一个人的战争》
春风文艺出版社 2006 年版

[01] 周根红：《出版转型与新世纪文学生态》，《中国出版》2011 年第 6 月上期，第 64 页。

刘庆邦《神木》
北岳文艺出版社 2000 年版

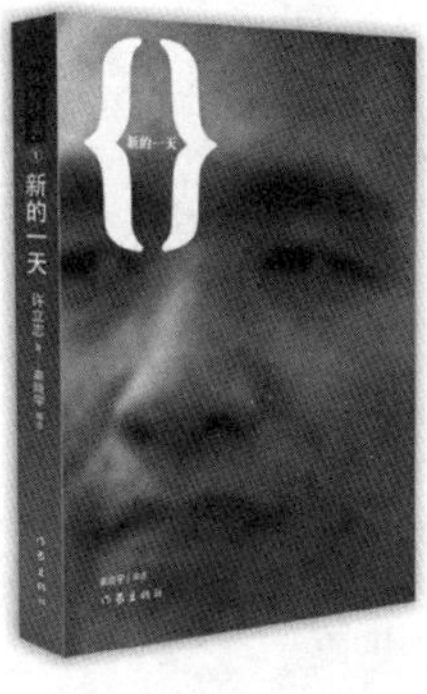

许立志《新的一天》
作家出版社 2015 年版

余秀华《月光落在左手上》
广西师范大学出版社 2015 年版

个辽阔而光明的世界”，文本叙事者的身份是一个农村妇女而非个人主义知识分子；新世纪兴起的“底层文学”的叙事立场与此相仿，在题材上反映底层群体的生存问题和现存的各种社会问题，如曹征路的《那儿》（下岗题材）、刘庆邦的《神木》（矿难题材）、孙惠芬的《民工》（进城打工者题材）、刘继明的《放声歌唱》（讨薪题材）等，底层文学的叙事者大多来自农村，他们背井离乡到城市求生存，因而时常面临身份认同危机，底层文学以底层平民姿态“介入”现实生活，通过对底层群体的日常生活和人生命运的叙述，反映出底层群体的人格品质与精神诉求。2014 年 9 月 30 日，“打工诗人”许立志的自杀使“打工诗歌”成为媒体关注的热点，许立志的诗歌也因此进入公众的视野：

> 一颗螺丝掉在地上
> 在这个加班的夜晚
> 垂直降落，轻轻一响
> 不会引起任何人的注意
> 就像在此之前
> 某个相同的夜晚
> 有个人掉在地上
>
> ——《一颗螺丝掉在地上》

更多的农民工诗人的作品也引起了关注，2014 年 4 月，诗歌评论家秦晓宇决定编一本《工人诗典》，让底层的诗人发声，“工人的写作，哪怕仅仅书写的是自己的生活，也是在为这两亿多工人群体、命运的同路人立言，为底层的生活做证”[01]。

其三，主流文学场域形成了重小说而轻诗歌的文体策略。

新时期以来，诗人是开辟纯文学信仰空间的先行者，在小说家们刚刚获得开口说话的自由而集体沉浸在反思和控诉的热忱中时，诗人们已经开始了纯文学的艺术探索，创作了大量在当时令人费解而颇具创新价值的“朦胧诗”，北岛、顾城、杨炼、江河、多多、芒克……一个又一个闪亮的名字镌刻在中国当代文学史上，其诗歌作品在纯文学氛围热烈的社会环境下进入了文学爱好者和文学研究者的阅读视域，被广为传诵并被写作者学习、借鉴和模仿，为众多的文学爱好者开启了文学殿堂的大门，而诗歌成为“文学王冠上的明珠”，是最能体现“纯粹眼光”的无功利审美价值观的文体。在主流文学场域中，诗歌这一文体的神圣地位从 20 世纪 90 年代起开始动摇。曾经受北岛诗歌激发并开始诗歌创作的韩东，在 20 世纪 80 年代初以还原日常生活现象而解构朦胧诗的《有关大雁塔》《你见过大海》等一系列诗歌引起诗坛的广泛争议，其创作者成为“第三代”代表诗人。从 90 年代起，韩东由“诗人”逐渐变为“小说家”，创作体裁更多由诗歌转向小说，这固然是作家的个人选择，但也与作家的个人状况相关——“我和小说的关系更久远。我从写诗到写小说，就是一个精力的转移，以前的精力主要放在诗歌这一块，其实当时我也写小说，最早的一篇小说也是写《有关大雁塔》那会儿写的。后来到 90 年代以后，把主要的时间、精力集中在中短篇小说上。我觉得这个在我是非常自然的事……诗和小说对我来说同样重要或者说同样不重要……”[02]但这也并非特别的、作家的个体现象，而是具有一定普遍性的文学现象，在“他们”作家群中，鲁羊、朱文、吴晨骏、楚尘、刘立杆等人的创作多为诗歌和小说并举，鲁羊在谈及从诗歌创

鲁羊

[01] 高四维：《选择了“死亡”主题的打工诗人许立志》，《中国青年报》，2014 年 11 月 24 日，第 8 版。

[02] 韩东、常立：《关于“他们”及其它——韩东访谈录》，常立：《“他们”作家研究：韩东·鲁羊·朱文》，上海三联书店 2010 年版，第 199 页。

作到小说创作的转变时说：“我曾经设想过各种表达的方式，但最简单的一个人能坐下来完成的写作方式还是诗歌小说这样的形式吧，除了诗歌可遇而不可求的幸福状态之外，我想还是要有一个劳动状态。有一个劳动状态让人稍微踏实一点。一开始写小说的状态和写诗的状态差不多，后来才把它渐渐地视为一种劳动，渐渐也不知道怎么回事就把它视为自己真正需要的劳动。”[01] 从文学环境的角度客观而论，诗歌的写作通常难以获得经济利益，而小说则历来被市场垂青，拥有更广泛的读者基础和更通畅的出版渠道，诗歌写作的高度个人化和艺术实验性也使得诗歌评论和解读的难度颇高，而小说相对而言更易评介和推广，更多地被学院派予以研究，因而，在当代中国市场经济变革的浪潮中，小说的生存环境比诗歌更佳，写作者写小说比写诗更容易获得利益、名望和读者，韩东对此评价说：“在今天，从安身立命的角度说，写小说相对比写诗要容易一些。我从不相信，很糟糕的环境对诗人的灵感生活有莫大的好处。相反，相对的宽松对一个有才能的人的尽情发挥是很有帮助的……”[02] 而韩东在小说中更是借人物之口做出了更直接的解释：“诗歌写作并不能维持我的生活。相反地倒是越写越穷，人也越来越灰。于是近年来我转向小说写作……”[03] 新世纪以来，小说相对于诗歌的文体优势日益增强，诗歌作为纯文学领域最具代表性的文体，更多地存在于民刊和网刊之中，且影响力日渐衰退，近年来引起公众广泛关注的有关诗歌的事件，诸如“梨花体”诗歌事件、“乌青体”诗歌事件、“脑瘫诗人”余秀华事件，多数与诗歌本身无关，与纯文学无关，而更多关乎娱乐或社会现象，这也是主流文学场域增强通俗性的写作策略的表征。

韩东

其四，主流文学场域形成了重思想内容而轻艺术形式的表达策略。

形式和内容之于艺术创作本为一枚硬币的两面，相互辅助又彼此

[01] 汪继芳：《“作为一个艰苦写作的人”——鲁羊访谈录》，《断裂：世纪末的文学事故——自由作家访谈录》，江苏文艺出版社 2000 年版，第 171 页。

[02] 林舟：《韩东——清醒的文学梦》，《生命的摆渡——中国当代作家访谈录》，海天出版社 1998 年版，第 52 页。

[03] 韩东：《西安故事》，《树杈间的月亮》，作家出版社 1995 年版，第 57 页。

依存、不可或缺，既无离开内容的形式，也无离开形式的内容，但在不同的历史阶段，对两者中的某一方面的强调可能会超过另一方面，两者会形成一种对抗关系。比如：白话文运动可以理解为内容对形式发起的文学革命，当旧的形式无法承载新的内容时，这一类变革就会发生，新的内容要求新的形式产生，形成新的艺术，在白话文运动初期，对“白话”这一形式的要求重于对内容的要求；20 世纪 80 年代兴起的先锋文学也同样如此，强调形式创新重于内容变化，一时间，元叙述、意识流、魔幻现实主义手法等西方小说技巧被广泛应用于先锋文学创作中，也倍受文学评论者的推崇和关注，先锋小说的领军人物马原以“我就是那个叫马原的汉人”这样独特的叙述方式走上文坛并产生了广泛的影响，他用叙述者身份游移、时空错乱等形形色色的叙述技巧讲述的关于西藏生活的神秘故事，给中国当代许多作家以写作方法上的启示。但马原离开西藏之后，从 1992 年起中断了小说创作，甚至在 2010 年宣称“小说已死”，这些年来马原在同济大学中文系任教，先后出版了一系列读书随笔和观影评论，一直到 2012 年他的长篇小说《牛鬼蛇神》在《收获》上发表，马原才重新以小说创作为媒介进入读者的阅读视野。虽然《牛鬼蛇神》在表面上还延续着一些“马原式”的叙述技巧——颠倒的章节目录、神秘的因果关系等，但在写作策略上与马原之前的小说有着明显的差异。首先，文本叙述者的后视视角明确化，叙述者直接发出了大量议论性话语以加强小说的思想内容，先前小说创作中形式的创新让位给了思考的总结和表达，“呈现世界”的小说观被“解释世界”的小说观取代。马原这样描述自己写作观念的转变：

马原

> 20 年前，我把所有的思考都从小说里赶出去，因为我当时觉得思考会妨碍我的小说完整性，是对小说有机叙事的破坏。对于思考，我们会想到米兰·昆德拉（引用的）那句“人类一思考，上帝就发笑”，还有歌德的“生命之树常绿，理论总是灰色的”。庄子在《庄子·混沌篇》最后说：“日凿

一窍，七日而混沌死。”思考带来的结论其实非常可疑。回到小说里冥思部分，我放下小说创作20年，在这20年里我做了编剧，在课堂上讲阅读大师，讲解大作家大导演。在不写小说的20年，都在解析思考。我回过头写小说，突然意识到，这些东西并非可以简单地赶出去。[01]

其次，先前小说中多线交错的叙述时空被单线顺序进展的线性时空取代，迷离叵测而变化多端的追求“不确定”的先锋叙述被严格清晰而单一宏大的叙述方式取代。《牛鬼蛇神》的结构整饬有序而章节彼此呼应，章节目录的颠倒（3—2—1—0）并非形式上的突破，而是代表了写作者借鉴而来的一个观念——“我的章节是从3—2—1—0这样倒着排列，这是归零的方法。老子说：‘道生一，一生二，二生三，三生万物……’我们也看到有生于无。而‘0’在汉语里经常和‘无’重合，我用归零的方法，实际上是想暗示我的读者，到‘0’的时候忽略它也没有损失，故事还在继续”[02]。

马原《牛鬼蛇神》
上海文艺出版社2012年版

最后，《牛鬼蛇神》中重写、改写甚至直接挪用了马原以前一些小说（比如《零公里处》）的内容，而这种挪用并无艺术上的考虑和互文性的指涉，而是出于写作者的无奈——“我拿进来的部分可能有七八万字，这七八万字都是通鬼通神的部分。这部小说其实写的是人鬼神的故事，你的生命当中不会有太多机会通鬼通神，只能把我一生之中所有关于通神、鬼的叙述精华都集纳到这部小说里。我没办法在写这个小说的一年里（通鬼神），我只能把我一生所有关乎鬼神的精彩段篇集合在一起”[03]。因而有读者从马原新作中得出了“先锋已死”的结论：

小说《牛鬼蛇神》中的诸多形式因素，特别是那个刻意颠倒的章节，尽管与完整的叙述内容之间存在着明显的错

[01] 马原：《马原谈新作：我不关心社会批判和反思历史》，《东方早报》，2012年4月6日。
[02] 同上。
[03] 同上。

位，但此错位不再具有颠覆内容的价值意义，不再具有革命性的叙述力量，毋宁说，它已经转化为一种建构内容的模式化形式。这个形式因素已经为内容中梦想的失落，还有那个强悍的线性历史时间骨架所抽空。它不过是一种个人印记似的东西，标记其为马原之为马原的标志性的写作行为。此标记的全部意义并不存在于文学文本之内，而是存在于当代都市商业化的写作大潮之中。它不是在向这种商业化的写作行为发出呐喊与反抗，而是以此为标志，向其致以崇高的敬礼。[01]

从铁凝的《笨花》、池莉的《所以》、方方的《武昌城》、王安忆的《启蒙时代》、余华的《兄弟》……这一系列以前的先锋作家的近作中，我们不难看出，马原在写作策略上的转向并非孤例。尽管马原本人如此解释自己的辍笔 20 年："选择写作还是因为热爱，热爱却写不出来，这样的纠结还是免不了的。你也看到我多次尝试还是写不出来，所以老老实实停掉了小说 20 年，就是因为写不出来。"[02] 事实上，马原 20 年不写小说，反而使得他成为先锋作家中因写作转向较晚而保持"先锋性"较久的作家。[03]

铁凝《笨花》
人民文学出版社 2006 年版

王安忆《启蒙时代》
人民文学出版社 2014 年版

[01] 石天强：《再见了，马原们》，http://book.douban.com/review/5435874/。

[02] 马原：《马原谈新作：我不关心社会批判和反思历史》，《东方早报》，2012 年 4 月 6 日。

[03] 在先锋作家中，残雪的小说创作始终保持着"先锋性"，而刘震云的近作《一句顶一万句》则又具有了新的"先锋性"，笔者将于第三章对此进行更详尽的探讨。

第三节 消费文学场的写作策略：明星化的作者，娱乐性的表达

消费文学场形成了不同于主流文学场的写作策略——明星化的作者，娱乐性的表达。以下着重论述消费文学场写作策略的具体表现及其形成原因。

消费文化的兴起消解了“作者神话”，颠覆了作为信仰空间而存在的纯文学的生产场，人们不再对作家的艺术创造能力顶礼膜拜，而是更多地把作家视作一种消费品的品牌，把作品视作消费品。在消费文学场域，读者对作者身份的关注超过了对作品质量的关注，对作品娱乐性的要求超过了对作品艺术性的要求。在“金钱为王”的游戏规则下，作者的写作策略发生了相应的变化——作者不再作为纯文学的守护者和创造者而存在，而是被包装成“明星偶像”粉墨登场，作品也不再以艺术标准为衡量尺度，而是以娱乐性为最高标准。

其一，消费文学场域形成了以网络传播为主、以商业出版为辅的媒介策略。

诚如传播学者伊尼斯所言：“一种新媒介的长处，将导致一种新文明的产生。”[01] 新世纪互联网的迅猛发展，深刻改变了中国当代文

[01] 哈罗德·伊尼斯：《传播的偏向》，中国人民大学出版社 2009 年版，第 8 页。

学写作的整体面貌，加速了中国文学写作的产业化进程。1997 年网络文学诞生伊始，网络文学写作还是作为个人业余爱好而存在，是写作者在躬耕“自己的园地”，以《活得像个人样》扬名的第一代网络写手邢育森如是说：“我必须感谢网络给了我这样一个自由的空间，这就像农民能去耕种自留地，商人可以做个体经营了，我终于能够自由地做自己喜欢的事情。”[01] 但这样的“小农经济”时代很快一去不返，越来越多的网络写手加入网络写作的市场大潮中，能够产生一时轰动效应的网络文学作品此起彼伏，不断涌现，能够引起一时关注的文学写手、流行新宠迅速更迭，巨大的商机吸引了网络运营者的资金投入，一系列以追求商业利益为目标的产业制度的确立改变了网络写作的面貌，随着网络签约作家、稿费制度、版权交易和影视网游改编的频频现身，网络文学写作被裹挟着进入了它的产业化运营时期，“网络写作作为文化产业内部出现的一个‘商品’群，与产业内的传统出版、影视和游戏等其他文化产业开始构建前所未有的竞争与合作关系。这种多种新老媒介的交互运作，使得媒介场内文学生产的复杂性、多样性和丰富性随之呈现出来”[02]。例如，“盛大文学”除了运营起点中文网、起点女生网、榕树下、红袖添香网、晋江文学城、小说阅读网、潇湘书院等文学网站作为作品发表的平台之外，还涉足传统出版、影视动漫改编、无线阅读等多种文化产业，其首席执行官侯小强说：“大家看到小说的时候会说它是小说，但我把它当产品，当作一个版权，一次生产，多次开发。”[03] 网络文学写作的产业化发展推动了商业出版的繁荣，网络写手的作品销量不断提升，网络消费文学的市场不断扩大，不断削弱着主流文学场“纯文学”的影响力，2006 年“中国作家富豪榜”前十名中有五名属于主流文学场域的传统作家，2007 年有四名传统作家上榜，2008—2011 年均无传统作家上榜，但自有“中国作家富豪榜”以来，每年均有至少两名网络写

邢育森

[01] 王磊：《网络写作三大疑问——网络写手与传统作家大辩论》，《中国青年报》，2000 年 7 月 27 日。

[02] 王月：《新世纪中国网络写作的产业化》，《文艺研究》2012 年第 5 期，第 86 页。

[03] 旺报：《盛大文学转由全版权方式经营》，《版权周刊》2010 年第 2 期。

手在榜。据统计，2000 年到 2010 年的畅销书榜上的 110 部作品中，只有 10 部是传统作家作品，网络文学作品则有 16 部，其余则是引进的国外畅销书、影视类、教育类和职场类图书等[01]。

其二，消费文学场域形成了明星化的叙述立场策略。

20 世纪 90 年代起，在《小说界》《作家》等文学刊物上相继出现“七十年代后作家”专栏，1998 年 7 月，在《作家》推出的“七十年代出生的女作家小说专号”上，集中刊发了卫慧、棉棉、周洁茹、戴来、朱文颖、金仁顺、魏微七位女作家的作品及各自的照片，在作家的文字与读者见面的同时，还附上了作家星味十足的玉照。媒体上相应出现了“美女作家”的称谓，这些作家旋即走红，并在此后十年中不断衍生出“美男作家”“学者作家”“官员作家”“80 后作家”“打工作家”“90 后作家”等五花八门的称谓，在这种种称谓中，“作家是什么人”的重要性都凌驾于“作家写了什么作品”之上，这是近 10 年来文坛上流行的“作家明星化”现象的一种表征。“让作家披上一层星光，和文字一起放光芒”成为一种新的图书行销策略。香港皇冠出版社总经理麦成辉坦承，1996 年推出张小娴时采用了包装行销策略，投入资金制作了张小娴的报纸头版全身照、杂志封面照并印刷宣传小册，还邀请专人为她设计造型，安排一系列户外活动和签名会[02]。类似的明星包装策略在中国大陆文坛也被广为应用，韩寒、郭敬明、安妮宝贝等名流作家的诞生均得益于此。成名之后的名流作家，多数也不能或者不愿安心写作，而是参加很多社会活动——做演员、当歌手、赛车、拍 MV 等，完全像娱乐明星一样出入于各类社交场合，成为娱乐界的新宠。2012 年第三届中国图书实力榜的活动现场，“大屏幕、聚光灯，鲜花美酒，衣香鬓影，从场面上看，与一场时尚秀颇有相似之处……朱军、乐嘉、郭敬明……几乎在走进会场的第一时间，就被包围在合影和签名的人潮中，让人不得不感慨明星光环的力量”[03]。关于作家的明星化现象，各界人士一般认为作

卫慧

[01] 王月：《新世纪中国网络写作的产业化》，《文艺研究》2012 年第 5 期，第 93 页。
[02] 徐颖：《“包装”作家——明星化》，《包装大世界》2000 年第 4 期，第 68 页。
[03] 卜松竹：《名家热论作家明星化》，《广州日报》，2012 年 3 月 3 日。

品是第一位的。“靠脸蛋或者其他圈里赚来的名声写书，没内容的话，也不过是‘谈资和趣闻’，读这种书不如‘看他的照片’”“真正的作家和公共知识分子，魅力来自于内在魅力、自由思想和独立人格及超凡的才华”，北京读客图书有限公司董事长华楠这样说：

> 当我们推一个新作家，或者是持续做以前作家的推广工作时，我们更多考虑的是这个品牌有没有扩大受众的可能性，我们如何坚定在他已有的受众加深和加强他和读者的联系，运用的手段可能会包括平时所用的明星化的手段。事实上一个作家的穿衣打扮也是品牌的一部分，就像是毕淑敏老师的素面朝天，还有郭敬明老师的一丝不苟，这都是两个作家品牌包装的方式[01]。

华楠

随着作家变成了明星，读者也变成了明星的“粉丝”，粉丝们关注自己迷恋的明星的外貌、身材、服饰、言谈、运动等，而对作品质量的关注却居于次要地位，万榕书业的出版商路金波（即第一代网络写手李寻欢）曾在谈及未来消费文学流行趋势时说：

> 未来的文学市场，只有四种可能流行：一种是卖文字的，韩寒、安妮宝贝或者郭敬明，他们的文字特别好，写什么都能卖；一种卖故事，就是所谓“类型文学”，青春文学、穿越文、官场小说，与作者无关，可以复制；一种是卖经验，像小宝、石康、慕容雪村，他们老了，活出些道理来，卖卖经验；还有一种是卖时髦，比如帕慕克、川端康成，满足知识虚荣分子的好奇心。[02]

路金波

上一段中，路金波对韩寒、郭敬明等名流作家的评价是“文字特

[01] 卜松竹：《名家热论作家明星化》，《广州日报》，2012 年 3 月 3 日。
[02] 戴维：《路金波：是他“炮制”了韩寒》，《都市快报》，2011 年 10 月 5 日。

别好，写什么都能卖”，而他在另外谈及图书策划时，则更加明确地说：“韩寒写得好吗？我不知道。但是凡是韩寒写的，如果里面是白纸，我们把它塑封了也能卖10万册。消费者是看上韩寒这个品牌才买的。”[01] 打造作家品牌，引导大众消费——这正是消费文学场域图书策划和出版发行的奥秘。在“金钱为王”的消费文学场域，否认或忽视作家明星化现象的影响而声称“作品是第一位的”，或可视作一种品牌营销策略，在争夺经济资本之余，进一步争夺文学艺术和作家身份所蕴含的象征资本。更为重要的是，在“金钱为王”的消费文学场域，明星化的写作者需要满足资本逐利的原始本性和消费者的娱乐要求，自由思考、批判现实、拒绝媚俗的文学独立者的叙述立场难以确立。因而，由独立者的叙述立场向明星偶像的叙述立场转移，也就成为许多写作者的新的写作策略。

其三，消费文学场域形成了重长篇小说而轻短篇小说的文体策略。

在消费文学场域的生存竞争中，长篇小说战胜短篇小说成为“适者生存”的文体，最受出版行业青睐而得以频繁出版，短篇小说则备受出版行业和读者受众的冷落。究其原因，是利益所致。首先，从写作者的角度看，短篇小说对技艺的要求更高妙，对语言的要求更精细，张炜谈及自己阅读马尔克斯短篇小说时的快感：“……获得的快感是空前的，我就觉得，我眼前有一大片玫瑰花突然开放了，他里面写的不是玫瑰，我却闻到了玫瑰的香味，我被那种高妙的文学语言深深折服，语言的魅力能催发你产生气味的快感。长篇会有这效果吗？很难，中篇也很难。”[02] 王安忆在“短经典”丛书的总序中说：“好的短篇小说就是精灵，它们极具弹性。它们的活力并不决定于量的多少，而在于内部的结构。”[03] 邓一光则对短篇小说怀着敬畏：“长篇小说可以慢慢磨，

王安忆

[01] 彭致：《路金波谈策划：品牌落实靠技术细节》，《中国新闻出版报》，2007年8月3日。

[02] 周翼双：《作家动辄长篇巨作　中短篇小说关注度偏低》，中国新闻出版网，http://www.cnpubg.com/ZX/newsdetail.cfm?iCntno=230007。

[03] 王安忆：《短篇小说的物理——“短经典”总序》，理查德·福特：《石泉城》，人民文学出版社2012年版，第1页。

而短篇小说更具有天才性。”[01]因而写作者为了艺术本身而写作短篇小说并付出了艰辛的劳动，张炜这样描述自己的短篇小说创作过程：“我写短篇的时候，每天早晨我是按时睡觉的，休息不好根本不能写，写短篇需要一个字一个字地调动自己，一定要把脑子调度到写作最高点的时候，才去落下第一个字。明白了这个道理后，8个小时创作的话，我顶多用4个小时伏案工作，其他的时间我都在想办法调动自己的创作状态，当这种状态出现了才开始写，因为短篇小说需要一落笔就在最高点。”[02]但是写作者这样艰辛的努力却只能换来微薄的收入，“苏童曾把短篇小说称为‘奢侈的题材’，说写短篇写得他差点揭不开锅。苏童算过一笔账，一个短篇得花半个月完成，一年顶多写10篇，稿费是一次性的，通常一篇只有500块，跟20世纪80年代比根本没有涨多少，如果一年只赚5000块，那的确揭不开锅”[03]。给短篇小说写作者带来压力的还不仅仅是物质上的匮乏，还有因“长篇崇拜”而带来的作家名誉上的损失，比如20世纪90年代中期苏童持续进行短篇小说创作的时候，“总有人问他为什么不写东西了”，在许多人（包括文坛内部人士）眼中，只有长篇才是值得称道的，国内的许多重要文学奖项也只针对长篇小说，因此多数写作者把更多的精力投入能赚取更多物质收益和精神支持的长篇小说的写作中。据人民文学出版社社长潘凯雄回忆，“1990年代后半期开始，国内文学界、出版社只追逐长篇，大家都只争着出长篇……一部能卖到2万册的长篇小说，作家可以拿到几万元稿费。若是改编成影视作品，远比卖书赚得容易，如果作家本人愿意当编剧的话，收入更可观”[04]。其次，从出版方角度来看，“短篇小说是出版界的‘票房毒药’，‘出一本赔一本’”，而长篇小说的销量较有保证，出版方

张炜

苏童

[01] 刘悠扬：《长篇占据主流 短篇小说路在何方》，《深圳商报》，2012年6月19日。
[02] 周翼双：《作家动辄长篇巨作 中短篇小说关注度偏低》，中国新闻出版网，http://www.cnpubg.com/ZX/newsdetail.cfm?iCntno=230007。
[03] 刘悠扬：《长篇占据主流 短篇小说路在何方》，《深圳商报》，2012年6月19日。
[04] 同上。

对作者所投入的宣传和包装成本也更易获得回报，尤以长篇系列小说为佳，形成品牌之后，小说即使质量差强人意，也仍可借助品牌效应一本又一本地在市场上持续销售。网络写作产业的稿费制度也催生出许多长篇系列小说或大长篇小说。目前就网络小说而言，60 万字只能算是中等篇幅，100 万字以上才勉强算是长篇。一位起点中文网的注册写手甚至说：“字数不够 100 万的文章肯定是‘太监文’（文章突然停止不再更新），100 万到 200 万字是短篇，200 万到 350 万字是中篇，超过 400 万字的才有资格称是长篇。”[01] 这是因为一般网络文学网站所提供的免费在线阅读的篇幅是前 10 万字，如果文学网站和作者想通过付费阅读盈利，大长篇必不可少。据网络写手透露，榕树下签约写手的具体稿酬分为两部分，“全勤奖”一个月 900 元，写手必须每天更新 2000 字以上，“提成奖”则根据小说的被阅读量而定，“读者每看 1000 字支付 3 分钱，写手从中提成 1 分钱”[02]。区区 900 元无以维持写手的日常生活开销，因而大多写手依靠点击率来“提成”，点击率与作品篇幅成正比，作品越长，累积的点击率就越高。而“一旦一部作品拥有一定规模的读者后，作者便不愿轻易结束作品”[03]，开始充满新的冒险的写作，形式和内容上的新的冒险，原本应当成为文学写作者自觉的艺术追求，但在消费文学场域中，写手们纷纷放弃了艺术上的追求，文学的自觉者几近于无，难得一见了。

其四，消费文学场域形成了娱乐至上的表达策略。

消费文学场域中，放弃了艺术追求的写作者们，唯一的目标就是卖出产品，赢得金钱。要实现这一目标，必须了解受众需求以迎合受众，而在受消费文化影响的当下，受众的阅读动机主要为消遣和娱情，写作者就需要采用娱乐至上的表达策略，为受众提供娱乐产品。首先，这一表达策略体现在彰显作品的类型化而抑制作品的个性化方面。在受众细分的时代，不同的受众群喜欢不同类型的小说，因而网络消费文学相应生出数十种具有明显商品属性的类型文学，同一类型的作品，在情节模式、人物性格、叙述技巧甚至语言风格等各方

---

[01] 温爽：《网络文学盈利模式催生“舒马赫”》，《中国青年报》，2010 年 1 月 7 日。

[02] 蒋肖斌：《网络写手称千字提成一分钱 每日更新无休假》，《中国青年报》，2010 年 1 月 5 日。

[03] 王月：《新世纪中国网络写作的产业化》，《文艺研究》2012 年第 5 期，第 90 页。

面，均具有高度趋同性。不同的文学网站根据不同的受众群定位，还产生了各自的主打类型文学，比如红袖添香主打女性小说，晋江文学城主打耽美小说，起点中文网主打玄幻小说，小说阅读网主打校园文学，等等，以吸引各自的目标受众。其次，这一表达策略还体现为追求情节的曲折跌宕而忽视语言的精致准确。由于作品多在网上连载，若失去刺激诱人的情节，就无法吸引读者的追读，也无以提高和收入密切相关的点击率，而要快速且大量写作，语言的精致和准确几乎无从谈起。再次，这一表达策略还体现在追求浅层感受而回避深入思考，网络技术发展使得文学写作和阅读的准入门槛都大大降低，表达自我生活体验和宣泄个人情绪情感，成为多数网络写作者赚钱之外的原动力，而并非“为艺术而艺术”，相应地，多数读者是为了消磨时间获得娱乐而进行阅读，风趣幽默、浅显直白的表达更容易引起读者的关注和追捧，也因此成为网络消费文学的普遍特征。最后，娱乐至上的表达策略体现在耽于“意淫”而逃避现实，“这里的‘意淫’与身体纵欲无关，而是指意念里美好的但不切实际的幻想，甚至是妄想”，豆丁网关于“网络小说流行原因调查”显示：“精彩的故事情节”占 31.25%，“细腻逼真的人物表现”占 18.75%，“精彩的文笔”占 6.25%，“天马行空的想象”占 37.5%，“现实中不存在、够刺激”占 6%。前两者可为追求情节曲折而忽视语言艺术的表达策略提供依据，后两者则带有明显的“意淫”因素，“在‘意淫’小说阅读中，读者实现了现实生活中无法实现的理想和愿望，或是体验到了现实中无法拥有的身份、地位、能力等。现实社会竞争越激烈，底层或弱势群体越多，‘意淫’小说受众便越多”[01]。

[01] 王月：《新世纪中国网络写作的产业化》，《文艺研究》2012 年第 5 期，第 92 页。

第四节　独立文学场的写作策略：输者为赢，艺术至上

主流文学场域和消费文学场域的写作者们在新世纪纷纷做出了写作策略方面的调整和改变，这些写作策略的改变，使得新世纪文学的写作呈现出与以往不同的状貌并引起文学批评家的焦虑和反思："各种写法多了，佳作力构却少了；作品种数增了，艺术质量与分量却减了；小说改编影视的多了，经得起阅读的却少了；期刊的时尚味浓了，文学味却淡了；作家比过去多了，影响却比过去少了；获奖的作者多了，能留下来的作品却少了。"[01] 而在距离政治场和经济场最远的独立文学场域中，写作者们仍然固守着有关纯文学的传统信仰的空间，这一信仰的空间仍然"通过生产对艺术家创造能力的信仰，来生产作为偶像的艺术品的价值"[02],"作者神话"至少在这一场域仍然受到尊奉。为了将文学跟非文学的事物（尤其是政治与经济）区别开来，像传统纯文学场域一样，独立文学场域确定了自身合法性的律令，规定了文学的价值和意义的法则——"为艺术而艺术"，这一原则既是美学策略，又是区分标志。诚如福楼拜所言："这就是我为什么喜欢艺术，至少在这虚幻的世界里，一切都是自由的。在这里人

[01] 白烨：《在适应中坚守——文坛现状的观察与思考》，《北京文学》2004 年第 1 期。
[02] 布迪厄：《艺术的法则：文学场的生成和结构》，中央编译出版社 2001 年版，第 276 页。

可以得到一切满足，可以为所欲为，既是君王，又是臣民，既是积极的，又是消极的，既是牺牲者，又是祭司。没有限制。”[01] 由于这一场域的社会资本和经济资本都十分匮乏，写作者们大多不被主流文坛认可或接受，并不拥有文学上的名声、地位，更缺乏出版资源和传统媒介宣传能力，甚至也很少为学院派研究者所关注，因而独立文学的写作者们可以凭借的唯有他自己及其（纯文学意义上的）文学写作，去参与一个“输者为赢”的艺术游戏——“在这个经济颠倒的世界里，倘若不累及他们在彼岸世界的拯救，人们无法赢得金钱、荣誉（福楼拜恰恰说过：‘荣誉败坏名声’）、合法和非法的女人，总之上流社会成功即在社会上的成功和这个世界中的成功的所有标志，这个矛盾的游戏的基本法则是让人从不计利害中获得利益：对艺术的爱是一种疯狂的爱，至少从平常世界的规范的角度来看如此”[02]。遵循这一特殊的逻辑，独立文学场域的写作者们形成一系列独特的写作策略：输者为赢，艺术至上。

其一，独立文学场域形成了以网络传播为主、以独立出版为辅的媒介策略。

这一媒介策略的确定，对独立文学场域的写作者们来说既是无奈之举，又是主动选择。由于远离经济场和政治场，缺乏传统出版所必需的资源，也较少获得文坛内作家和批评家的关注，以网络作为发表平台并进行作品传播成为独立文学场域写作者们的不二选择，但与消费文学场域同样以网络传播为主的媒介策略有所不同，独立文学场域中文学写作的产业化倾向无以产生，各类利益相关的产业链无以形成。除了在网络平台上发表作品之外，也有一些独立文学场域的作者的作品涉足传统出版，但与以商业利益为目标的商业出版不同，独立文学场域的作品出版大多依托于自费性质的“独立出版”，主要可分为两类：一类是自费出版，作者或作者的委托人需向出版社提供全额资助，其接近于传统出版，图书有正式刊号，进入正规图书发行渠道进行流通，在各类实体书店和网络书店销售，作者稿酬较微薄，图书发行量较小，定价适中；另一类是自助印发，由作者或作者的委托人将作品编撰成集，自行联系印刷机构刊印成书籍样式，并在特定网站

[01] 布迪厄：《艺术的法则：文学场的生成和结构》，中央编译出版社 2001 年版，第 33 页。
[02] 布迪厄：《艺术的法则：文学场的生成和结构》，中央编译出版社 2001 年版，第 28 页。

或个人主页、微博上进行销售，严格说起来并不能算作出版发行，因为所刊印的书籍并无正式刊号，未经出版社编审，也不在一般实体书店或网络书店销售，作者没有稿酬，图书发行量更小，定价通常较高，用以收回一定的印刷成本。独立文学场域中，黑蓝文学网的自费出版形成了一定规模并且具有一定影响力，自 2007 年起，自费出版“黑蓝文丛”小说集多部，其中第一辑包括《抵制喜剧》《妻子嫉妒女佣的美貌》《为不高兴的欢乐》《睡莲症》《空隙》五部小说集，据黑蓝文学网创办人陈卫介绍，总投入高于 20 万元。自助印发图书的情况则更为常见，20 世纪 80 年代起就有许多民刊以此种方式在文学爱好者中流通，如《今天》《他们》等。自有互联网络以来，文学网刊逐渐取代了纸质民刊，但自助印发图书的情况依然常见。新世纪初北大在线新青年文化社区的“文学大讲堂”频道及其下属论坛“北大自由坛”印发了《新青年 DVD 手册》（6 册）及《新青年写作手册》，前者多为影评，后者多为小说、诗歌等文学作品，在当时具有相当大的影响力和传播广度。随着互联网络的发展和独立文学场域游戏规则的日益形成，自助印发的图书也日益增多，“他们”作家群、“废话”诗群、黑蓝文学网、副本网站的许多诗人和小说家都以此方式销售并传播自己的作品，形成了各自特定的受众群。因而，独立出版日益成为独立文学场域中作品流通的重要方式，它对写作者的意义十分重大。陈卫曾告诉笔者：“我们出钱来出版自己的作品，看起来是‘没有尊严的’，事实上，这却是在当下文学环境中最能保持作者尊严的方式，我们付出了金钱，就避免了自己作品被篡改、删减、扭曲的命

洪洋《抵制喜剧》
上海人民出版社 2007 年版

《新青年 DVD 手册》及
《新青年写作手册》

运，在与各方博弈的过程中，作者获得了一定的主动，可以保持自己思想上和艺术上的独立性。”唯有此，写作者的创作自由才可得到保障，立足于文学艺术本身而不依傍于政治也不依傍于经济的所谓“独立写作”才成为可能。需要指出的是，独立出版在消费社会中也正在成为一种小众时尚，对主流的“反动”也正在被利用成为与经济相关的“精神奢侈品”，娱乐性的成分日益增强，具体体现在：第一，一致地强化“小”，以小为目的，小印数，小众读者，这与当年民刊都想“做大”的表面特征相反；第二，一致地强调形象、设计、印装、“品牌”，这与当年民刊粗糙、直接的呈现相反；第三，售价高，由于制作成本高，售价远比正规的同等内容的出版物定价高，这与当年民刊免费赠阅相反；第四，对“品牌”的关注第一，对作品的传播其次，由于售价高和印数小，独立出版所吸引的关注往往是出版概念本身而非作品本身，对作者作品的传播力度则相对较小。

其二，独立文学场域形成了独立的个人化叙述立场策略。

独立文学场域的写作者大多基于艺术创造的本能驱动而不是利益驱动进行创作，远离政治场和经济场的写作者们，作为文学的独立者和自觉者，形成了明确的个人化叙述立场。其中黑蓝文学网较具代表性，该网站的写作者们有自身鲜明的文学理念和主张——强调作者的独立性和艺术的自足性。他们指出主流文学场域的文学创作的弊端在于：

> 意识形态在先而艺术形式在后，艺术形式无法跟上意识形态的变化而导致小说艺术无法推进的局面，把“文学即人学”这一创作理念扩大化，脱离了小说这一特殊、具体的艺术形式本身自足的系统，从而存在着一个超越小说形式而高高在上的“人的声音”。而这个“人的声音”并不能区分作家之间的风格，只是在不同的作品中相互重复和挪用，是对世界本质的简单总结。这个“声音”，使写作忽略了小说这一艺术形式的自足性，以牺牲小说的艺术性来达到强化“声音”效果的目的。[01]

[01] 黑蓝文学网：《独立文学：关于“黑蓝文丛”》，此为收入“黑蓝文丛”第二辑作为后记的同名文章的初稿。

同时也指出消费文学场域的文学创作的弊端在于：

> ……精明的谄媚，以为读者提供一种用以幻想的生活方式来促进作品的销售。其代价是丧失了深入的思考能力，通过机灵的发现和情感的煽动，营造一个虚假的阅读世界。商业文学缺乏独立思考的倾向、复制性强的特点，最终也会在时尚和致幻的泡沫消亡之后丧失活力。[01]

在反对主流文学和消费文学弊端的同时，黑蓝文学网确立了自身的叙述立场：其“始终要做的，是在深厚的文学基础上特别追求以语言和细部的观察方式来体现作者的个人化风格”“集中关注的是一个安静的群体，所展示的是纯粹、独立的创作”“遵循着写作所要求的本分走自己的道路而已”[02]。

其三，独立文学场域形成了重短篇小说和诗歌的文体策略。

独立文学场域以艺术标准为最高标准，因而在这一场域中，更易呈示语言艺术和叙述技巧、更易体现艺术革新精神的诗歌和短篇小说，最受写作者的青睐，尽管这两种文体在消费文学场域中是“生存竞争”中的不适者、失败者，却是主流文坛和市场之外文学的自觉者们展示个体的艺术创造力和革新精神的适宜载体。“黑蓝文丛”（上海人民出版社）、“小说前沿书库”（新世纪出版社）的系列丛书中，不同作者的短篇作品集占据多数，“小说前沿书库”中含有一些艺术性高、实验性强的长篇小说和戏剧剧本（如姚伟的《尼禄王》、贾勤的《现代派文学辞典》、梦亦非的《碧城书》、霍香结的《地方性知识》、谭毅的《戏剧三种》等），而“黑蓝文丛”则为清一色的短篇小说合集。自助印发的无刊号书籍中绝大多数为诗集、短篇小说合集。基于中短篇小说在主流文学和消费文学场域未受足够关注的现状，黑蓝文学网反其道而行之，自 2003 年 12 月起自主设立了针对中短篇小说的“黑蓝小说奖”，参评作品条件明确限定在 6 万字以内，2008 年第

---

[01] 黑蓝文学网：《独立文学：关于“黑蓝文丛”》，此为收录“黑蓝文丛”第二辑作为后记的同名文章的初稿。

[02] “黑蓝文丛”策划组：《独立文学：关于“黑蓝文丛”》，司屠：《同行》，上海人民出版社 2011 年版，第 343 页。

1—14届获奖短篇小说作品以自费形式于上海人民出版社结集出版。

其四，独立文学场域形成了重艺术技巧和形式创新的表达策略。

作为主流文学场域和消费文学场域的颠覆者，独立文学场域是纯文学信仰空间的守护者和缔造者，写作者们既反对意识形态在作品中的直接“植入”，也反对用“保守”的表达方式讲述故事，而力求小说形式上的突破创新和语言艺术上的精确微妙。黑蓝文学网站页上有一篇曾引起网友广泛争议的宣言《作为本体而存在的小说》，对独立文学场域的表达策略给予如下总结：

> 传统现实主义作为形式之一曾经是真实的，但在今天则是虚伪的。因为随着现实的变化，对现实的认识也必然发生改变，这要求小说家必须不断寻求新的形式来适应这一变化。真实只面对发现敞开，必须反对建立在常识经验上的现实主义小说……形式能够而且应该成为小说的唯一本体。强调本体，就是让小说回到它自身，成为它自身。只有这样，小说才可能从讲故事变为讲故事的艺术。就像绘画就是色彩和线条一样，小说首先应该关心叙述和语言。……小说不追求快乐，小说只追求极端的快乐。给读者制造重重阻碍的小说，以破坏文化霸权、写作惯性、读者的趣味为己任，最终让读者抵达本体层面上的纯粹爱欲。[01]

这一表达策略在写作中的运用，一方面使得作品的艺术形式感强、具有创新性，另一方面因挑战了一般的阅读惯习而使读者易产生“难懂”的印象和“这也是小说吗”的困惑，甚至使得评论者常常面临失语的窘境。而事实上，不断突破既有知识的疆界以提供另类的知识，恰恰就是小说的认识论，创新性也正是小说（novel）的词根（-new）的本义，因而，创新，实则是小说创作中最悠久的传统之一，在独立写作场域中写作者们看似寂寥的创作活动，实则蕴含着较多的未来文学艺术革新的可能性。

---

[01] 黑蓝文学网：《作为本体而存在的小说》，http://www.heilan.com/main.htm。

第三章

新世纪主流文学的转向

如前章所论，新世纪主流文学场域的游戏规则发生了较大变化，写作策略相应做出调整，形成了重影视而轻文学的媒介策略，重众数而轻个人的叙述立场策略，重长篇小说而轻中短篇小说、重小说散文而轻诗歌的文体策略，重思想内容而轻艺术形式的表达策略。本章重点论述在写作策略调整之下主流文学场文学作品在内容和形式上的相应变化，并对代表性作家的代表性文本进行解析。本章在主流文学场中选择了四位代表性作家：刘震云、余华、韩东、残雪。他们在新世纪的文学创作鲜明地体现了上述四种写作策略的转向。除了论述这些具有一定普适性的创作转向之外，本章也通过文本分析论及作家们自身的创作个性和文体风格。

第一节　从小说到影视——刘震云小说论

刘震云是主流文学场域中一位多产且风格多变的作家，他的创作迄今为止大体可分为四个阶段：第一阶段是“新写实”时期（1987—1990），代表作为《单位》《一地鸡毛》，题材多为现实民生问题，风格多为写实主义；第二阶段是“故乡”时期（1991—1998），代表作为故乡系列小说，包括《故乡天下黄花》（1991）、《故乡相处流传》（1993）、《故乡面和花朵》（1998），题材多为历史问题，风格相较于之前的写实主义更多体现出“精神创造和想象”的一面；第三阶段是“影视”时期，代表作为《手机》《我叫刘跃进》，均被改编成电影播出，题材多为当代背景下的传奇故事，风格仍多属写实主义，但更多采用电影化叙事手法；第四阶段是“对话”时期（2006 年至今），代表作为《一句顶一万句》，虽然只此一部长篇小说，题材却包罗万象囊括古今，风格借鉴古典主义，回归文学本位，探究人类精神，为

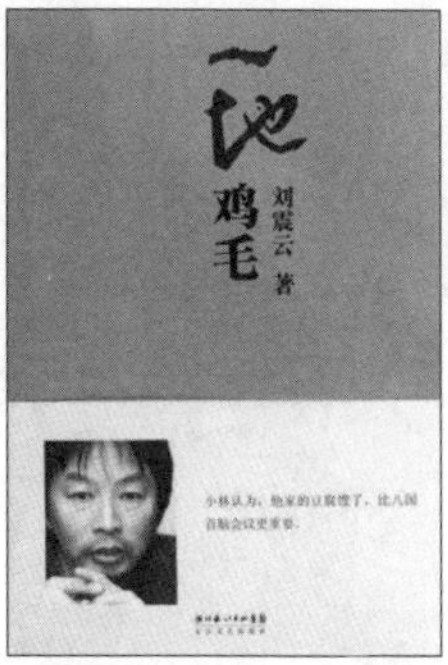

刘震云《一地鸡毛》
长江文艺出版社 2011 年版

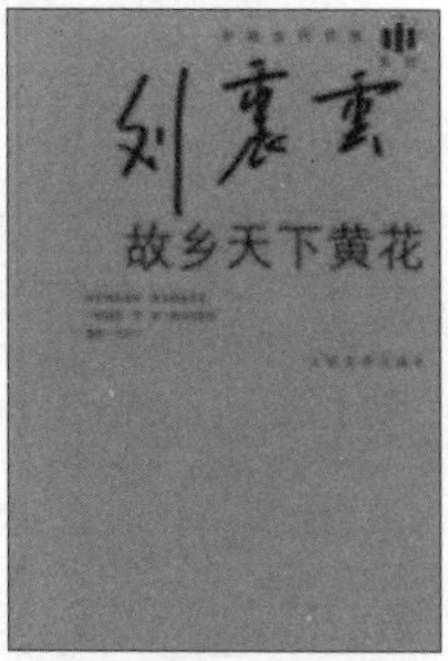

刘震云《故乡天下黄花》
人民文学出版社 2009 年版

天下苍生而歌。由于本书所论范围的时间起点为 1997 年，因而本节选择刘震云具有代表性的三部小说——“故乡”时期的《故乡面和花朵》、“影视”时期的《手机》和“对话”时期的《一句顶一万句》进行分析，以阐明刘震云在新世纪写作策略上的多次转向及其各阶段作品的主题、风格和美学价值。

一、为了“精神创造和想象”而创作:《故乡面和花朵》

1998 年《故乡面和花朵》出版后不久，刘震云在复旦大学所做的演讲中谈及自己的创作心路及变化[01]，当他倚在北京的天桥上，俯瞰上下班的车水马龙川流不息时，心里对这个民族顽强的生命力感到困惑：日复一日的上班下班，日复一日的鸡零狗碎，人们为什么不但没有崩溃，而且脸上还洋溢着自得的微笑呢？是什么支撑着人们在这个没精打采的世界上艰苦地生活呢？人的生命价值和聪明才智体现在什么地方呢？经过苦思冥想和实证考察，他终于找到了自己的答案：类似于菜市场的场合，就经常体现出民族顽强的生命力来，当生活中的小人物不厌其烦地讨价还价，拎着便宜了两分钱的韭菜回家的时候，他的人生价值就得以实现了。谁能否认，在那一瞬间，他战胜的是整个世界呢？因此刘震云在演讲中宣称:《一地鸡毛》是主旋律作品，原来的名字甚至叫作“一地阳光”。这就是刘震云早期小说中的核心主题：什么是人不该度过又不得不度过的生活，以及人是如何被这种无处不在又令人无处可逃的生活所吞噬的？当刘震云把眼光放在更宽阔、更久远的历史上时，他发现人在五千年的历史中的生存状况和稍纵即逝的当下并无不同，5% 的“官”的日常生活和 95% 的“民”并无不同，官员在争权夺势的策略上与村子里妇女寻找丢失的鸡的策略并无不同……这样权力斗争就被刘震云极度简化并予以解构了，他精心打造了一个封闭的圈子，一切都在其中往复运行，这就是《故乡相处流传》和《故乡天下黄花》所呈现

刘震云《故乡面和花朵（套装共 4 册）》
人民文学出版社 2009 年版

刘震云《故乡相处流传》
人民文学出版社 2009 年版

[01] 笔者当时正在复旦大学中文系攻读文学硕士学位，在刘震云演讲现场倾听并做记录，以下一些刘震云创作观的自述取自当时所做的笔记。

出的历史观和文学观。他说 1991 年之后开始觉悟：“人们在洗脸刷牙时飞升的思绪、农民在锄草时对邻居女儿的遐思以及夜晚颠覆了时空顺序人际关系的梦境……所有这些，也是支撑我们活下来的一个很重要的支点——精神创造和想象。”《故乡面和花朵》就是刘震云为了“精神创造和想象”而努力的结晶。这部长篇小说于 1998 年问世，到今年已经出版了 21 年。在它发行之初，曾有过专门的著作讨论，学术界主要从题材、结构、语言和修辞等方面对其进行研究：

从题材上来看，刘震云通过描写现代、后现代的城市和乡土中国的重叠交错来构成隐喻，“把乡土中国强行引入后现代的消费现场，就这一点而言，刘震云是开创性的，他第一次用后现代手法书写了乡土中国，也是他第一次把后现代与乡土中国联系在一起”[01]。从文本结构方式上来看，这部小说保持着先锋派的艺术特征和后现代的思想因素，把一个被命名为“故乡”的乡村的打麦场（象征当下乡土中国）和一个未被命名的城市中的时代广场（象征未来后现代的中国）这两个时空并置，以荒诞手法同时解构历史与未来，创造出了一种具有“后寓言品格”的内在结构。这一结构并非是对 20 世纪 90 年代马原等先锋作家擅长的叙事圈套的模仿或重建，也不同于后现代的“纯形式”结构，而是借此来表达对中国知识分子精神缺陷和社会现实问题的批判，使“意义”得以复归[02]。小说中呈现出来的语言哲学问题也引起了关注，有学者通过文本探讨刘震云对语言的哲学体认，进而认为 20 世纪以来哲学上的重大研究转向——语言论的转向，为我们从哲学上考察刘震云的语言意识提供了有力的参照，“当人们认识到我们存在的真正范围是语言时，语言问题便由配角升为主角，成为历史文化的焦点”[03]；也有从语言技术角度分析并判断《故乡面和花朵》是“语言突围”的巨型画卷——“语流如潮，词义翻新，隐喻不断，描述与阐释并举，叙述话语与人物话语共存，就连标点符号使用（诸如破折号、括号等）都焕然一新”[04]。从修辞上看，小说多

[01] 陈晓明：《故乡面与后现代的恶之花》，《解放军艺术学院学报》2004 年第 3 期，第 13 页。

[02] 宫东红：《反思与突围——读刘震云〈故乡面和花朵〉》，《当代文坛》2000 年第 2 期，第 46 页。

[03] 郭宝亮：《反乌托邦——〈故乡面和花朵〉试解》，《小说评论》2000 年第 4 期，第 47 页。

[04] 宫东红：《反思与突围——读刘震云〈故乡面和花朵〉》，《当代文坛》2000 年第 2 期，第 47 页。

次采用反讽手法，在一个“后寓言”结构框架上，以戏仿消除经验，为反讽提供新的语境，使表层真实让位于潜层真实，更好地发挥反讽效果，“在一种真实的全面消解中，另一种真实得以凸现”[01]，以下面文本为例：

> 我与孬舅一人骑一头小草驴，站在时代广场的中央。到了22世纪，大家返璞归真，骑小毛驴成了一种时髦。就跟20世纪大家坐法拉利赛车一样。豪华的演台，都是用驴粪蛋码成的。小毛驴的后边，一人一个小粪兜。粪兜的好坏，成了判断一个人是不是大款、大腕、大人物和大家的标志。大款们娶新娘，过去是一溜车队，现在是一溜小毛驴，毛驴后面是一溜金灿灿的粪兜。

舅甥二人骑着小毛驴——这一当下中国乡土形象被放置在22世纪的时代广场中央，却成了未来中国的时尚行为，一如20世纪大家坐法拉利赛车一样，毛驴取代了赛车，粪兜取代了钱包，成为人们身份的象征，在这一反讽的场景中，作为表层真实的时尚行为被消解，而作为深层真实的虚荣人性却凸显出来。

虽然学界很少关注，但这一为了“精神创造和想象”历经六年创作出来的鸿篇巨制未能赢得市场的青睐，成为读者的宠儿。继后其创作的长篇小说《一腔废话》，进一步淡化情节，把整部小说变成了形形色色话语的交汇与狂欢，这部实验性的作品既未得到评论界的认可，也未受到读者的喜欢，被看作刘震云的失败之作。新世纪以来，文学体制的改革、网络传播的繁盛、消费文化的兴起等文学大环境的变化引发了文学场规则的变化，文学作品中深刻的思想、先锋的叙述、精确的语言渐渐失去了读者的推崇，取而代之的是表浅的言说、通俗的故事和花样百出的具有娱乐性的语言，纯文学的信仰空间日益缩小，许多主流文学场域的写作者主动或者被迫改变了自己的写作策略，积极促成文学与影视的结盟，采用“电影化”的叙述方式来书写小说，刘震云也是其中之一，而且是从实验小说《一腔废话》的失败

[01] 傅元峰：《一种被推向极致的反讽叙述——试读〈故乡面和花〉》，《小说评论》2000年第4期，第49页。

中迅速走出进而“转型”成功的代表性作家。

二、为了“电影化”而创作:《手机》

2003 年冯小刚的电影《手机》取得高票房收入后，编剧刘震云的名字在大众传媒中频繁出现，刘震云的小说也被越来越多的读者接受，尤其是根据电影剧本改写的小说《手机》，成为刘震云最畅销的作品。与其他作家的小说被改编成电影剧本这种“先小说而后电影”的模式不同，《手机》是先有电影剧本而后有小说的，可以说小说是电影《手机》的衍生产品，也可以说这是一本专为“电影化”而创作的小说。继《手机》之后，刘震云创作的长篇小说《我叫刘跃进》，也是同时作为电影故事而写的，据此改编的同名电影几乎和小说同步问世，一起进入传播渠道，甚至被中影集团董事长韩三平称为“中国作家电影的第一炮”。韩三平所谓“作家电影”，是指“生活阅历丰富、对社会生活具有洞察力的作家拍摄的电影”“以作家过硬的文学功底作为影片的故事基础”[01]。由于和电影的密切联系，《我叫刘跃进》延续小说《手机》的创作经验，也采用了大量电影化叙事的手法，技巧更娴熟，故事更曲折，艺术成就也更高。但鉴于《手机》是刘震云第一部运用电影化叙事来讲述故事的小说，具有“转型”的历史意义，对评论界的研究型受众而言，《手机》展示了新型的电影化叙事的特征，对于普通受众而言，《手机》讲述了一个和人人必备的手机相关的滑稽故事，亲切而带有黑色幽默的意味，指向每个人的生存窘境，予以讥讽又给予情绪上的抚慰，无论在评论界还是在读者群中，《手机》都有更大的影响力，在出现电视剧版《手机》之后越发如此，因而此处重点论述小说《手机》的电影化叙事特征，其主要体现在以下四个方面：

刘震云《我叫刘跃进》
长江文艺出版社 2007 年版

电影《我叫刘跃进》
（2008 版）海报

[01] 柳治：《刘震云：创作可遇不可求》，《南国早报》，2008 年 1 月 30 日。

第一，蒙太奇叙事与主题呈现。

电影的制作过程是将真实世界中发生的事件或可供拍摄的事物转变为电影的结构，呈现在银幕世界中。电影叙事最基本的单位是镜头，由镜头组成场，由场组成段落，由段落组成整体。而连接镜头与镜头、场与场、段落与段落的主要叙事手法就是蒙太奇（Montage）。蒙太奇来自法文动词“Monter”，原为“升高、爬上或装配”之义，在电影叙事中意指“一个镜头置于另一个镜头之后的方式”[01]，也有电影理论著作将蒙太奇泛指为电影剪接。蒙太奇叙事的重要特征是将两个或两个以上的镜头（可以互不相关，甚至相互冲突）并置连接，以展开情节并产生意义，从一个镜头到另一个镜头的一次切换，就完成了一次时空的瞬间转换。将蒙太奇手法运用于小说叙事，主要表现在多重时空之间的快速转换。以《手机》第一章第一节为例，依照在文中出现的先后顺序，列出所有直接提示年份的句子：

1. 镇上看电话的老牛，1968 年和严守一他爹一块卖过葱。

2. 1968 年冬至那天，老牛和老严从二百里外的长治煤矿卖葱回来，路过严家庄，老牛到严守一家坐了坐。

3. 严守一他娘死得早，1960 年被饿死了。

4. 1989 年春天，严守一他爹得了脑血栓。

5. 说起老牛，1968 年共同卖葱，因为分账翻了脸。

刘震云《手机》
长江文艺出版社 2007 年版

6. 1995 年夏天，严守一他爹又中了一次风，嘴开始向右歪，倾斜着流涎水。

7. 1969 年，镇上装了第一部摇把电话，老牛便去镇上邮政所看电话。

8. 1996 年，严守一成了电视台清谈节目《有一说一》的主持人。

[01] 布鲁斯·F. 卡温：《解读电影（上册）》，广西师范大学出版社 2003 年版，第 117 页。

不难看出，在篇幅不长的第一节中，有 1960、1968、1969、1989、1995、1996 多个时空交叉并置且快速更迭。时空 1 和 2 讲述严守一他爹和老牛一起卖葱的事，时间是 1968 年。时空 3 突然插叙一句 1960 年严守一他娘被饿死的事，这句话之前的时间是 1968 年，讲述严守一他爹和老牛因分账翻脸，这句话之前的时间是 1968 年，讲述严守一他爹和老牛因分账翻脸，这句话之后时空又切换回 1968 年，“第二天严守一听他奶说，老严和老牛在分葱账时，起了纠纷。从此严守一他爹与葱和老牛告别，又开始闷着头不说话”。时空 4 一跃而至 1989 年，严守一他爹得了脑血栓，与时空 3 严守一他娘被饿死遥相呼应。时空 5 中严守一他爹在 1989 年回忆和老牛翻脸一事——“他记花账”，“花账我能忍。腊月二十三，算了一天帐，到了黄昏，我拿钱往外走，出了门，突然想起过了年啥时去发葱，又回到院里，听到老牛在屋里对他老婆说，老严是个傻逼”，事件发生的时空回到 1968 年。时空 6 又跃至 1995 年，严守一他爹病情加重，“一直到死，再没说过一句话”。时空 7 再度返回 1969 年，老牛和严守一他爹翻脸后也不再卖葱，改看镇上的第一部摇把电话。时空 8 跃至 1996 年，严守一成了电视台清谈节目的主持人，和严守一他爹“一天说不了十句话”截然不同，“天天把说话当饭吃了”。

我们按照事件发生的时间先后顺序把第一节的情节整理如下：

1960 年严守一他娘饿死，严守一他爹寡言。1968 年严守一他爹和老牛一起卖葱，因听到老牛背后辱骂自己而翻脸，再不卖葱。1969 年老牛看镇上电话，特别能吆喝。1989 年严守一他爹得了脑血栓，病中回忆和老牛翻脸一事。1995 年严守一他爹病重，再没说过一句话，直至去世心结未解。1996 年严守一成为清谈节目主持人，特别能说话。

电影《手机》（2003 年版）海报

两相比照，运用蒙太奇手法打破线性时空的艺术效果清晰地呈现出来：彼此不同的时空交相并置，既强化了冲突又加强了关联——妻子的去世强化了严守一他爹对老牛的友情的信任，而对这一友情的信任强化了受到欺骗之后的伤害和痛苦，翻脸之后严守一他爹的沉默和看电话的老牛的吆喝形成强烈的对比（老牛是否内心受创不得而知），而成人后的严守一的能言善辩和严守一他爹的沉默不语也构成一对冲突，同时和老牛的吆喝遥相呼应。于是，说话 / 无言，真实 / 虚假，信任 / 欺骗，这一对对相互冲突的主题词借助蒙太奇手法凸显而出，而这也正是《手机》小说全文所要呈现和探讨的主题。

蒙太奇手法的运用不限于第一章第一节，事实上，小说全文的结构即以蒙太奇手法联结而成。全书共分三章，分属三个不同时空——1969 年、2000 年和 1920 年，三个时空的人物、故事各自不同，电影《手机》的故事内容只是小说《手机》的第二章内容，讲述严守一与三个女性围绕手机发生的爱恨纠葛。另两个故事与此并不相干，第一章讲述吕桂花给丈夫牛三斤打电话，第三章讲述严守一的奶奶因为捎口信而结婚。但是如爱森斯坦所说："把无论两个什么镜头对列在一起，它们就必然会联结成一种从这个队列中作为新的质而产生出来的新的表象。"这三个故事并置起来，在读者想象和思考的参与下，新的主题得以生成——"捎口信、电话、手机都是信息传递的手段，作品使用蒙太奇的手法把它们拉入到同一场景之中，通过对比深刻地反映了 20 世纪初期、中期和晚期的时代变迁。这比平白的叙述要显得更加深刻、更加震撼"[01]。

第二，时间的空间化处理。

18 世纪以来传统的小说观念认为：小说是关于时间的艺术；小说讲述故事，而故事情节都符合某种时序关系，事件在时间中的延续关系组成了情节中事件的时间链；对于故事的叙述，无论采用顺叙还是倒叙、插叙手法，都表现了故事随着时间进程的延展变化。以传统小说观念看来，故事是小说的主要内容，而依据故事发展建立起来的时间化结构，是小说的一般结构。20 世纪前的多数小说都是如此，由时间线索串联而成，受时间延续性和顺序性的严格制约，并被故事及其意义加以限定。但福楼拜、卡夫卡、罗伯·格里耶等作家的创作不断突破传统小说的时间化结构，创造出了打破时序关系进而打破因果关系的空间化结构的小说。电影基于自身的特性，更多运用视觉空间的构建和连接来展现时间，电影化叙事经常用空间化方式来处理时间，有时也会根据情节发展或氛围渲染的需要打破线性时序关系，但

[01] 王坤：《刘震云新世纪小说形式的影视化倾向——以〈手机〉〈我叫刘跃进〉为例》，《新乡学院学报》2011 年第 6 期，第 84—86 页。

与上述空间化结构的小说不同，电影化叙事并不打破因果关系，相反还可以通过时间的空间化处理来产生因果关系。例如小说《手机》的第二章，由于是从电影剧本改写而成，基本由不同视觉空间的连接来发展情节并展示时间的流动，十分类似于电影剧本中场的转换：

> 街道办事处——严守一车上——严守一家——“有一说一”演播室——戏剧学院教室——杨树林——庐山——严守一家——回山西的火车上——严守一老家——“有一说一”演播室——电视台会客厅——咖啡厅——纺织厂废弃的厂房——戏剧学院——宿舍——妇产医院——明星大都会酒店——严守一家——庐山——“有一说一”演播室——良家洗脚屋——严守一家——严守一家卫生间——严守一车上——保姆市场——严守一家——火锅城——严守一车上——国际贵宾酒店……

由上不难看出时间线索的淡化，小说情节的变化完全依赖于空间的转换，视觉空间的并置取代了叙述的时间流，成为建构文本世界的核心基础，“使文本的统一性更多的不是存在于时间关系中，而是存在于空间关系中”[01]。

第三，麦高芬（MacGuffin）的运用。

麦高芬是电影导演希区柯克自创的一个电影术语，意指电影中能够推动剧情发展的人、物或目标。希区柯克举例说：“在惊悚片中麦高芬通常是锁链；在间谍片中麦高芬通常是文件。”在刘震云的《手机》中，不同年代的通信工具就是整部小说推动情节展开的麦高芬，在第一章中是电话，第二章中是手机，第三章中是口信，分别指涉不同时代人的存在状况与面临的现实问题。麦高芬的运用在第二章中尤其显著，每一次情节的发生、发展、逆转和高潮都基于手机这一作为信息化社会的文化符码的现代通信工具，人物之间的爱恨纠葛、情欲冲突均围绕手机紧锣密鼓地铺展开来。在小说《我叫刘跃进》中，麦高芬则是一个存有关键信息的USB闪存盘，小说中一干大小人物的

---

[01] 王坤：《刘震云新世纪小说形式的影视化倾向——以〈手机〉〈我叫刘跃进〉为例》，《新乡学院学报》2011年第6期，第86页。

命运全系于此，更是所有人不懈寻找乃至疯狂抢夺的目标物。麦高芬的有效运用，使小说故事充满悬念，引人入胜，这也是运用电影化叙事的小说赢得许多读者青睐的原因之一。

第四，情节传奇化、对话口语化、人物媚俗化。

《手机》中的情节发展并不依赖于缜密的因果关系，而是倚重于巧合，“无巧不成书”历来是传奇故事的标志之一，情节的传奇化，在一定程度上就是情节的套路化。为了适应电影对白的需要，小说《手机》中的对话尽可能选用日常语言和口语方式，易于演员表演，也易于读者阅读甚至倾听。在人物塑造上和刘震云的早期创作有一定差异，在《单位》《一地鸡毛》中深陷于凡俗生活泥淖的小林们还心有不甘，内心深处还会间或闪过一线反抗的微光，而《手机》中的大小人物则与凡俗生活无缝对接以至于完全融入了，他们自身构成了他们所置身于其间的凡俗生活，尤其对其中知识分子形象的刻画流于公式化和脸谱化，从中似乎“看到了在一个具有仇智倾向的社会里，流行了半个多世纪的对知识分子的充满敌意的妖魔化狂欢”[01]。

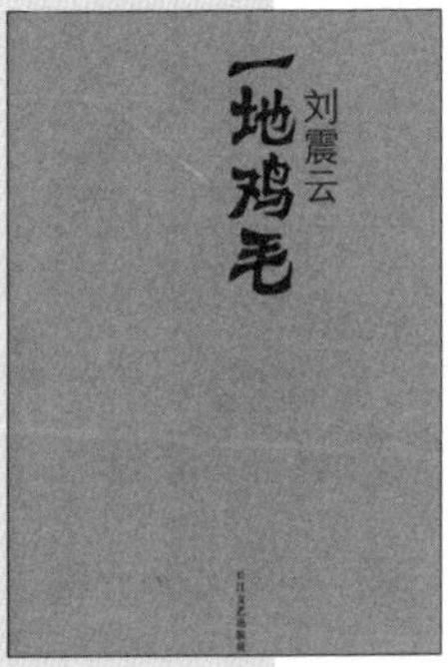

刘震云《一地鸡毛》
长江文艺出版社 2004 年版

三、为了“孤独”而创作:《一句顶一万句》

2009 年刘震云的长篇小说《一句顶一万句》刚在《人民文学》上发表，就迎来一片赞誉之声，获得当年度“人民文学奖”的长篇小说奖，2011 年获得“茅盾文学奖”，该书至 2011 年 8 月已经印刷 13 次，赢得评论界和读者的双重肯定。这是刘震云由影视回归文学之作，是一部不再大量使用电影化叙事手法而坚守文学本位的作品，是一部将传统文学技巧和先锋艺术形式精妙结合的作品，它彰显了属于文学的独特之美，体现出文学区别于电影的独立与自足，将其改编为电影而无损于艺术几不可能。小说在艺术上最具特色的是:“顶针式”串联结构。

刘震云《一句顶一万句》
长江文艺出版社 2009 年版

顶针作为一种修辞格，原意是指由若干短句组成文字，每句末字

---

[01] 李建军:《尴尬的跟班与小说的末路——刘震云及其〈手机〉批判》,《小说评论》2004 年第 2 期，第 18 页。

与下句首字相同。小说当然不是严格按照顶针修辞的要求铺排句子，而是借鉴这一修辞来串联结构。具体而言，小说前句提及某一人物，下句的叙述即转换为该人物视点，讲述此人的相关故事，直至提及另一人物，人物视点再度迁移，讲述另一人物的相关故事。例如，小说第一章第一节中是这样进行人物转换的：

> 1. 杨百顺他爹是个卖豆腐的。2. 别人叫他卖豆腐的老杨。3. 老杨除了卖豆腐，入夏还卖凉粉。4. 卖豆腐的老杨，和马家庄赶大车的老马是好朋友。5. 两人本不该成为朋友，因老马常常欺负老杨。6. 欺负老杨并不是打过老杨或骂过老杨，或在钱财上占过老杨的便宜，而是从心底看不起老杨。[01]

句 1 至句 5 聚焦于老杨，句 5 和句 6 是一个严格的顶针修辞，通过重复使用“欺负老杨”这一短语转换至老马视点，进入老马内心世界——“从心底看不起老杨”。此法偶一为之，不足形成艺术特点，然而小说全文三十余万字，跨越百年历史，此法贯穿始终，勾连全篇。仍以第一章第二节为例：

> 杨百顺十一岁那年，镇上铁匠老李给他娘祝寿。老李的铁匠铺叫“带旺铁匠铺”……但老李不记外人的仇，单记他娘的仇。老李他娘是急性子……[02]

从杨百顺到铁匠老李，从老李再到老李他娘，“说曹操，曹操就到”，各人故事依次娓娓道来，如此绵绵不绝，全书大小人物近百人，借此辞格，一一出场，且情节相互呼应，互为因果，编织成网络结构，既是情节脉络，又是人物关系网，既有意识流手法的自由联想、意识迁移之妙，又有民间拟话文体即兴发挥、信马由缰之趣。此外，小说擅用短句铺排情节，擅用白描写人状物，如此种种文体特征，不一一赘述。以下着重论述《一句顶一万句》的“孤独”主题。

---

[01] 刘震云：《一句顶一万句》，长江文艺出版社 2009 年版，第 3 页。
[02] 刘震云：《一句顶一万句》，长江文艺出版社 2009 年版，第 3 页。

刘震云有着自己独特的写作观——“写作并不是写作本身，而是要通过写作，交到一个特别不同的朋友”[01]。通过写作《一地鸡毛》，刘震云结交了小林，小林告诉他“一块豆腐馊了，是一个很重要的事”[02]；通过写作《手机》，刘震云结交了严守一，严守一告诉他“支撑我们二十四小时每一分每一秒的是谎言，个人的谎言，甚至会是一个民族的谎言或者人类共同的谎言”[03]；通过写作《我叫刘跃进》，刘震云结交了刘跃进，刘跃进告诉他“我在苜蓿地看到一只羊在吃狼，羊是食草动物，但是羊多啊，每只羊一口唾沫就能把狼淹死”[04]；而通过写作《一句顶一万句》，刘震云结交了两个“杀人犯”（在心里说一句“去死吧”，就意味着在心里杀了人），“其中一个想找到另外一个，找他的目的非常简单，就是说一句知心的话”，他们告诉他“在一个人人（而非人神）社会里，你如果有忏悔、痛苦、忧愁的话，你得在人中找到一个知心的朋友，才能告诉他”[05]。这就是《一句顶一万句》的中心内容：寻找一个知心人，说一句知心话。小说中的近百人物，莫不如此，苦苦追寻，或一无所获，或失之交臂，或偶有所得，或得而复失，但无一放弃，百折不回。小说的结尾如下：

> ……宋解放在电话里喊：
> “你在哪儿呢？”
> 牛爱国：
> “远得很，在广州呢。”
> 宋解放：
> “还没找到庞丽娜和老尚吗？要不回来吧。”
> 牛爱国：
> “不，得找。”[06]

为什么人们在屡次寻而不见、求而不得之后还要说“不，得找”

[01] 刘震云：《从〈手机〉到〈一句顶一万句〉》，《名作欣赏》2011年第13期，第95页。
[02] 刘震云：《从〈手机〉到〈一句顶一万句〉》，《名作欣赏》2011年第13期，第95页。
[03] 同上。
[04] 同上。
[05] 刘震云：《从〈手机〉到〈一句顶一万句〉》，《名作欣赏》2011年第13期，第96页。
[06] 刘震云：《一句顶一万句》，长江文艺出版社2009年版，第362页。

呢？刘震云给出的答案即为每一个人无处倾诉的“孤独”：

> 当朋友发生变化的时候，你告诉他的知心话如刀子扎到你的心脏里。所以在人人社会里面，朋友是危险的，知心话是凶险的。这就是中国的生活及文化生态所带来的孤独。孤独在这个人人社会是无处倾诉的。这种孤独和西方的不同，更原始、更弥漫。[01]

因为孤独，每个人都想要倾诉心里话，因为生活在以伦理关系为基础、重视现实功利和尊卑秩序的社群组织（人人社会）之中，每个人都难以找到倾诉的对象，也说不出心里话，因而愈加孤独，愈加想说话。“话，一旦成了人与人唯一沟通的东西，寻找和孤独便伴随一生。心灵的疲惫和生命的颓废，以及无边无际的茫然和累，便如影随形地产生了。”[02]

同样，因为孤独，每个人都开始不懈地寻找，千里之距，百年之遥，都不能阻止人们试图打破孤独的渴望与努力，小说中最动人的一些情节由是而生：私塾先生老汪因为“总想一个人”，而“爱一个人四处乱走”，在女儿不慎淹死之后，出延津，“带着妻小，一直往西走。走走停停，到了一个地方，感到伤心，再走，从延津到新乡，从新乡到焦作，从焦作到洛阳，从洛阳到三门峡，还是伤心。三个月后，出了河南界，沿着陇海线到了陕西宝鸡，突然心情开朗，不伤心了，便在宝鸡落下脚”——这就是所谓心安即是归处。老汪在宝鸡街上“给人吹糖人……如果哪天老汪喝醉了，还会吹人，一口气下去，能吹出一个花容月貌的女孩。这女孩十八九岁，瘦身，大胸，但没笑，却低头在哭”——这想必就是老汪总想的那个知心人，因求而不得，才反复奔走，“缘溪竹，忘路之远近”，失却了心中的“桃花源”，生命便无可留恋，“碰到无常我也不怕，他要让我走，我就跟他走了”[03]。

---

[01] 刘震云：《从〈手机〉到〈一句顶一万句〉》，《名作欣赏》2011年第13期，第96页。

[02] 安波舜：《一句胜过千年》，刘震云：《一句顶一万句》“编者荐言”，长江文艺出版社2009年版。

[03] 刘震云：《一句顶一万句》，长江文艺出版社2009年版，第26—31页。

小说开始不久插叙的老汪的故事，几乎就是整部小说情节的缩写，无论是上部的《出延津记》，还是下部的《回延津记》，讲述的都是因孤独而虚无、因虚无而寻找的历程。无论是主人公杨百顺、牛爱国，还是大小配角们，终其一生，都在失去与获得、离开与返回、放弃与抗争之间逡巡。尽管小说不无残酷地揭开了伦理亲情温情脉脉的假面，告知我们亲情的束缚牵制、友情的阴差阳错和爱情的瞬息万变，但在那些最黑暗的角落，仍然有来自“桃花源”的“仿佛若有光”微微闪耀：吴摩西（即杨百顺）四处寻找被人贩子拐走的女儿巧玲，却在郑州广场上遇见了跟邻居老高私奔后流落此地的妻子吴香香，吴摩西想要杀了“这对狗男女”，跟踪，蹲守，“摸了摸身上的刀”，正要动手之际，却看到了吴香香和老高二人“你一口，我一口，为吃一个白薯，相互依偎在一起”，不由百感交集：

> 过去认为她对自己不亲是两人脾气不投，或吴摩西不会说话，或干脆嫌吴摩西没出息；现在看，这些并不主要，主要还是对人。……现在她与老高颠沛流离，到了卖洗脸水擦鞋的地步，吴香香既不说老高，也不骂老高；老高让她买白薯，她就买白薯，回来还喂老高……这就不是一个把谁杀了能了结的事。就是把人杀了，也挡不住吴香香跟吴摩西不亲，跟老高亲。……吴摩西突然对郑州伤了心……不但对郑州伤了心，凡是过去待过的地方，去过的地方，……一并都伤了心……吴摩西要离开伤心之地。[01]

这一对颠沛流离的“狗男女”，却绘出一幅其乐融融的“吃薯图”，息了吴摩西杀人的念头，也唤起了吴摩西重生的心。小说上部结尾吴摩西听到火车的长鸣，想起了孩提时最崇拜的人——喊丧的罗长礼，“细想起来，吴摩西从杨家庄走到现在，和罗长礼关系最大。不是喜‘虚’不喜实，迄今他还在杨家庄跟老杨做豆腐。虽然他和罗长礼，迄今还没说过一句话”。于是感慨之下，他用这样的话作结：“大哥，我没杀过人，你就叫我罗长礼吧。”[02]

[01] 刘震云：《一句顶一万句》，长江文艺出版社 2009 年版，第 205 页。
[02] 刘震云：《一句顶一万句》，长江文艺出版社 2009 年版，第 208 页。

小说之外，作者刘震云和他笔下的人物一样感受着无处不在的孤独，而写作正是为了打破这种孤独，“作为一个写作者，就有一个最大的好处，他可以在书中找自己的知心朋友。在《一句顶一万句》里面，我找到了杨百顺、意大利传教士、剃头的老曾这样的知心朋友。并不是我在告诉他们，而是他们告诉我。这是我写作的最大的动机和目的。写作并不是写作，而是倾听”[01]。由此我们可以说,《一句顶一万句》的写作，是为了孤独而写作，更是为了孤独而倾听。

[01] 刘震云：《从〈手机〉到〈一句顶一万句〉》,《名作欣赏》2011 年第 13 期，第 96 页。

第二节 从个体到群体——余华小说论

本节以余华小说为文本依据，将余华的创作放置于政治、经济、社会各种因素共同作用下的文学场域中进行考察，从个性话语和文学创作之间的复杂关系中探究余华新世纪写作策略的转向。

如前所述，新世纪主流文学作家通过调整形成了以下四个适应场域规则变化的写作策略：重影视而轻文学的媒介策略，重众数而轻个人的叙述立场策略，重长篇小说而轻中短篇小说、重小说散文而轻诗歌的文体策略，重思想内容而轻艺术形式的表达策略。

余华《活着》
作家出版社 2012 年版

电视剧《福贵》
（2005 年版）海报

余华的新世纪创作在以上四个方面或多或少均有所体现。在媒介策略方面，小说《活着》于 2005 年被改编为电视剧《福贵》（编剧为王乃迅），余华对《福贵》赞赏有加，对编剧的工作给予了充分尊重，他在《北京晨报》的采访中说：“当版权卖给别人以后，我就不会过问细节，怎么收拾制作方会有自己的具体想法，我还是不要指手画脚。”这里虽然可以理解为余华对影视和文学差异的正确认知，但也可视为文学向影视的妥协，至少表明余华对电视剧改编结果的认同。电视剧相较于小说，最主要的变化有三：一是增加了许多民俗元素（比如民间舞蹈花鼓灯）；二是增加了爱情故事的比重（比如凤霞与体育老师之间的爱情）；三是减少了悲剧的力量（比如结尾让苦根活了下去，留给受众徐家中兴的希望）。由此不难看出，或增或减，主要是为了满足电视剧受众的需求，而小说原著所确立的艺术标准被悬置起来。在文体策略方面，新世纪以来余华创作了大量散文，赖以成名的短篇小说数量大幅下降，他致力于长篇小说创作，尤以长达五十余万字的《兄弟》为典型，而散文和长篇小说正是图书市场经由一番适者生存的商业竞争之后选择出的优胜文体，相对而言，短篇小说和诗歌则更多遭遇市场的冷落。在表达策略方面，余华新世纪的小说创作不复设置时空的迷宫和叙述的陷阱，不复采用具有不确定性的诗意语言，而更多地运用白描手法来叙述残酷或者温馨的故事。在叙述立场方面，曾经“为内心而写作”的作者在作品中创造出的、作为独立个体的隐含作者，逐渐消失在纷纭人世熙来攘往的群体之中，这一“从个体到群体”的写作策略的转向，是深入理解余华新世纪小说创作的一把钥匙，在中国新世纪文学史上也成为一种范式并因之具有标本性的价值。

一、个体的诞生：新世纪之前余华小说写作的叙述立场策略

在世界范围内，“个体的诞生”是伴随着“现代性”的生成出现的。就中国而言，五四时期是现代意义的个体诞生的重要时期。所谓新文化启蒙运动，是中国社会的现代化进程的重要组成部分；就思想而言，所谓“独立之思想，自由之精神”，意味着倡导和推动“天赋人权、生而平等”的现代个体的诞生；就文学而言，文学创作及文学理论中“个性话语”的建构是个体在文学中诞生的标志。

对个性话语与民族 / 国家文学之间的关系需要做历史的辨析：欧洲在 15—18 世纪才完成了“人”的真理（即天赋人权、生而平等）的发现，18 世纪德国启蒙运动思想家赫尔德怀着促进德国民族觉醒的动机发现了作为“人”的“民”和“民间创作”，他从这些民间文学中汲取营养和力量，以重构德意志民族精神。五四时期的中国知识分子开始谈及“人”的真理，周作人将人的发现、妇女的发现和儿

童的发现阐释为“一种个人主义的人间本位主义”[01]。同样怀着保国家救种族的精神诉求，中国知识分子把“民”和“民间创作”当作民族崛起的新选择——1918 年北大发起了歌谣运动，周作人将其精神阐释为“从歌里去考见国民的思想、风俗与迷信等”[02]；胡愈之更明确地表述道，民间文学是“民族全体的创作”，表现“民族思想感情”，并“在民族中间流行”[03]。赫尔德等欧洲知识分子将维护个性自由作为实现民族国家独立的精神资源，相信每个民族都“把自己的独特性、自己的特点、自己的心理体现在自己的创作中”[04]，因而赫尔德所说的“民间创作”成为表达个性和个性解放的文化资源，也就是说，民族 / 国家文学的兴起正是以个性话语为依托的。五四时期中国知识分子确有促进个性解放、推动个体诞生的意图和实践，鲁迅所倡导的“任个人而排众数”理念以及作品中创造的大量“独立者”形象（例如《过客》中的过客、《这样的战士》中的战士、《药》中的夏瑜、《补天》中的女娲等）即为明证，周作人也在关于童话的一系列文章中多次谈及“独立的人格”，认为早期童话中的人大都处于被动的地位，至现在则有独立的人，能与异物对抗，表现出个体的道德与力量，童话中的个体恰恰能反映民族思想的变迁。

新世纪之前余华的创作，相当于五四前期的文学创作，充满了“独立者”的声音和对个体诞生的召唤，可以说，余华以这一时期的创作建构着“个体的神话”。1987 年发表的《十八岁出门远行》可以看作一个成长的仪式，隐含作者如同年轻的叙述者“我”一样离开“父亲”，必须独自应对社会生活的困窘、繁难和挫折。这之后，这一独立的个体渐行渐远，一方面颠覆父辈所设定的种种规则，另一方面创设属于自己的规则。表现在文学创作上，余华在 1991 年之前的作品呈现出内容和形式上的多重颠覆性。从内容上看，其经常表现出群体对个体的残酷抹杀和个体对群体的激烈反抗。从形式上看，《在细雨中呼喊》般奇诡华丽的语言，《现实一种》般极简主义的手法，《世事如烟》般宿命论式的悲凉氛围，以及贯穿这一时期几乎所有余

[01] 周作人：《人的文学》，刘绪源辑笺《周作人论儿童文学》，海豚出版社 2012 年版，第 103 页。
[02] 周作人：《歌谣》，《儿童文学小论》，河北教育出版社 2002 年版，第 53 页。
[03] 胡愈之：《论民间文学》，赵景深主编：《童话评论》，新文化书社 1924 年版，第 53—55 页。
[04] 阿·符·古留家：《赫尔德》，上海人民出版社 1985 年版，第 177 页。

余华《在细雨中呼喊》
作家出版社 2012 年版

余华《鲜血梅花》
作家出版社 2010 年版

余华《许三观卖血记》
作家出版社 2012 年版

华作品的怪诞美学和悖谬逻辑，成为余华个人的强烈的风格印记。即使故事性较强、具有一定类型文学特征的小说也表现出作者挑战既往规则的艺术上的野心，比如《鲜血梅花》颠覆了武侠小说的叙事传统，《河边的错误》解构了侦探小说的叙事陈规，而《古典爱情》则成为别具一格的言情小说。1992 年，余华的长篇小说《活着》问世，在这一代表作中，余华将个体的命运和更广泛的群体生活结合起来，以一个人（福贵）的一生际遇来折射时代的风云变幻，但并未因为涉及更广阔的群体生活和更丰富的历史事件而减损个体的独立性，福贵的“活下去”的简单信念和在这一信念支撑下的个体行动，与宏大的历史风云和社会潮流相比反而极具张力。将个体与群体相结合这一写作策略在《许三观卖血记》中得以延续，简单执拗的许三观的不断重复的卖血行为，也在生活的苦难中彰显出个体的力量。之后的小说集《黄昏里的男孩》中，隐含作者的同情与怜悯辐射至一切人。例如《黄昏里的男孩》中的孙福，作为男孩的施害者，令人憎恶，但作为生活中的受害者，又令人同情，文末最后五段逆转了读者的情感认同，对于孙福而言，他的儿子、妻子和幸福相继失去，换言之，他被命运“偷”去了他所拥有的一切，而孙福对男孩的暴力行为，也成了拔刀向更弱者的弱者式的对于命运的反抗。《蹦蹦跳跳的游戏》也有类似的技巧，在最初的阅读中，读者会对林德顺的行为感到疑惑：他为什么要孜孜不倦地通过窗口观察一对母子

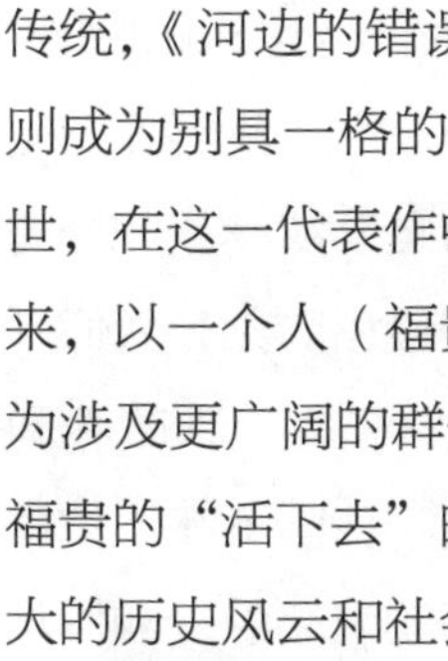

余华《黄昏里的男孩》
作家出版社 2012 年版

进行的蹦蹦跳跳的游戏呢？当读到孩子病死、父母很慢很安静地向西走去时，我们毫无保留地将同情与怜悯交付给这个不幸的家庭，而接下来我们看到，林德顺曾经在一个雨天里蹦蹦跳跳地上楼，然后终身致残，回到小说的开头——“现在，林德顺坐在轮椅里”，于是我们明白，林德顺不单是一出悲剧的看客，同时也是悲剧的主人公，如同孙福既是施害者又是受害者，“蹦蹦跳跳”与“轮椅”，“苹果”与“儿子”“妻子”，词语之间的强烈反差使得文本更富有张力。《在桥上》讲述了一个惨遭遗弃的“她”的故事，以一种平静中的不安，再现了余华式的“零度情感”与“残酷”，但作者没有忘记去描述遗弃者的慌张——“他走去时全身绷紧了，两条腿迈出去就像是两条竹竿一样笔直，他感到膝盖那地方不会弯曲了。可是在她眼里，他却是若无其事地走去”。对“她”而言，“他”的慌张是不存在的，人感受最真切的只能是自己的痛苦，“他”呢？“他”为什么这样做？“他”是痛苦的吗？小说没有给出答案。《女人的胜利》中，我们首先同情的是林红，一个发现丈夫有了外遇的妻子；接着是李汉林，一个诚心悔改自我惩罚的丈夫；在破镜重圆、皆大欢喜的最后时刻，我们开始同情那个张皇失措的第三者——一个叫青青的女子，女人的胜利同时也就是女人的失败。小说的叙述使读者的同情和认同不知不觉地转移，从一个人物到另一个人物。事实上，在我们的生活中，我们难于判定：谁是施害者？谁是受害者？谁是遗弃者？谁是被弃者？谁是演员？谁是看客？在这一时期的余华小说中，作者基本采用个体的叙述立场，强调对独立个体的呈现，这一对独立个体的关注，后来逐渐蔓延至对群体中的每个个体的关注，到了新世纪，余华小说的叙述立场则从个体转向了群体。

二、群体的胜利：余华新世纪小说写作的叙述立场策略

五四前期文学创作及理论中对于独立个体的热切呼唤，随着时局与环境的变化日渐衰微，中国知识分子在历史浪潮中逐渐远离了“个性话语”，将自我融入民众之中，将个体融入群体之中，实现自我身份的转换和认同。当然也有文化传统方面的原因促成这一转换，如马克思·韦伯所指出的，古代中国的个人在经济上从属于家庭、宗族，在政治上从未有独立的公民身份，在文化上缺少与公权抗争的文化资

源，因此不能“拥有建立完整人格的期望”。这一自我身份的转换表现于文学写作，即为叙述立场策略的从个体到群体的转向——余华新世纪创作的长篇小说《兄弟》鲜明地呈现出这一策略转向。

这是迄今为止最长篇幅的余华小说，也是余华沉寂多年后最具雄心、自称为“正面进攻”的作品。《兄弟》延续了《活着》和《许三观卖血记》中的成功策略——将个体的苦难命运与社会环境和更广泛的群体生活相联系，试图见微知著，以个人寓时代。但《兄弟》与之前的长篇小说创作有着明显的技术差异：余华摒弃了他擅长并赖以成名的极简主义手法，而不惜笔墨对场景、人物和情节进行铺陈渲染；也改变了单一主人公、单一线索的惯用模式，而采用性格和命运各异的李光头与宋钢兄弟为并列主人公，进行双线叙述；还调整了偏写实主义的叙事技巧，而更多采用夸诞的漫画式手法；最重大的差异在于，之前小说中存在的（作为人物或者作为隐含作者的）独立个体不复存在了，无论是在“苦难秀”还是“滑稽秀”之下，弥漫的都是群体的胜利的欢呼。

个体的消亡集中体现于小说的人物身上。主人公李光头是被作为引领时代风潮的个性化人物来刻画的，但是他的所谓个性，虽然与小说中“文革”时期的政治标准至上的群体性相悖，却与小说中改革开放之后经济标准至上的群体性完全融合，也就是说，他的个性行为不过是未来的群体性行为的预演，其个性被金钱为王的游戏规则束缚，而不是以生命个体的自由、独立为指归的。以其最看重的兄弟情和爱情为例，小说以大量笔墨铺陈了李光头和宋钢的兄弟之谊，最终却被李光头和嫂子林红的通奸及因此造成的宋钢自杀完全消解；李光头对林红的二十年痴恋，最终却以“我不会谈恋爱，我只会干恋爱了”的强奸戏告终。另一个主人公宋钢则是被作为诚实正直而不合时宜的个性化人物来塑造的，但是他对群体性的对抗十分乏力，最终以经济地位、性别身份、人格尊严、内心操守和生命健康的全面崩溃而告终。他为了让妻子林红过上更幸福的生活而跟随江湖骗子周游，离家远行去赚取钱财，不惜做变性丰胸手术来推销假药，他并非为了个性化的爱情而牺牲自我，而是为了获得群体的认同而放弃自我，他不像福贵、许三观一样有着独特的对生活、爱情的理解和个人的价值观，而完全以群体的价值观为自己的价值观，以为圆满爱情和幸福生活必须以大量金钱为基础，成为金钱为王的游戏规则下的奴隶和失败者。宋凡平，作为李光头和宋钢的父亲，是兄弟二人的精神向导和心目中的英雄，他最后的结局不单是肉体的死亡，也是意志的毁灭——“宋凡平不再反抗了，他开始求饶了”。林红，作为宋钢的妻子和李光头的情人，是引发兄弟二人之间恩怨情仇的关键人物，她最后的结局耐人寻味：

> 我们刘镇有谁真正目睹过林红的人生轨迹？一个容易害羞的纯情少女，一个恋爱时的甜蜜姑娘，一个心里只有宋钢的贤惠妻子，一个和李光头疯狂做爱三个月的疯狂情人，一个生者戚戚的寡妇，一个面无表情深居简出的独身女人。然后美发厅出现了，来的都是客以后，一个见人三分笑的女老板林红也就应运而生……她的手机白天黑夜地响，她差不多每时每刻都在笑眯眯地对着手机说“局长呀”“经理呀”“哥呀弟呀”，然后她就会说：“走了几个旧的，来了几个新的，新的个个年轻漂亮。”[01]

“没有人知道宋钢的死在林红心里烙下了什么”，不过我们可以知道，没有奇迹发生，也没有救赎完成，更没有化茧成蝶，最终，金钱为王的游戏规则下驯服的群体中的一员出现了，个体的神话于此终结。

个体的消亡也体现在隐含作者身上。首先，《兄弟》中有较多媚俗性质的性描写和含有性暗示的场景描写。有学者将其与拉伯雷的《巨人传》相比附，认为其粗鄙和猥亵是一种风格化的表现，包含着“对于社会生活以及世俗价值的正面的讽喻意图”[02]，这恐怕是评论者的一种乡愿。“在拉伯雷的作品中，生活的物质和肉体因素——身体本身、饮食、排泄和性生活——的形象占了绝对压倒的地位。……这是典型的为肉体恢复名誉，对中世纪禁欲主义的反动。”[03] 相似的

[01] 余华：《兄弟》（下），上海文艺出版社2006年版，第456页。

[02] 张清华：《〈兄弟〉及余华小说中的叙事诗学问题》，《文艺争鸣》2010年第23期，第57页。

[03] 巴赫金：《弗拉索瓦·拉伯雷的创作与中世纪和文艺复兴时代的民间文化》，《巴赫金文论选》，中国社会科学文献出版社1996年版，“导言”，第116页。

评论并不适用于《兄弟》，这是因为，《兄弟》的隐含作者生活于物质和肉体因素本就占据统治地位而非受到极端压抑的当代，同样的描写不复具备同样的颠覆性，相反成为一种媚俗；何况，《兄弟》中的性描写并不像《巨人传》一样给人以健康自然、自由不羁之感，也不像《巨人传》一样具有嘲谑威权之用，而是给人以粗暴、扭曲之感，进一步印证了无论是因政治、经济还是人际社会的权力强大到无与伦比，性描写都不是挑战权力的号角或者有力的笑声，而是臣服于权力的颂歌或者无力的哀啼。其次，《兄弟》过多采用了类型小说的情节模式和漫画式的扁平人物塑造方法。比如李光头如同财神附体般地神奇发迹，犹如武侠小说的主人公获得神奇的武功，虽然满足了读者不劳而获的虚妄臆想，但并不具备现实生活的基础，也不符合人性的逻辑和社会的常识，因而李光头的痛苦或欢乐，不是真实的痛苦与欢乐，李光头所遭遇的苦难，也不是真实的人性的苦难，而是如同电子游戏般用于打怪升级的关卡。与此相对应，宋钢除了正直诚实之外，还被集中安上了身染重疾、性能力不济、表达不畅、脑子不灵光等诸多毛病，因而宋钢的悲剧命运不是因为其诚实正直的性格不合时宜，而是由过多的巧合铺排而成的。因而无论是李光头还是宋钢，都不足以寓指我们的时代、我们的生活。《兄弟》之所以“失真”，并非因为作者采用了夸诞式的、狂欢化的手法，而是因为：我们置身于其间的生活远比《兄弟》所虚构的更为荒诞，作者的想象不是因高于这个时代（的现实）而不被理解，而是因低于这个时代（的现实）而黯然失色。类型化的情节，扁平化的人物，低于现实的匮乏想象——这一切意味着曾经那个独立、自由的隐含作者已然消失，代之以一个偶尔嘲人或自嘲但是遵奉现实功利的犬儒者，如同小说中的赵诗人和刘作家一样，文学写作成了价格的标签和谋生的手段。残雪曾经在访谈中说：“丑陋、阴暗和绝望，只要有那一束光，一切就被照亮，如同魔术似的，丑变成了美。”[01] 余华新世纪之前的小说中也有来自独立个体的那一束光，但在《兄弟》中，群体的胜利熄灭了它。

虽有不足，但《兄弟》并非新世纪文学史上可有可无的存在。《兄弟》之于新世纪文学史的意义主要在于：它展示了庸众的胜利，

---

[01] 易文翔、残雪：《灵魂世界的探寻者——残雪访谈录》，《小说评论》2004 年第 4 期，第 27 页。

不独在小说里，也在小说外；展示了个体的消亡，不单在普通市民之中，也在诗人和小说家之中；它标记出了新世纪主流文学写作策略的重大转向——从个体到群体；也宣告了20世纪80年代先锋小说所具有的“纯文学”式的美学意味和形而上意味的消退和丧失。

第三节　从诗歌到小说——韩东小说论

韩东是凭诗歌创作在文坛上声名鹊起的。新世纪以来，韩东的文学创作更多地由诗歌转向小说创作。这既是文学场域规则变化下写作策略调整的结果，也是作者创作理念和诗学观念的自然延续。本节描述韩东创作的这一转向，着重论述韩东小说的主题意蕴和美学风格。

一、韩东的诗歌创作历程及诗学观念

韩东的诗歌创作历程与韩东办文学民刊的历程高度吻合。1983年，从山东大学毕业后在西安财经学院当教师的韩东，联合山东大学“云帆”诗社的成员（杨争光、王川平等），办起了自己的诗歌刊物《老家》。他在《老家》第一期上发表了诗歌代表作《有关大雁塔》的最早版本，不过并未产生太大影响。不久，这首诗以改动后的新版本（即现在常见的该诗定本）在封新成主办的一份更具规模和影响力的民刊《同代》的“我们这一代”栏目中再度发表，同一栏目还有王寅、于坚、普珉三位诗人，这一次《有关大雁塔》引起了诗坛的广泛关注和热烈争议，韩东作为“第三代诗人”的代表从此名声大噪。

通过对《有关大雁塔》的早期版本和定本的比较，我们可以看到韩东诗学观念的形成。定本与早期版本的主要差异是少了一节（共计

14 行诗句），去除了以大雁塔视角展开的拟人化叙述，去除了附加于大雁塔之上的历史想象、文化象征和崇高的精神向度，其次去除了叙述主体情感的直接介入，态度更为客观、中立，旨在让事物显现自身——这就是韩东形成的新的诗学观念。在这一观念影响下，韩东创作了《你见过大海》《中秋夜》《横渡伶仃洋》等一系列具有现象学方法论意义的“还原诗”——剥出事物的文化想象的外衣，让事物摆脱历史、文化、政治等外在因素的遮蔽而显现自身，还事物以本来面目[01]。作为对当时风靡一时、流传甚广并逐渐出现模式化倾向的“朦胧诗”的颠覆和反动，韩东的还原诗及其诗学观念在否定中完成了对“朦胧诗”（尤其是北岛主办的诗刊《今天》所展示并带动起的“今天体”诗歌）的超越，在中国当代诗坛上可谓开辟了一代诗风，其影响波及至今。

1985—1996 年是韩东诗歌创作的平稳期，这一时期他无论是在数量上还是质量上，创作成果颇丰，这进一步巩固了韩东在当代新诗史上的历史地位。这一时期，韩东主办的文学民刊《他们》的影响也日益扩大，从 1985 年 3 月 7 日创刊，到 1995 年因故停刊，10 年内共发行了 9 期纸刊。早期诗歌作者主要有韩东、于坚、丁当、小海、王寅、小君、于小韦、吕德安、普珉、任辉、斯夫、柏桦、雷吉、述平、陈东东等，后来又增加了刘立杆、杨黎、唐欣、

小海、杨克编《他们〈他们〉十年诗歌选 1986-1996》漓江出版社 1998 年版

于坚

杨黎

[01] 常立：《“他们”作家研究：韩东·鲁羊·朱文》，上海三联书店 2010 年版，第 43 页。笔者在本书中对《有关大雁塔》的不同版本有详尽的比较，并由此阐明韩东诗学观念的形成。

谷梁等，越来越多的写作者加入“他们”作家群中。1997—1998年，韩东的诗歌创作相对沉寂，一方面可能与作家个人的生活经历有关，另一方面也可能与韩东开始在小说写作方面投入更多的精力和时间有关，而《他们》在这一期间也一直未能复刊。新世纪以来，韩东的诗歌创作进入网络期，主要经由网络——先是论坛，后是微博——发表诗歌，写诗业已成为韩东生活的一部分，虽然时有佳作，但其产生的影响再也不复从前。这并不仅是因为韩东本人诗艺下降（事实上还有提高），而更多是因为文学场域规则发生了变化，文学的受众群也发生了变化，诗歌作为“王冠上的明珠”被受消费文化影响的大众日益冷落，小说则成为一种优胜文体，在市场竞争中存活下来并发展壮大。相应地，在韩东的个人创作中，小说所占的比重也越来越大了。从诗歌到小说的转向，也发生在其他“他们”作家的创作活动中，由“诗人”变为“小说家”并产生较大影响的，除韩东之外，还有朱文、吴晨骏等人。

剖析这一转向的成因，可以从文学场域规则的变化角度切入来观察。在纯文学的信仰空间被不断压缩的现实环境中，人们对诗歌的热爱和信仰也渐次消退，甚至评论界也逐渐失去了对诗歌这一文体的热忱，而小说较之于诗歌拥有更好的市场前景、更多的读者和更通畅的出版渠道，从功利的角度来看，作家写小说更易获得经济利益和读者数量上的成功。对此韩东解释说：“在今天，从安身立命的角度说，写小说相对比写诗要容易一些。我从不相信，很糟糕的环境对诗人的灵感生活有莫大的好处。相反，相对的宽松对一个有才能的人的尽情发挥是很有帮助的……”[01] 韩东在小说中借人物之口做出的解释则更为直接、坦率：“诗歌写作并不能维持我的生活。相反地倒是越写越穷，人也越来越灰。于是近年来我转向小说写作……”[02]

二、《扎根》的结构与主题分析

韩东自20世纪90年代起开始进行小说创作，先是以中短篇小说为主，创作了相当数量的以下放生活为素材的短篇小说和关注人与

---

[01] 林舟：《韩东——清醒的文学梦》，《生命的摆渡——中国当代作家访谈录》，海天出版社1998年版，第52页。

[02] 韩东：《树杈间的月亮》，作家出版社1995年版，第57页。

人之间情感关系的中篇小说，韩东对此做过这样的总结：

> 具体地说，我写了几个无聊的城市青年（《三人行》）、两个猥琐的男人和一个无辜的女人（《障碍》）、一个卑微的怀春少女（《同窗共读》）、一个苦难的文人及他的死亡（《东东的画书》）、一个垂危的病人及她的死（《杨惠燕》）、一对绝望的恋人（《交叉跑动》）、一场无意义的骚乱（《在码头》）、一个痛苦的单恋者（《我的柏拉图》）、一个死囚（《古杰明传》）、一只微不足道的动物（《花花传奇》）、一个丧失名誉与前途的人（《革命者、穷人和外国女郎》）、一个婚姻的失败者和一个精神胜利的单身汉（《美元硬过人民币》）。可见我的人物皆是穷途末路者，身份卑微，精神痛苦。我以为得意的人是特别乏味的。
>
> 与其说我关注的是存在问题，还不如说我关注的是情感。爱情、男女之情、人与人之间以及人与动物间的感情是我写作的动因，也是我基本的主题。[01]

卑微的人物，情感的主题，下放的素材——所有这些在中短篇小说中呈现出的特质在2003年出版的长篇小说《扎根》中被完全继承下来并经由深化发展达至顶峰，在韩东本人看来，《扎根》之前的小说创作，“不过是某种练习，狼奔豕突，打一枪换一个地方。动手写作《扎根》，标志着我的写作开始抵达前沿阵地”[02]。

韩东《扎根》
花城出版社2010年版

《扎根》的故事相当简单：老陶（陶培毅）带着妻子（苏群）、儿子（小陶）以及父亲（陶文江）、母亲（陶冯氏）一家五口从南京“下放”到苏北农村一个叫三余的湖区。老陶一家人在三余安家、造屋、建园，通过学习栽培和饲养、做“赤脚医生”、搞好与三余群众的人际关系等一系列手段实现在三余“扎根”的目的，同时，作为作家的老陶，也努力实践“深入生活”的写作原则，其间经历

[01] 韩东：《我的柏拉图》，陕西师范大学出版社2000年版，第2—3页。
[02] 韩东：《〈扎根〉及我的写作》，《作家》2003年第8期，第85页。

过政治风波的余波震荡，交往过下乡知青赵宁生，与富农余耕玉一家斗争过……最终因政治形势变化，下放结束，老陶重新回到南京，成了著名作家，但不久因疾病离开人世，小陶则到济南上了大学，在三余“扎根”的计划宣告失败。

简单的故事，有着不简单的讲述方法。最显著的“不简单”之处在于，《扎根》具有明显的互文性特征。笔者曾绘制《扎根》素材运用比较表，如下表，左列为《扎根》各章名称，右列为曾经运用过相近素材的其他中短篇小说名称[01]。

《扎根》素材运用比较表

	《扎根》	其他小说
I	《下放》	《描红练习》《树杈间的月亮》《富农翻身记》
II	《园子》	《下放地》
III	《小陶》	《描红练习》《树杈间的月亮》
IV	《小学》	《母狗》《要饭的和做客的》
V	《动物》	《田园》《富农翻身记》《小东的画书》
VI	《农具厂》	《农具厂回忆》
VII	《赵宁生》	《西天上》
VIII	《洁癖》	《于八十岁自杀》
IX	《五一六》	《田园》《小东的画书》
X	《富农》	《富农翻身记》
XI	《扎根》	《吃点心，就白酒》《于八十岁自杀》
XII	《作家》	《小东的画书》《树杈间的月亮》
XIII	《结束》	《小东的画书》

笔者还曾将《扎根》和其他小说中相对应的主要人物列表对照，如下表[02]。

[01] 常立：《“他们”作家研究：韩东·鲁羊·朱文》，上海三联书店 2010 年版，第 69—70 页。
[02] 常立：《“他们”作家研究：韩东·鲁羊·朱文》，上海三联书店 2010 年版，第 70 页。

《扎根》与其他小说人物对照表

《扎根》	小陶	老陶	苏群	陶文江	陶冯氏	赵宁生	余耕玉	余有富
《描红练习》	小波	李建宁	陆红英	外祖父	外祖母			
《树杈间的月亮》	小松	父亲	母亲					
《小东的画书》	小东	父亲	母亲					
《田园》	小松	建白	洪英	外祖父	外祖母			
《农具厂回忆》	小培	父亲	母亲	外祖父	外祖母			
《西天上》	小松	父亲	母亲	外祖父	外祖母	赵启明		
《于八十岁自杀》	小波	李建白	陆洪英	陆平安	王仙如			
《富农翻身记》	小宇	老冯	老冯爱人				余常荣	
《吃点心，就白酒》		老郭	洪英					建富
《母狗》	余先生对应《扎根》的靳先生；小范对应《扎根》的小李							

毫无疑问，《扎根》一书中多处运用了在以往其他小说中使用过的素材，但并非简单的“自我重复”，因其对同样素材的运用并不相同，如韩东在此书“后记”中所指出的那样：“《扎根》于2001年11月动笔，2002年10月完成，历时约一年。其中的部分篇章与我有关下放的中短篇似有重叠之处，但绝非这些中短篇小说的临时拼凑、集合或剪辑、扩充。”[01] 以《小学》一章与短篇小说《母狗》的比较为例，两者间的差异显而易见，《小学》中故事变得更加简洁明了，去除了《母狗》中匕首刺伤靳先生、小李受欺自杀未成等许多戏剧性的内容。为什么要拒斥戏剧性呢？将《扎根》其他各章与上表中对应的小说相比较就会知道。韩东在《扎根》中对相同素材的不同运用，主要有以下三种类型：一类是做减法，《扎根》去除了一些人物、时间线索和戏剧性情节，也避免使用较为复杂的叙述手法，叙述平实，毫无枝蔓，直抵故事的核心，在人物塑造上，去除芜杂冗余的血缘关系，使人物形象更加明晰，删刈政治性较强的素材，使叙述更贴近人物个体；一类是做加法，增添了大量源于人物个体经验的生活细节，

[01] 韩东：《扎根》，人民文学出版社2003年版，“后记”，第313页。

使叙述更贴近本色的人物、贴近真实的生活；一类是对素材重新进行编排、修改，使得叙述无时无地不指向“扎根”这一主题[01]。这里存在着两种可能的情况：假如读者是初读韩东小说，那么以上比较对毫无成见的读者来说缺乏意义；假如读者读过韩东的其他小说，并发现了其间素材的“重复”，那么上述比较就是有参考价值的，它提请读者注意两者之间的巨大差异，并从差异中深入文本，从韩东对这些相近素材的重新组合中，我们可以看出《扎根》究竟增添了什么、删减了什么、改变了什么，以求从种种差异中窥见《扎根》的结构方式和主题。

《扎根》的结构自成一体。《扎根》分十三章讲述了老陶一家的下放生活，并不依附于历史的时间顺序，各章间的叙述时间互有重叠，整体呈空间化结构，十三章各自独立，每一章都代表一个侧面，联系起来又构成一个严丝合缝的整体，其严谨细密一如老陶家用水泥桁条筑成的房子。在全书十三章中，第二章《园子》和倒数第二章《作家》对理解《扎根》尤为重要，这两章在首尾暗暗呼应，在整个大房子内部构成了一个小型建筑——它的主题是关于写作。公共话语对应个人写作，政治运动对应日常生活，这正是两代人写作的不同之处，韩东写作《扎根》一书正与叙述者“我”对写作的理解一致：用个人写作去对抗公共话语，用日常生活去对抗政治运动。《园子》一章对建园过程的详尽叙述，不仅可以理解为各色人物扎根过程的隐喻，还可以理解为写作过程的隐喻：写作应当具备一如老陶建园的细致、耐心和精益求精的素质，与书中各色人物努力在生存上扎根的同时，作者也在写作中努力地扎根。因而读者能从《扎根》中看到许多由细节构成的人物命运和真实生活，这些在以往书写“下放”题材的小说中往往被有意无意地忽略、删刈、遮蔽，而《扎根》要做的正是去蔽存真，查漏补缺，还原了生活的本来面貌。

如前所述，《扎根》的主题十分鲜明，即“扎根”，可作为一个在小说中不断重复出现的词语、行为和意象，“扎根”究竟意味着什么？从小说中我们可以看到：《扎根》写了历史，但是与吞吐风云的宏大叙述无关，转而关注微末之物，见微知著；《扎根》也写了政治，

[01] 常立：《“他们”作家研究：韩东·鲁羊·朱文》，上海三联书店2010年版，第70页。笔者在此书中对《扎根》每一章的情节都和相关小说做了详尽的比较和深入的分析。

但是与为政治服务无关，而是从卑微的个人命运中窥见政治这一庞然大物的身影;《扎根》还写了人生的苦难和情感的大悲大喜，但是与代人立言、自我感动无关，而以冷峭、透明的语言将情绪化的东西涤荡干净——或许在某种程度上韩东认同卡夫卡的观点:“喧嚣是青春的伴随现象，是生命力的充溢，但与艺术无关，相反会损坏艺术。艺术需要严格的冷静和精确的明朗”——这也正是韩东在“还原诗”创作中所体现出的诗学观念的延续和发展。“扎根”的意义并不存在于宏大的历史想象、恢宏的政治抱负之中，而是存在于微末之物中、存在于事物的本原之中。小说在两个层面展示了扎根的意义。在生存层面上，“扎根”就是在强加于己的命运、在强制性的生活中坚持活下去，并努力靠近自己的生活目标，尽量活得更体面一点、更理想一点。从这个意义上讲,《扎根》中涉及的绝大多数人物都在努力扎根——侯继民的办报癖、陶文江的洁癖、老陶的写作癖……就连赵宁生的逃避扎根也是扎根。而且毫无例外，一切试图扎根的努力都注定是一场空，无根的存在就是这个世界的本来面目，这样，扎根在生存层面上就成了一桩虚无之事，任何为扎根做出的努力在冷漠的世界面前都显得辛酸而荒诞。那么，这种面向虚无的坚持和努力是否有意义呢？这种坚持和努力扎根的行为所必然导致的失败、残缺、空白、凝滞是否有意义呢？究竟老陶为什么要强撑病体一次次地返回湖上呢？这一行为与生存本身毫不相干啊！——“那湖上到底有什么呢？除了野鸭、獐鸡、清晨的日出，不就是破旧的小渔船和一望无际渺无人迹的水面吗？”[01]《扎根》中在另一处给出了答案:

冬夏两季是不同的。秋风一过，湖水就如竹叶般的青绿，细浪密波，洪泽湖的脾气也变得温柔可爱。且蟹黄藕白，芦苇飞缨。沿岸的滩涂上，条柳落叶了，芦苇放花了，芦苇棵里没准能捡到一窝花白青幽的野鸭蛋。夏天则完全不同。黄水拍击着两岸，芦苇和条柳被围在湖水中央，只露出一点点的梢头。风高浪急，小汽艇和托帮船队都得靠岸行驶。[02]

[01] 韩东:《扎根》，人民文学出版社 2003 年版，第 259 页。
[02] 韩东:《扎根》，人民文学出版社 2003 年版，第 254 页。

这是全书最美、最富诗意的一段景物描写，可以说正是这种美、这种诗意恒久吸引着作家老陶，使他从单纯的生存层面上得以片刻解脱。老陶在这种解脱中是否可以静心思索生命的意义、写作的意义，我们不得而知，但《扎根》中显然蕴含了作者对这些问题的思考。老陶带病坚持返回湖上的行为，与为扎根三余而进行的种种活动截然不同：前者不可思议，非现实所能解释；后者是生存策略使然，是面对现实的合理反应。这引领读者去思考生存层面之外的另一个层面上的"扎根"——"看来扎根并非是在某地生活下去，娶亲生子、传宗接代（像老陶说的那样）。也不是土地里埋葬了亲人（像陶文江做的那样）……但小陶还是会梦见那里，梦见那栋泥墙瓦顶的房子"[01]；"他那不期而遇的梦境却很真实。这大概就是扎根的意思吧？"[02] 小陶的梦境、老陶的湖上美景、老陶和小陶父子两代人的写作，这一切联系起来就构成了精神层面上的扎根行为——写作。写作可以超越生存层面的无根的存在，指向超现实的存在，指向遥不可及的真理。而关于真理，韩东是这样评价的："在有限的时空内，也许只能体会为虚无。虚无，正是真理在世间的永恒的形象。"[03] 无论是在生存层面还是精神层面，扎根在终极意义上都将抵达无根的存在、抵达虚无，但此虚无并非消极的虚无主义，此虚无，"正是真理在世间的永恒的形象"，在扎根的过程中，真实的是人们生命的意志、生活的奋斗、对绝对的渴望和对真理的追求，而扎根的意义就是生而为人的意义，就在于扎根（生存、生活、写作、追求真理）的过程中[04]。

三、《扎根》之后的创作及诗学观念的延续

《扎根》之后，韩东的长篇小说创作进入稳定期，以每两至三年发表一部长篇小说的速度不断推出新作：《我和你》（2005 年），《小城好汉之英特迈往》（2008 年），《知青变形记》（2010 年）。这三部长篇小说题材各异、写法不同，但都可以看作韩东诗学观念在长篇小说创作中的自然延续，尤其是"还原事物真相、让事物呈现自身"的

---

[01] 韩东：《扎根》，人民文学出版社 2003 年版，第 285 页。

[02] 同上。

[03] 韩东：《关于语言、杨黎及其它》，《作家》2003 年第 8 期，第 89 页。

[04] 本节关于《扎根》的部分论述参见常立：《"他们"作家研究：韩东·鲁羊·朱文》，上海三联书店 2010 年版，第 81—85 页。

美学上的追求一以贯之。韩东的“还原诗”以颠覆和超越“朦胧诗”为己任，相近似的，这三部长篇小说也以颠覆和超越某一特定类型的小说为美学目标——《我和你》是对言情小说的颠覆，《小城好汉之英特迈往》是对青春小说的颠覆，《知青变形记》是对知青小说的颠覆。

《我和你》讲述的故事十分简单，可以用言情小说的情节套路一言以蔽之：我爱的人却爱上了别人。小说依据作者本人的一段情感经历改造而成，第一人称叙述者“我”与苗苗相识、相知、相爱，“我”仍然爱着苗苗，苗苗却爱上了李彬，“我”和苗苗的爱情以分离而告终。比讲述这样一个言情故事更重要的，是通过小说呈现出爱情中的男女关系和探究男女爱情本质，这也是作者的创作主旨：“希望《我和你》能成为一个清晰有效的观测点，看看‘我们’到底是如何爱和如何看待爱的。”[01] 为了实现这一主旨，作者并没有像一般言情小说那样提供荡气回肠的情节和沉湎其间的浪漫，而是关注那些密布在爱情关系中的琐碎平常的微末之物，揭示那些隐藏在凡庸生活中的超常敏感的幽微心理。为了关注微末之物，作者采用不连贯的追忆方式来展开叙述，时间流被屡次中断，而微末之物则从时光的缝隙中反复浮现出来。为了揭示幽微心理，作者采用叙述者干涉的方式不断插入议论，情节流被屡次阻滞，而幽微心理则从故事的空白处清晰呈现出来，尤以第四部第 14、15 小节为典型示例，这两小节全部都是关于爱情本质及爱情心理的直接探讨：从“我为什么爱上苗苗”这一切己的问题开始，思考进一步深入至抽象层面，涉及的对象“扩张到概念中的男男女女、芸芸众生”；从把爱归结为“本能”这一浅层答案开始，思考进一步深入至哲学层面，爱的定义演变为“牺牲”，进而成为对“存在主义的无聊”[02] 的逃避——“面对绝对的虚无和遥不可及的举例，我们还会掏空自己以至搭上老

韩东《我和你》
花城出版社 2010 年版

[01] 韩东：《我和你》，上海文艺出版社 2005 年版，“后记”，第 264 页。

[02] 马丁·杜勒曼（Martin Doehlemann）将无聊（Boredom）分为四种：情境性的无聊，等人的时候、听演讲的时候、坐火车的时候；餍足性的无聊，当人已经厌倦了同一件事情，一切都变得陈腐无趣的时候；存在主义的无聊，当人们感到心里空荡荡、世界毫无色彩的时候；创造性的无聊，当人被迫去做一些全新的事情的时候。参见拉斯·史文德森：《无聊的哲学》，北京大学出版社 2010 年版，第 32—36 页。

本性命吗？我们会像爱一个死者那样去爱一个人吗？我们会像爱一个从未出生的人那样去爱一个人吗？我们会爱上不存在本身吗？……我们可能爱上爱吗？”[01]借助上述两种方法，作者完成了一部“四不像”的小说——既有言情小说的情节套路，又有打破时序、关注琐碎细节、弱化情节、突出幽微心理的非言情小说特征，但诚如作者所说，“‘四不像’说明它独树一帜，说明它有超越类型小说和小说类型的可能”[02]。

《小城好汉之英特迈往》作为一部青春小说，讲述了朱红军、丁小海、张早三个少年的成长故事。在“文革”末期的一个叫共水的苏北小镇，他们一起张扬或挥霍着各自的青春，在一个荒谬的时代顺其自然地生长，三个人在成年以后分别成为死刑犯、建筑工人和画家。与一般青春小说不同，《小城好汉之英特迈往》没有展现火热的、激情的青春或者诗意的、忧伤的青春，而是真实地展现了三个少年无聊的青春以及他们生活于其间的20世纪70年代的中国乡村，具体地描绘了这无聊的青春中的“贫穷、饥饿、朴实、野蛮和人心的扭曲以及莫名的快乐”。与一般青春小说不同，《小城好汉之英特迈往》没有塑造一个英雄人物作为榜样，帮助少年主人公完成心智上的成长，而是刻画了一批在集体游戏中无聊度日的卑微的小人物，唯一一个有英雄气质的朱红军，却以一个流氓犯的身份被枪毙了，“因为他的英雄气质，在这个社会里没有立足之地，”韩东这样说，“在我的理解里，他也必然死去。如果他没死，成就了一番事业，那我也就不会写他了”[03]。韩东如此处理人物，依然是其诗学观念的延续，对卑微人物凡俗生存持之以恒的关注和描述，使韩东笔下的每一个辛苦求生的小人物都成为“生存的英雄”，每一段千辛万苦的人生经历都成为“传奇”，“只有文学，只有小说，它可以为这些芸芸众生作传”[04]。与一般青春小说不同，《小城好汉之英特迈往》没有引

韩东《小城好汉之英特迈往》
上海人民出版社2008年版

[01] 韩东：《我和你》，上海文艺出版社2005年版，第260页。

[02] 韩东：《我和你》，上海文艺出版社2005年版，“后记”，第265页。

[03] 刘子超：《韩东：每个人都是生存的英雄》，《南都周刊》生活报道第202期，2008年3月21日。

[04] 同上。

人入胜的故事情节和鲜明强烈的叙事节奏，它摒弃了类型小说惯用的情节推进模式，“给每一个人物立传，每一个人都有独立的故事，每个人的故事又在大背景中‘交叉跑动’”[01]，这种结构方式类似于奈保尔的小说《米格尔大街》，也类似于中国传统话本小说“空间铺缀式的叙事结构”[02]，但又有所创造，小说的前三分之二以人物为轴，以空间铺缀为序，时间流中断，因果律失效，而小说的后三分之一则以时间为轴——1978、1979、1980、1981……1985年之后加速度发展，每五年一章，每十年一章，仿佛静止的钟摆重新开始摆动，且越来越快一发而不可收，时光飞逝，命运骤成。对此结构的变化，韩东解释为越往后日子过得越快符合心理上的真实，这种说法得到了科学实验数据上的支持，当我们年老时，人体的生物钟会越走越慢，心理上就会觉得事情过得越来越快[03]。但还有一种可能的解释，结构上对“时间的加速度”的呈现，也许是一部长篇写到最后失去耐心的表征，在有关这部小说的一次访谈中，韩东说：“要是有更多时间写这本书就好了，……可是我要生活啊，而且现在这个年纪了，年轻时不管不顾的那些已经过去了。”[04]而在另一个访谈中，韩东论及写作意味着什么时说：“（写作）过去是谈恋爱，现在是结婚，靠这个养家糊口。”[05]从韩东的话语中可以察觉到他本人对这部作品的些许遗憾，而这正是在文学场游戏规则变化中调整写作策略之后所付出的代价。作家顾湘对此有着更为坦率的评价：

> 这本不坏但也让人从头到底读完觉得缺点什么的书，也让我知道一个人有着写作的一技之长但非得做出点什么来挣口饭吃的时候，做出的东西也可能是好的，会令他对自己的

---

[01] 刘子超：《韩东：每个人都是生存的英雄》，《南都周刊》生活报道第202期，2008年3月21日。

[02] 这是美国汉学家蒲安迪研究中国古典小说叙事时提出的概念，相对于西方小说中常见的时间化叙事结构，中国古典小说经常采用非时间化的“空间铺缀式的叙事结构”。参见蒲安迪：《中国叙事学》，北京大学出版社1996年版。

[03] 杰·英格拉姆：《蚊子干嘛老叮我？——以及生活中你老想不透的科学问题》，湖南科学技术出版社2011年版，第198—199页。

[04] 顾湘：《写作和人生是不同的，否则写作就是无须存在的事情》，豆瓣读书评论，http://book.douban.com/review/1407409/。

[05] 刘子超：《韩东：每个人都是生存的英雄》，《南都周刊》生活报道202期，2008年3月21日。

> 手艺充满自豪感，但作品不会好到令他自觉惊喜，或完成后长舒一口气觉得瞑目都无憾了的程度。韩东清楚有所得必有所失，拒绝为生计进入体制内，但在体制外他的写作还是因作为生计而付出了代价。这个代价就是之前说的“缺点什么”……《小城好汉之英特迈往》，写的就是那些用韩东的话说“都是天生丽质的人”经历了为了失败的战斗的故事，他们全都英勇奋战，无论结局如何。但实际上存在着一个不可置疑的胜利，能够摆脱那种虚无感，并非要追求胜利，而是：不考虑失败的战斗才是最纯洁的。就这一点而言，写作和人生是不同的，否则写作就是无须存在的事情。[01]

把写作当作“不考虑失败的战斗”，而不是“为了成功或失败的战斗”，这正是独立文学场域的写作者区别于主流文学场域或消费文学场域的写作者之处，他们用“不考虑失败的写作”，建构着纯文学的信仰空间。

《知青变形记》被韩东认为是一部长篇“知青小说”，虽然在韩东之前的创作中，知青题材早有涉及，但《扎根》主要是写城市干部的“下放”生活，知青生活只是基于环境衬托或者人物塑造的需要而略有提及，《小城好汉之英特迈往》主要是写县城少年的青春生活，知青生活也只是作为人物活动的背景有所涉及，而《知青变形记》不但直接以“知青”冠名，更以知青为主人公，重点写了知青的生活及命运。韩东谈及创作动机时说：

韩东《知青变形记》
花城出版社 2010 年版

> 我们的文艺在不知不觉中已构造了关于知青生活的诸多概念。一般来说有搞笑，有猎奇，或自由浪漫，或淡淡的忧伤。最深刻之处莫过于男女情感的纠结，最残酷之处也无外乎观念性的政治迫害。……我认为，一个小说家，有责任连接历史与想象，连接真实与虚构，在二者之间架设一座交汇的桥梁。……虽说知青题材

[01] 顾湘：《写作和人生是不同的，否则写作就是无须存在的事情》，豆瓣读书评论，http://book.douban.com/review/1407409/。

的文艺作品最终将掩埋关于知青的历史真实，但愿其中的文学提供给后人的想象更复杂多义一些，更深沉辽阔一些。一个作家、一部作品不能办到的事，那就一些作家、很多部方向各异的作品共同趋近。《知青变形记》只是其中一个人的一次努力。[01]

韩东对于这部小说的写作有着特别的历史使命感和作家的责任感，把它视作以知青生活为材料而“创作不朽作品的责任”，还把它定位于作家们共同趋近“连接历史与想象”这一使命的诸多努力之一，寄希望于它能够冲击人们在既往文本的阅读中被固定下来的关于这一历史时期的“标准想象”，因而这部小说相较于韩东其他长篇小说更像一个“故事”——情节更具戏剧性，节奏更张弛有致，叙述更符合常规，以减少阅读障碍吸引更广泛的读者，同时为了冲击读者对于知青生活的“标准想象”，又与一般知青小说有着巨大的差异，主要表现在：《知青变形记》中既没有怀着远大理想、旨在拯救全世界的“热血型”知青形象，也没有苦大仇深、血泪控诉“文革”的“伤痕型”知青形象，而是塑造了一个迷惘、隐忍、逆来顺受的知青主人公——作为裹挟在时代洪流中的一个小人物，知青罗晓飞被迫下乡，被迫卷入“奸牛案”，被迫变成了死去的农民为国，并顶替为国拥有了他的妻子继芳和他一贫如洗的家，被迫永远待在了老庄子里而失去了回城的机会。面对命运的骤然改变，他只能无奈地承受命运强加于己的生活，他无力改变这样荒诞的存在，但他努力在这样荒诞的存在中生活得更有尊严一点。小说的第三章《日》可以视为《扎根》的重叙，同样讲述了罗晓飞为了在另一种生活中“扎根”而付出的艰苦努力：刷房、开窗、挖井、植树、种田、买卖……与《扎根》不同的是，《扎根》中一切关于扎根的努力都失败了，而在《知青变形记》中，扎根成功了，罗晓飞也成功地变成了为国，小说的末章写到主人公去罗晓飞的墓地上坟，他三鞠躬后对着坟说：

听好了，罗晓飞，你已经死了八年了，也应该安息了，

[01] 韩东：《我为什么要写〈知青变形记〉（代序）》，《知青变形记》，花城出版社2010年版，第1—2页。

> 从今往后这世上再也没有你这号人了。人生一世，草木一秋，或长或短，或贫或富，都是一样的，都得死，死了以后就再也不分彼此了。没有人记得咱们……各人有各人的日子，各人有各人的命，所以呀，人要知足。活人要知足，死人就更是如此了。……对咱们这种情况来说就更是赚大发了。罗晓飞，你就安息吧，以后我再也不会来看你了。[01]

在小说的最后，主人公不再迷惘，彻底完成了自我身份的认同，告别“旧我”（知青罗晓飞），诞生“新我”（农民为国）。只是这一“新我”的诞生，含有颇多无奈和悲苦，小说的最末一句是“新我”向牛屋的礼九发出下棋的邀约：“咱们来盘六路洲！”这意味着一个可能但尚未形成的现代性的个体（知青）的消亡，个体完全被湮没在了代表文化传统的群体（农民们）之中，个体（罗晓飞）无法自由而独立地存活于世，只能以他人（为国）之名存活于他者（福爷爷、为好、继芳、大范村）的眼光和话语之中，这种“阳奉阴违”，正是“我们时代的一种集体处境，这是一个存在方式，与名副其实的存在比起来，它在体验上的丰富与复杂、无奈或者愤怒、喜悦或温馨上并没有区别”[02]。

---

[01] 韩东：《知青变形记》，花城出版社 2010 年版，第 224 页。

[02] 于坚：《韩东变形记》，《读药周刊》第 7 期，2010 年 6 月，凤凰网读书频道，http://book.ifeng.com/shupingzhoukan/duyao07/shuping/detail_2010_06/10/1607585_0.shtml。

第四节 从艺术到真理——残雪小说论

如同作者的笔名，残雪的创作在当代小说中真的仿若初春余雪，孤单岑寂，遗世独立，在人迹罕至的背阴处发出清冷的微光，而残雪本人，也成了当代文坛最独特的作者之一。她是被国外广泛译介的中国女作家，美国的罗伯特·库佛、乔伊娜·司各特，丹麦的安娜·韦德尔斯帕格，日本的近藤直子、日野启三……国外许多知名学者、作家对残雪作品进行了大量评说和高度赞誉，如布瑞德·马罗所言："残雪拥有这个星球上最灿烂、最生动、最抒情、最精致、最能打动人的幻力……没有任何读者能够从她那强有力的幻想梦境中挣脱出来而不受伤害，她的作品既是美丽的又是危险的。"[01] 尤其难能可贵的是，残雪创造的文学梦境从20世纪90年代起蔓延至今，在主流文学场域的多数写作者纷纷调整自身的写作策略而发生形形色色的创作转向时，残雪依然守护并生产着纯文学的信仰空间，依然坚持着"为了报仇写小说"的个人独特的创作观，依然用"先锋式"的写作营造出种种"反懂"

残雪

[01] 严慧：《灵魂的对话——卡夫卡与残雪》，《海南师范学院学报》（社科版），2002年第6期，第131页。

的“幻想梦境”，而面对残雪的这种近于“偏执”的坚持，面对她建构起的匪夷所思的文学世界，大多评论者却有意无意的患上了“失语症”。

残雪的创作，为什么如此难以评说？要回答这个问题，我们需要回溯到黑格尔对当代艺术发展做出的论断，他在《美学讲演录》中指出：当代精神文化的整体条件不利于艺术发展，艺术家置身于反思性思想的潮流之中，无法设想并回复到与世隔绝的独特状态，无法与生活中的各种关系保持距离，因而艺术最终必定为反思性思想所取消。但事实果真如此吗？如果我们的思维不拘囿于黑格尔的哲学体系，我们会发现另一种完全不同的艺术发展史，其中“艺术不是展示被反思性的哲学思想所超越的那种精神的一种古老模式，相反地，它总是具体表现哲学想要压制的这种特殊的冲动或欲望……艺术对于孤立（从现有的关系中孤立出来）的要求，是伴随着历史决定论的观念一起产生的；艺术对于疏离的要求（或者至少是艺术中表现出来的对于疏离的强烈欲望），是在哲学的极权性冲动和极权主义文化中打开的一个缺口”[01]。于是，黑格尔在描画艺术家的囚牢的同时，也无意间指出了一种艺术家获得自由的可能方式，即通过隔绝以寻回已经失落的东西。我们可以从莫尔索的冷漠（加缪《局外人》）、穴居动物的恐惧（卡夫卡《地洞》）和永远坚持树上生活的决绝（卡尔维诺《树上的男爵》）中体察到这种通过隔绝而抵达的艺术自由，近似地，我们也可以从迷离幽晦的残雪创作的叙述世界中，发现文学艺术顽强生存的新的可能性，而这种可能性正是经由自审弃绝自我而产生的。

一、残雪创作的三种类型：自我型——本我型——超我型

弗洛伊德的精神分析学说虽然广受科学界的质疑，却在文学和哲学、美学领域赢得了广泛的赞誉，尤其是关于潜意识的论说影响深远，残雪的文学观也深受其影响。残雪在《为了报仇写小说》中自认是依靠潜意识来写作的，有趣的是，她进一步指出，自己的潜意识受控于理性精神，“有理性才有幻想，没有理性也没有幻想”“人性只要冲破理性的钳制就会发挥幻想，理性反弹出幻想，一般中国人理解为

[01] 宇文所安：《迷楼——诗与欲望的迷宫》，生活·读书·新知三联书店2003年版，第288页。

理性是消灭幻想的，其实作为人，高贵的是理性，理性才可反弹出幻想”。这里残雪所说的理性，是与幻想相互生发的理性，它并非单纯由寻求秩序稳定、身份认同、价值明晰的自我所掌控，相反地，随着自我的分裂、崩溃和消失，理性向两个方向发展转换，分别生成作为意识形态他者化身的超我的幻想和作为潜意识欲望隐匿之地的本我的虚无，这非常符合齐泽克对象征界、实在界、想象界（拉康术语）交互关系的论说。结合弗洛伊德、拉康、齐泽克的精神分析学说和残雪自身的文学理念，我们可以把三者关系梳理如下：

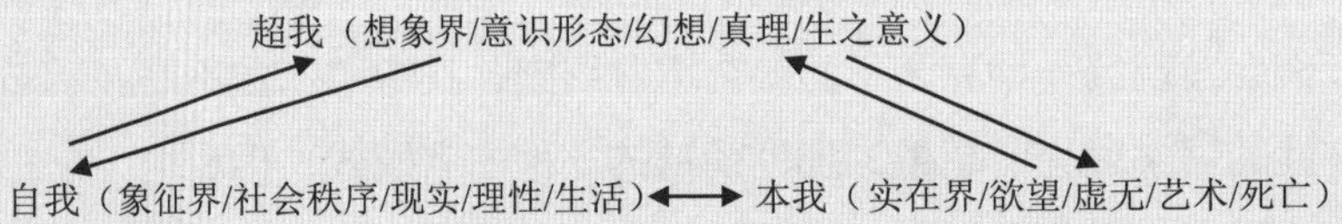

这可以作为解读残雪创作的一把钥匙。我们以此来考察残雪创作的三种类型：

第一种类型可称为自我型，包括《黄泥街》、《山上的小屋》、《苍老的浮云》、《种在走廊上的苹果树》、《突围表演》（即《五香街》）等早期小说，特征是现实脉络隐约可循，生活气息浓郁，对于不合乎人性的生存方式的批判激情锋芒毕露，理性执着地在外部世界中寻求自我的定位，多以自我孤立、隔绝告终。第二种类型可称为本我型，包括《痕》《重叠》《在纯净的气流中蜕化》《双脚像一团鱼网的女人》《新生活》《最后的情人》等，特征是由外部世界向内心世界不断深入，理性崩溃，自我湮灭，文本多表现怪诞迷离的本我之域，内容多与欲望和死亡相关，带有强烈的虚无感。第三种类型可称为超我型，主要包括残雪近年来的创作谈和对西方文学大师作品的解读论说，如《灵魂的城堡》（关于卡夫卡）、《地狱中的独行者》（关于歌德和莎士比亚）、《辉煌的裂变——卡尔维诺的艺术生存》、《解读博尔赫斯》、《艺术复仇》（关于但丁、《旧约》等），特征是直接显露残雪关于文学的意识形态观

残雪《最后的情人》
花城出版社 2005 年版

残雪《灵魂的城堡》
华东师范大学出版社 2008 年版

念，以精神本质、艺术本质为目的物不断展开探索和追寻，以期抵达彼岸真理，觅得生之意义。新世纪以来，超我型创作在残雪作品中的比例明显提升，地位日趋重要，体现出作者的写作由“让艺术呈现自身”向“通过理论阐释探求真理”转变的倾向，而这类超我型创作也成为读者窥见残雪自身作品内核的窗口，以下将对这三种类型的创作逐一进行解析。

二、自我：在自审中分裂、消失

残雪自我型创作，虽然有许多噩梦般的怪诞意象，有脓血、疮疤、疫病和尸体，有泥水、雨水、冰水和血水，还有许多难登大雅之堂的猥琐行为——挖鼻孔、擤鼻涕、咬指甲和打臭屁，密布着让读者不寒而栗、心生厌恶的声音、色彩、光线和气味……但是让评论者欣慰的是，还可以从中捕捉到历史或现实的影子。比如《黄泥街》中的如下话语——“闪闪红星，光芒万丈”“目前形势好得很”“阴谋家”“奸细”“张灭资”“红卫路”等，让评论者得以进行政治的（或者解构政治）解读；又如《突围表演》中种种似是而非的推理、演说、归纳、演绎，不难让读者回忆或展望一个语言狂欢又欲望横流的时代，其中比比皆是的性话语对女主人公的责难、攻击和压制，以及女主人公的特立独行，又可以被解读为女性主义对男权压迫的反抗。然而残雪的特异之处，并不在于人物经由对外界的（政治的、群体的、平庸的）压迫不屈不挠地战斗而获得自我的确立，成为英雄的个体，恰恰相反，战斗之后的自我，分裂、溃散甚至渐渐消失了。而自我的消失，是不断自审的结果。

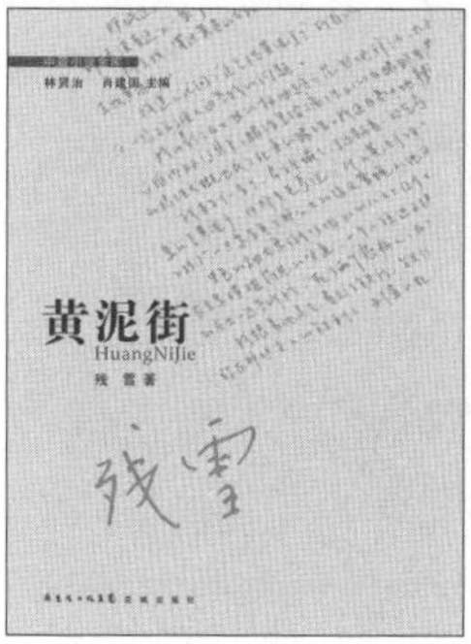

残雪《黄泥街》
花城出版社 2013 年版

所谓自审，是残雪论及卡夫卡时提出的：“卡夫卡的作品我认为在中国没有人读懂了，全部是误读、曲解或是反抗、抨击什么官僚机构、法西斯等。”“《审判》从现实角度来说是约瑟夫·K 受了冤枉，被那些官僚机构审判。而我认为恰恰相反，必须把眼光转过来，转向内心，‘审判’就是‘自审’，是自己对自己的审判。”[01] 她在《艰难

[01] 残雪：《为了报仇写小说——残雪访谈录》，湖南文艺出版社 2003 年版，第 106 页。

的启蒙》的开篇写道：

> K被捕的那天早上就是他内心自审历程的开始。……史无前例的自审以这种古怪的形式展开，世界变得陌生，一种新的理念逐步地主宰了他的行为，迫使他放弃现有的一切，脱胎换骨。……罪是什么？罪是由于自审才出现的。没有那天早上开始的自审，K就不可能犯罪。[01]

这里残雪提出的解读卡夫卡作品的自审视角，也正是我们理解残雪自我型创作的捷径，庸众对特立独行个体的窥视、诋毁、污蔑、陷害、排斥和压迫诚然可恶、可怖，但更为可怖的是，所谓特立独行的个体，自身也是庸众的一员，他成全而不是瓦解了世俗生活的平庸和朽坏，他反叛不合乎人性的生存环境，同时也反叛自身的惰性和庸俗。以《突围表演》为例，作为特立独行的个体，X女士在发生莫须有的“奸情”之后，成功抵挡了庸众的嘲弄、不满、意淫、恐慌，但没能经受住拉拢和诱惑，成为五香街的代表，而只有通过不断地写粗制滥造的“申请”，让自己湮灭个性泯然众人，才可以淡出公众的视野，在被遗忘中突破重围。X女士的突破重围，实则是让自我分裂，一半自我变成了重围的一部分，在世俗生活中与庸众同声合唱，而另一半自我缺乏、自我肯定和自我辩护的意识，却具有强烈的自审意识，被一种不断推动自审深化的生命本能所湮没，让生命的原罪在本我之域显现。残雪小说中的自审意识，让每一个主人公的自我都充满怀疑和困惑，让每一个主人公的生命都充满忏悔和羞愧，“与城堡那坚不可摧、充满了理想光芒的所在相对照，村子的日常生活显得是那样的犹疑不定，举步维艰，没有轮廓。混沌的浓厚侵蚀了所有的规则，一切都化为模棱两可”[02]，由于自审，人物最终与他人疏离、孤立起来，由于自审，小说中出现了大量镜子的意象——“镜子里的那个人鞋上沾满了湿泥巴，眼圈浮着两大团紫晕”（《山上的小屋》）；“我从墙上的大镜子里看见闪过一道紫光。那是一头公牛的背，那家伙缓慢地移过去了”（《公牛》）；而在《苍老的浮云》中，镜子更成

[01] 残雪：《灵魂的城堡——理解卡夫卡》，上海文艺出版社1999年版，第85页。
[02] 残雪：《灵魂的城堡——理解卡夫卡》，上海文艺出版社1999年版，第191页。

为小说的中心意象，洞察着两户人家内心最隐秘的角落，折射着窥视与被窥视的生存境遇，并以寻找镜子的碎片暗示生之意义……所有这些镜子，都佐证了自我的一次又一次分裂和溃散。

三、本我：测不准的艺术

残雪的本我型创作，是残雪自认深入灵魂内部进行探索的结晶，是发动潜意识“自动写作”的成果，本我中各种各样彰显欲望的潜意识，才真正构筑起残雪的艺术王国。在自我型创作中隐约可辨的现实关怀、日常生活、秩序感和因果关系，在本我型创作中都鸿飞杳杳、无迹可寻了，传统小说的人物要素和情节要素被淡化至极致，文本呈现出鲜明的人物不可测、情节无因果的非理性特征。而这种非理性，正是艺术思维区别于科学思维之处。科学思维的局限在于只能处理可重复的、可证实或证伪的对象，而生活中普遍存在的大量不可重复、稍纵即逝的对象，则只能由非理性的艺术思维来处理[01]。

因而在残雪的创作艺术中，自我湮灭之后，人物就成了飘忽不定的人。《痕》中的每一个人都来去无踪，“痕无端地觉得自己应该去山里转一转”“收草席的人去那里（荒山）干什么呢？他进去之后走得出来吗？”“这个人不是铁匠吗？他怎么成了郎中的？”“这个有病的汉子，有时竟能变成一个强壮的人上山打柴”；《双脚像一团鱼网的女人》塑造了一个似有还无的女人，她“没有脚，却又在行走中发出脚步声”，她露出一只“白皙柔润的手”，可伸手去抓却只能抓到一阵风和紫玫瑰的暗香，她是祖母的忘年交，却和祖母进行着“殊死搏斗”，她认为自己是泥朱的母亲，却排斥一切人与泥朱的联系；《最后的情人》中的一切人物都虚无缥缈，甚至来自神话传说……对此残雪自己的解释是：“精神就是飘忽不定的。”

与此同时，在残雪的创作艺术中，外部现实消隐之后，情节因果链就断裂了。我们永远无法从文本中探究出痕为什么要上山、收草席的人的行踪和铁匠的祖籍（《痕》），也无法得知泥朱和祖母为什么于黎明前手牵手消失在道路的尽头（《双脚像一团鱼网的女人》），同样也无法洞察白鸟消失的秘密（《在纯净的气流中蜕化》）。所有情节，

[01] 布赖恩·里德雷：《科学是魔法吗》，广西师范大学出版社 2007 年版，第 18 页。

既无法忆其开始，也无法测其结局，亚里士多德以降多被奉为文学批评的金科玉律的因果律，在残雪的创作中完全失效了。残雪对其理想读者提出了明确的要求：

> 他应当受过一定的现代艺术的熏陶，并具有较敏锐的感觉，……在阅读时进入某种自由的空间，也就是说，他是一个有艺术形式感的人；他应该可以彻底扭转传统的、被动的阅读欣赏方式，调动起内部的潜力，加入作者的创造，也就是说，他是一个没有丧失想象力的人；……他是一个具有虚无纯粹境界的人；他应当具有自审的精神……是具有一定自我意识的现代人；……他是懂得语言的现代功能的人。[01]

在应和测不准原理的本我之域，唯一可以确定的是残雪对艺术的执迷，这种执迷通过每一篇作品中人物的怪诞行为和独特追求表现出来。痕编织花样繁多却无实用价值的席子，泥朱用古怪的仪式追求和双脚像一团鱼网的女人的接触，劳永远不会停止思索的关于白鸟消失的心头之患，房繁脑袋中不断浮现的吞没落日余晖的黑暗记忆（《重叠》），吕芳诗一心一意冒死追求的极致爱情（《吕芳诗小姐》），甚至连五香街上莫须有的“奸情”……所有这一切，都可以视作艺术或追求艺术的隐喻，都可以视作通过追求艺术以获得心灵自由的隐喻，每一个荒诞不经的故事，都在描述艺术的历史或生成。而正是这些本我之域的艺术表现和对艺术的追求，使残雪的创作在一片迷离恍惚的气氛中，有了清晰的意向性，指向栖居在“城堡”中的“真理”。正如爱因斯坦所说：世界的最不可思议之处在于世界居然是可以理解的。残雪创作的最不可思议之处也正在于此。

四、超我：真理的微光

残雪的本我型创作的叙述世界所彰显的关于罪的问题，局部符合冉森派教义（Jansenism）：所有人都是有罪的，罪定义了人类的本

---

[01] 残雪：《残雪散文》，浙江文艺出版社 2000 年版，第 6 页。

体论身份。但残雪并不会完全认同冉森派所信仰的上帝——一个盲目的掷骰子的上帝，一个施与恩典还是责罚完全依赖于偶然事件而不是个人德行的上帝，一个残忍而神秘的隐匿的上帝。如同爱因斯坦面对神秘莫测的量子世界，仍然选择相信存在着能解释宇宙万有的大统一理论，残雪在面对迷离幽晦的本我世界时，也选择相信存在着能解释一切人性问题的本质真理。因而在残雪的一系列超我型创作中，人性本质、精神本质、灵魂本质、艺术本质就成为关键词，而究其根本，所有这些关于本质的词语都是"真理"一词的不同投影，它是关于人生意义的终极答案。

而这一答案到底为何呢？残雪以自身的文学观回溯了西方文学大师们的文学创作，得出的答案是：答案并不重要，真理并非人生问题的一劳永逸的解决，真理就在于求索真理的道路上，而真理也不尽是美好的甘醴，它也可能是黑暗、残酷和虚无。比如"我"孜孜不倦寻找的山上的小屋（《山上的小屋》）、镜中发着紫光的公牛背影（《公牛》）、一双子虚乌有的绣花鞋（《袁四老娘的烦恼》）、一只臆想中的鸡蛋（《雾》）……统统以虚无告终。但对于人生而言，最重要的是人对真理的向往，是人对生之意义的不间断地怀疑、质询和探求。支撑残雪在创作中探求真理的，正是残雪所谓的"纯文学"精神，这种精神不仅贯彻于残雪自身创作的始终——始终在以不同的方式书写同一篇"精神的文学"，也显现于残雪评述的一系列西方文学大师的创作活动中。作为一种理念，它和鲁迅的摩罗诗力说、尼采的超人意志论有异曲同工之妙。在这种精神力的作用下，残雪创作中的人物无论多么卑微，在持之以恒的追寻中都会绽放出无限理想的人性之光：

> 我的小说中的角色的激情来自不灭的理想，来自幽深处所的灵魂之光，也来自生命体的强大的本能的律动。虚汝华也好，述遗也好，麻老五也好，皮普准也好，不论他们的肉体是多么的卑微不堪，看上去多么丑陋、阴暗和绝望，只要有那一束光，一切就被照亮，如同魔术似的，丑变成了美。[01]

[01] 易文翔、残雪：《灵魂世界的探寻者——残雪访谈录》，《小说评论》2004 年第 4 期，第 27 页。

在残雪对作为大他者的真理的评述之中，我们又分明看到了残雪对自身在中外文学传统中的定位及其对作为一个作家的自我的明晰认识。事实上，回到本节之初提到的残雪创作的解读之钥，我们可以发现残雪的创作于此三角形中形成一个循环：经过怀疑理性、弃绝自我的自我型创作，激发出潜意识而进入艺术至上的本我型创作，又从欲望、死亡和虚无中生出关于真理的意识形态幻想，在对真理的探求中确证了生之意义，重塑自我，回归理性……而后循环不已，生生不息。2011 年由上海文艺出版社出版的残雪新作《吕芳诗小姐》是这一三角循环的有力证明，残雪在相关访谈中如此论及这部小说所建构出的“理念之乡”（小说中称为“新疆”）：

> 我的“城堡”不是建在山坡上，他就夹杂在世俗里头，这大概是残雪超越前辈之处吧。我不像西方人那样需要一个彼岸。而是此岸与彼岸都在一个灵魂之中，我就是自然，比西方人更有张力。……这本书是全新的。最大的超越在于将此岸与彼岸完全统一起来了。其中的情感当然是作者从日常生活中升华出来的，但描述的手法可说是独一无二。……我现在的《吕芳诗小姐》不就已经同大自然相通了吗？那里面的人物都是大自然的儿女，有高度自我意识的精灵。我对他们非常有信心。……我是能够将生活变成艺术的典型东方作家，我在两界来来往往，我的作品天衣无缝地描写了这种活动。[01]

残雪《吕芳诗小姐》
上海文艺出版社 2011 年版

残雪所说的“两界”，即关乎现实的“此岸”与关乎理想的“彼岸”，理性的自我在此岸，理想的超我在彼岸，通过艺术的本我来沟通和融合两界，达到残雪所称的“自然”。

唐俟在其《真的恶声》中评价《苍老的浮云》说，“六十多年前，鲁迅先生悲愤于中国文坛的寂寞，曾经热切期望过能发‘真的恶声’的‘怪鸱’”，而残雪正发出了“真的恶声”。她特立独行的创作，在

[01] 残雪、刘炎迅：《文坛很黑——残雪答记者问》，黑蓝文学网，http://www.heilan.com/forum/forum.php?mod=viewthread&tid=53360&extra=page%3D1。

一定程度上打破了中国文坛一片喧嚣下的寂寞，而她犀利甚至尖刻的文学评论，也是中国文坛上“真的恶声”。似乎“真理”在握的残雪对其他发生写作“转型”的前先锋作家进行了直率的批评——她不认同高行健小说写作中的士大夫情调，认为其观念陈旧，并无真正的个人判断；她认为格非的新作《春尽江南》“写得很差”，并反问“除了通俗加模仿中国传统，他还有什么出路”；她不喜欢王安忆等人“希望建立一种文学家的秩序，来遏制市场化的影响”，判断王安忆“近年的作品水准下降得不像话”，并推测其原因是“大概做官做上了瘾吧”[01]。残雪还把对中国文学的希望寄托在“还没有出名的那些年轻人里头”。有意思的是，残雪的这一系列言论，在远离政治场和经济场的独立文学场域中、在那些还没有出名的年轻写作者中，得到了双重回应，一是认可残雪对其他向通俗化“转型”的主流文学作家的批评，一是反对残雪对自身创作的高度评价，认为她“担心别人撼动她中国先锋文学第一把交椅，因此打击同辈又不肯奖掖后辈，常常自话自说”[02]。这是因为对于独立文学场域的多数写手而言，残雪虽然与主流文学体制始终保持着距离，但毕竟得名于主流文学发展历程中的特殊时期，毕竟拥有较高的文学知名度和丰富的出版资源，毕竟在海外文学界受到广泛的关注和赞扬，毕竟在已有的文学史上占据一席之地，毕竟拥有一定规模的读者群且“残雪的作品总是卖得出去的”……从残雪对其他先锋作家的评价和独立文学场域写手对残雪的评价中，我们不难看出同一文学场域内和不同文学场域间的权力斗争和资本争夺。不过，以上竞争还在一般意义上的文学范畴之内，争夺文学名誉、威望、地位之类的象征资本，而消费文学场域中的竞争，则溢出了一般意义上的文学范畴，更多地涉及金钱交易中的货币资本，我们或者拒绝接受消费文学归属于文学的观点，或者需要调整自身对于文学的概念界定，这取决于我们各自处于什么场域，遵守什么规则，置身于什么样的文学信仰空间。

[01] 残雪、刘炎迅：《文坛很黑——残雪答记者问》，黑蓝文学网，http://www.heilan.com/forum/forum.php?mod=viewthread&tid=53360&extra=page%3D1。

[02] 参见残雪、刘炎迅：《文坛很黑——残雪答记者问》一帖下的网民回复（ID：陶北），黑蓝文学网，http://www.heilan.com/forum/forum.php?mod=viewthread&tid=53360&extra=page%3D1。

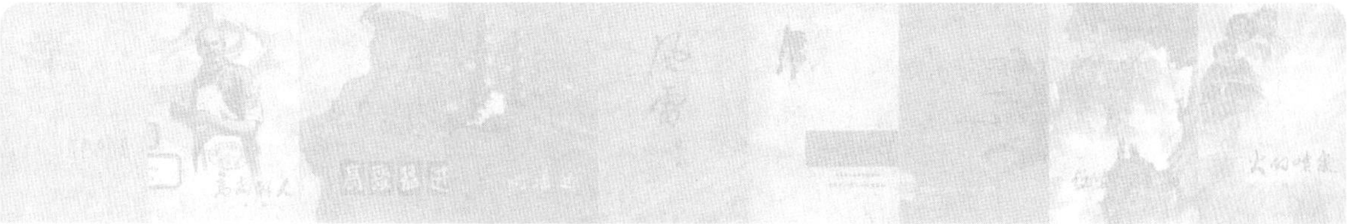

第四章

新世纪消费文学的景观

消费文学，是新世纪文学中最喧嚣热闹的场域。要谈论和理解新世纪文学的种种现象，不该也无法回避消费文学这一庞大的文学景观。本章对在新世纪红极一时的两位作家韩寒与郭敬明进行专题研究，剖析偶像神话的诞生及其破灭，揭示明星化的表达策略，介绍新世纪消费文学的常见类型，并尝试破解网络文学世界的隐秘。

第一节　“什么坛到最后也都是祭坛”——韩寒现象研究

这是一个偶像突立的时代，这是一个信仰坍塌的时代。1999 年，韩寒凭借新概念作文大赛一朝成名，以叛逆少年的形象出现在世人眼中；之后，他被贴上“青年领袖、公共知识分子”等各种标签，成为中国“80 后”一代的形象代言人；2012 年春节至今，而立之年的韩寒却身陷“代笔”不能自清。“什么坛到最后也都是祭坛”“什么东西被神话以后下一步必然是说很多胡话”，当日的韩寒写下的这些文字，今天看来有着更为丰富的社会内涵。

一、一举成名天下知：从新概念作文大赛谈起

韩寒

回顾韩寒的出道，必然无法避开《萌芽》杂志创办的新概念作文大赛。很难说清是新概念作文大赛给了韩寒机会，还是韩寒成就了这项赛事，可以肯定的是，当两者轨迹交叉的时候，一个正在低谷，一个默默无闻。而如今，从 1998 年第一届新概念作文大赛算起，至 2012 年，这个主要面向高中生的作文比赛吸引了超过 65 万人次参赛，有 28 名优胜者获得保送北大、复旦、厦大等名牌大学的资格，更走出了韩寒、

郭敬明、张悦然等一批有社会影响力的“青春作家”，从这里踏上职业文学创作之路的文学青年超过 500 人，他们出版的图书累计销售超过 1800 万册[01]。

创办新概念作文大赛的《萌芽》是一份隶属于上海市作协的杂志，创刊于 1956 年，面向青年文学爱好者，到了 20 世纪 90 年代中期，文学期刊普遍走下坡路，《萌芽》的销售量也跌到一万多份。当时，娱乐综艺节目“快乐大本营”刚开始热播（现在已风靡大江南北）；四通利方摇身变成新浪网，网易搜狐开始崛起，网络时代隐约在望；作家李敬泽跟朋友在北京聚到一起，商量怎么推出一批“70 后”作家；《萌芽》的读者群主要是想成为作家却不得的中年人……时任主编的赵长天可谓临危受命，他跑学校找适合中学生看的好文章，但老师们推荐到杂志社的所谓“优秀作文”基本上是“考试范文”，空洞无味，几乎没有一篇能为刊物所用，而一心只为高考的中学生，对与高考无关的作文比赛也没有多大兴趣。赵长天说，当初在向大企业“拉钱”的过程中，才开始明白“杂志是文化商品”[02]，于是才有了 1996 年《萌芽》的改版和后来的新概念作文比赛。为打开销路，改版后的《萌芽》充斥大量纪实作品，“甚至连上海申花队球星范志毅的大块头文章都开始占据这本以文学见长的杂志”[03]。但即使这样，杂志的销售量依然增长不快，最后《萌芽》编辑们在改刊将近两年后的新选题探讨会上把注意力放到了中学语文教育上。《萌芽》杂志副主编李其纲撰文回忆，20 世纪 90 年代末，语文教学“面临极大危机”，“最具人文性、审美性、灵活性和创造性的语文教育已变成一种纯技术性、近乎八股文式的机械训练”，新概念作文大赛就在这样一种背景下应运而生。[04] 但大家觉得如何提高比赛关注度的问题是个难题，在许多家长眼里，

《萌芽》（2005 年第 12 期）改版后的封面

赵长天

[01] 周南焱：《新概念作文大赛的花开花落》，《北京日报》，2012 年 3 月 8 日。
[02] 同上。
[03] 于越：《〈萌芽〉50 岁 新概念赛受质疑》，《北京娱乐信报》，2006 年 5 月 15 日。
[04] 周南焱：《新概念作文大赛的花开花落》，《北京日报》，2012 年 3 月 8 日。

《萌芽》是会让孩子分心的“闲书”，不利于高考、升学。这样，赵长天就联合北京大学、复旦大学等7所（后增至13所）高校，用免试、加分录取等条件吸引学生参赛。由于很多大学都认同“新概念”的理念——中学语文教育存在很多问题，通过高考机制，大学难以找到视野开阔、文笔灵动的优秀生源——故而《萌芽》和这些大学的负责人几乎一拍即合。“从诞生的那一天起，就做出了一种对八股式应试作文的反叛姿态，”曾担任近10届评委的复旦大学中文系教授汪涌豪坦言，“一直做新概念的评委，唯一的愿望就是想解放僵化的中学语文教育。”[01] 但大赛评委叶兆言也感叹：“新概念当年激动人心，就是直升大学，这也可以看出，说来说去，还是高考最厉害，即使是为了反对高考模式的新概念作文，也一样走不出这个魔圈。”[02]

然而如今，这个以“新概念”命名的作文比赛，甚至被人质疑成了“新八股”。有人事先背好作品临场默写，有人迎合评委心理写情感细腻类文章。汪涌豪认为：“新概念确实遇到了瓶颈，新概念本身没有八股，是作者自己形成了八股。”[03] 李师东认为，新概念作文开风气之先，此后没有其他作文大赛超过它，但再好的策划也会变得模式化，很难持续激发社会对它的热情。“新概念作文催生了‘80后’这个概念，参加比赛有机会免试入高校，但现在要吸引‘90后’，这个噱头已经不那么管用了。目前恐怕需要新的策划，只是还没有人找到这样一个创意。”[04] 跟当初的“新概念”相比，今天的出版商根本不鼓励叛逆，商业包装只要利益最大化。青春原创文学网站已经替代新概念作文大赛，以更低的门槛和纯商业运作的方式迅速捧红了一群写手，使他们的作品成为畅销书。

新概念作文大赛的源起，让我们清晰地看到从《萌芽》改版开始，整个事件的背后一直都存在的一只强大的商业的、资本的推手。从定下“发表年轻读者写的适合学生阅读的文章”的方针，到贴上“青春”的标签作为吸引作者们参赛和大赛延续的“卖点”，再到“八股的青春”，最后是出版社（如万卷出版公司）接连推出的印有青草

[01] 周南焱：《新概念作文大赛的花开花落》，《北京日报》，2012年3月8日。
[02] 同上。
[03] 同上。
[04] 同上。

紫花和颇具漫画元素并且封面自注是“青春文学的盛宴”的获奖作品集（封面标注由韩寒、安意如等新概念大赛走出的“青春文学作家”和网络作家“众星捧月，倾情推荐”），在这里，“青春”被无限放大地称颂，已经成了一个符号，人们在众多传媒所推出的“差生作家”“青春作家”的影响下，以某种方式一齐庆祝着真实自我的消失和漫画般自我的复活。

二、第一波“寒”潮

韩寒作为第一届新概念作文大赛的一等奖获得者，就这样伴随着“80后”“青春文学作家”的名签，迈出了他成名的第一步。一年以后，他真正被媒体关注而成为社会的热点，引发人们对教育体制的多次讨论，在此摘录几段韩寒父亲韩仁均在《儿子韩寒》中的文字：

（2000年）3月17日晚上，赵长天老师作为嘉宾，和韩寒一起在上海电视台录制《有话大家说·留级状元》谈话节目。节目中，赵老师对韩寒当时的现状表示担忧。赵老师说：“韩寒很有才。作为这样一个很特殊的人才，这个社会应该给他一个通道，但现在这个通道比较难走。这么下去很麻烦，我替他担心，也替他的老师担心。他们学校，我觉得也很难办。他现在觉得这样的上课是浪费时间，也可能确实是这样。据我所知，韩寒读的书很多，学的东西也很多。但是，现在韩寒要退学，否则在学校里面对大部分学生你怎么办？你叫老师怎么来进行正常教学？但是，现在韩寒退学又怎么办？我跟韩寒私下里也都说过，我很欣赏你的才能，也很欣赏你的那种个性，你自己要有个选择，你怎么办？”

韩仁均《儿子韩寒》
万卷出版公司 2008 年版

录节目的第二天晚上，我接到韩寒的班主任顾老师打来的电话，要我去一趟学校。3月21日，我去学校商量好了韩寒休学的事。4月4日，韩寒办好休学手续。4月5日，韩寒回家。回家不到一个星期，赵老师把韩寒叫到了《萌芽》。赵老师面对真的离开了学校的韩寒，应该是少了一层先前的担忧，而新的担忧是韩寒以后的路怎么走。

1999年12月，曾在《文汇报》上看到过一篇题为《语文考试60分的孩子写出长篇小说》的文章的作家出版社编辑袁敏（袁敏系《首届全国新概念作文大赛获奖作品选》责任编辑，从1998年第一届“新概念作文”大赛起，作家出版社即与《萌芽》杂志进行战略合作，打造“全国新概念作文大赛获奖作品选”书系），在上海组稿时和《萌芽》联系后，得知《萌芽》编辑部看过韩寒小说的两位编辑都毫不掩饰对韩寒才华的赞赏，同时也对这部小说能否出版似乎有些担忧，便马上和韩寒联系。

2000年初，袁敏给了韩寒一个新千年的惊喜：作家出版社决定尽快出版韩寒的《三重门》。

4月23日晚，韩寒一个人去了北京。24日晚上，他在中国作协招待所打电话回来说：出版社的事情都已办妥，合同也已签好，很快就能上机印刷。[01]

韩寒《三重门》
作家出版社2000年版

《中文自修》
1999年第12期

显而易见的是，《三重门》的出版和韩寒退学时间接续紧密，在这之前，韩寒的学校已经因为韩寒“有名”又经常违纪而困扰不已，这才有了劝退一事。而韩寒“有名”是因为自1999年10月始，以《文汇报》《中文自修》《解放日报》为代表的纸媒以及一些电视台对韩寒进行了大量专题报道，《中文自修》杂志还在1999年11月份安排韩寒与著名作家峻青见面，并在当年第12期刊载了《三重门》的前两章，安排韩寒上了杂志封面，同期还刊载了峻青等人推介韩寒的两篇文章。而这个时候韩寒的另一个重要“伯乐”——作家出版社编辑袁敏出现了。于是，当“七门功课不及格”“退学”和“出版长篇小说”以及重新被人翻开提及的“新概念作文大赛一等奖”这些关键词被组合到一起频频见诸报端，当韩寒屡屡被邀请至各个电视台甚至央视做对话栏目的嘉宾时，“问题少年作家”就这样突

[01] 韩仁均：《儿子韩寒》，上海人民出版社2000年版。

然火了。当时的韩寒成为一种“现象”，其原因在于他的出现“刚好符合了当时人们对应试教学的质疑，符合了许多同龄人对应试教学的恼怒。他因此成了同龄人的一个表达内心不满的符号”[01]。

我们将 2000 年后署名韩寒的作品年表制作如下：

年份	署名韩寒的作品	出版社	销售情况
2000 年	8 月，散文、随笔和短篇小说合集《零下一度》	上海人民出版社	畅销 110 多万册，2001 年全国图书畅销排行榜第一
2002 年	1 月，小说《像少年啦飞驰》	作家出版社	畅销 100 多万册，该书还出了同名漫画
	10 月，作品精选集《毒》《毒 2》	中国青年出版社	畅销 80 多万册
2003 年	9 月，杂文集《通稿 2003》	作家出版社	畅销 90 多万册，2003 年全国文学类畅销图书排名第三
2004 年	9 月，小说《长安乱》	中国青年出版社	畅销 160 多万册，2004 年全国图书排行榜文学类畅销书第一
2005 年	2 月，《韩寒五年文集》	中国青年出版社	
	11 月，散文集《就这么漂来漂去》	接力出版社	首印 40 万册
	12 月，长篇小说《一座城池》	二十一世纪出版社	首印 50 万册
	开通新浪博客，开始博客写作		
2007 年	长篇小说《光荣日》	二十一世纪出版社	首印 60 万册，畅销 70 多万册
2008 年	博客精选集《杂的文》	万卷出版公司	首印 30 万册
	12 月，长篇小说《他的国》	万卷出版公司	首印 50 万册，畅销 70 多万册
2009 年	5 月，文集《草》	万卷出版公司	首印 70 万册
	7 月，博文精选集《可爱的洪水猛兽》	万卷出版公司	
2010 年	9 月，长篇小说《1988：我想和这个世界谈谈》	国际文化出版公司	首印 70 万册
2011 年	11 月，杂文集《青春》	湖南人民出版社	
2012 年	4 月，手稿集《光明与磊落》	湖南文艺出版社	首印 30 万册

三、“博客”时期的韩寒

在整个出书的“历程”中，韩寒的父亲韩仁均于 2000 年出版

[01] 陈国恩：《关于“韩寒”现象的几点思考》，http://blog.sina.com.cn/s/blog_9049001701017rr7.html。

《儿子韩寒》，2009 年在淘宝注册开网店卖书。而韩寒的作品以其博客的开通为分界线，从小说创作逐渐转向杂文随笔，韩寒本人也完成了从“问题少年作家”到今天的“意见领袖”“公共知识分子”的蜕变：2008 年 12 月接受公盟法律中心颁发的“公民责任奖”；2009 年入选《时代周报》“时代 100 人—2009 推动中国进步 100 人”；2010 年入选美国杂志《外交政策》年度“全球百大思想家”；2010 年入选美国《时代周刊》“影响世界 100 人”名单；《南都周刊》称他“从一名爱吃泡面的小文青成长为一位公共知识分子”；《南方人物周刊》以《领秀韩寒》为题对其做了专题访谈报道……而这主要得益于韩寒的博客文章所引起的多次大规模的网络讨论甚至是论战。

以韩寒为封面的《南方人物周刊》(2012 年第 3 期)

2006 年 3 月 2 日，韩寒就文学评论家兼书商白烨的一篇名为《“80 后”的现状与未来》的博文写了一篇名为《文坛是个屁，谁都别装逼》[01] 作为回应。至此，两人就“80 后”是否可称作家，是否已进入文坛等问题表达了不同见解，并演变成了“韩白之争”。3 月 4 日中午，白烨写了一篇名为《我的声明——回应韩寒》的博文作为回应，宣称韩寒的回应文章不是文学批评，而是已经涉嫌人格侮辱和人身攻击。随后作家陆天明、其子青年导演陆川，以及大陆著名音乐人高晓松相继介入论战，成为一时之网络热点。韩寒在博客中对以上诸人进行了嘲骂，事件最后以白烨、陆氏父子、高晓松相继关闭个人博客为终结。

2006 年 9 月 26 日，韩寒发表了《现代诗和诗人为什么还存在》等三篇博文对现代诗歌与现代诗作者极尽嘲讽，其中包括已故诗人徐志摩与海子，引来与诗人沈浩波、杨黎、伊沙等的论战。

2007 年，韩寒对于博客链接松岛枫的回应，与现代诗人关于现代诗优劣的讨论，对于与金莎的绯闻的回应，关于中国作协存废的讨论，关于王蒙指责刘翔言论不当的评论……均成为新闻热点。

2008 年，韩寒发表了对于抵制家乐福和封杀莎朗斯通的评论，关于爱国主义的讨论，关于汶川地震救援的记录，对于地震灾后重建

[01] 韩寒新浪博客：http://blog.sina.com.cn/twocold，以下提及的韩寒博文如不做特殊说明均参见此，不再一一注明。

中对北川政府奢侈购车的批评，因《零点锋云》节目的对话引发了关于“文学大师”与文化传统的讨论。

2009 年，韩寒发表了关于杭州“七十码”事件的评论，关于湖北荆州“天价捞尸”事件的评论，对于上海闵行区钓鱼执法的质疑，对于上海闵行区强制拆迁的批评，对于有关部门出台新规要求电动车上牌的评论，对于谷歌“侵犯”作者版权事件的回应，对于《建国大业》《孔子》《三枪拍案惊奇》等国产电影的批评。

2010 年，韩寒发表了对于网评员制度的评论，对于刘谦在 2010 年央视春晚“近景魔术”的质疑，对于 2010 年央视春晚节目《亚克西》的评论，对于局长日记作者韩峰的评论，对于谷歌撤离中国的评论，对于候选《时代周刊》“全球最具影响力人物”的回应，对于网上流传甚广的托名“韩寒”的《不要再给西南灾区捐钱捐水啦》一文的回应，对于福建三网民被捕事件的评论，对于世博会相关问题的回答，对于泰兴屠童案的评论，关于历史教师袁腾飞“被封杀”传闻的评论，对于富士康公司员工跳楼的评论，对于三年前自己与著名现代诗人论战的反思……

2011 年末，韩寒在其博客上接连抛出了三篇标题气势磅礴的文章:《谈革命》《说民主》和《要自由》，它们迅速被转到微博上并获得超过百万次的点击，引起了前所未有的巨大争议，网络上称为“韩三篇”。韩寒因为文章的内容被指转为保守派。文中，韩寒指出了国家各个不同阶层之间的隔阂、阶层诉求之间的巨大差异，还表达了对国民素质的悲观。这些观点让很多人哗然——过去，韩寒的激烈言辞一般只扫射权贵和体制，如今他把枪口对准了向来力挺他的民意。在知识界，很多曾经对韩寒颇为赞赏的学者也表示了对“韩三篇”的失望。因而一时之间，韩寒缺乏逻辑，韩寒没有学术素养，韩寒没受过知识训练，这些很久不被人提起的老话题再次被摆上台面。然而，更多的声音——不论是来自草根民众还是知识分子抑或是主流媒体，都对“韩三篇”和韩寒的“转型”表示了一定程度的肯定和赞赏。

“韩三篇”

由于这些博文，韩寒经常成为社会各界关注的焦点人物、话题人物，得到了许多“重量级”人物的褒扬，

现分类摘录其中的一些：[01]

（一）出版商、编辑对韩寒的赞美

万榕书业创始人路金波：“中国唯一一个精英，唯一一个不是活得像个畜生的公共知识分子。”“在这甜腻腻的岁末季节，韩寒用两篇合计4000字的博客文章，成功掀起了关于政治、民主的网络大讨论。这本身就是得载入史册的大事件。”“一天不读韩寒就会落伍。”

亚洲周刊主编邱立本：“韩寒就是这样一位‘80后’意见领袖，他获选亚洲周刊2009年风云人物，因为他在写小说之余，在赛车之外，对不少敏感的话题和公共维权事件，从不缺席，也不屑隐瞒自己青春的观点；在一个威权政治的架构中，他勇猛地挣脱了那些乡愿的、陈旧的束缚，为中国年轻的一代、也为中国的变革与进步，带来了一股解放的力量……他的博客浏览总数近3亿，吸引了大量的粉丝，但他不是靠青春的外表和包装，而是靠青春的思想和内容，和那些腐朽的僵硬势力博弈。”

邱立本

彭浩翔

（二）作家、艺术家对韩寒的认可

导演彭浩翔：“他是我心中的青年领袖。”“无论你喜欢还是讨厌韩寒，也无法否定他在中国和国际之影响力。今天是《独唱团》出版日子，它不过是本文艺杂志，但此将毋庸置疑地成为一里程碑。2010年7月6日这天，日后将经常被提及，因那是一本代表独立思考杂志诞生之日。”

作家郑渊洁：“今晨方便时，阅读了前辈安徒生的《皇帝的新衣》，总觉得里边那个小男孩我认识，但一时又想不起来是谁。早餐剥香蕉皮时，蓦然想起我认识的那个小男孩好像姓韩名寒。”

郑渊洁

作家龙应台：“韩寒的出现是一个令人高兴的现象，这说明中国大陆新一代在成长，他们要求活出自己的个性，有自己的声音，不愿意按照别人的安排来生活。这

[01] 周方舟：《一些吹捧韩寒的公共知识分子言论集》，http://www.douban.com/note/200162112/。

是可喜的一面。韩寒无疑是非常优秀的。”

（三）记者、时事评论员对韩寒的褒扬

龙应台

《南方周末》记者李海鹏：“于是有一天，最古板的人也意识到这不是个胡闹的年轻人，在那将近 3 亿的点击量背后，是一个形象新颖的人道主义者在发出自由的波长……尤其是在年轻人中间，乃至有人称为‘80 后的骄傲’，有人要选韩寒当市长，有人说‘这个事情就等着韩寒评论了’。”“这才是让韩少真正像个‘少’的地方，轻松、愉快、持平、坦荡，落笔于重大事件却有悠游之态。”“过去 10 年，韩寒的崛起是一道标志性的景观。他从 17 岁开始搅动中国，人皆以为昙花一现，他却成长，变得强大，他以一种危险的方式获得成功，在社会挤压的罅隙中开辟天地，在敌意中赢得尊敬。他言人所不能言，为人所不能为，他鼓舞了年轻人，鼓舞了梦想，鼓舞了无数的‘自我’，甚至给这个古老的国家以身体力行的教益。”

李海鹏

《南方周末》评论员李铁：“今天的韩寒，核心竞争力还是要落在‘公民韩寒’‘公共知识分子韩寒’‘意见领袖’这一面上……韩寒是不是当代的鲁迅？这其实已经不是一个问题，事实已经作出了最好的回答。作为这个时代的意见领袖，他的言论已经深深嵌入到了诸多公共事件当中。仅以影响力论，韩寒不是当代鲁迅，谁是？……韩寒成了这个时代‘最好’的公共知识分子。”

杂文家、时评家鄢烈山：“‘赤子’韩寒……我对韩寒的这个评价高得无以复加，但我并非韩寒的‘粉丝’……我向韩寒致敬，从社会进步角度，主要因为他是当今难得的在年轻人中有巨大影响力的‘公共知识分子’……再说，鲁迅就是一新旧品质兼具的盖棺定型的作家，韩寒是文学体育音乐等多面手，发展前景未可限量……韩寒学历高中没毕业，就不配称‘知识分子’吗？今天谁敢说慧能和尚不识字，就不配称佛学宗师？韩寒没有学术背景而只是作家，就不配称‘公共知识分子’吗？”“韩寒出版的一大堆作品证明他就是优秀的知识分子，只不

鄢烈山

过他汲取知识的途径不同于常规……当然，作为‘公共知识分子’，他最可贵的是有平民情怀，有忧国忧民之心；他特别关心年轻人的精神状态，希望他们有理想有‘冲劲’，不要为房子之类物欲所压扁，这是他所以不屈不挠要创办杂志的主要动力……韩寒不要说在同辈青年中是‘异数’，在当今各色人等中也是‘木秀于林’的。”

文化批评家何三坡：“……第二个短信是个艺术家在问韩寒是否可比巴金？我的回答是：有过之而无不及。理由有三：1. 他们都是名人，都写了畅销书，都没有什么文采；2. 他们都是敢说真话的人，巴金说真话的时候已经很老了，韩寒说真话时还年轻；3. 巴金不会写博客，即便会写，也不会写到全中国第二名，博客写到第几名，不重要，名人、文采也扯淡，在一个谎话成堆的地方，说真话才是一个中国人的立身之本。要是都去流鳄鱼泪、做幸福鬼，这个民族就没有活下去的理由。”

何三坡

媒体记者汪峥：“以韩寒为中心，高举几个问题。”

检察日报记者吕卫红：“韩寒的思想是成体系的，即时时事事都能让人感受到的公民精神……他的文字，是当代中国最干净者之一，也是在传播常识、捍卫常识方面最卓越者之一……韩寒已经是一个现象，是年轻人里如何成为公民、如何做个公民的典范人物，他是真正‘行有余力，则以学文’的人，且文也是他行的一部分……以欢快的心情去做个公民，是韩寒为这个时代做出的重要贡献。”

（四）商界、经济学界对韩寒的嘉许

经济学家何清涟：“韩寒虽然是以个人身份在发言，但他的思想其实就是中国中产阶级的基本共识……只有在这种社会氛围中，韩寒才有可能因其那种哀而不怨的讽刺散文，成为 21 世纪零年代后期中国文化的一个符号。”

经济学家、中欧国际工商学院经济学与金融学教授许小年：“韩寒的东西我看得不是太多。偶尔看看他的博客，我觉得小伙子蛮不错的，就是有这种独立思考的精神。”

SOHO 中国有限公司董事长潘石屹：“夜读韩寒的《谈革命》，头脑中不断有火花迸出，一篇好的文章不在乎它的观点如何的好，重要的是能不能启发别人的思想。我很想写一篇文章，但头脑中的片段一时串不起来，又没有韩寒的才华。”

（五）文史哲政学界人士对韩寒的肯定

中国人民大学政治学教授张鸣：“我曾经说过，就公共事务而言，就是整个知识界，其影响力加起来都不及一个韩寒……我们这个国家缺乏创造力，甚至缺乏青春活力的根本原因，在于我们这个社会是个官气弥漫的闷罐，官僚程式，窒息了整个社会，让年轻人呼吸几难。但愿，韩寒的影响力，能给我们在这个密闭的罐子上，挖开一个小孔。”

张鸣

北大中文系教授张颐武：“韩寒已化蛹为蝶，超越‘左’与‘右’……（韩寒博文）是‘80后’的独立宣言。”

华东师范大学历史系教授许纪霖：“但韩粉的主流是有理性的，有独立的思考力和判断力，他们有自己的看法，只是没有韩寒那样的智慧，每每读到韩寒那些四两拨千斤的妙文，便大声叫好，引为同调，而且还感叹韩寒怎么要把自己想说的意思表达得这么拍案叫绝？实际上，韩寒并没有超人的睿智，他的观点是普罗的、常识性的，但他的运思之独特、语言之巧妙，在当今神州独步天下。”

北大哲学系教授、伦理学教研室主任何怀宏：“韩寒在最近三篇关于革命、民主与自由的答问中，对人性、国民性及文化人作用有限的认识是相当清楚透彻的……而且我还非常欣赏韩寒的独立性：不仅独立于权力与大众，也独立于知识分子中这个或那个‘小众’。他以他的影响力和有力的表达，在2012这样一个世界的诸多变数之年的前夕，提出了这样一些敏感而又亟须讨论的重要问题，也可谓适得其时。”

何怀宏

复旦大学中文系教授严锋：“韩寒有深刻的思想吗？没有。韩寒有伟大的文学成就吗？没有。韩寒说的都是普通常识。但就是这些平凡的常识，却每每被肆意歪曲遮蔽，或被另一些人说得佶屈聱牙，不知所云。韩寒能把简单的道理说得生动明快，令人喜闻乐见，富有时代气息。诚实，睿智，勇气，这些加起来，就是一个不可替代、不可复制的韩寒。”

从以上各个领域的杰出人士、具有公共影响力的人物对韩寒众口一词的褒扬中，我们大致可以得知这些赞美主要集中在三个方面：第一，被称为“当代鲁迅”的韩寒独立于权力、大众甚至小众的知识分子，文笔犀利深刻，插科打诨中一针见血地戳到社会的痛处；第二，被称为“青年公共知识分子”的韩寒代表着新一代人特别是曾饱受质疑的‘80 后’的成熟和担当，而成熟的同时又保持了年轻敢为的冲劲和勇气，让前辈看到了希望；第三，作为“意见领袖”的韩寒突出表现了他巨大的影响力，尤其是在年轻人中，用出色的表达力道尽人们普遍呼唤的最寻常不过的道理，即“普适价值”。正是因为上述种种，“博客韩寒”一度风头无二，几乎成了举国公认的“公民标本”[01]。

四、代笔疑案：神话幻灭

如果没有“代笔门”事件的爆发，那么韩寒也许会戴着万众瞩目的光环一步步走向并登上人们早已为他打造好的“当代鲁迅”“青年意见领袖”的黄金宝座，然而 2012 农历新年的钟声还未敲响，我们似乎就开始听到高高筑起的神坛发出了碎裂的声音。

2012 年 1 月 15 日，麦田在新浪博客中发布了一篇名为《人造韩寒：一场关于“公民”的闹剧》的博文，针对韩寒从少年成名的“差生作家”到叛逆的“80 后”代表，再到博客上的“公共知识分子”，这一路形象上的转变进行质疑，并直言是个“闹剧”[02]。韩寒重金悬赏 2000 万自证清白使麦田道歉并退出论战。其间不断有网友鼓动“打假斗士”方舟子对韩寒做“专业打假”，方舟子在事件开始阶段“发了几条讽刺韩寒悬赏的微博”，韩寒于 1 月 18 日在博文《正常文章一篇》中对方舟子进行

麦田

[01]《南方周末》评论员笑蜀：“所以韩寒在中国的影响力才最重要。这是因为，我们不仅需要国家的强大，我们还需要——甚至更需要——公民社会。而韩寒则是公民标本。”“使韩寒成为潮流，成为时尚。如此，我们的社会才没有那么多丧心病狂的精神病杀手，我们才救得了孩子，救得了我们自己。”参见笑蜀：《像韩寒那样珍惜你的痛感》，《南方周末》，2010 年 4 月 15 日。

[02] 麦田：《人造韩寒：一场关于“公民”的闹剧》，http://blog.sina.com.cn/s/blog_53d349a301011xtb.html?tj=1。

回应并嘲骂[01]，方舟子在微博中声称从近几天的关注中确实发现韩寒有代笔的嫌疑，表示不管麦田退战与否，自己都决定将此事弄个水落石出。1 月 19 日方舟子回应韩寒《答韩寒〈正常文章一篇〉》开始了二人的博文互斗，随即韩寒发表《人造方舟子》一文指责方舟子造谣传谣并要求方舟子回应[02]，标志着双方均已将矛头对准对方，"方韩之战"正式开始。方舟子在解释了自己为何加入质疑后，对网络上与韩寒相关的文字、视频资料进行了搜集与分析，不但对韩寒的作品进行了文本鉴伪工作，还对韩寒各个时期的作品及对话访谈的资料中互相矛盾处做了分析，据方舟子自称，其采用的是国学考据的辨伪手法。

国学考据的方法有三种：理证、书证和物证。对于考据对象年代久远或者作者不配合的情况，主要采取的方式就是理证，对于韩寒的"著作"是其本人创作还是另有枪手，理证也是最主要的手段。理证是指有些史料，从道理上讲值得怀疑，但是又无确凿的书证、物证，只得根据逻辑推理来判断其正误。运用理证时，必须多讲逻辑和道理，最好还能摆一些事实，这样才能使自己的论点站得住脚。国学考据重视理证是因为当事人可能会说假话或者死人无法说话，而西方司法重视自由心证，也正是因为西方尊重犯罪嫌疑人拥有沉默权。回到这次韩寒的代笔疑案，即使韩寒有代笔人，但如果这个代笔人是他父亲等至亲，显然是不会出来承认的，就如严世蕃不会出来说严嵩的《青词》是他代笔写的一样。这样，就需要逻辑分析、国学的考据理证、法律的自由心证来加以解决。考据书证是指利用谓书、上书等各类档案资料以及各种书籍为依据，考证文献正误的一种考据方法。对韩寒的各种"作品"进行分析，韩寒"作品"本身就是考据的书证。此外，考据也很重视物证，物证包括各种创作记录，比如对韩寒的创作手稿进行鉴别。至于辨伪学，作为考据学中的一支，就是对"作者不真、年代不实及内容假造的古典文献"进行鉴别真假的工作，是传统文献学构成的一个重要方面。晚明的胡应麟最早对辨伪的方法做出系统的归纳总结，他在《四部正讹》中指出，考辨伪书的方法有八，其中一条就是"核之事，以观其时"，即"从内容上，检查是否与作

[01] 韩寒：《正常文章一篇》，http://blog.sina.com.cn/s/blog_4701280b0102e061.html。
[02] 韩寒：《人造方舟子》，http://blog.sina.com.cn/s/blog_4701280b0102e074.html。

者所处时代的事实相符”[01]；梁启超在《中国历史研究法》中提出辨伪书的“十二条公例”中也说“各时代之社会状态，吾侪据各方面之资料，总可以推见其崖略；若某书中所言其时代之状态与情理相去悬绝者，即可断为伪”。方舟子通过对韩寒《求医》《书店》中不符韩寒出生年代社会环境的描写进行质疑，依据的其实就是社会状态与文本不符的“常识不通”，对此韩寒及其支持者用“常识不能作证据”加以反驳。不过纵观东西方司法与文献考证的历史，逻辑与常识在西方享有崇高的地位，在西方司法实践当中“自由心证”和自然法的来源就是社会常识和逻辑关系，也就是说常识是可以形成司法证据的；在中国的古代，社会常识也有重要地位，如上所说，中国国学考据最主要的证据形成也是常识判断，即“理证”，千百年来，古今中外这些“常识”论证的结果也得到了广大学界人士的承认。当然，这些所谓“理证”能否作为法律认可的“证据”，当由更专业的证据学专家做出鉴定[02]。

继方舟子的质疑文章之后，网络上相继涌现了一大批对“韩寒可能代笔”这一质疑做分析的文章，作者中有学者、媒体人、作家，更多的则是身份各异的草根网友。经过归纳，质疑文章大致可分为以下几种：

（一）文本分析

有从语言学学术角度做的分析，以“倍魄”的《“韩寒”小说的语言指纹分析》[03]为代表；有对文章知识水平和文中涉及事件真假做的分析，以蒋泥的《韩寒〈三重门〉真伪考》[04]、张放的《〈三重门〉作者的真实英语水平——剖析〈三重门〉里所有

“倍魄”

[01] 万金油：《文献的辨伪与考证》，http://blog.sina.com.cn/s/blog_6b7fe6260100qgwd.html。

[02] 北京航空航天大学法学院讲师陈巍指出：“单纯从证据法角度，‘方韩案’中，韩寒有无代笔的争议事实，取决于法官的自由心证，法官既有可能做出‘韩寒确有代笔’的结论，也可能做出‘韩寒确实没有代笔’的结论，还可以做出‘现有证据不足以证明韩寒有代笔’的争议事实真伪不明的结论，以上任何一种结论都是法官的权力所在。”“尽管法院有权行使自由裁量权判定代笔事件的真伪，但考虑到确证裁判可能引起的社会舆论压力，法院最有可能做出‘证据不足以认定存在代笔事实’的‘真伪不明’结论，适用证明责任规则，回避事实争议。”参见陈巍：《“韩寒代笔门”事件的证据法分析》，《证据科学》2012年第2期，第216—231页。

[03] 倍魄：《“韩寒”小说的语言指纹分析》，http://blog.sina.com.cn/s/blog_53ece6da0100y196.html。

[04] 蒋泥：《韩寒〈三重门〉真伪考》，http://blog.sina.com.cn/s/blog_456cda5a0102e212.html。

英语知识点》[01]为代表，有对《三重门》版本流变和手稿本《光明与磊落》的文字错讹、页码修改、排版疑点等做的分析，以“勤劳十点”的《抄稿铁证之〈三重门〉版本的流变》[02]和中央财经大学教师尚超的《〈三重门〉后的真相》[03]为代表；清华大学的肖鹰教授则从文本分析转向文化研究，反思中国文化的反智主义，指出“在20世纪后期的中国，功利主义、文化造星和全社会的反智心态，共同为韩寒的‘不读书的文学天才’准备了土壤”“建立在反智文化时代语境基础上的韩寒的独特魅力在于：他既是一个超值的娱乐消费偶像，又是一个‘自由代言’的政治符号”[04]；芝加哥大学的赵鼎新教授撰文指出代笔质疑的社会意义，并提醒“韩阵营的媒体人和公共知识分子”：“如果一旦意识到韩寒有重大欺诈嫌疑还要继续坚持保护韩寒，并且仅凭手中所控制的一部分媒体就能对韩寒成功保护的话，那么中国就不是倒退到‘文革’了，而是倒退到世界历史都找不到的黑暗地方去了。”[05]此外还有网友为文本分析的科学意义提供学术依据的一部分文章，比如NKLiang的《韩寒是天才or为他辩护的人是更怪异的天才？——韩寒事件中文本分析的概率意义》[06]对文本分析背后的数学原理做出了说明。

肖鹰

（二）对韩寒在公共场合的表现的“常识”判断

了解到韩寒作品中的问题，人们产生了怀疑。这些署名韩寒的文章文字之老练、思想之成熟、反映的社会阅历之丰富，都大大超越了韩寒当时的年纪所能有的。这究竟是怎么回事？虽然不一定能马上断言韩寒造假，但许多网友不由地从常识出发提出疑问。在这种情况下，质疑者找到了另一个突破口，就是分析韩寒以前接受各种访谈的

[01] 张放：《〈三重门〉作者的真实英语水平——剖析〈三重门〉里所有英语知识点》，http://blog.sina.com.cn/s/blog_4c1c19620102duou.html。

[02] 勤劳十点：《抄稿铁证之〈三重门〉版本的流变》，http://www.daohan.us/html/20120721/20411.html。

[03] 尚超：《〈三重门〉后的真相》，http://www.hanhanresearch.com/upload/Sanchongmen.pdf。

[04] 肖鹰：《韩寒神话与当代反智主义》，http://xying1962.blog.sohu.com/203832194.html。

[05] 赵鼎新：《论方韩之争》，http://www.21ccom.net/articles/dlpl/szpl/2012/0225/article_54396.html。

[06] NKLiang：《韩寒是天才or为他辩护的人是更怪异的天才？——韩寒事件中文本分析的概率意义》，http://book.163.com/12/0228/13/7RBRA95P00924JJM_all.html。

视频，大量视频证据被挖掘出来，就韩寒在视频中的表现而言，韩寒很有可能缺乏文学素养，并对自己的作品也十分陌生。韩寒的支持者则以“酷”“不想说”“口才不佳”“真性情”等为之辩护。

《韩寒是石头，不是金子》[01]一文总结了韩寒主要的访谈视频，指出在这些视频节目上，谈到赛车、异性、版税、名人生活时韩寒振振有词，而关于文学、写作，韩寒都加以回避，对自己的作品一问三不知。另外，有网友发现土豆网的一段视频“中文网采访韩寒视频实录”中，韩寒接到一个新浪编辑打来的约稿电话，视频恰好把这段对话录了下来。在对话中，韩寒说“我发现不大好，再代写的话”，亲口承认代笔。这段视频引起轩然大波，网友对其中的字句和含义争执不下。从声音辨识、情理分析和上下文关系等方面来看，许多网友认为韩寒所说的确实是“代写”两字，由此证明他曾经被代笔过。后来这段对话的当事人新浪编辑术术辩解说，韩寒说的其实是“单写”，而非“代写”。另有网友“道前子”搜集到的一段视频显示韩寒对在自己的书《就这么漂来漂去》中出现四次的一段精彩文字完全陌生，方舟子据此整理出博文《韩寒作品〈就这么漂来漂去〉有人代笔的两条铁证》，认为这说明该作品即使没有被全部代笔也经过了他人大量的润色[02]。另，网友发现韩寒多次态度诚恳地表明自己没有读过《红楼梦》，但《三重门》中却引用《红楼梦》里林黛玉初见贾宝玉的情景：“好生奇怪，倒像在哪里见过的，何等眼熟！”引得一字不差，而且是引自较少见的程甲本《红楼梦》，可见《三重门》作者对红楼梦很了解，这与韩寒的自述发生了明显的矛盾。

韩寒《就这么漂来漂去》
天津人民出版社 2013 年版

（三）围绕参赛“新概念”做逻辑分析

网友不单对韩寒成名后的作品进行分析，还将目光对准了捧热韩寒的新概念作文大赛，列出不少“证据”指称韩寒的新概念作文大赛一等奖是靠不合规则的复赛得来的，随着挖掘的进一步深入，更有人指出韩寒从参赛开始到名次被公布的各环节均疑云重重。网友“微易”在其文《我正式指控：韩寒补赛就是作弊！〈萌芽〉工作人员参

---

[01] 曹长青：《韩寒是石头，不是金子》，http://www.douban.com/group/topic/27340970/。

[02] 参见 http://blog.sina.com.cn/s/blog_474068790102dxvk.html。

与了作弊！》[01]中通过赵长天、胡玮莳等人提供的给韩寒准备的复赛补考时间（根据《萌芽》和韩寒方面的说法，韩寒没有收到复赛通知书，是复赛时评委们因为“惜才”才通过让其补考的决议），结合1999年上海交通状况推断得出韩寒无法在赵、胡等人给出的时间内顺利到达比赛现场，此可以为证。网友hgd99通过另一大赛参加者宋静茹提供的复赛流程时间提出两点疑问：从公证人员离场到研究韩寒是否补赛不到半小时，为何要“躲开”公证？已由公证处确认一等奖19名，为何要在没有公正的情况下追加韩寒的一等奖，如果公证承认，那么公证处是否涉嫌渎职？“微易”在另一篇文章里不单提出了韩寒父子对初赛投稿说法不一致的问题，还引用了叶兆言对韩寒事件的回应《也算多余的话》，现将叶文中相关文段摘录如下：

> 说白了一句话，第一届大赛就是个征文比赛。一等奖竟然可以直升大学，实在是太占便宜，我们都在背后议论，将信将疑，这玩意到底靠不靠谱，结果各大名校还就真录取了。我为什么一再强调韩寒第一届的得奖不重要，理由就是他不是应届生，不能直升大学，没有吃到蛋糕。不直升，这奖就没有多大意义，基本上入了另册。这也是我对第一届的韩寒印象不是最深的原因，当时还有一个成年组，也有一等奖，基本上都没人知道。作为评委，对不是应届的考生，态度要宽容得多。事实上，如果我没记错，韩寒的得奖的排名也是很靠后。后来为了宣传，有意无意拔高，这是另一码事。
>
> 第一届让他来复赛，是因为他在复赛名单上，并不是我慧眼，是伯乐，那是枉担虚名。我们当评委的，确实可能说过一些过头话，语文老师改学生作文都会有这毛病，其实无论作文大赛，还是高考作文，很少有什么好文章。这赛那赛就是矮子里挑将军，得奖不是说你好，只是你比别人好。没有最好，只有更差。[02]

[01] 参见 http://blog.sina.com.cn/s/blog_538601cd010140do.html。

[02] 叶兆言：《也算多余的话》，原发于叶兆言微博，多经转发，参见 http://blog.sina.com.cn/s/blog_a0c4c63c0100xvnd.html。

叶兆言

叶兆言在博文中两次提到对韩寒文章的印象不深，并不见得其文特别出色。根据叶兆言的话，网友“微易”提出疑问，在获奖人员（据称获奖者互不相干，不存在挤掉名额一说）分布中，叶先生所称的“宽容得多”的B组（55取5）为什么比应届高中毕业生专组A组（75取14）要少得多？

最后是“倍魄”的重磅“证据”，该网友特意前往唐山图书馆办理了借刊证和借书证，查阅了1999年《萌芽》合订本，发现韩寒获奖“只是后添加的排版‘获奖’”，在其文《骗局：韩寒只是“排版获奖”？——对〈萌芽〉杂志文本的解读及质疑》[01]进行了详细阐述。

（四）其他各种类型“证据”的搜集

韩寒一方在其他事件上前后发言互相矛盾、在多次宣传中涉嫌炒作，比如：《中国新闻周刊》发文称，韩寒接受采访时说路金波微博披露的“1000页手稿、书信等铁证齐备。韩寒邀请方舟子到上海法庭‘当面对质’”是路没有说清楚，起诉其实是针对方舟子的行为是否恶意的回应，而非关于作品的真假[02]。路金波的宣言在某种程度上将人们的视线集中到韩寒证明自己作品真伪的方向上。然而，距此不到一个月，在接受视频采访时，韩寒却说：“第一，这件事情已经没有办法说清楚，我希望我所递交的证据——我的手稿，我的书信，我的手稿有1000多页，还有很多朋友的证明——可以还我一个清白……所以我希望所有的东西有司法鉴定……这是第一……”[03]两者显然自相矛盾。又如韩寒指称投票结果显示支持方舟子的人数多于自己的网站是“不正常网站”，而被网友指出韩寒票数高的网站恰恰是可以用同个IP刷票的网站。再如，韩寒团队曾经宣传：2004年3月出版文集《韩寒五年》至今发行78万册。作品有法国、韩国、新加坡、日本版本及中国的香港、台湾版本。其中法国版本登上“法国2004年10月法国最畅销图书”榜单。而旅法艺术家高远于博客

[01] 参见 http://blog.sina.com.cn/s/blog_53ece6da0100xj3o.html。

[02] 环球网：《韩寒筹划写〈失败之书〉：对方舟子有过恨意》，http://china.huanqiu.com/roll/2012-03/2497392.html。

[03] 凤凰视频：《韩寒：方舟子这两年做很多事是公报私仇　私欲膨胀》，http://news.ifeng.com/mainland/special/zhiyihanhan/content-3/detail_2012_02/01/12231163_0.shtml。

发文《揭穿韩寒欺骗国人的谎言，所谓“法国最畅销图书”》，指出“法国版本获得法国 2004 年 10 月最畅销图书”一项纯属子虚乌有[01]。再如，韩寒于 2006 年呼吁抵制日货，之后在凤凰卫视说自己不会代言任何产品，但他不但做了多个产品的代言，而且代言了日本汽车斯巴鲁。此外，还有网友将韩寒成名与另几位少年天才作家的成名联系起来，认为这充分说明了我国存在“阶层固化”的现象，令人担忧。再如，2012 年 2 月 9 日，上海市普陀区法院在其官方微博上公布：2012 年 2 月 3 日，上海市普陀区法院收到韩寒诉方是民（笔名：方舟子）、刘明泽名誉权纠纷及侵害作品署名权纠纷的起诉材料。经审查，上海市普陀区法院于 2012 年 2 月 9 日正式立案。这条信息甫一公布便引起了人们的猜疑：一是普遍不知“刘明泽”为何人，在代笔纷争中起了什么关键作用导致韩寒要选择他作为被告之一；二是起诉为什么既不在韩寒所在的上海金山区也不在方舟子所在的北京，却在普陀区法院呢？对此，《人物》杂志做了韩寒专访，韩寒表示：“这个就是个空的网友，就等于做个空的‘桥’而已。”“我只能说这些，很多法院害怕方舟子，因为他和他的方粉会针对那些法官进行骚扰和报复。哪个法院不怕，就只能做一个桥去那里。”“其实是我自己人就可以了，我不方便说得太明白，总之，不会有这么个人被牵连。”[02] 许多网民认为，这种刻意制造虚假被告的做法，违反我国诉讼法律制度确立的诉讼“真实性”原则，无疑属于妨碍司法的行为。

韩寒《五年文集》
天津人民出版社 2013 年版

从上述材料中我们不难发现，2012 年初这场“全面证伪”的代笔风波，波及领域之广、牵涉人员之多、被牵涉人员对社会影响力之大都是近几十年来颇为罕见的。韩寒是否代笔，每一个人都会有自己的判断，本文不再赘言，倒是“韩寒现象”发生发展的过程中媒体和大众的表现可堪细察，下文便将对此试做透析。

---

[01] 高远：《揭穿韩寒欺骗国人的谎言，所谓“法国最畅销图书”》，http://blog.sina.com.cn/s/blog_477158080100a03i.html。

[02]《韩寒专访：睡觉，还有和心上人说说话》，《人物》2012 年第 5 期，参见《人物》杂志公共主页，http://www.kaixin001.com/peoplemag/diary/view_143803092_50046119.html#relation=parent&message=%7B%22loginprobe%22%3A1%7D&_=0.8879859078767369。

五、在“消费社会”的游戏中迷失

在透视“韩寒现象”形成的原因时，首先，依据符号消费论者鲍德里亚在《消费社会》中的观点，记者和广告商是消费社会里神奇的操纵者——他们导演、虚构物品或事件，对事件进行重新诠释后再把它们作为商品出售，在此范围内，他们毫不客气地对其进行建构。人们会把真实的某个概念封杀，再把它当作符号重建起来。在韩寒“民主代言人”的形象塑造过程中，媒体大谈“民主”“普适价值”这些被抽空了内容的概念，而公众则成了仅仅满足于消费这些符号的消费者。

其次，媒体在这个核对编码、制造“青年领袖”的工程中起到了至关重要的传输译读作用，它们有能力并且有可能置换进而定义公众话语的内容和意义。如麦克卢汉所说“媒介即信息”，每一种媒介都为人们提供了思考的新方式，创造了新的话语符号。尼尔·波兹曼在《娱乐至死》中进一步修正了麦克卢汉的说法，认为媒介更像是“隐喻”，用一种隐蔽但有力的方式来定义现实世界，他大力批判了使信息变成了商品的媒介时代——在这样的时代中，新媒介带来的内容无聊和形式散乱导致信息的价值开始由是否新奇有趣而非其作用来决定，由电视带来的视觉化和碎片化思维模式导致信息的内容都必须以娱乐的方式表现出来。在“韩寒现象”的生成时期，几篇关于韩寒是天才少年作家的报道在批判教育的年代里迅速抓住了大众的眼球，从《文汇报》的《语文 60 分的孩子写出长篇小说》（配合《“野马”跃进“北大”》《十五岁女孩写“张爱玲体”》和醒目位置的《“新概念”挑战作文教学》这样的专版炒作）到《解放日报》的《长篇小说作者＝高一留级生》，这些新闻标题惹眼，恰到好处地迎合了人们的猎奇和功利心理，再到《南方周末》的《韩寒：“80 后”网络英雄》《差生韩寒》，《南都周刊》的《特别报道：公民韩寒》，《南方人物周刊》的《特辑：像韩寒一样活着》《领秀韩寒》，《新世纪周刊》的《选韩寒当市长》等文章，都只是允许人们“了解”某些事实，但这并不意味着人们能够畅通无碍地“理解”事实的背景知识和与其他知识的关联，这些媒体采用的话语不鼓励人们多做全面的历史回顾和深入的分析，对于这类带有明显“轰炸性”的新闻来说，“智力就是知道很多

刊载《选韩寒当市长》的《新世纪周刊》(2009年第36期)

刊载《特别报道：公民韩寒》的《南都周刊》(2009年第36期)

事情，而不是理解它们”[01]。在对韩寒的报道中，报刊常常配以韩寒的巨幅照片做专版或封面，这些照片与一般娱乐圈的明星并没有什么不同，尽管韩寒一直否认自己与郭敬明一样走商业路线，但事实上在对“明星效应”的运用上两者不分伯仲，不过是风格不同而已。而这类照片的意义就在于它们能使形象脱离语境，使它们能以不同的方式表现出来，郭、韩的照片和他们所写的书的内容其实毫无牵涉，只是单独供人消费的“符号”，这些和文字堆积在一起的照片把世界再现为一系列支离破碎的事件，让我们有一种感觉：这些事件与我们的感官之间存在联系。根据爱德华·桑代克提出的“晕轮效应”，人们在心理上将会比较难以接受一个长相俊美外形占优的韩寒在其他品质上有较大缺点。特别是当视频媒介也介入之后，围绕韩寒的事件就被充塞进更多的娱乐气息——视频语言是图像和瞬息时刻的二重奏，缺少语境，缺少历史，趣味代替了复杂连贯的思想。任何被定义为“严肃性讨论”的节目都不例外地要受到媒介本身特质的制约，我们接受并沉醉在视频媒介对于真理和现实的定义中，甚至视频中人的语无伦次也变得合情合理。用波兹曼的话说，这是一个“娱乐至死”的时代。也许我们能做的，是尽量采取一种超然的态度，试着跳出图像对我们的控制，努力区分文字的感官愉悦和文字所表达的观点之间的逻辑，保持足够的清醒和智慧去判断作者对所写内容和读者的态度。

再次，“偶像”“领袖”的形成当然不可能光凭媒介本身的特性，“领袖”自身的特点决定了媒体对他们的塑造方式，也决定了他们对

[01] 尼尔·波兹曼：《娱乐至死 童年的消逝》，广西师范大学出版社2009年版，第64页。

各自的“追随者”的统治模式。马克斯·韦伯曾将统治类型划分为“合法型、传统型和魅力型”三种，韩寒与郭敬明们显然属于“魅力型领袖”。韦伯认为该种类型的“领袖”往往被视为“具有超自然的或者超人的，或者特别非凡的、任何其他人无法企及的力量或素质，或者被视为神灵差遣的，或者被视为楷模”“至于将如何从任何一种伦理的、美学的或者其他的立场，来‘客观’正确地评判有关的品质，这在概念上是完全无所谓的”[01]。他进一步指出，评判这类偶像的唯一关键是“追随者们”做出何种评判。魅力型领袖对其追随者做的是发自内心的改造，这种改造往往产生于困顿和热情，对一切具体生活方式以及对整个“社会”“世间”的种种态度方面，韩寒和郭敬明们都引导着粉丝们的思想和行动。

这当中有几点值得我们关注。第一，是魅力型领袖的“管理班子”的构成，他们不会是官员，而是按照各自的魅力品质选择的“亲信”，扈从和信徒们生活在“仁爱”的制度中，不以法律原则为取向寻找合理律例，而是现时地创造“法律”，所有魅力型领袖都会宣告、创立和要求新的规定。不论是不是主观愿望，一旦进入了这个怪圈，韩寒或者方舟子都难以避免地承载了相当一部分与支持者类似的感情。而韩寒代笔事件爆发后，网民们整理罗列了一长串“公知”和报刊的名单，表示要“通报批评”“警醒大众”，他们显然是将一些媒体和“公知”当作了“领袖韩寒”的“亲信”。

第二，是博客时期韩寒发表的“韩三篇”中折射出的魅力型领袖或早或晚都要走向“平凡化”的规律。纯粹的魅力型统治如果要持久维系而不是短暂一现，几乎是不可能的，它必将传统化或合法化。“韩三篇”标志着韩寒的“平凡化”转型，有许多人表示这愈加体现了韩寒是真正的“独立思考”的代表，也有人说这标志着韩寒的“成熟”和“80 后”一代人的“成熟”与思考问题的“全面”。事实上，与韩寒一同成长的“80 后”已步入而立之年，在资本为王的时代里，他们不得不去追逐更多的财富、名望和话语权，而“领袖”褪去部分“非凡”的特质走向“平凡化”有利于此。

第三，是纯粹的魅力对经济尤其陌生和抵触，它鄙夷和谴责在经

[01] 马克斯·韦伯：《经济与社会》，商务印书馆 2004 年版，第 269 页。

济上利用施舍作为收入来源的方式。韩寒曾为他在微博交流中被插入的广告和自己为洋酒代言一事向大众道歉，声称“违背了自己的原则”，在这一事件中相当一部分韩寒的支持者表示了愤怒和失望，在魅力型领袖发展的初期，一切和经济收入沾边的行为都会受到追随者的反复质疑，而上面提到的“平凡化”的前提就是消除魅力对经济的陌生性（尤其在资本时代里）。可以预想，再过些时日，已经“平凡化”的韩寒即使代言也不再需要向他的支持者道歉，其支持者们早就替他将代言行为合理化。事实上这种合理化已经开始了，在《扬州晚报》2011 年 12 月 22 日的一篇报道《网传韩寒多年代言广告集锦 路金波：他不缺钱》中，就有“一位了解韩寒的知情人谈到此也表示很正常，‘韩寒他长大了，不再是 18 岁叛逆的小伙子。他有了新的身份，他有了女儿，会有一些新的尝试’”。而路金波也表示韩寒做的广告在明星中算少的，却没有提起韩寒曾说的“不为任何产品代言”之言。在所有为韩寒代言开脱的理由中，“为女儿挣奶粉钱”是最理直气壮的一个。韩寒代言的产品大多价格不菲，有些更是货真价实的奢侈品，如以限量版宇舶表（瑞士奢侈腕表品牌）“F1 王者锆质”为原型的专门为韩寒打造的宇舶腕表和惹出“祸端”的洋酒帝王威士忌等，韩寒本人也多次成为“奢侈品中国”等国内著名奢侈品资讯网站的新闻人物。这些是韩寒的支持者们大多熟知的，但他们几乎都以发现韩寒代言为乐事，并不思考偶像言行出现的矛盾，一边兴奋地呼告“韩寒竟然出现在某产品的发布会上啦”，一边转发韩寒那篇写“看到中国人疯狂去国外购买奢侈品的时候我很伤感”的博文《莫名，我就仇恨你》，这就是消费社会里典型的“迷狂的粉丝”。

最后的篇幅，让我们把它留给对“粉丝”的探讨。这些“粉丝”并非时时刻刻表现出狂热，而是在谈及偶像时立即会进入“追随”“护卫”的状态，“粉丝”并不是正式团体，他们相隔万里互不熟悉，但他们因为韩寒等偶像而获得了一个“心理群体”的特征，共同受到群体精神统一律的支配。媒体人彭晓芸曾对韩寒现象做过评论：

> 至于“庸众”为何是庸众，为何识别能力不高，恐怕和媒体被资本俘虏又非要摆出一副“理想主义”的姿势相关，韩寒符合消费主义与反抗者标签等市场需求要素，于是成了

媒体及互联网争相供起的“神器”。而疯狂的崇拜者，不少是教育的受害者，在一个公民教育严重匮乏的时代，即便受过高等教育，他们的思维也未必比韩寒健全，于是，粉丝们甘愿接受韩寒戏谑式的安抚。[01]

彭晓芸

彭晓芸认为“粉丝”们“即便受过高等教育，他们的思维也未必比韩寒健全”有一定道理，但她把原因归于教育，显得有些无力。事实上群体的智商低于其中相当一部分个体是必然的，心理学研究发现：在群体中，“有意识”人格随着约束个人的责任感的消失、感情的传染和易于接受暗示性的增强而淡化，“无意识”人格却显化，群体将随着暗示者唯命是从，而智商无疑是属于“有意识”的产物。群体中的个人集中到一起共同分享的是寻常的大众品质，这只会带来平庸。“孤立的个人具有主宰自己的反应行为的能力，群体则缺乏这种能力。”[02] 子虚乌有的神话在群体中特别容易被相信，在众目睽睽下发生的最简单的事都可能会变得面目全非，群体很少对主观和客观加以区分，一个人编造的奇迹在传染性的作用下立即就被整个群体接受是常有的事。即使是博学之士到了群体中，在他专业之外的领域内思考问题，他们的观察力和批判性思维也常会消失不见。群体对刺激性事物的反应最强烈，影响大众想象力的不是事情的内容，而是它发生和引起注意的方式，虚幻的因素对他们的作用毫不输给真实的新闻。韩寒的博文经常关注社会上最具争议的事件，并总是提出出人意料的看法，包括“韩三篇”的连续出击和突然转型造成的爆炸性效果，都恰恰迎合了群体心理。我们也不难发现，社会上一些与众不同的论调有时反而更有市场，作“惊人之语”成为趋势，而相当一部分民众恰恰会迅速集结在这些旗帜之下。“意见领袖”们只要掌握这一点，就能利用反弹琵琶等手法产生极大影响；资本操盘手们只要利用这一点，就能准确地抓住受众心理，包装出大众需要的“领袖”。从

[01] 彭晓芸：《作为现象的韩寒：市场与体制共谋的产物》，http://blog.sina.com.cn/s/blog_6780dfbb0100zubv.html。

[02] 勒庞：《乌合之众》，中央编译出版社 2005 年版，第 21 页。

这个角度看，在商业利益的召唤下，消费场域各部门互相配合，“蓄意制造”出“意见领袖”和“公民典范”是具有可操作性的。领袖的作用无非是充当人们的引路者，这是可以被定期的出版物所取代的，这些出版物制造有利于领袖的舆论，使他们不必为说理操心。

不管韩寒是否代笔，在这个“消费至死”的社会里，他已然成了一个“神话”：他不像郭敬明坦承自己是一个商人，而是经常宣称自己是“一个作家”，然而他却又是赛车手、歌手、广告明星、填词人，他曾经是“天才少年作家”“青年公知”“意见领袖”，他拥有极大的话语权却被塑造成在社会夹缝中生存的孤独形象。一个健康发展的社会应该是有能力也应该打破一切“神话”的社会。要打破一个“领袖神话”，就必须有一个足够强大、对社会有极大影响力的“领袖”被推上祭坛，因为“经验几乎是唯一能够让真理在群众心中牢固生根、让过于危险的幻想归于破灭的有效手段。但是为了达到这个目的，经验必须发生在非常大的范围内，而且得以再出现”[01]。按照勒庞的观点，真正能够打动群众灵魂的人，是自己对某种信条“想入非非”的人，这样才能引起别人的“想入非非”。当人们被提醒着想起韩寒时常言行不一致的事实时，离“神话”的幻灭想必就不远了。

事实上，英雄的神话总是随着群体的想象而改变，让我们以勒庞的一段文字作结，献给这位消费文学场域里的“英雄”：“数千年之后，未来的博学之士面对这些矛盾百出的记载，也许会对是否真的有过这位英雄表示怀疑，正像现在有些人怀疑释迦牟尼一样……他们知道，除了神话之外，历史没有多少保存其他记忆的能力。”[02]

---

[01] 勒庞：《乌合之众》，中央编译出版社 2005 年版，第 90 页。
[02] 勒庞：《乌合之众》，中央编译出版社 2005 年版，第 32 页。

第二节　“45 度仰望天空”——郭敬明现象研究

“他被‘80 后’不屑，被‘90 后’崇拜。”他曾两度获全国新概念作文大赛一等奖，他的《幻城》《梦里花落知多少》《小时代》等作品多年来稳居全国图书畅销榜（虚构类）榜首，不断创造销量奇迹。他曾是最年轻的中国作家协会成员，同时自己开公司做老板，创办杂志《最小说》，并担当主编，连续入选福布斯中国名人财富榜。《最小说》平均每月销量远远超过了《人民文学》《小说月刊》等主流文学杂志。2012 年 7 月 25 日上市的《人民文学》600 期专号，因收录他的《小时代 2.0 虚铜时代》而脱销，其标价 99 元的限量珍藏本在淘宝网上的预售价最高被炒到 999 元天价。他有很多身份和头衔，他是最能赚钱的作家、最畅销的青春杂志的主编、独力拯救一家出版社的商人、有万千粉丝的偶像明星。

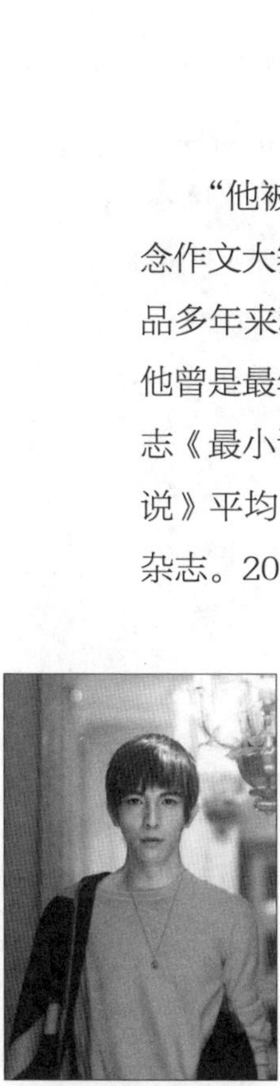

郭敬明

他是郭敬明——一个从出道以来就饱受争议、被许多人预言“红不了多久”却在十年后成为拥有许多作家一生也不能拥有的财富以及无数拥趸的“80 后”年轻人。《中国新闻周刊》曾在为他所做的专题报道中称这个时代是“中国文学的‘郭敬明年代’”[01]；郭敬明曾在作品中说“我是一个在感到寂寞的时候就会仰望天空的小孩，望着那个大太阳，望着那个大月亮，望到脖子酸痛，望到眼中噙满泪水”[02]，如今他面对媒体表示：“我对作品或者文学事业没有像其他作家那样，飞蛾扑火一般地把整个身心都投进去。小说可能只占我人生的一部分，甚至一半都占不到，我还有其他大部分事，比如公司。”[03]面对轰轰烈烈十年未曾消退的“郭敬明现象”，作家富豪榜制榜人吴怀尧的看法是：“他已经不是人了，已经是一个符号，作为符号，只要亮出它，就有人买单，它一出现，就会在市场上有号召力。”[04]本节内容将对“郭敬明现象”进行探讨，主要从郭敬明团队的营销手段、郭敬明作品的文本分析及表达策略和对郭敬明“抄袭事件”的透视三个方面展开。

一、郭敬明团队的营销手段

消费文学场中的产业化运营在郭敬明及其团队身上得到了最好的体现，从书籍出版的每一次具体营销方略到结合以“人”为品牌、打造明星头牌作者（以“养大”公司）的叙述立场策略，再到完成旗下写手独当一面回馈原始公司、形成良性循环的品牌平台，郭敬明带领他的团队充分利用了飞速发展的网络平台，动用全方位的力量对公司进行商业包装、概念炒作，在短短几年内就使“最世”成为品牌响亮的文化公司。

（一）全面出击的媒介策略

1. 利用旗下书刊连载预热

郭敬明在推出自己或旗下作家特别是新写手的作品时，常常会在“最世”出品的《最小说》——这本读者众多的招牌杂志上连载刊登，不妨举例来看：《临界·爵迹》开始在2009年第1期《最小说·映刻》连载，后登上2011年年度畅销书开卷总榜“虚构类”的榜首；《小时代3.0刺金时代》在2010年第4期《最小说》正式开始

[01] 孙冉、罗雪辉：《中国文学的“郭敬明年代”》，《中国新闻周刊》，2005年9月26日。

[02] 郭敬明：《爱与痛的边缘》，新浪读书，http://book.sina.com.cn/longbook/1080800779_aiyutong/1.shtml。

[03] 翟文婷：《郭敬明：最商业的作家 最文艺的商人》，《创业邦》2012年第4期。

[04] 狄蕊红：《郭敬明连续六年登上福布斯名人榜引起热议》，http://book.sina.com.cn/news/a/2009-03-19/0904252617.shtml。

连载，《小时代 3.0 刺金时代》上市以来，销售量再次刷新纪录，首印 160 万册两天内售罄，首发一周内销售突破 200 万册，累计码洋高达 6500 万元，高居各图书销售排行榜榜首；2009 年，著名作家李锐、蒋韵夫妇的女儿笛安进军青春阅读市场，其作品《西决》销量达到 75 万册，同时还获得了《南方都市报》颁发的一项文学奖，而起初正是郭敬明把《西决》放在《最小说》连载了半年，预热市场。

郭敬明《爵迹》系列丛书
（长江文艺出版社）

郭敬明《小时代 3.0 刺金时代》
长江文艺出版社 2011 年版

笛安《西决》
长江文艺出版社 2009 年版

2. 各大网站联媒

各个与郭敬明及旗下作家相关的贴吧论坛、《最小说》官网和新浪、当当等门户网站和大型购书网站均为郭敬明团队作品摇旗呐喊，推出种种营销活动，方便读者在线阅读、下载和购买其作品：2009 年《小时代 2.0 虚铜时代》曾在新浪网举行限量珍藏版的拍卖活动，主要是针对一些编号有特殊含义的限量版竞价预售，其中 00001 号珍藏版拍出了 5060 元的天价[01]；12 月 25 日，郭敬明携《小时代 2.0 虚铜时代》在当当网举办预售图书签售仪式，网络预购活动开启。每本预售书郭敬明都会亲笔签名，5 天时间郭敬明共计签出 38553 册，光是 12 月 29 日就约有 1.5 万册书被预售，直接导致当当网服务器瘫痪[02]；首发日

郭敬明《小时代 2.0 虚铜时代》（修订本）
长江文艺出版社 2014 年版

[01] 腾讯网：《郭敬明〈小时代 2.0〉7 天突破 120 万册 韩红到场祝贺》，http://book.qq.com/a/20100107/000014.htm。

[02] 搜狐读书：《郭敬明：讲尖酸刻薄的话是我的天赋》，http://book.sohu.com/20100105/n269379108.shtml。

当天，郭敬明与盛大文学高调签约，2009 年 12 月 31 日零点起，盛大文学旗下的起点中文网、榕树下等四家文学网站平台和四大无线阅读渠道同步重磅推出《小时代 2.0 虚铜时代》，读者可以在线或下载阅读该书；2010 年郭敬明在腾讯开通个人频道，这是国内大型门户网站首次为个人开通独立频道。这一频道下设图书、新闻、作者、图片、视频、影视、活动、文学之新大赛、最小说基金等专区，集合了郭敬明本人及最世文化旗下所有签约作者的最新动态、最新图书发布以及最新活动的跟踪报道。当时，《爵迹 2》已确定于 2011 年 1 月 1 日在全国统一上市，并在该频道首发。

3. 影视改编、加盟娱乐圈

号称“青春时尚第一片”的电影《小时代 1.0 折纸时代》于 2013 年上映，由郭敬明自编自导；2011 年 2 月 13 日由郭敬明、落落、笛安、爱礼丝、王小立、李枫打造的华影盛视 2011 年强档贺岁片同名剧本原著《我们约会吧》在情人节前首映；2009 年和 2012 年，郭敬明分别参与录制全国综艺节目收视排行靠前的湖南卫视综艺脱口秀节目《天天向上》[01]（央视索福瑞媒介调查有限公司数据显示，《天天向上》的宣传预热节目《天天向上——前传》部分第 1 期收视份额达到 3.23%，同时段排名第三。该节目受众锁定年轻观众群，节目在年轻观众中获得收视份额高达 6.95%，同时段排名第一[02]）和《快乐大本营》[03]（根据央视索福瑞公司有关调查，《快乐大本营》年轻观众数量众多，24 岁以下观众比例为 36%，同时辐射各个群体，45 岁以上观众比例也超过 28%。女性观众比例在频道节目中位居第一，达到 60%。《快乐大本营》已经成为中国电视界综艺娱乐节目的领头羊。2009 年，它入选中国世界纪录协会 2009 年度中国收视率最高的电视综艺娱乐节目，《快乐大本营》创造了多项中国电视之最[04]），为旗下作

电影《小时代》（2013 年版）海报

[01] 土豆网：《郭敬明 天天向上》，http://www.tudou.com/programs/view/LBKCUyBs6zI/。

[02] 李文辉：《用娱乐方式解构中国传统文化——以湖南卫视〈天天向上〉为例》，《东南传播》2009 年第 9 期，第 137—138 页。

[03] 搜狐视频：《〈快乐大本营〉20120602 郭敬明展现总裁范儿 身材太矮频遭调侃》，http://tv.sohu.com/20120602/n344665612.shtml。

[04] 开心网：《中国收视率最高的电视综艺娱乐节目——快乐大本营》，http://www.kaixin001.com/repaste/18371935_2060689237.html。

家出书预热。

4. 书店合作，签名售书

借鉴演艺界的巡回演唱会模式——主办方发布新书签售信息，郭敬明在全国开展巡回签售会。以《小时代 2.0 虚铜时代》销售初期的签售活动为例，郭敬明可谓是马不停蹄地为新作进行签售宣传：2010 年 1 月 16 日，郭敬明在广州购书中心尚文馆店举行签售，17 日在珠海华文书店，30 日、31 日他又接连奔赴两处书店，2 月 1 日他受人民书店与“钱报读书会”的邀请在杭州签名售书，2 月 27 日刚过完新年的郭敬明便空降昆明，举行两场《小时代 2.0 虚铜时代》的签售会，共签出图书近 3000 册。就连二线城市，郭敬明也不落下，28 日他又在玉溪新知书城签名售书。无论他到达何处，从各地赶来的“粉丝”都将会场簇拥得水泄不通。

5. 附加活动与礼品的策划

在 2003 年 1 月《幻城》即将上市时，春风文艺出版社社长、总编辑韩忠良给新华书店、民营渠道的客户寄了一封拜年信，亲自向客户力荐春风文艺出版社新人郭敬明及《幻城》，并随信附上由《幻城》中的一张彩色插图做成的精美年历。为了图书的发行，社长也亲自出马，带头为《幻城》的渠道营销献策出力。针对郭敬明主编的《岛》系列，春风文艺出版社设计了“读《岛》赢大奖，浪漫海岛游”活动。读者只要购买了《岛》，就可以将购物小票邮寄到春风文艺出版社参与抽奖，获一等奖的 20 名读者将全部免费与《岛》工作室的全体成员畅游海南岛。在《岛》（Vol.09）出版前，布老虎青春文学书友会会刊刊登了《岛》（Vol.09）即将出版的消息，书友会的会员们提前知道并了解《岛》（Vol.09）出版的信息。同时，书友会开展了感恩读者活动，只要读者邮购《岛》书系任意 6 本，即可获赠郭敬明最新亲笔签名靓照或限量签名海报一张。

郭敬明《幻城》
长江文艺出版社 2008 年版

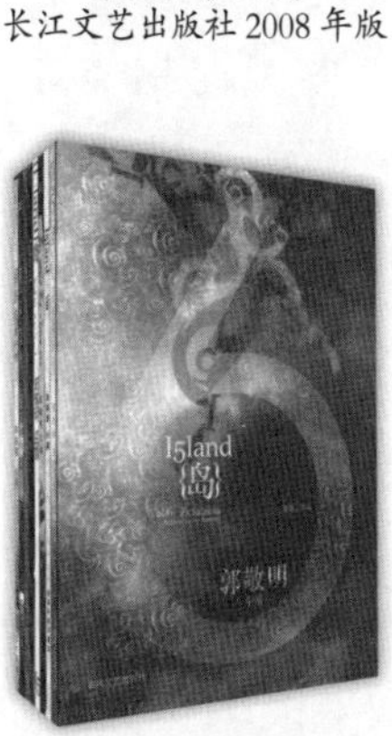

郭敬明主编杂志《岛》

除了赠品式的活动，郭敬明的公司还充分利用各种传媒在图书全部上市一个月后，密集投放优质书评，而书评的作用就是要引起新书潜在读者的重视。郭敬明毫不讳言："在约写书评之前我们做了仔细的研究，从大众媒体、专业媒体、新书涉及领域的专家以及其他任何可能对新书产生兴趣的机构中选择最合适的书评作者和书评媒体。"[01]

6. 限量精装、视觉刺激

直接在图书形式上下功夫，进行产品营销，譬如推出限量版与平装版。长江文艺出版社在出版郭敬明《悲伤逆流成河》时，除了有24元的平装版，还推出66666本《悲伤逆流成河》限量珍藏本，每本都有一个独一无二的专属号码，再配上精心设计的盒子，并搭配多款从未曝光过的郭敬明亲笔签名海报及明信片作为赠品。这显然是费尽心思揣摩、迎合消费者心理的营销手段。

郭敬明《悲伤逆流成河（限量版）》长江文艺出版社2007年版

在内容和设计方面，郭敬明往往根据自己的感觉来设计和排版，比如《悲伤逆流成河》采用了小号字体，还有漫画和富于青春气息的插图，每一页都留有很大的空白，文章采用折叠式的写法——这些都是郭敬明式风格；《岛》在制作工艺上也追求精益求精，封面采用的是300克铜版纸，内文70克轻涂纸，全书4色印刷，不论是手感、视觉效果还是美观程度，都是同类书无法比拟的；在文字上，《最小说》坚持以青春时尚读物为定位，牢牢把握住青少年追逐时尚、个性的心态和审美品位，在有限的132张单页面中，包含了青少年可能感兴趣的各种版块。比如青春校园题材的短篇小说、时尚的摄影图片、精美的动漫插图、当红文学名人的专栏、随刊附赠《最漫画》或《I WANT》等。而艾尔维斯茨在《图像时代》中就曾经这样说："后现代感性则是形象性的，它特许视像的感性高于文学的感性，形象高于概念，感觉高于意义，直接高于更带中介意味的知识形式。"[02]

当然，所有这些都需要文字穿针引线，使其能够秩序井然地映入读者的眼帘。文字与视觉图像互为媒介，才可以更好地进行信息的传递与交流——经过凝练和抽象的文字传达图的内涵，图则形象化地演绎文字的外延，这正是麦克卢汉所说的"媒介即讯息"的隐喻。郭

[01] 邓楠：《通过深挖畅销元素，打造畅销书——〈岛·庞贝〉出版前的台前幕后》，《出版参考》2008年1月上旬刊。

[02] 阿莱斯·艾尔雅维茨：《图像时代》，胡菊兰等译，吉林人民出版社2003年版，第95页。

敬明公司的出版物通过配合文字的视觉图式进一步强化了其风格，也满足了读者对某种符号的偏好消费，其巨大的影响力更是强化、扩散了对这类符号的消费心理和行为，强加给受众一种一致性。

最后，我们应该注意到的是畅销书籍和社会交际压力的关系。对价值观尚未完全形成的儿童和青春期少男少女而言，他们中的有些人想要拥有某一畅销书，往往是出于社会交际压力——如果不买的话会对他们的社会交往产生负面影响，他们阅读某一畅销书，往往是为了跟别人说他们读过这本书而不显得“落伍”。当畅销书本身已经成为一种符号，即使内容上带有“海量复制”的嫌疑，对读者或者说购买者甚至收藏者而言，这反而成了他们所追求的消费符号，于是系列书籍的就呼之欲出了：系列书籍明显是让人收藏的，而《小时代》“三部曲”、《爵迹》系列彰示着郭敬明团队已经开始意识到系列书的优势。事实上不单是故事系列，郭氏书刊连绘图设计风格都保持一致，读者往往能从封面就辨别出带有明显郭氏风格烙印的书籍和杂志。这些书可以引起人们收藏全套的欲望。另外，在其大受欢迎之际，青少年读者拥有该风格标记的书越多，在同伴中往往也越有地位。当一个系列成功之后，读者们会越来越期待该系列的新书，因为他们希望重复类似的体验——交际地位的以及阅读本身的快感的体验。

（二）明星化的叙述策略

在消费文学场里，除了作品，作家也是被消费的主要对象。作家一开始试着按照娱乐圈的模式推销自己进而卖出作品，发展至今，许多作家似乎已经并不将自己定位为“作家”了，拍广告、做讲演、赶档期、上综艺节目表演个人才艺、为选秀节目写歌词或做评委，这些曾经被视作推介作品而不得已从事的“副业”和“手段”，现在越来越成为他们认可的工作——既然“金钱为王”才是场域法则，那么所谓“主业”“副业”为什么不可以颠倒变换呢？事实上，在这个场域里，人们早已模糊了“主业”“副业”的界线。郭敬明是作家，是商人，也是签约在大型传媒公司下的艺人。这几个身份没有哪个可以永恒地代表郭敬明，“只有永恒的利益”，哪个身份在某一刻能带来更多的资源和资本，那一刻他就属于那个身份。消费时代的文化产业在把受众细分、界定为清晰可辨群体的长期探索中，逐步意识到使用名人和偶像这类消费社会的商品化符号固然价格不菲，但蕴含着巨大能量的偶像名人符号在对受众的划分、建构和固定消费群体的获得方面卓有成效。

我们可以看到，2005 年被日本最大的公共电视网 NHK 电视台评选为“亚洲优秀男性”的郭敬明早已成为人气偶像，面对媒体除非摆好造型否则拒绝拍照；郭敬明的作品签售活动，令人印象最深刻的是，郭敬明出场时总是前呼后拥，那些忠实的读者排着长长的队，泪流满面，亲昵地呼喊着他的网名“四维哥哥”；2005 年 7 月，他为新发行的音乐小说《迷藏》全国签售，每到一处都有大批铁杆读者捧场；之前他在北京召开音乐小说首曲发布会，在场众人齐唱生日歌为他庆生，俨然明星做派；2008 年，郭敬明签约了天娱传媒，成为此公司旗下唯一一个作家身份的艺人，他有专属的经纪人为其安排通告的档期，还有助手做宣传；2011 年，他在上海举办了最世文化的年会，衣香鬓影，极尽奢华，所有作者锦衣华服，不像文化公司，倒像一个时尚聚会；除了作家、出版人、董事长、作家、编剧……多面郭敬明又添新职务——服装品牌“鎏恒色”2011 年淘宝店代言人，郭敬明亲赴杭州淘宝总部参加签约仪式，正式拉开了合作的序幕[01]。

郭敬明明星效应的利用在《最小说》中得到了最充分的展示：2009 年第 18 期和第 22 期下半月刊的封面等多处均采用郭敬明的头像进行设计；2009 年第 20 期下半月刊《雾时之森》中共用了 7 页纸张，其中有 6 页使用了他的形象照。这种明星的“迷”效应，为《最小说》赢得了不少忠实的读者；而出版社之所以选择《悲伤逆流成河》的限量珍藏版为 66666 本，是因为郭敬明的生日是 6 月 6 日，把价格定在 44 元，则是与郭敬明的昵称“小四”相呼应，这些噱头正迎合了“四迷”们的心理。尼尔·波兹曼说：“我们完全可以相信，美国的前 15 位总统如果走在街上，没有人会认出他们是谁。想到那些人就是想到他们的著作、社会地位、观点和知识，这些都是在印刷文字中得到体现。现在情况是多么的不同，想象尼克松或吉米·卡特或爱因斯坦，首先进入你脑海的是一个图像……”[02] 同样，当人们提到郭敬明的时候，可能记不起他梦幻的辞藻或个性的观点又或者奢侈

---

[01] 瑞丽女性网：《淘宝牵线郭敬明代言“鎏恒色”》，http://fashion.rayli.com.cn/accessories/2011-04-22/L0002002003_839846.html。

[02] 尼尔·波兹曼：《娱乐至死 童年的消逝》，广西师范大学出版社 2009 年版，第 56 页。

的生活方式，却记得他唯美时尚的形象照，再以此延伸至对“美好图像（图式）”的关注和向往，而这就是明星化叙述立场策略存在的绝佳支撑点。“消费系统并非建立在对需求和享受的迫切要求之上，而是建立在某种符号（物品 / 符号）和区分的编码之上”[01]，消费文学场域通过其所提供的程式与趣味，对受众进行刻意的建构和定义。这些作家不论是其写作风格还是生活习惯，都会被大众传媒刻意放大甚至扭曲，转变为符号以吸引、建构并扩大稳定的受众消费群体。

（三）联合经销，打造平台

先来看看郭敬明的工作团队从工作室到公司的成长历程：2004 年成立“岛”工作室，出版《岛》书系列；2006 年 8 月，成立上海柯艾文化传播有限公司并出版刊物《最小说》（Zui Novel），由长江文艺出版社出版，工作人员为“岛”原班人马；2010 年 7 月，“上海最世文化发展有限公司”正式成立，郭敬明亲自担任该文化公司的董事长兼总经理，之前的“上海柯艾文化传播有限公司”成为旗下附属公司。

就杂志和郭敬明公司的长远发展来看，郭敬明最成功的并不是成立了一个个人品牌公司，而是把《最小说》打造成了一个培养青春明星作家的平台。“在《最小说》这个平台，诞生了一大批像郭敬明一样的青春文学作家，每位作者都是他营销的对象。很多畅销作家和作品在郭敬明这里完成华丽转身，最世好像一个梦工厂，落落、七堇年、安东尼都是郭敬明的平台‘捧红’的。”[02] 据说，《最小说》旗下的作者，如果没有郭敬明，新书只能卖 3000 本，但是封面一旦打上“郭敬明推荐”，就能卖出 3 万本[03]。

这个杂志的平台一方面发掘培养新人作家，另一方面吸引更多的明星作家签约，保持《最小说》的高人气。目前在郭敬明柯艾公司旗下的签约作家主要有笛安、落落、七堇年、苏小懒等，这些签约作家的小说著作都经由柯艾公司出版兼宣传经销。继郭敬明成立公司和推出杂志《最小说》之后，郭敬明旗下的签约青春作家落落和笛安也成立了文学工作室，并推出创刊号杂志《文艺风》，其中包含了《文艺

---

[01] 鲍德里亚：《消费社会》，南京大学出版社 2008 年版，第 70 页。

[02] 翟文婷：《郭敬明：最商业的作家 最文艺的商人》，《创业邦》2012 年第 4 期。

[03] 同上。

风象》和《文艺风赏》两本风格定位迥异的刊物。据悉，新刊上市一周便销掉18万册，而且首期创刊号为珍藏版，永不加印。在郭敬明的公司，落落和笛安每人都拥有超过50万册的图书销量，因此，落落、笛安分别以主编的身份成立工作室，这对于老板郭敬明来说是有着明确的发展规划的。郭敬明说，有段时间他自己一本书都没有出，也不做什么事，所有的宣传通告都是宣传《最小说》这个新平台，渐渐把这个品牌“养”大了。但那个时候，这个平台一直没有产生价值：

> 我郭敬明今天有这样一个关注度和一个聚光灯效应，那任何在这个平台上面的年轻人，都很容易受到关注，所以这也是当初我要建《最小说》这个平台的原因。这个平台一开始是没有产生商业价值的，在它诞生初期，我只能把郭敬明三个字的品牌价值注入这个平台里，就像打造一个新的子品牌一样。
>
> 但是当这个平台具有了新的商业价值之后，这上面就有人不断起来了。像安东尼这样的作家，通过《最小说》这个平台，自己又成了一个新的品牌，但是他还会在这个平台上继续表演，他们的崛起会让这个平台更牛。就像春晚一样，如果都是大牌在上面，大家都会想要去上，最后就变成这个品牌不断地复制来复制去。这样就可以形成一个良性循环，这种商业模式也支撑着公司朝前运转。[01]

虽然以落落为代表的一批青春文学写手也取得了不错的市场反响，但郭敬明觉得这种挖掘有市场潜力写手的速度还是有些慢了。于是，他宣布依托由他主编的《最小说》举办“THE NEXT 文学之新”全国新人选拔赛。作为比赛的执行评委，郭敬明将娱乐圈的“选秀”模式运用到文学比赛中。所有参赛作者必须经历全国海选，然后逐级淘汰。有人质疑这种娱乐氛围浓厚的方式过于市场化而偏离文学，但郭敬明坦承市场是终极目标，大赛就是为了找出有市场潜力的写作者。

[01] 翟文婷：《郭敬明：最商业的作家 最文艺的商人》，《创业邦》2012年第4期。

如今，郭敬明旗下的《文艺风赏》和《文艺风象》这两本号称“高端”的杂志已经全面上市。这主要是因为这两本杂志不但宣称会推介新型、先锋、另类的小众文学作品，还把约请主流作家做访谈或登载推荐他们的作品作为其重磅主打的栏目。《文艺风赏》在首期内容中，不光登载著名作家史铁生的经典作品《我之舞》，还请来第五届茅盾文学奖得主、作家阿来做客“青梅煮酒”访谈栏目。

《文艺风赏》2011 年第 1 期

《文艺风象》2014 年第 1 期

实际上对于出版社来说，在信息爆炸、体制转型的时代，压力是来自多方面的，而最大的压力可能来自布迪厄所说的该场域的“惯习”，“惯习”不仅包括明确列出的规则和惯例，还有对某个场域的内在理解，即什么形式是最有效、最合适的力量。编辑和出版商如果懂得“惯习”，就会有意无意地选择能给他们带来真正权利的编辑和出版方式。而郭敬明及其旗下团队取得的成功最有趣的地方在于他们公然违抗了在该场域内惯常运作的一些“惯习”，这些“惯习”如下：

1. 随着电脑和电子游戏越来越多地占据青少年的时间，青少年用于阅读的时间普遍减少，尤其是为乐趣而阅读的青少年越来越少。

2. 既然为乐趣而阅读的青少年减少了，那么幻想小说就难以成为一种持久的虚构文学。多数出版商把眼光对准的是写实文学。

3. 年龄较小的孩子不会去阅读写给年龄更大一些人的作品，反之亦然。

然而事实却是，不单许多年轻人喜欢阅读郭敬明等的作品，关于郭敬明小说和散文的学术论文也时常出现在学术期刊上和论著中。

这样大的影响力，首先当然得益于市场推广做得好，上文已经对此做过了探讨。但显然，光有市场推广是不能让许多读者和部分专家给予较高评价的，那么我们就不能忽略对这些书内在的趣味和品质的考察。接下来我们就对郭敬明的作品进行文本分析，探讨其表达策略。

二、郭敬明作品的表达策略

“痛悼”“必然逝去的”“纯净”“青春”——引号中的每一个词都是郭敬明作品中不变的关键词，郭敬明（以及郭妮、安妮宝贝等人）的作品不论是小说还是散文都有着类型化的态势。文学作品类型化，通常是指人物塑造、情节模式、图解式的（视觉）形象均具有高度趋同性。在受众细分的时代，不同的受众群喜欢不同类型的小说，因而网络消费文学应运而生，出现了数十种具有明显商品属性的类型文学。我们可以引用出版人路金波的一段话来印证：

> “类型文学”满足了所有读者：安妮宝贝、我、宁财神，我们这帮73、74、75的人，把70年代的人就带到这个领域里来了，韩寒、郭敬明解决了80年代的人阅读问题，然后可爱淘、郭妮解决了90年代人的阅读问题，再加上现在的官场文学、穿越文解决了不读书人的阅读问题，全包了。
>
> 未来就是类型化走向，各个国家都是类型化的作家特别厉害，日本是村上春树，英国最厉害的是罗琳，罗琳一得什么奖，那帮作家就去抗议，说罗琳不能代表英国作家，在美国最厉害不是海明威那种大师级的作家，而是写侦探的，罗伯特·罗兰这种，那帮人一年要出100本书，全平装，9块9美金，不在书店卖，也不在亚马逊卖，都在超市里卖。[01]

在接受《南都娱乐》采访时路金波直言：

> 郭妮纯粹就是14岁粉红色的梦想，完全跟生活逻辑没关系的幻想，大团圆结局，因为十三四岁没有谈过恋爱，她们的世界是粉红色的；饶雪漫写给17岁比较成熟的女生看，她们懂得青春的疼痛，知道生活的真谛，是被人甩过的丑女孩。[02]

当记者问为什么说是丑女孩时，路金波毫不犹豫地回答：“看（这

[01] 困困：《与路金波谈“小鸡文学”》，http://catnap.blog.sohu.com/129997869.html。
[02] 困困：《路金波：是他“炮制”了韩寒》，《都市快报》，2011年10月5日。

类）书的都是丑女孩。”社会经济学家马克斯·韦伯认为，作为一种合法化形式的非理性，其最终结局不是被理性取代而是被规整、惯例化到体制内，成为新形式的理性。对被文化产业包装为青春偶像派“作家”的郭敬明他们来说，种种非理性情感表达要进入商品交换消费系统，就必须接受该系统的规约。因为“消费是一个系统，它维护着符号秩序和组织完整：因此它既是一种道德、一种理想价值体系，也是一种沟通体系、一种交换结构”。商品化的偶像符号咬合了各种不同文化价值观，促其转换，使其成功进入商品生产、流通与消费的理性化系统。“整个消费进程都受到人为分离出来的范例的生产所支配，在这种生产中存在着与其他生产领域中相同的垄断性趋势。存在着差异生产的垄断性集中化。”[01] 故而，郭敬明的崇拜者也很难喜欢和他类似风格的作家，而郭敬明也不断地“进化”，占据更多的消费者。但是，垄断和差异从理论上而言是无法共存的，这就恰恰说明了我们所看到的所谓“类型化”作品之间存在的并不是真正的差异，而是消费者对某种编码的服从。

就是在这样一个类型化“碎片式阅读”流行的大背景下，郭敬明审时度势，推出《最小说》《最漫画》等一系列杂志并获得巨大成功。以《最小说》为例，《最小说》上市之时，其定位便是要“秉承郭敬明一贯画面制作华丽和精良的风格，在原有的基础上融入青春系列杂志的品位和风格，是一本既有高文学性的小说读物，又是轻松娱乐、富有亲和力的休闲杂志，内容和风格更贴近学生阅读群体”[02]。从这种定位看，《最小说》基本上是迎合市场推出的“独一代”小说读物，他这些符合“碎片式阅读”习惯的杂志一面世便赢得相当一部分读者的热捧，使《最小说》的发行量一直居高不下。接下来我们通过具体文本分析来探讨郭敬明作品中形成显著“郭氏风格”的表达策略。

《最小说》2009 年第 13 期

《最漫画》2012 年第 7 期

[01] 让·鲍德里亚：《消费社会》，南京大学出版社 2008 年版，第 71 页。
[02] 参见百度百科“郭敬明”词条，http://baike.baidu.com/item/ 郭敬明 /158248?fr=aladdin。

（一）注重语词的选择，塑造外貌漂亮的人物

影视艺术工程专业出身的他善于在文中展开一幅又一幅色彩丰富、对比鲜明的画面，配合临时生成的语词搭配和多种变式句，辅以比喻、夸张、通感等修辞手段，使读者沉醉于其营造的梦幻氛围或者说是意识王国，如："天空飞过巨大的霰雪鸟，鸣叫声撕裂了一片苍蓝色的天空。我的眼睛微微地疼痛起来。"[01] 上例这段话中用了通感的修辞格，本来"撕裂"说的是手的动作，这里却用来修饰鸟的鸣叫声，把听觉转换成了视觉，提高了语言的表现力，一方面激发起人们的联想，另一方面给人以新颖的感受。郭敬明的作品受年轻人欢迎，原因之一在于：提供具体而非抽象的信息，即给出关于形状、声音和颜色的详细细节以使读者想象具体的物理世界，而这也是儿童文学文本的典型特质。

又如《悲伤逆流成河》中有一段：

> 就像是这样的河流。
>
> 横亘在彼此的中间。从十四岁到十七岁。一千零九十五天。像条一千零九十五米深的河。
>
> 齐铭曾经无数次地想过也许就像是很多的河流一样，会慢慢地在河床上积满流沙，然后河床上升，当偶然的几个旱季过后，就会露出河底平整的地面，而对岸的母亲，会慢慢地朝自己走过来。
>
> 但事实是，不知道是自己，还是母亲，抑或是某一只手，一天一天地开凿着河道，清理着流沙，引来更多的渠水，一天深过一天的天堑般的存在，踩下去，也只能瞬间被没顶而已。[02]

这 200 多个字描述的其实仅仅是一个词——代沟，更确切地说是小说主人公齐铭与他母亲的代沟。这几段话把代沟比作河流使得两代人被生生隔开，同时辅以夸张的修辞格，用站在河两岸的人永远无法走近来形容代沟不可逾越，又描写"某一只手"开凿河道使河道变

[01] 郭敬明：《幻城》，春风文艺出版社 2004 年版，第 33 页。
[02] 郭敬明：《悲伤逆流成河》，长江文艺出版社 2007 年版，第 52 页。

成“天堑般的存在”，以此来形容齐铭与母亲的思想随着时间的流逝越隔越远，代沟越来越深，充满了无力感和怅惘。这样的写法对于年轻的读者而言颇具张力，尤其能使青春期的读者“心有戚戚焉”。

不过，有意思的是，郭敬明的作品又带有一定的成人性，即不管是赞扬无邪还是表现矛盾，故事的高潮都发生在主人公认识到无知已经导致了危险或绝望的时候。此时从成人的角度看，无知必须终结，所以关于无邪（无知）的结局总是必须而且必然丧失无知。如果是儿童文学作品，结局则通常是历尽艰辛后找到新的环境以保持他们的纯真和乐观，但郭敬明的作品中的世界显然不是这样，看似平静的结局往往是主人公做出了巨大的牺牲换来的，悲剧结尾几乎是恒定的，在悲伤、寂寥、懊悔的氛围中，仅存的人物或叙述者深深向往着单纯的生活，怀念着很久以前天真美好的日子。

除了修辞格的运用，郭敬明的作品有一条铁律，即不论是架空玄幻还是现代都市题材，其主人公都“必须”俊美且拥有纯真的情感。比如：“樱空释”，银白色的长发，英俊桀骜的面容，挺拔的身材，白衣如雪的幻术长袍，像极了父亲年轻时的样子；“梨落”，我第一次看到的梨落，美丽得如同最灿烂的樱花；“顾小北”，气宇轩昂，站在门口像一个王子。不仅是主要人物如此理想化，连一些次要人物如片风、辽溅、潮涯、月神、皇柝、星轨、星旧、蝶澈、熵裂、微微、火柴、李茉莉、姚姗姗、颜白松等也都是女的倾国倾城，男的英俊逸丽。对自己的外貌要求越来越高的中学生，在文学作品中投射着他们的情感和愿望，当郭敬明的作品中展现的俊男美女也和普通年轻人一样有着种种类似的烦恼并可能因为解决不了而走向毁灭时，少年读者们首先因为代入美好形象而产生迷醉，接着顺利找到“共鸣”点，或者说这中间还有一种心理补偿机制在起作用，最后俊美人物的“死亡”“堕落”则隐藏在“社会批判”的面具下，使读者完成了一次“忧伤”之旅，在发出一声喟叹、流下几滴眼泪后，郭敬明为年轻读者拒绝理性精神和成熟的健全人格提供了一个“年轻个体无辜、罪在社会时代”的合理化机制。

（二）直线式的情节，指向未成年人的读者定位

直线式的情节，是指作品主要聚焦于行动而不是描述、背景或人物的想法和动机。不论是《幻城》还是《梦里花落知多少》《悲伤逆

流成河》，抑或是《小时代》，郭敬明的所有小说都是以行动、事件为主线——这又是儿童文学文本的典型特征，即虽然也描写场景和人物，但其重点在于行动——将要发生的事情，而且焦点总是放在情节、事件上。

另外，郭敬明的作品不论是文本内还是系列文本之间，都存在明显的重复现象，比如《幻城》中卡索兄弟、蝶澈兄妹、星旧兄妹的三个故事显然是同一主题下的变奏，读者完全可以把较短的两个故事当作图式，来理解篇幅较长而复杂的那个故事。短篇小说《天下》中这样的重复已经不是“相同的故事又有着惊人的不同”了，而是不断重复契约化的“目标价值”和“杀人”。在《爵迹》《小时代》系列中，重复现象也大量存在，即使题材不同，在郭敬明的作品世界里，强调年轻的天真和社会与时代不可抗拒的力量这两点都不曾改变。

儿童文学文本的显著特点之一就是把相同的人物放到不同但相似的环境中来制造作品的变奏，许多童书作者即使不创作系列小说或相同人物，往往也围绕相似的主题和观念打转。郭敬明利用了成人文学一些“前卫”的技巧比如片段叙事等带给“轻阅读”环境中的读者一些耳目一新的感觉，而事实上，这些表面断断续续、掩盖在创新技巧之下的故事的内部仍然是童书创作的老传统——因果关系链。这样看来，郭敬明及其团队给他的目标读者设定的年龄范围就是未成年人，或者这背后隐藏着的是大众对于未成年人和成年人本身特质尤其是他们的阅读习惯的假设。事实上类型化阅读和写作的提出就是对读者和作家群体种种假设的集中体现，比如，读者所阅读的东西只和我们自己切实相关，他们对超出自己直接经验的事情不感兴趣，如果故事中的人物和他们没什么相像的地方，他们就不会喜欢；少男少女们有绮丽的梦境，成人难以跨越和他们之间的代沟，尚未说服他们认可所谓“现实”的东西；或者青春期少年们天生保守，他们反感学习和思考，不愿意去体验不同于他们已知的或喜欢的事物；年龄、性别、生活的阶层决定读者的行为、兴趣和阅读喜好。但是这些假设存在一些危险，作为“年轻人”时，每个个体比较相像，而作为个体时，群体中的每个个体彼此又不相同，如果这些假设被认定为真理，那么年轻人回应文学的能力和对文学的理解程度都将被局限。

（三）“消遣产品”——对作品的定位

郭敬明接受《南都娱乐》的采访时说：“这个时代，大家往往把作家的责任感过度放大。鲁迅是个很好的作家，但金庸和 J.K. 罗琳就是坏作家吗？作家分很多种，你不可能要求所有作家都去创作人性、政治使命感的严肃题材。”“这个时代大多数书本已经变成消遣、打发时间的东西，我擅长这种风格，我就做我自己的风格，不是全部作家都需要担起做社会评论家的责任。”[01] 在畅销书作者眼里，大多数书本是用于打发时间的消遣的，而作者就是为解决读者的无聊而提供消遣产品的人。

如果说郭敬明有这样的说辞还是出于为自己写作的自由性和独立性申诉，那么路金波的言论也许能更直接地揭示当今的出版商和杂志社大量出版、发行在许多评论家看起来文学艺术水平并不高超甚至十分低下的畅销书背后所包含的思维认知和价值取向。路金波谈“作家是什么”时说：“知识分子应该老老实实当一个事实社会的批驳者，这才叫知识分子。道德家，我们没有牧师，你就承担牧师的职能就好了。然而作家不应该承担社会义务。”“我觉得小说就是一个不入流的东西，干吗把本人包装得那么高贵。80 年代那是一个误解，那是因为没有别的媒体。作家可以道德败坏，他不应该承担，他不是老师，他不应该传道授业解惑，我觉得编故事逗人玩的就是作家，编得好，能够给人打发时间，这就是作家。”“所以我为什么这么推崇类型文学，你只要打发时间，然后你逗我哭，逗我笑，让我无聊的时候有个消遣，这就是作家。你是知识分子，你就别想说要转行成作家。”[02] 从路金波透露的炮制类型化作家郭妮的流程来看，这一运作步骤细致、分工明确，堪比大工业标准化生产：2006 年，路金波签下了在湖南为另一位作家当枪手的郭妮团队一行五人。他为她们量身定制了创作方向——粉色梦幻，并打造了创作“流水线”：“本书可拆卸为 3 大情节、12 个小故事，任何故事可任意替换；分 3 道工序进行。一组进行主题讨论，编写约 1000 字的故事梗概；之后将梗概交由郭妮演绎成 10 万字的小说；最后由绘图组

郭妮

[01] 蔡慧：《郭敬明：我不想成为一个符号》，《南都娱乐周刊》2012 年第 8 期。
[02] 困困：《与路金波谈“小鸡文学”》，http://catnap.blog.sohu.com/129997869.html。

制作插图、便笺等图书衍生产品。过程中，郭妮可以由‘王妮’‘张妮’替换。郭妮先后出版了小说 20 多本，共销售约 600 万册。”[01]

（四）“意淫”中的世界——意识形态输出

在畅销书的作者笔下，一方面中心人物和目标读者很像，以便读者能与之建立认同感；另一方面，他们还要为读者提供愿望实现的幻想。郭敬明善于设置大起大落的情节，最后的结局常常让读者愕然甚至大呼“难以接受”，而这些让读者表示“有些残忍”的结局无不充斥着作者有意无意要传递、输出给他的读者的某种意识形态。

《梦里花落知多少》中陆叙的死亡、白松的结局等都显得武断而生硬，但作者通过强制性叙述使故事朝既定的目标前进。这让我们怀疑，作者很可能并不关心故事本身，只是想通过故事来表达对他“成长”“时光”“青春”的理念：“时光在掌心翻涌、升腾，最后归于平静，留下无法抹去的痕迹和似水般温柔的年华。”再如，《夏至未至》中立夏告别了自己深爱的人而与别人过着简单平凡的生活，《天下》在血腥残酷的争斗、错综复杂的爱恨中一切归于平静，只有“烟波桨声里，何处是江南”的吟唱。作者对幸福与美好的定义在文本中基本表现为两种，一是对过去美好日子的追忆，二是对一种简单生活的追求。“过去的”“简单的”和幸福联系在了一起，这样的诉求也许和作者身处的这个选择多元、节奏快速和各种矛盾尖锐的时代不无关系，在许多以青春期少女或白领女性为目标读者的文类中，都包含着这样的价值判断。

郭敬明《梦里花落知多少》
春风文艺出版社 2003 年版

郭敬明《夏至未至》
长江文艺出版社 2010 年版

有理由说这一类作品包含的意识形态事实上是游走在成熟与非成熟的边缘。郭敬明的作品在处理年轻人离家事件时，通常是通过离家而发现家的新意义，决定回一个安静的、田园式的地方过平静的生活。如克里斯多夫·克劳森所言：“如果家是一个优越的地方，一个不会发生关于生活和文明等严重问题的地方——也就是说，家是我

[01] 困困：《路金波：是他“炮制”了韩寒》，《都市快报》，2011 年 10 月 5 日。

们基本上应该待着的地方——那我们就可能是在处理儿童故事；如果家是我们必须逃离的主要地方以便成长或……保持纯真，那么我们就是在处理青少年故事或成人故事。”我们可以进一步归纳得出：郭敬明作品中的主人公通常渴望回到“家”——一个安宁简单的环境、一个可以任人像小孩一样自由自在跑来跑去放松生活于其中的地方，渴望回到“童年”。不单是在作品中流露着拒绝“长大”的情绪，2005 年郭敬明做客央视《文化访谈录》，面对主持人关于为何不再回应抄袭官司的提问，22 岁的郭敬明回答：“不想参与到成人世界的争斗里。”也许这是时下青少年拒绝成为“社会人”的典型例证之一，蒋丽娟在《在爱与痛的夹缝中穿行——简析郭敬明的成长叙事》中揭示了隐藏其中的更深层次的秘密：“作者似乎力图表现青春中的绝望色彩。绝望在小说中是通过命运的无常来表现的……他总声称坚信人性中美好的一面，但却又沉溺于绝望之中……绝望往往成为一个布景，因为泛化而缺乏深刻性，颇似一种引申。一再地重申这种绝望，让人有‘作秀’‘表演’之嫌，而成为流行文化的一种点缀。”[01]毕竟，一个二十几岁就成为多家畅销杂志主编并创立了自己的文化公司身兼大型娱乐公司文化总监职位，成为《纽约时报》所推介的“中国最成功的作家”，连业内专家也对之不无褒奖的青年，和他作品中那些在城市生存竞争中败下阵来、被“成人世界”的“残酷”湮没吞噬的悲剧主人公是怎么样也扯不到一起了。

“小时代三部曲”（以下简称“小时代”）号称是郭敬明从“青春叙事”到“社会洞察”的转型之作，描绘了林萧、顾里、南湘、唐宛如四个大学舍友从大学到工作短短几年间在上海所遭际的悲欢离合。有人认为“小时代”是郭敬明迄今最深刻的作品，有人认为恰恰相反，“小时代”是郭敬明最矫情的书写。而郭敬明在数次接受采访时反复提到一点，他写“小时代”系列，是为了“记录下这个时代，无论是好是坏”。那么郭敬明真的如他所言，记录、反映了这个时代的真实吗？我们不妨以此为例来分析郭敬明及在他之前与受他影响而诞生的此类小说背后可能隐藏的价值判断和导向。

“小时代”系列小说采取了第一人称叙述，叙述者与角色“我”

---

[01] 蒋丽娟:《在爱与痛的夹缝中穿行——简析郭敬明的成长叙事》,《当代文坛》2005 年第 5 期。

（林萧）高度重合，如果郭敬明果真想通过叙述者“我”的讲述还原上海的“复杂性”，叙述者“我”也应是复杂的，他应着力凸显“我”在各种人事起伏中心灵的成长。可是，郭敬明并没有这样做，甚至，当“我”说完那些批判性质的话回到现实生活中时，“我”恰恰是“我”所批判的“魔都”上海的最典型的“异化”代表，即“我”骨子里对资本高度认同和迷恋。

读者首先遭际的是“我”以一种怎样“羡慕嫉妒恨”的口吻表达对一大堆名牌产品的渴求：DIOR、CHANNEL、PRADA……每隔几页就会出现的琳琅满目的奢侈品名让叙述者为读者上了一堂奢侈品“普及课”。文本中出现名牌符号也许并不能说明什么问题，关键是这些名牌符号已经深刻地嵌入文本肌理。当被记者问及新作中会不会延续奢侈品大量出现的情节时，郭敬明回答说：“我不会刻意回避，也不会强化。欧洲很多作品都有细致描写宫廷器具的情结，《红楼梦》中也有对服装、饰品以及花瓶的大量修饰。如果这样单独抽，我也可以抽出一张列表来。现在，我避开上海的物欲横流不写的话，那是很可笑的。我要记录下这个时代，无论是好是坏。上海让我变得务实、虚荣……”这样的辩解颇有点偷换概念的嫌疑，不论是欧洲作品还是《红楼梦》，优秀作品中的声音总是多元的，复调的交响让读者能够更清醒地做出价值选择。郭敬明又表示：“不能给年轻人营造出一个虚假的空间，当年轻人真正到了残酷社会的时候，他们会受到冲击。我的小说中有各种人在面对物质时的反应，读者可以选择看到不一样的人。”这句话本身有好几个可疑的假设，比如社会必然是残酷的，否则就是虚假；年轻人必然纯洁和易受伤害；优秀小说应该作为年轻人步入“残酷”社会的教材，如果不反映出“残酷”的画面，小说不值得一读。即使撇除对这些假设的疑虑，郭敬明的作品真如他所说具有“复调”的特质吗？事实上郭敬明的作品中的人物，不论性格相同与否，人物重大的命运转折和最后的结局无一不和金钱扯上莫大的直接的联系，一切都指向资本万能的“现实”。遑论与读者最靠近的第一人称叙述的“我”所秉持的逻辑与“资本”社会的运行逻辑根本是一样的，一切以商品的价值来衡量：

我看着我面前重新出现的顾里，精致的妆容，一件

> COMME des GARCONS 的小白裙子让她像一朵刚刚开放的山茶花，而我身上的那件 ONLY 连衣裙，让我显得像是街边插在塑料桶里贩卖的塑料花……并且还有点褪色……
>
> ……
>
> 而我，一个穿着 Zara（并且还是打折品）的小助理，坐在他们的对面，生活平稳，无所牵挂，除了刚刚失去了一个谈了好多年的男朋友和死了一个刚刚开始交往的男朋友之外，我的生活真的很好，没什么好值得担忧的。

“我”的自卑自怜仅仅是因为“我”穿着一件相形之下较为廉价的衣服，虽然 ONLY 服饰在中国已经算是中高档商品，但在《小时代》里，“人的价值 = 衣着的价钱”，比别人穿得便宜永远是可耻的。引文第 2 段是叙述“我”失去了简溪与崇光之后的一种麻木的生活状态，可是“我”潜意识里却还在意“我”是地位卑下的“小助理”，并且穿着的是打折衣服，这括号里的“打折”可谓神来之笔。人生最重大的生离死别、“我”生命中最爱的和最爱“我”的男人的离开，与最常见的穿着打扮，被戏剧性地组合到一起，由第一人称叙述者“我”叙述出来，意味着“我”根本也是一个“资本人”。

“小时代”里的顾里，是这种资本逻辑登峰造极的体现者和发扬者。她是大上海有才有貌的富二代，她爱好赚钱和买奢侈品，并达到了一种变态性的痴迷状态。她有一个特点：“像是世界上的一切都是可以转换成标好克数的砝码一样丢到天平上去衡量的东西，任何的情感，都能用游标卡尺去测量到小数点后第三位。”这是一个十分拜金的人物形象，而每次当“我”叙述顾里时，那故作轻松的语气却充斥着炫耀和崇拜。虽然“我”总说自己和顾里姐妹情深，但“我”潜意识里从未放弃过报复顾里的努力，一旦报复成功后，“我”立即有一种邪恶的快感：

> 我笑了。我看向顾里，我想要看到她崩溃的样子，我想要看到她那张精钢铸造的脸上写满了挫败、失落、屈辱……

对于南湘，“我”同样如此，“我”与南湘感情深厚，是因为一直以来南湘过得比“我”惨得多，可是一旦她飞上枝头变凤凰，“我”在嫉妒之火的控制下便不惜以最残酷的言语刺激和伤害她。最能说明问题的是，小说中出现危机时，总是可以用金钱来摆平。《小时代3.0》大结局里，顾里那致命的财务危机的解决竟然是因为她意外得到了父亲藏着的一堆黄金——她一下子成了亿万富婆。前面层层叠叠铺陈的“惊心动魄”的商业阴谋，至此本该有一个高潮迭起的结尾，商业帝国本该分崩离析，主角们也已经伤痕累累地开始面对彼此并反思，可这一切都被万能的资本冲走了。总之，结尾是一泻千里了。

至此，我们可以说，“小时代”其实不过是发生在上流社会某几个富人之间充满戏剧性、“闲得无聊”的“钩心斗角”，与真正的时代夹缝中的痛楚，与灵魂深处复杂的矛盾纠结或痛苦的挣扎，有着太遥远的距离。掩盖在一系列青春情怀、社会批判和青年人奋斗史假面下的恰恰是资本无所不能的颂歌。因此，郭敬明只能诉诸危言耸听的阴谋、突如其来的死亡和一些华丽空洞的语言来渲染悲剧感。

“小时代三部曲”是一个断裂的文本——它的叙述者是分裂的。当她作为“深刻”的“传声筒”时，她扮演着一个高高在上、具有深刻悲悯情怀的人物，她在每一章节的开头批判这个城市和社会。可事实上，当她作为故事的参与者、作为自足的叙述者时，她所秉持的逻辑却总是资本的逻辑，而关键是，这两种语调和逻辑完全不同的话却出自同一个人的口中。

这种资本逻辑已经和充斥于文本的奢侈品、“我”文艺化的哀叹一起化作文化符号印刻进读者的大脑里，使他们不自觉地接受并认同这些原本存在矛盾的逻辑。2009年，上海《新民晚报·社区版》登载了一篇短文，因为文章里有一句“说上海话是没有文化的表现”，该文作者立即被网友愤怒地“人肉搜索”，成为轰动一时的“上海话事件”[01]。现在让我们把目光调回“小时代”，小说中有这样一段文字：

“话说回来。七星滑雪场在哪儿？闵行么？好恶心……”“不，在闵行外面。七宝！”我非常同情顾里，她

[01] 大伟：《新英雄闯荡上海滩 不限户籍个个精英》，《新民晚报》，2009年2月4日。

> 每次坐车只要出了中环，就会呕吐。“谢谢你把我弄得更加恶心了。七宝？你要出远门怎么不告诉我呀，我可以让公司帮你订折扣低的机票！”她愤怒地挂断了这个来自上海外环郊区的电话。

这里“恶心”最直接的原因当然是顾里会晕车，但我们也不难读出字里行间顾里对于除上海市区以外一切地方的鄙夷。但是顾里如此诋毁上海的浦东、闵行等地，“小时代系列”却没有因此引起上海郊区人的“公愤”从而惨遭被赶出图书市场的命运。掩盖在“多样人物性格”外衣之下的小说比其他文学体裁更能对大众的价值判断起到“暗度陈仓”的作用，资本逻辑通过“小时代三部曲”反作用于它们的读者和这个社会，使读者和主人公一起把在金钱衡量一切的思维标尺下表现出来的言行归纳为冷静、理性、智慧，而其他在时代浪潮中不愿妥协以致生活窘迫的年轻人，这号称“记录时代”的三部曲却没有给他们一点位置。读者看不到，也就忘怀了有这样一部分人和他们的生存状态。种种血腥的竞争和伤害通过小说的刻意设计而被合理化，进而资本的逻辑在大众的价值取舍中逐渐确立为唯一的逻辑，除此以外的生存方式与价值选择都将遭受大众的漠视和贬斥，这就是消费文学所输出的最主要的意识形态。

三、郭敬明抄袭风波——解读文化工业与受众的关系密码

“好孩子不说假话。而我笔下的那些东西，那些看上去像是开放在水中的幻觉一样的东西，它们也是真的。”[01]

这是郭敬明出道不久时，在他的第一部散文、短篇作品集《爱与痛的边缘》中的自述，然而时光流转至 2006 年 5 与 22 日，一度轰动文坛、历时两年半的北京女作家庄羽状告上海少年作家郭敬明小说抄袭案终审有果。当日上午 9 时，北京市高级人民法院做出终审判决：郭敬明的小说《梦里花落知多少》剽窃庄羽的作品《圈里圈外》，郭敬明和出版单位——春风文艺出版社共同赔偿庄羽经济损失 20 万元，赔偿精神损害抚慰金 1 万元；郭敬明及春风文艺出版社须在《中

[01] 郭敬明：《爱与痛的边缘》，http://www.rongshuxia.com/chapter/bookid-234570-chapterid-1831.html。

郭敬明《守岁白驹》
长江文艺出版社 2014 年版

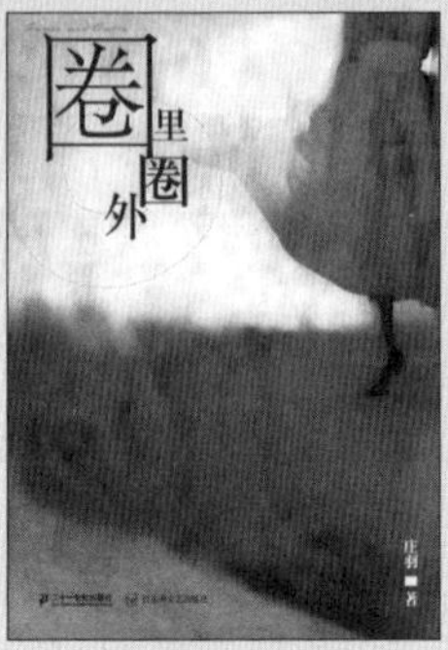

庄羽《圈里圈外》
二十一世纪出版社 2004 年版

国青年报》上向庄羽公开道歉；北京图书大厦停止《梦里花落知多少》的销售。然而事情并没有就此顺利结束，由于两被告一直拒绝向庄羽道歉和停止出版发行侵权作品，庄羽向法院申请强制执行。最后，北京市高院判决强制执行的方式为在《中国青年报》上刊登判决书主要内容，费用由郭敬明和春风文艺出版社支付。但庄羽的代理人邢律师告诉记者，法院判决生效后，他们发现北京一些书店和几个网上书店还在销售侵权作品《梦里花落知多少》，庄羽也从朋友处得知，外地书店仍然在卖这本侵权书。

这一件“文坛大案”当年轰动一时，不但牵涉郭庄二人和春风文艺出版社，还将当年发掘郭敬明成名的《萌芽》杂志社、为《幻城》作序并热情褒扬郭敬明文笔的北大教授曹文轩以及郭敬明其他涉嫌抄袭的作品和被抄袭的作者一并卷入。网络上也围绕这一事件展开了关于著作权保护、作家的操守和出版社的道义良心，以及在这场风波中表现出的粉丝非理性的狂热和崇拜行为等问题的讨论。根据我国著作权法的相关规定，郭敬明的《梦里花落知多少》确实存在明显的并且是大量的抄袭，而在这整个事件中，郭敬明本人、春风文艺出版社和《萌芽》负责人以及粉丝们的态度都表现得颇有些“诡异”。

首先是郭敬明曾分别于 2003 年 11 月底和 12 月初在他的“网上老家”“刻下来的幸福时光”中发表声明，他在一篇名为“关于最近的种种种种”的帖子中说：“我问过律师，律师说，别说没抄她情节，就算抄了，又怎么样，情节在法律上是不受保护的！除非是整段整段而且大篇幅的抄原文，这才够得上抄袭！”[01] 后来他将这篇帖子删去。事后，对判决结果，郭敬明先是保持沉默，后终于在自己的博客网站上做了回应：“我会执行法院判决的赔偿和停止销售，那是出于我对法律的尊重。但我不会道歉！金钱、名声，这些东西，我都可以给予，唯独道歉，哪怕只是简简单单一句话，我也绝不会迫于压力而放弃了自己的原则，放弃了曾经创作时的辛苦，放弃了所有依然喜欢我的文字的人的希望。”[02]

而 2003 年 12 月 8 日春风文艺出版社的编辑时祥选曾给《北京青年周刊》的记者发过一封邮件（郭敬明的《梦里花落知多少》由春风文艺出版社出版，责任编辑为时祥选）。该邮件的内容是一篇题为《在名气和名誉之间》的未署名文章，时祥选说，这篇类似声明的文章，是春风文艺出版社对“庄羽指控郭敬明抄袭”一事的严肃回应，时祥选同时表明这篇文章可以在《北京青年周刊》发表。2003 年 12 月 9 日上午 11 点左右，该记者发现此声明被网名为“吕洞宾 2003”的人转贴在网上。时祥选在邮件中说：“这个事件中的两个当事人一个是记者，虽然没有太大名气但有众多在媒体工作的朋友，一个是学生，名气不小但涉世不深胸无城府，他们的名字因为‘抄袭’而并列出现在报端。”他又借用网友的话说：“说到抄袭之诉，我以一个法律大三学生的身份告诉大家：庄一定会输，且庄也必定一早知道这个答案。用我们专业一点的眼光来看，就一炒作，……某些人的用心不用多说了吧。”在这篇长达 3000 字的文章中，只有寥寥 200 多字正面针对此次事件的核心问题，那就是郭敬明到底抄了没有。文章称“郭敬明的记忆能力和模仿能力都很强，语言上有些雷同应该是正常的事，但据此说抄袭，恐怕有些过了。郭敬明不会那么傻，他也没必要去抄。”[03] 接下来文章开始列数郭敬明作品创造的辉煌，并期待他的创作能克服还存在的缺陷变得更加成熟。

对此次事件，《萌芽》主编赵长天这样表态：

---

[01] 陈黎：《郭敬明“疑似抄袭”案战火升级》，http://bjyouth.ynet.com/article.jsp?oid=2828523。

[02] 参见郭敬明的新浪博客：http://blog.sina.com.cn/s/blog_46d7df02010003th.html。

[03] 陈黎：《郭敬明“疑似抄袭”案战火升级》，http://bjyouth.ynet.com/article.jsp?oid=2828523。

我没有特别仔细地看《梦里花落知多少》和《圈里圈外》，看得比较粗略。但我觉得郭敬明是受到了《圈》的影响，包括人物设置、作品语言等等，都能看到《圈》的影子……有些模仿是很可能的，再说“模仿”和“抄袭”的界限很模糊，而且在《梦》里还是能看到郭自己的语言和叙述特点。这种借鉴和模仿在文学史上的例子太多了，举不胜举，这都是很正常的。特别是对于一个年轻作者来说，他的经历很有限，模仿也是可以理解的……我希望郭在以后的创作中要避免“模仿”，能够真正走出自己的一条路，能够多写一些原创性的作品出来。我希望郭敬明也要警醒，从这次事件中得到教训。但是，我们对年轻作者要爱护，所以现在不能对郭敬明下一个“抄袭”的结论，这是我个人的看法，我只能说到这。[01]

胡玮莳（《萌芽》编辑）则说：

《梦里花落知多少》有比较明显的模仿痕迹，但还不能构成抄袭，当然这是我的个人看法。我学过著作权法的内容，不过法律上对文学作品的“抄袭”和“模仿”的界定我承认没弄明白。

据我对郭敬明的了解，他非常聪明，模仿能力很强。从他的作品中常常可以看到其他作品的影子，这是因为他的创作最早是在网络上交流的，所以带有网络文学快餐化的特征，而且在那里写作与金钱没有关联，自然也不存在侵权不侵权的问题……年轻人喜欢模仿这是正常的，但可贵的还是创造性，老实说我认为《梦》的故事编得并不好，明显脱离现实，结尾也过于随意了。但是我要强调的是，《梦》最基本的核心和《圈》完全不一样。《梦》不是靠故事取胜，而是靠里面的人物情感打动了很多读者，这是郭敬明作品的亮点。郭敬明一向走的是情感线路，他在这方

[01] 陈黎：《郭敬明“疑似抄袭”案战火升级》，http://bjyouth.ynet.com/article.jsp?oid=2828523。

> 面是有才华的，能得到许多同龄人的共鸣，这是郭敬明特有的东西。[01]

从上面的几段表态来看，我们能发现这样几点：第一，我国现行法律对文学作品的“抄袭”与“借鉴”界定模糊，立法难度造成的条文漏洞很可能使一些人在利益的驱动下心存侥幸，以身试法，并极有可能在违法后逃脱法律制裁。第二，郭敬明模仿庄羽之作无疑（郭敬明本人亦承认），春风文艺出版社和《萌芽》杂志亦认为确有模仿但无抄袭，至于判断为“没有抄袭”的理由却难以让人信服；春风文艺出版社态度强硬，而《萌芽》杂志看似平和、公正，实际仍是倾向于郭敬明。两位负责人的表达似乎可以这样解读：中国相关法律模糊，故而犯“错”的概率太大；郭敬明作品的重心在情感，所以即使情节照搬也无可厚非，反正看郭敬明的书的读者在乎的不是情节是情感，而这点庄羽做不到；即使郭敬明照搬了情节，我们也应该爱护新人。这些不断强调郭敬明是“新人，应该被爱护”“年轻人爱好的年轻作者”“善于表达情感引起年轻人的共鸣”的观点似乎证明了“文化产业”总是努力地表现名人偶像身上的种种非理性情感、情绪，目的是将这些个性表现转换为该偶像名人的身份标识和文化价值的合法化形式。而这种转换事实上暗含着对受众群体进行划分与建构的企图。

最后我们来重点关注“郭敬明的受众”在这一事件中是如何表现的。在整个事件进程中，郭敬明的粉丝们不断在网上用攻击性语言辱骂庄羽，或指责她是为了“炒作自己”，甚至到庄羽的博客、贴吧等空间或发电子邮件留下侮辱性言论，对其生活造成极大困扰。在前文提到的这个叫“刻下来的幸福时光”的“网上老家”里，有郭敬明众多的铁杆粉丝，其中以年少的女性居多，郭敬明在这里有一个亲热的昵称“小四”。在这个私人化的论坛里，凡是小四说的都是对的，小四是不可能抄的，甚至是，小四就算抄了，也永远支持小四。他们认为，抄得好也是本事，庄羽自己是没办法推出原作《圈里圈外》的，现在是郭敬明让《圈里圈外》和她都广为人知。这个名叫“刻下来的

[01] 陈黎：《郭敬明“疑似抄袭”案战火升级》，http://bjyouth.ynet.com/article.jsp?oid=2828523。

幸福时光”的论坛的种种言说中，充满了郭敬明式的“忧伤”和“心疼”，并且弥漫着个人崇拜和集体狂热。

在这里我们可以看到，郭敬明崇拜者的狂热与“追星族”没什么两样，这当然也再次印证了郭敬明确实已经不是一个单纯的写作者，而是实实在在的“明星偶像”。之所以有这些狂热的粉丝，是因为新世纪的文化产业正通过对消费者特定需求的满足在个体特征方面对其进行建构，从而给每一位受众一个确定的身份。阿尔都塞认为，大众媒体是国家意识形态机器，它们不断生产出可供受众加以确认的图像的过程，他称为“询唤”（In-terpellation），受众处于被文本召唤的地位[01]。而根据鲍德里亚的说法，这个时代让所有人都乐于区分与鉴别自我与他人，但事实上无论怎么区分，都是在向某种范例靠拢，因此这种区分其实是建立在放弃了真实的独特性之上的，个人的需求以集体的语境为索引。在粉丝群体中，我们常常可以看到一种自恋式的思考逻辑，虽然这实际上是一种集体特征的折射，但它总显得是“自己”通过 P.P.D.M.（最小边缘差异）进行的自恋式投入，而这种自恋式投入常常为女性专属[02]。针对此，我们反观郭敬明的粉丝，确实以女性居多，这些青春期少女常常会说在郭敬明的文中看到自己，“因为写出自己写不出的心里的最细腻真实的感受，特别是忧伤的感觉，所以才喜欢小四”是她们经常性的表达，女性在这里成了自我满足的集体文化范例。

但是费斯克却进一步指出，当文化工业的文本遇到了其粉丝时，粉丝的参与就会使其重组和再造，正是由于粉丝的存在，消费社会才真正得以建构起所谓大众文化资本。作为大众文化符号和社会意愿合法化表达形式的名人偶像，其权力的形成或丧失要由其受众（粉丝）做出裁决。他们表现出的亢奋、狂热与迷醉通过网络、手机等媒介在整个社会范围内快速传播。他们是不计成本的“过度消费者”（Ex-cessive consumers），也是“馆藏式消费”（Curatorial Consumption）的积极实践者（收罗一切与偶像有关的物品并收藏），因此他们是“完美的消费者”（Consummate Consumers）。消费时

[01] 阿尔都塞：《意识形态和意识形态国家机器》，《思想》1970 年第 151 期。
[02] 让·鲍德里亚：《消费社会》，南京大学出版社 2008 年版，第 69—83 页。

代的大众文化恰恰是通过“小众”的形式才得以传播的[01]。这种令人费解的传播现象是文化工业和名人偶像对受众合谋建构的产物。也正因为如此，郭敬明的“明星化”装束（郭敬明在参加某一综艺节目时表示自己洗脸要有十个步骤，面霜最多的时候有七八层）和明星式的活动安排，从某个角度上说是他的受众对他的编码结果，他使自己这个“人”本身与符号的内在秩序同质化，与它们的工业性和系列性生产同质化。

不同的出版传媒机构都有自己瞄准并着力建构的粉丝消费群体。同一粉丝群体内部成员之间存在着通过偶像名人符号消费获得的相似语言风格、行为方式和价值观。这些群体的品位和指归往往大异其趣，相互之间经常在网上口诛笔伐，支持自己的偶像、维护自己的“信仰”。每个人本来的内容、本来的存在都被抽空，保留的只是可以作为区分符号的差异形式。同身份团体的成员会自觉地使自己的爱好社团化，他们创建各个论坛、空间、网上家园，互相交换意见，并且时常去其他团体中以或者“互粉”（一种类似两国外交的互相勉励的行为），或者互相竞争甚至诋毁的行为来保持团队内部的相对性和自恋式团结。他们通过这种被模式编码过滤了的竞争来“促进”团体发展。在某个特定的“家园”里，和其不一致的价值观和行为会遭到排斥。韩寒与郭敬明的粉丝群体之间的口水战就是极好的例证。更有意思的是，正如结构功能主义论者涂尔干划分的 APSL 系统一样，即便在一个大团体里，也可以分成若干小团体，小团体之间也常有斗争诋毁行为，当然也有一部分人充当维护和谐平衡的角色，在面对大团体纷争时，这些小团体自动中止斗争一致对外。诚如鲍德里亚所言：“人们可以自娱自乐，但是一旦人们进行消费，那就绝不是孤立的行为了，人们就进入了一个全面的编码价值生产交换系统中，在那里，所有的消费者都不由自主地相互牵连。”期间会有唯恐天下不乱的“水军”（受雇于偶像或媒体专门在不同粉丝群体间挑拨离间的人）给论战煽风点火、火上浇油。这样做的目的是使双方的粉丝在论战过程中确认自己的身份编码或者说是强化自己被文化产业和名人合谋建构起来的身份，维护粉丝消费团体的稳定并促其进一步发展壮大。

[01] 约翰·费斯克：《粉都的文化经济》，北京大学出版社 2009 年版。

“当无限‘忠诚’的粉丝们带着对偶像非理性的狂热与崇拜‘娱乐至死’的时候，也正是他们在不知不觉中接受了消费主义意识形态‘规约’的时刻。通过这一隐秘的过程，非理性的粉丝受众群体随着他们偶像的被‘规训’完成了自身被合理化的过程，成了消费主义利润最大化祭坛上的牺牲品。”[01]

[01] 邓伟：《非理性文学消费与“粉丝”身份建构——以郭敬明、韩寒粉丝群体为个案》，《长江学术》2010 年第 4 期，第 173 页。

第三节　新世纪消费文学类型研究

新世纪网络小说风起云涌如群英际会，各种网络原创书站也得到了长足发展，除了经营各自的主打类小说外，每一个书站都分门别类地设立了各“类”主题小说专栏。捧红了大批网络写手的出版人路金波宣称这是一个“类型文学”成为“大势所趋”的年代。本节内容主要介绍分析“类型文学”概念下的各类新世纪网络小说，以及在网络小说大行其道背后隐藏的“消费场引力”。

一、影响较大的小说类型

各原创网络书站将发表的作品按其题材分设专栏，其中影响较大的有穿越、后宫、盗墓、玄幻、耽美等几种类型。这些“类型小说”并非界限清晰，而是多有交叉，并且其称谓的含义也在不断变化，下面我们就对它们做一个大概的梳理。

（一）穿越小说

穿越小说是网络小说最热门的一种题材。广义上的穿越小说指的是主人公由于某种原因从其原本生活的年代离开，穿越到了另一个时空或者以某种特异的方式变换身份后展开一系列活动的小说。狭义的穿越小说是指第一主人公为女性，穿越时空后以情爱为主线展开活动的小说，具体可称为“女主穿越言情小说”[01]。这里我们讨论的是狭义的穿越小说。这是在网络原创小说书站中点击率最高的类别，不仅网罗的作品数不胜数，而且各大原创网站头牌小说都是“穿越”。穿越小说被认为是“披着历史的外衣，裹着言情的匣柱，借着奇幻的噱头”[02]，自诞生后便迅速赢得读者的喜爱。穿越小说的创作者极多，在各大文学网站上，穿越小说不仅数量第一，在排行榜上也常常独占鳌头，而且在较长一段时间内位置不变。其中热门穿越小说纷纷被出版成书。不仅仅在网络上，书店里也到处都能见到穿越小说的身影。作家出版社在 2007 年 7 月份以 12% 的版税签下了《木槿花西月锦绣》《鸾：我的前半生我的后半生》《迷途》《末世朱颜》四本网络上通过点击率、购买率、收藏数、留言数、推荐数等综合指标评选出的“四大穿越奇书”，而且保证每本书 10 万册的首印量。穿越小说出版热潮仍在持续，一年之内可以有 200 多部穿越小说出版成书[03]。

穿越在不同作品中可以分为多种形态。常见的有：肉身穿越（身穿），如哭泣的百合花的《幸福换幸福——傻女不愁嫁》；灵魂穿越（魂穿），自身灵魂穿入他人身上，如桩桩的《蔓蔓青萝》、潇湘冬儿的《11 处特工皇妃》、波波的《绾青丝》。在灵魂穿越类中，除了穿越后保持原来的性别和人类的外形外，还有一些比较特别的穿越后由

海飘雪《木槿花西月锦绣 1》
作家出版社 2007 年版

天夕《鸾：我的前半生我的后半生 1》
作家出版社 2007 年版

桩桩《永夜》
朝华出版社 2009 年版

[01] 百度百科：“穿越小说”，http://baike.baidu.com/item/穿越小说。

[02] 同上。

[03] 同上。

男变女（桩桩的《永夜》）、由女变男（葡萄的《青莲记事》）、由人变成动物（翩若惊鸿的《鹦鹉》）、由人变成植物（逐妖《穿越宋朝变成植物》）。还有一种为同时空重生类穿越，即现代穿越到现代，古代穿越到古代，换了一个身份重新生存，时空没有改变。当然，穿越需要一定的介质，一般可分为：物媒类，即其媒介是古物（通常是首饰）、未来通信设备等；贵人类，贵人多为神仙，如世外高人、外星人、非人等；遭意外类，如意外车祸、失足落水、坠崖、被砸、被电击、被害等（其中车祸和落水运用者最为广泛）；有前兆类，如梦中事物、幻觉等；自戕类，即自己一意撞车、跳崖、跳楼等。随着穿越小说的发展成熟，作者们也不再执着于为读者提供一个有说服力的穿越理由，于是穿越的“效率”大大提高了，睡觉、走在街上、打喷嚏，甚至喝水被呛死等等，都成为穿越的理由。最后还有一类为意念主宰类，即想穿越就穿越（此类有超过半数以上的可能性是其本身属于另一空间）。穿越的主人公可以穿越到历史上真实存在的年代、地方，如《新宋》《执掌天下》；也可以是架空历史的穿越，如波波的《绾青丝》。架空历史有穿越类与非穿越类。在穿越类架空历史小说里，穿越回去的一般是与某一段真实的历史时空相似，尤其是与中国古代的某一段真实历史相似，比如禹岩的《极品家丁》在类似宋代的年代，小佚的《潇然梦》和《执掌天下》在类似三国时期，波波的《绾青丝》在类似唐代的年代，等等。这样的故事模式提供的是同样的历史情境，但却可以不受真实历史事实的约束，由此，也更有利于创作者想象力的挥洒，为故事的发展提供更大的发展空间。正因如此，架空历史的模式（简称“架空”）成为穿越小说中另一种主要的故事类型。另外，主人公们还可以“反穿越”，指通过平行空间等穿越到现代社会，也指穿越到某个时空后返回原来时空，如《步步惊心》。最后一类是穿越到书中，如坏娜娜的《红尘客》写了一个年轻女作家穿越到自己未写完的小说里而发生的恋情故事。

波波《绾青丝》
百花洲文艺出版社 2011 年版

穿越小说是借鉴了玄幻、科幻小说的幻想性，以武侠、历史、言情为架构，讲述当下的主人公在另一时空蜿蜒离奇的人生经历的一种纯娱乐性质的故事文本。它与玄幻、科幻小说的不同在于淡化了幻想类小说的“幻想是第一生命”的原则，而专注于叙述主人公在两种时空下的生活状态。同时，穿越小说区别于纯历史、纯武侠、纯言情的关键是关于小说主人公在两种时空下的双重生活经历的交叉体验以及冲突的描写，这是纯历史、纯武侠、纯言情小说不可能完成的。

（二）后宫小说

后宫小说其实可分为两种：其一，男性向后宫小说。这里要谈及出版人路金波在采访中提到的“种马”小说，这种小说的特点是女主和男主之间的感情来得毫无缘由，没有一点培养过程，迅疾发生性关系，而发生关系的过程正是作者要重点描绘的；与此不同，女性向后宫小说则是每个女主和男主之间都有一段感人的感情经历，共患难以后产生了真挚情感，其讲述的重点是培养感情的过程。其二，后宫小说中有一种影响力更大的、发生在古代宫廷的后宫小说，重点围绕钩心斗角、暗藏杀机的后宫斗争展开，第一主人公基本为女性。事实上，穿越小说中有相当一部分就是描述女主人公穿越之后卷入宫廷斗争的作品。它们在各大阅读网站上占据排行榜前几位，出版火热，产生了所谓“晋江清穿（穿越到清朝宫廷）三座大山”——《梦回大清》《步步惊心》和《瑶华》，这三部小说可谓穿越小说的巅峰之作，在这之后，穿越小说被相继拍成电视剧并引发穿越后宫题材的古装剧热潮，产生了循环影响，如《步步惊心》《宫锁心玉》等。

除了具备“后宫”“穿越”两种元素的这部分作品之外，纯粹的女性向宫廷类后宫文以流潋紫的《后宫·甄嬛传》为代表，其影响也不可小觑。以《后宫·甄嬛传》为例，该作品一共七册，仅出版就历时两年。它们的影响范围跨越网媒、纸媒、电媒，产生了巨大的经济效益：作者流潋紫凭借该书获得了第二届腾讯网“作家杯”原创文学大赛冠军，受到数十万读者追捧，短短几日便创下了60余万点击量、500多万条评论的骄人战绩，该书引来了数十家出版机构的激烈争夺，最终，因成功策划及包装《诛仙》《明朝那些事儿》享誉出版圈并获得文化圈“造星工厂”称号的磨铁文化，以10万册首

流潋紫《后宫·甄嬛传（典藏）》（共6册）
浙江文艺出版社2012年版

印、10% 版税的价格与一整套全面系统的宣传方案赢得该作品的出版权；流潋紫的新浪个人博客“流潋紫的原创自留地”点击量已达 2000 多万；国内多家主流媒体如《钱江晚报》《北京青年报》《新京报》《法制晚报》以及浙江电视台等媒体对此关注和报道；2007 年，《后宫・甄嬛传》出让电视剧改编权，交由北京电视艺术中心拍摄电视连续剧；2011 年该剧在地面电视频道播出后引发热潮，观众对其中“文气十足”的对白颇感兴趣；2012 年该剧上映后在各大卫视引发收视狂潮。不只是《后宫・甄嬛传》，同类的其他后宫小说改编的电视剧也是战绩骄人：热播电视剧《美人心计》（大结局收视率“破 10”，即每 10 个人中就有 1 人在收看该剧）就改编自小说《未央・沉浮》；《倾世皇妃》（最高单日收视率达到 1.9）也改编自同名小说……女性向的穿越与后宫小说通过电视媒体让更多人成为它们的追捧者，成为网络类型文学中社会波及面最广、影响最大、知名度数一数二的文类。

电视剧《美人心计》（2010 年版）海报

（三）盗墓小说

广义的盗墓小说应包括古今所有有关盗墓的小说作品。此处所说的盗墓小说特指 2006 年下半年以来出现的以《鬼吹灯》《盗墓笔记》等为代表的以盗墓为主要内容的网络小说。

2006 年下半年，网络小说“鬼吹灯”系列的出版把整个书市闹得沸沸扬扬。在它之后，《盗墓笔记》也在年底推出，进入 2007 年，《盗墓之王》《我在新郑当守陵人》《盗墓笔记 2》《墓诀》《茅山后裔》等盗墓小说也相继出炉。盗墓文学这种崭新的文学样式以一种高调的姿态亮相全国各大书展，且相当一部分有不俗的表现。于是，“书市墓气重”“网络小说挑战传统文学”“文学进入装神弄鬼时代”等言语不时见诸报端。而《盗墓笔记》的作者南派三叔却认为“通过盗墓这个载体，其实可以写尽上下五千年人类的种种面目，完全可以把‘盗墓’当成一种单独的文体来写”[01]。如果说《鬼吹灯》还只是拿盗墓

[01] 腾讯网：《盗墓文学兴起 盗墓四大奇书引发书市盗墓热》，http://book.qq.com/a/20070427/000044.htm。

天下霸唱《鬼吹灯全集》
安徽文艺出版社 2011 年版

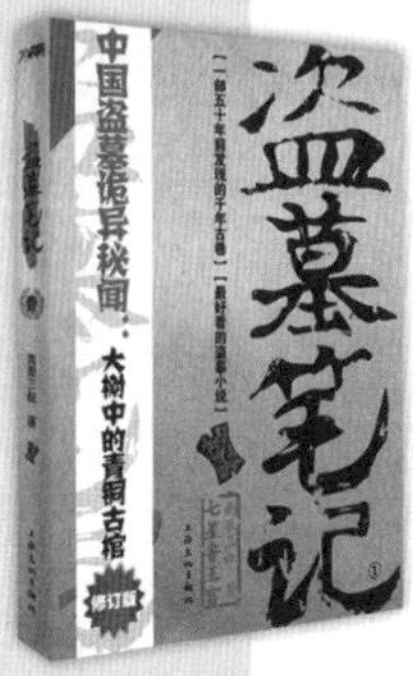

南派三叔《盗墓笔记 1》
上海文化出版社 2011 年版

作为噱头，那么在它之后的盗墓小说代表作则大多具有比较专业的盗墓和风水知识，除了《盗墓笔记》以外，还有《传古奇术》和《我是新郑守陵人》，尤其是《传古奇术》，作者对风水、五行八卦、奇门遁甲、周易占卜等非常了解，书里的主人公更是随便用肉眼就能看出地底下的坟墓到底值不值得盗的神人，那是在盗墓行业中的最大才能。陶东风认为“盗墓文学的流行是意料之中的，因为它综合了诸多流行文学的元素”[01]，这些元素包括“奇观展示”“历险故事”“侦探小说”“珍奇动物 / 文物大展览”等等。评论家周枝羽这样评价盗墓小说：“盗墓小说最初人们把它当成奇幻小说的一个小分支来看，后来觉得不对，好像更像惊悚小说，但又觉得不完全是，直到《盗墓笔记》等小说出来，才发现，原来盗墓也可以单独成为一类，这就表示中国通俗文学真的在成熟了。”[02]

（四）玄幻小说

一般认为玄幻小说一词为中国香港作家黄易所提出，原意指“建立在玄想基础上的幻想小说”[03]。20 世纪 90 年代中后期，网络文学兴起，在网络上发表的小说作品与日俱增，其中许多作品是以日本角色扮演游戏（RPG）为基础衍生出来，带有剑与魔法风格的冒险故事，曾一时被归类为 RPG 小说。但随着故事题材的拓展与多元化，有人开始引用玄幻小说一词来为这些小说分类，并且迅速普及于网络社群。到了 21 世纪初期，由于文类定义的松散模糊，原则上凡是不能明确归类于科幻、武侠、恐怖等传统范畴的幻想小说，都可以被归于玄幻小说之类，因此其定义也明显超出了黄易初时对此用词的设想。但关于玄幻小说的定义，至今仍有不少争议。科幻小说家叶永烈认

[01] 陶东风：《把装神弄鬼进行到底？》，《小康》2008 年第 6 期。
[02] 腾讯网：《盗墓文学兴起 盗墓四大奇书引发书市盗墓热》，http://book.qq.com/a/20070427/000044.htm。
[03] 百度百科：“玄幻小说”，http://baike.baidu.com/item/ 玄幻小说。

为，科幻小说、魔幻小说、玄幻小说是幻想小说的三大种类[01]。这种分类方法目前得到较多人的认同，所谓幻想小说是一种在假想情况下发生的一系列故事。科幻小说、魔幻小说、玄幻小说的区别在于：科幻小说建立在科学基础上，以英国作家玛丽·雪莱的《科学怪人》为第一部代表作；魔幻小说是建立在西方神话基础上的，以西方的“魔戒”系列、“龙枪”系列等为代表；而“玄幻小说”里，有西方的魔法、占星术，中国的武术和谋略，日式的人物造型，再加上科幻，或者特异功能，更有神话，而且往往是中国、印度、希腊神话并存。玄幻小说近十年才在中国大陆兴起，它建立在玄想之上，走得比魔幻小说更远、更自由，不受科学依据的束缚，有更多空间可以发挥幻想，黄易可视为中国现代玄幻小说的一个代表。中国的玄幻小说数量多、种类繁杂，早已把各种元素都收入其中了。网络上最火红的玄幻小说之一《飘邈之旅》开宗明义就说：“也许会看到古代中华的延续；也许会看到先进的文明；也许会看到诱人的法宝；也许会看到仙人的遗迹；也许会看到西方中世纪的古堡；也许会看到各种稀奇古怪的野兽。这就是飘邈之旅。”仅仅从这里，我们就可以看出，玄幻的玄，和玄学没有瓜葛，而仅仅是一种海阔天空恣意纵横的玄想了。目前中国的玄幻小说还明显受到武侠、仙侠小说的影响，比如许多创作者都表示还珠楼主的《蜀山剑侠传》给予了他们很大的启发。所以从上述观点来看，穿越与盗墓小说都可以算是玄幻小说的分支。本文为了便于讨论，综合上文各种观点，将“玄幻小说”定义为通常以冒险、战争为主题，时代背景、世界观等皆无拘束，建立在玄想之上的小说，它们与科幻、魔幻、武侠等幻想性质浓厚的类型小说关系密切。

萧潜《飘邈之旅2·阒殛魔杖》
南海出版公司 2006 年版

罗森《风姿物语4·混沌火弩》
中国友谊出版公司 2006 年版

《风姿物语》被称为中国现代玄幻小说的“始祖”。在书里，陆游和周公瑾成了师徒，皇太极和多尔衮实际上是同一个人的两次生命，李煜是飘忽不定的世外剑仙，而在整本书里面，最让人哭笑不得的是爱因斯坦变

[01] 中国作家网：《叶永烈：奇幻热、玄幻热与科幻文学》，http://www.chinawriter.com.cn/2005/2005-08-03/15797.html。

成了善于发明各种魔法器具的魔族女子，她的父亲则是贝多芬。在诸如此类的颠覆活动中，读者和作者一起开着历史的玩笑。书中引入了日式漫画的风格，很多读者正是在阅读此书后开始了玄幻小说的创作。在这之后，玄幻小说的代表作有《飘邈之旅》《诛仙》《搜神记》《悟空传》和“九州”系列等。这些作品对玄幻小说的发展均具有其独特的意义，为玄幻世界的逐步建立、丰满和被接受认可做出了开创性贡献，其中特别值得一提的是“九州”系列。

“九州”不是一本书而是一个系列，或者不如这样说，它是由一群作者共同设定的玄幻世界及其规则。2002 年 1 月，一个邀人写同一故事的帖子发表在清韵的天马行空论坛上，这变成了一次“宇宙大爆发”的开始。最初只是一个小型的接龙计划，但随后越来越多作者卷入其中，以至于最终他们决定把它变成一个大型奇幻世界，用来提供给更多的作者使用，使大家的作品能得以相互呼应，使这个世界能够不断地“真实”与丰富下去。2003 年 4 月，这个被创造出的幻想世界被正式定名为“九州”，九州论坛开创。在《九州幻想》创刊号的卷首，最初的七名主编共同发表了一份“创世宣言”，其中一段为：

> 有着详细资料与设定的幻想世界，西方有知名的“龙与地下城”（D&D）系统。在这个世界设定上产生了经典名著《龙枪编年史》，游戏《魔法门》《英雄无敌》等著名系列，《魔法风云会》（万智牌）卡牌游戏，以及影视作品无数，已成为西方幻想文化的代表之一。但在东方，尤其是中国，却一直没有一个真正设定严谨资料共享的幻想世界，大家各自为战，创作了无数故事，却如雨落平湖，击出一点涟漪便消失无踪了。或者新新封神榜、新新西游记、新新八仙、新新哪吒闹海……把古代神话一遍遍翻炒，直到面目全非索然无味。我们失去想象力和创新力了么？总要有人来做些什么。为了东方幻想文化的尊严也好，为了孩童般天真的虚妄也好。

这以后，认可“九州”这个幻想世界的作者越来越多，他们不断

《九州幻想》2009年第4期

地为这个世界的发展和充实添砖加瓦。但是，2007年，由于江南与今何在两人对《九州幻想》杂志与“九州”周边的经营理念出现分歧，两人在网上各自发表文章引发网络论战并扩散到整个“九州”创作团队，最终导致《九州幻想》杂志被拆分成南北两派，江南北上创立《幻想1+1》，后更名为《九州志》，大量计划中的作品被搁浅，这个事件被“九州”拥护者称为“九州门”，至此“九州”系列作品由盛转衰[01]。

尽管如此，“九州”却是第一个由团队形式、以东方文化为背景创作的奇幻世界，对于以西方设定为主的奇幻小说市场产生了很大的影响。在“九州”系列作品的影响下，大量原创古风音乐、COSPLAY作品涌现，而这些反过来又刺激了网络文学创作。但由于“九州”体系的崩溃，人们普遍认为团队创作文学作品的形式十分脆弱，近年来再无团队形式创作的有规模的世界体系出现，这也被认为是“九州”团队为市场留下的消极一面。

玄幻小说中已经形成明显的分支特色的有修真小说和网游小说两类。

“修真”源于道家理论，道教中学道修行、求得真我、去伪存真为“修真”，后又衍生出多种修真门派及修真相关理论。修真类小说是依照中国本土的道教发展起来的新型小说体裁，小说一般讲述主人公通过道教的飞升到达更高的境界。其修真境界的各界划分在不同的小说中也有所不同。当代修真小说的开山鼻祖《飘邈之旅》，以情节变幻奇异而走红网络。以后的网络修真小说大体上都是依据此书的设定来进行自己的等级境界划分，虽然各等级境界的名称各有不同，但实际架构都是继承此书。代表修真小说走向全盛的是萧鼎的《诛仙》，全书共八册，被新浪网誉为“后金庸武侠圣经”，以写情见长，其影响力非常广泛，四年销量过千万册，且跟风模仿者不多。

玄幻小说的另一个重要分支网游小说，起源可以追溯到网络游戏《传奇》，在网游玩家的狂热中，网游小说自然而然地诞生了。网

[01] 百度百科：“九州七天神”，http://baike.baidu.com/view/7119635.htm。

游小说的最大魅力在于分享游戏心得体会，让玩家感受到游戏中做不到的事情，反过来，网游小说又促进玩家去玩游戏。值得一提的是，除了男性向网游小说外，女性向网游小说也很受欢迎，与前者相比，后者更具轻松、温情的特点，通常主题为情爱，网游只是载体。典型的网游小说有《网游之纵横天下》《网游之天下无双》《微微一笑很倾城》等。

顾漫《微微一笑很倾城》
花山文艺出版社 2014 年版

（五）耽美小说

“耽美”一词最早出现在日本近代文学中，于 20 世纪三四十年代风靡一时，是为反对自然主义文学而呈现的另一种文学写作风格，并形成了耽美派。耽美派的最初意义是“反对暴露人性的丑恶面为主的自然主义，并想找出官能美、陶醉其中追求文学的意义”[01]。“耽美”在日文中的本义为“唯美、浪漫”之意，故而耽美作为一种派系而言，算是浪漫主义的一个分支，包括日本文学巨匠三岛由纪夫在内的大批小说家都曾受过此影响。60 年代以后，“耽美”一词逐渐从原义中脱离，被日本的漫画界用于 BL（Boy's Love，意为“男性间的恋爱”）漫画上，引申为代指一切俊美的男性，以及男性与男性之间不涉及繁殖的恋爱感情，最后更发展为男同性恋漫画的代称之一。目前逐渐指向表现男男恋（BL：Boy's Love）或者女女恋（GL：Girl's Love）的小说或者动漫了。但耽美小说与“同志”小说不同，耽美小说是以俊美男性之间的“爱”为基准，较为梦幻，而“同志”小说则较现实。BL 是耽美小说一个很主要的流派，很多时候耽美都是 BL 的代名词。

早期的中国耽美小说大部分是同人小说，实际上耽美小说与同人小说之间并不存在必然的联系。随着网络的高速发展，很多网站都有耽美专栏。这些网站都拥有一批耽美原创及同人作者。中国耽美小说不同于日本耽美小说之处在于原创作者的作品很多都是以古代中国为背景，更加具有中国传统文学的韵味，而不是像日本的耽美小说那样大多数将背景设置在高中校园或是办公室。另外有一些具有相当文学功底的作者创作出了偏向意识流的耽美小说，这又不同于着重于故

---

[01] 百度百科：“耽美小说”，http://baike.baidu.com/view/171618.htm。

事情节描写的日本耽美小说。中国耽美原创作者们并没有一味地模仿日本的耽美小说，而是创作出了具有自己特色的耽美小说。应该说只有到了这个时候，我们才算真正拥有了中国自己的耽美文化。耽美小说代表作有《麒麟》《凤于九天》《十年》《怎见浮生不若梦》《双程》等。

风弄《凤于九天 1-4》（简体版）
上海人民美术出版社 2014 年版

二、其他新生的网络小说种类

（一）同人小说

同人小说（fan fiction）指的是利用原有的漫画、动画、小说、影视作品中的人物角色、故事情节或背景设定等元素进行的二次创作小说。同人小说一般是以网络小说为载体，近年来，伴随体育人物、娱乐人物、政治人物等社会人物的高密集度曝光，同人小说当中的真人同人小说也逐渐兴起。但是现在一般的同人文化圈并不接受真人同人小说，同人小说圈内主流意见是涉及真实人物的同人小说不应该归类到同人小说中。同人这种特殊的作品形式，其根本是依附于原著的，这对于它的内容的表达形式、读者及作者对它的态度都有着根本的决定作用。同人小说的社会影响力比不上前几种小说，但拥有较大的读者群，具有极强的普适性。在对某部影视作品、动漫作品、网络游戏产生兴趣后，创作或寻找阅读它们的同人作品在新网络人中已经是司空见惯的事了。

（二）种田小说

种田小说最早是指在架空类小说写作时，先集中描述主角如何建立自己的根据地，然后在自己的领土上搞科技、经济、军事、政治制度建设的过程，类似农民专心种田谋发展。在此期间，小说内容基本上不涉及与外部势力发生战争故事，至种田完毕，再凭借超时代的能力征服天下。但现在多指以封建社会为背景的、描写小人物生活琐事的小说。种田小说可分为架空类与非架空类。架空类即发生在虚构的历史背景下的故事，如《平凡的清穿日子》《天启悠闲生活》《夫荣妻贵只是传说》《珊瑚》《小富即安》《小地主》《小寡妇和小铁匠》《杏林纪事》。非架空类即在真实历史背景下发生的故事，如《明朝五好家庭》《清朝欢迎你》。

（三）竞技小说

竞技小说是后起的一类小说，逐渐在各大书站拥有了专栏，内容绝大多数为塑造出某个“平民英雄”，在现实社会里的体育比赛中创造辉煌，小部分为网游竞技或架空竞技，属于明显的男性向小说。

柳依华《平凡的清穿日子》（全三册）沈阳出版社 2009年版

（四）“轻”校园小说

这一类校园小说与我们熟知的郭敬明等人创作的小说不同，它们的作者大多是中学生，作品中口水文字居多，情节退居次要位置，人物个性单薄，以言情为唯一目的。另有一种“豪门”小说，将背景换为名流豪门，内容以言情或情色为主，其余各小说要素与上述几乎相同。在各大书站开辟的“女性版”中，以上两类小说专栏的点击率都相当高。

三、网络文学世界的隐秘

（一）质的转变：VIP阅读制度的确立

如果说韩寒与郭敬明是消费文学场域中作者的典型，分别代表着消费文学圈对政与商最显著的冲击和攻占，是这个场域各方倾注最大力量生产打造的两个“旗手”，那么网络书站和书站里成千上万的类型文学写手则构成了消费文学场域的一个汇聚多种作用力而运行的庞大系统。VIP收费阅读制的推出，宣告了网络原创文学书站从此真正走上了商业化发展的道路，VIP收费阅读制也成为消费文学场域最基层却也最坚实难撼的力量。这个转变与它更为巨大的后续效应所带来的深远影响都可以从一本书和它的作者说起，即《升龙道》。

血红《升龙道1》中国对外翻译出版公司2006年版

其实早在起点之前，就已经有书站实行VIP制度，但由于当时支付环境的限制与经验的不足以及网站给予写手的报酬实在太低，该制度未能发挥出应有的优势。而在起点中文推出VIP之后不久的2004年，网络电子银行作为一个全新的事物，开始走入了互联网用户的视野。而早开办VIP收费的几个网站，因为初期人气凋零而给人留下不好的第一印象，非但没有占据先发优势，反而面临积重难返的困境。在有了良好的支付环境和较多VIP用户储备的情况下，起点书站最需要的就是几部足够有吸引力的原创小说，《升龙道》就在这时出现在了人们的视野中：这是一本与传统道德理念背道而弛的作品，主角杀人放火，每一步的行为都与传统道德观念和现实社会法律制度完全相违背；这是一部情节发展随心所欲的作品，主角一路升级，一路快意，一路打杀，就连作者自己都承认是想到哪里算哪里；这甚至是一部没有在文字上面下过什么功夫的作品，且不说行文断句，单是充斥于小说里的那些粗口，就足以让这本书一半以上的篇幅被屏蔽（如果是在审核更严格的现在上传到起点中文网的话）。

这样一部作品，就算被写出来，也通不过任何出版社的审核，不会被印成纸质书加以传播，也就不会有机会证明自己存在如此巨大的读者群体——也可以说是存在这样巨大的潜在市场，从而这一类小说也就绝对不会有被主流社会接受的可能。但就是这样一部作品，在那个网络初兴、青少年成为网络使用主体和原创书站的主要消费者群体的时代，在那个似乎压抑许久亟须爆发某种情绪的年代，意料之外、情理之中地创造了“升龙一出，谁与争锋”的神话。之所以说《升龙道》对原创网络书站产业具有里程碑意义，是因为VIP收费阅读制度自此开始真正被市场接受，以及它带来的深远的后续影响。正如网友“胡笳”在《网络小说的前世今生》中所言：“它的意义甚至已经不在于它究竟在写什么，究竟怎么写，而是在于由《升龙道》所开创的一系列数据以及为网络玄幻写手所带来的实实在在的可观收入，真真正正地宣告了网络原创小说书站产业终于在产业化的道路上迈出了无可置疑的坚实的一步。从此之后，关于网络原创书站商业化路向的争议再也无人提起，几乎所有的书站都缘着网络VIP订阅收费阅读的模式，甚至可以说是都按照起点中文网标准的VIP订阅收费阅读的模式，来作为自己在产业化道路上面发展的范板。”[01] 这部书带来的后续效应有：首先，《升龙道》所创下的订阅记录与血红由此所获得的稿酬数量，第一次让网络写手们真真切切地感受到自己能够通过在网络上“码字”赚到足以安身立命的稿酬薪金。其次，血红以他《升龙道》的成功，提出了一个之前未曾有人注意过的网络写作

[01] 胡笳：《网络小说的前世今生》，http://www.qdwenxue.com/Book/1816738.aspx。

与传统写作根本上的区别，即写作（或者不如说是“码字”）速度与作品能够引起的关注度之间成正比的关系。再次，《升龙道》的成功，几乎让所有的网络原创书站迅速抛弃了传统的“文学价值”，实行适销对路的商业化书籍经营方略。大陆系的原创网络写手在《升龙道》成功后的一段时间之内，才逐渐接受了“读者口味第一”这个先前难以接受的写作标准。这样一来，作家的权威受到了挑战和消解，这对文学等级制度产生了颠覆性影响。

随后，网络书站双向的信息传播模式“传播者—媒介—接收者”将这种影响以制度的形式进行肯定与扩大。在书站上，作者可以对自己的作品进行解说，回答读者的提问并说明作品的文化背景和创作动机；读者也可以直接参与作品的创作，左右作品的主题思想、情节结构、人物命运等。在“榕树下”“起点文学网”“晋江文学原创网”等文学网站里，许多作品的结尾处设有反馈栏，点击鼠标，就能评论该作品。也就是说，在这些网站上，一个完整的文本是由原创帖和回帖组成的。主帖发表后，完整的网络文本的生成才刚开始，而且无人能预言它的路径与最终形态。显然，大量某种倾向性意见（尤其是付费读者的意见）在书站评论制度的作用下，开始验证弗莱所言：“在某个特定语境中，共鸣使某个特定说法获得了普遍意义。”[01]然而，这不单挑战了作家的权威，也无疑对传统写作的“文气说”以及要求文章“一气贯之”“语脉联属”的美学主张进行了解构。被影响的不单是那些作品，还有整个网络原创文学的创作程式，随后这些制度背后的理念逐步完善并被认为是真理而受到了大众的维护。最终这种“共鸣”确实引导了我们的思想、影响了网络文学社会结构。说到底，“消费社会……是与新型生产力的出现以及一种生产力高度发达的经济体系的垄断性调整相适应的一种新的特定社会化模式”[02]，以VIP阅读制度为代表的网络书站的各种机制都是网络与信息化大发展中社会的“大势所趋”：它们最大程度地节省了中间环节，充分利用网络带给人们的便利条件；由读者直接在网络上进行支付性阅读，网站所承担的就只是维持网站正常运作的运营成本，从而规避了传统出版方式包含的风险。因而，对于“文学价值挣扎在商业大潮之下”的

[01] 尼尔·波兹曼：《娱乐至死 童年的消逝》，广西师范大学出版社2009年版，第17页。
[02] 让·鲍德里亚：《消费社会》，南京大学出版社2008年版，第63页。

现象，我们应该抱有的是冷静客观的态度，“上帝的归上帝，撒旦的终将归于撒旦”，允许自由、“多彩”地诠释世界和文学，也许正说明了我们的进步。

（二）涌动的暗流：男权与女权的争锋

我们可以发现，上文在列举一系列文类的同时总是难以避免地提到“性向”一词，并且承认女性向的文类正成为消费大流和趋势，这不但体现在女性向的穿越、后宫、“轻”校园小说在各书站的点击排行榜、实体书店和网络的销售量上，也体现在男性向小说中逐渐形成了女性向创作风格的分支上（比如网游小说中逐渐出现庞大的女性网游小说，而原本女性向的小说却未能发展出男性向小说的支流）。而这还仅仅是表面，随着新世纪女性地位的提高和女权主义的被重视，文本内部的性别争锋也许更可以见证这个时代人们的某种消费倾向。

以女主人公为主线的穿越小说为例，它们大多受清宫影视剧的影响，多集中描写朝廷权力斗争尤其是后宫斗争，权力的战场、恋情的战场、女人的战场，云谲波诡、曲折离奇。这些后宫争斗反映出的正是都市女性的恋情价值观与恋情心理，以及对于女性成长、奋斗与成熟的思考。在性格上，小说的女主人公大多不像古代女性那么温顺，而是拥有现代女性独立自强的特点，开朗、直率、自信、坚强，但又存在自恋倾向，通常可以引起男性的征服心理，同时她们毫不掩饰自己十分喜爱甚至迷恋这些男性。她们通常有跆拳道、歌、舞、琴艺、诗词、兵法、经商、医学等这些特长。她们有的参与战争、政治斗争，献计献策，影响局势发展；有的用现代医学救死扶伤，赢得美誉；有的以现代歌舞赢得青睐，甚至流落青楼都能成为当家花魁。即使是非穿越的后宫小说，女主人公也常常具有典型的现代女性的品质。不但如此，还诞生了女尊小说，即指女性在社会拥有主导地位、女尊男卑的小说。在这些女尊小说中，男子受孕生子，女子持外，男子主内，甚至在备受欢迎的由男性作家创作的男性向修真小说《诛仙》中，男主人公成魔是因为一位女性的死，而成魔之后靠的又是另一位优秀女性的不离不弃才得以最终“找到自己和幸福”。看上去，一切都显示出新时期女性战无不胜的力量，女性或者说女权主义在文本内外得到了全面的胜利。然而，事实并没有那么简单。

在绝大多数的文本当中，这些故事不过是“灰姑娘”和“美女与野兽”的改良版，即这些故事只是被做了“女性主义的润色”，实质是对“顺从和统治”这一基本情节进行了重组。它们更像是中产阶级作者运用高雅的语言，借想象改善其生活的途径，但最终却对父权制礼仪符码进行了强化。

首先，这些穿越的女性有相当一部分在现代受过情感伤害从而对爱情持怀疑态度。以《步步惊心》为例，小说的开始是女主人公若曦目睹自己的恋情被第三者破坏，激动之下踩到高压线穿越到清朝，后文中女主人公多次明确表示了对男性“花心”的厌恶，但最后若曦转变态度接受拥有多位妻子的四阿哥，这一情节十分突然，缺少应有的交代，而读者则为若曦的行为找到了合理化的解释——“此一时彼一时，在古代生存一夫多妻很正常”。事实上，“生存”并不能成为理由，文本中没有哪一点说明女主人公不接受那样的婚制就会失去生命，整个故事写得非常凄美，但我们不能忽视女主人公在选择感情时的功利和投机，如果说这个“拒绝一个接受一个”（两个男性的条件几乎完全一致）的行为里完全没有功利的因素（知道哪一个会成为未来的帝王哪一个会惨败），那只能说女主人公关于一夫一妻婚制的信念并不那么坚定，这个原则在某个男性面前可以十分脆弱。然而这说明了什么呢？告诉现代的女性“真爱无敌”、根本不存在原则吗？也许这也未尝不可，但从小说的种种细节来看，这似乎又不是作者的意图。那么，如果是前一种情况，作者想传递给她的读者们什么样的价值理念呢？总之，整个文本逻辑充满了难以自释的矛盾。而在若曦接受一夫多妻制的同时，她也就接受了整个封建宫廷或者说男性之间尔虞我诈的角力场中被认可的那些规则，即使她要在最后做出一点反抗，也是借由男性的力量通过婚嫁的方式做到，这与我们熟悉的“王子”拯救“吃下毒苹果的白雪公主”并没有本质上的区别。《梦回大清》里女主角甘愿服毒；《甄嬛传》里甄嬛通过再一次把自己“卖入”宫廷的美人计并且利用计算得来的权势去实现复仇计划；《瑶华》里的女主人公则是凭借自己提前知道未来的本领，在夫家还

桐华《步步惊心》
湖南文艺出版社2011年版

金子《梦回大清》
沈阳出版社2010年版

未倾覆时利用夫家庞大的家产和权力在海外准备好了退路；《诛仙》的男女主角则像是为我们演绎了中国版的《美女与野兽》，张小凡若恢复“正常”需要女主人公背弃师门、吃尽苦头也毫不动摇的坚贞与温柔的感化（这也许没什么，但这位男性主角又做了什么呢？他只是风光无限地做魔教的第一把手，从某种角度说，由于“心魔”这一理由，他享受着内心的暴戾和嗜杀欲）；女尊小说首先是认可了一种性别对另一性别的凌驾，其形式则带着深深的父权社会的烙印……这些对女性有较多笔墨描写的网络文学都有这样的一个“魔圈”：作者认为女性决定自己的命运是必要的，但最后都是女性主动将自己交付给一个并非由她们自己所发明的理性符码来统治命运。因此，这些小说在努力实现女性利益的同时所采取的方式有着可疑的一面——以幸福之名正当化地主动服从男性符码，但这并不导致真正意义上的自我主宰。换句话说，这些女性之所以找到“真爱”或者获得“成功”，归根到底仍是因为她们都按照礼仪的符码生活，而这种规则，正是用以维持精英阶层和夫权统治力量的规则。

这些文本常常涉及广阔的社会话题，比如职责义务、性别角色、阶级区别、权利、礼节，也常常穿插对高雅语言文学和文化的讨论（受欢迎的几部小说中无一不充溢着中国古典诗词，有的还有对儒释道文化的分析），对衣着等级礼仪规范的描述及肯定，还有对民间俗文化的青睐，它们强化了等级和权力感并传授中产阶层进入上流社会或者保持自己地位的途径。女主人公穿越后，年纪通常变小，这恰恰表明了她们对目前在现代的生活方式的不满；若是灵魂穿越，她们通常还会穿越到所谓的绝世佳人的身上，以倾国倾城之色和现代女子的风范学识打动所谓“优质男性”。几乎所有穿越的女主人公都能在穿越时空后得到真爱，开展一段甚至几段“轰轰烈烈”的恋情。而被吸引的男性一般是王爷、皇帝等人，通过这些男性巨大的权力和财富优势，让她们的才艺、梦想有了表现的空间，文本中充满了“意淫”色彩。

其实很显然，女性作者们不想改变家庭和社会的结构，又希望改进女性的地位，于是只好将自己扮演的妥协角色和作为欲望代表的女主人公的服从在其作品中进行了合理化，使得驯服自己的欲望、服从男性的统治显得是出于自己的本意。在这些故事中女主角并不一定能够有一个圆满的结局，但悲剧使读者更加迷恋这些小说，女主人公温柔而无奈的死亡和刻意美化的死亡场景颂扬了她们作为被统治者的谦恭，从而使统治的一方感受到了她们的行为之美。女性向的穿越与后宫小说以及部分男性向小说中对重要女性的处理，正是因为它们形成于新时期的社会和中产阶级重组家庭之时，这些使男性统治、性别两极化，甚至性别侵害合理化的模式恰恰可以通过文学的社会化而得到内化。所有的这些都是具有社会性的符号行为和叙述策略，其形成乃是为了参与特定社会和文化中关于道德与行为准则的文明话语。也许这些文本中体现的对女性重要性的发现是时代与社会的重要趋势和进步，但不得不说，前文提到的“女性更加愿意做这方面的消费”恐怕才是书站经营者和出版商热捧该类书籍的最重要原因。在这样一种网络文学的消费格局和趋势下，我们只能更加警惕那些在不知不觉中驯服甚至规划着我们的意愿的文本，这是穿越小说中拥有最庞大消费基础和主流消费趋势的如此矛盾丛生的性别争锋之作所制造的意识形态幻想的进程中能够也是必须跨出的第一步。

（三）类型文学：存在，抑或虚无？

类型文学这个说法本身就是一个由目标读者定义的文本集，类型文学到底是什么，这和社会对它们的读者的定位有关，而我们的基本假设是：社会对于这些读者的观念是一种意识形态预言，这些观念很可能不是真的或者并不完整，但一旦人们相信了，他们就会想方设法让这些观念变成真的。也就是说，是意识形态通过运作达到了某种效果，人们总是把自己的意识形态当作想当然的、毋庸置疑的真理。

在类型文学诞生之前，是否不存在人数庞大的读者群呢？显然不是的。所以，类型文学只有在人们认为一些人和另一些人不一样、需要有一种属于他们的文学时，才会诞生。让我们再次引用出版商路金波的话：

“类型文学”满足了所有读者，安妮宝贝、我、宁财神，我们这帮1973、1974、1975年出生的人，把70年代的人就带到这个领域里来了，韩寒、郭敬明解决了80年代的人阅读问题，然后可爱淘、郭妮解决了90年代人的阅读问题，再加上现在的官场文学、穿越文，解决了不读书人的阅读问题，全包了。[01]

他对类型文学是最好的适合读者的文学形式有相当的信心，甚至毫不怀疑地断言“未来就是类型化的走向”，然而他似乎忘记了在类型文学大行其道之前的读者，也许有着不一样的阅读观、世界观，他们能在那些未分专栏的包含各种元素的“混杂的文学”中找到跨越时代的“全景式”阅读快感。或许真相是，书商们对文学的关注少，而对他们想象中的读者的关注多得多，当他们根据“读者分类标准”给文学分类时，诚如我们前文所言，他们认为这是“毋庸置疑的事”，但这也许恰恰是“最危险的事”。有些关于大众读者的假设似乎准备好了一般纷纷跳出来：大多数读者没有太多时间也无法一直集中注意力；普通读者没有欣赏经典文学的能力，需要简单易懂的作品；男性读者天生野蛮，希望阅读暴力性强的作品，而女性反之；人们对超出自己直接经验的事物不感兴趣；等等。书商们、作者们按照他们想当然的标准给读者分好类，于是读者们被“分配”到各个专栏去了，然而真的存在“文类”这回事吗？

读者意识到某些文本具有共同点，然后把它们归为一类，文学专家就把这些类别称为文类。但根据简·费尔的说法，文类只是一个抽象的概念，并不真实存在[02]。这也就是说，正是因为穿越作家先创作了一批小说，然后读者经过比较找出关联之后才把他们定义为“穿越小说”，而一旦读者确定了这一文类及其特点以后，作家又会创为一批符合这些文类特点的新文本，从而真正确认了某种文类的存在。我们提到并思考文类这一命题，如果说有好处的话，那么这种好处并不在于建立某种规则让人去遵循，而是让读者察觉其中的变化，并思考其中的重要性。要对每个人做归类，必须考虑遗传及高度分化的阶层定位、性别期望，当我们把所有的白领女性分作一类时，我们其实是在表达“白领女性应该是……”，这种现实和想象的混淆正是某些意识形态的一个本质特征。

---

[01] 困困：《与路金波谈“小鸡文学”》，http://catnap.blog.sohu.com/129997869.html。

[02] 佩里·诺德曼、梅维丝·雷默：《儿童文学的乐趣》，少年儿童出版社 2008 年版，第 300 页。

所以，我们可以说根本不存在类型文学，而只有文学，因为男性、女性、白领、劳动工人并不是独立的生命形式，故而穿越、修真也不应该单独划分出来作为一种独立的文学形式。但吊诡的是，假设有时候就是真的。

这是因为关于白领女性的假设真实地影响着人们对实际经验的反应，这就是上文中所说的混淆最严重的后果，假设的事情最终成了常态，而其他行为则被视为非理性甚至变态。只阅读某类文学的读者或者说消费者，很可能最后只会欣赏这一类书，他们真的成了书商们期望中的能力有限的读者。即使并非如此，他们也很可能学着遵从这些蛮横的标准，在人前掩盖自己的能力，他们假装“像白领女性那样”，于是类型文学成了消费文学场域的一个神话，一种自我实现的预言。正如路金波他们的自信所显示的一样，这些读者缺乏对自身的批判态度，只会努力地附会这一神话话语并让自己也参与进去。正如鲍德里亚所言：“假如说这恰恰就是它（消费社会）的定义，那么只可能会有在其存在本身和实践方面都与这一黑暗事实妥协了并共谋着的当代艺术。”[01]

优秀的文学文本应该是既可以用简洁的文字来表达，又不会像现在泛滥的网络文学文本一样让读者一眼可以看到底，它们允许读者以更复杂的方式回应对文学的理解，并且这一过程应该是动态的。而网络类型文学却有着互袭泛滥的“互文性”——由于网络上大量信息的“复制一粘贴”式流动，作者很容易就能找到类似的写作资料，并在创作中有意无意地运用进去。有些网站甚至还专门开辟一版存放资料以方便作者写文时查找，如藏禁阁（http://www.zadm.com/index.php）就有一个写文资料区。大量戏仿和模仿之作颠覆了传统的写作价值观，使写作变成了复制粘贴。本雅明认为，艺术史通常是用于表现艺术作品的膜拜价值（Kultuert）和展示价值（Ausstellungswert）的两级运动[02]。“前者把艺术视为神性般的存在，人们从中得到的是一种高贵的殊荣，后者认为艺术是人的创造物，是被审视的对象，是仅供观赏和娱乐的人的副产品”，“现代复制

[01] 让·鲍德里亚：《消费社会》，南京大学出版社2008年版，第105页。
[02] 瓦尔特·本雅明：《机械复制时代的艺术作品》，中国城市出版社2002年版，第19页。

艺术使艺术品的展示价值取代了膜拜价值”[01]，艺术膜拜传统逐渐被大规模的机械复制艺术所取代，着重表现为艺术的展示价值。这种状态在网络文学中得到了强化，快餐化的网络消费文学难以产生精雕细琢、个性化的好作品。

从关于意识形态的讨论中也许我们可以得出这样的结论，知识才是避免我们被“显而易见、毋庸置疑的事情”操控的有力凭借，只有我们了解得越多，我们才越有能力避免自己被伤害或者被剥夺权利，比如熟知女性主义对男性至上成见的反抗，就不会不假思索地认为穿越后宫小说中对女性的描写是对她们真正意义上的推崇。在韩寒、郭敬明以及类型文学的神话大行其道的今天，认识到消费文学场域的种种关于资本、权力和意识形态的运作从而保持一份应有的清醒和警惕，确实不无裨益。

[01] 欧阳友权：《互联网对文学性的技术祛魅》，《吉首大学学报》2004 年第 3 期，第 58 页。

第五章

新世纪独立文学的潜流

新世纪独立文学场域形成了自身的写作策略，以“自由”“独立”的写作守护和创建纯文学的信仰空间，成为新世纪主流文学场域和消费文学场域的潜在颠覆者。本章着重论述新世纪独立文学的整体风貌和代表性作家及其作品的叙事特点、美学风格。

第一节　“对文学可能性的自由探求”——王小波小说论

王小波在 20 世纪末以“另类”的姿态进入文坛。他的“自由写作者”的身份使他有别于主流文学体制下的作家，“有智、有性、有趣”的写作使他的作品有别于娱乐至上的消费文学，他推出的倡导“自由思想”的杂文使他一度在思想界赢得比在文学界更多的关注，他风格独特的小说使他在病逝之后赢得了众多爱好者和模仿者的追捧，这些模仿者聚集在网络论坛并成立“王小波门下走狗联盟”，而他的意外病逝加速了其作品的广泛传播，同时也是因为他的去世，他永远地疏离了主流文学场域的各种关系网络，直到今天依然是文坛之外的“自由骑士”。

王小波的小说有一种拒绝被归类的可贵品质，它是对既存经典与写作规则的有意识的冒犯，既狂放恣肆又有条不紊，这种冒犯还直接针对意识形态、传统文化、社会心理、伦理道德、日常生活、阅读习惯等诸多方面。他的小说涉及当代西方文艺思潮的诸多命题：性与权力、S/M（施虐 / 受虐）、同性恋、历史叙事、意识形态、语言哲学、存在、荒谬感、意义的解放…… 从这些文本中能够读出许多我们熟悉或者陌生的事物：大而言之，既有对历史记忆的召唤，又有对生命苦难的思考，更充满了对荒谬生活的荒谬的反抗，以及对“智性趣”

理想世界的追求；小而言之，性的自然描写与政治隐喻，S/M 中的权力关系，平等的女性形象，游戏狂欢中的意识形态批判，粗放与精致并置、介于透明与不透明之间的语言，理性思辨与逻辑悖论，奇诡的比喻与多重的反讽，以及黑色幽默、自由联想……在所有王小波的小说中，长篇小说《万寿寺》兼具上述特征，也最能体现王小波的小说观。

一、追求文学的可能性

意大利作家卡尔维诺是王小波喜爱的作家，对“轻逸”“迅速”“确切”“易见”“繁复”这些卡尔维诺认为将长存千年的文学特质予以认同之后，王小波在《卡尔维诺与未来一千年》中谈及卡尔维诺的小说《看不见的城市》：“马可·波罗站在蒙古大汗面前，讲述他东来旅途中所见到的城市，每一座城市都是种象征，而且全都清晰可见……一般的文学读者会说，好了，城市我看到了，讲这座城市的故事吧——但他一个故事都没有讲，还在列举着新的城市，极尽确切之能事，一直到全书结束也没列举完。”卡尔维诺的另一部长篇小说《寒冬夜行人》也具有独特的结构，讲述了不同题材、风格的十个故事的开头，仅仅是开头。卡尔维诺在自己的小说写作中要做的是：探索小说艺术的无限可能性。王小波也走在这条路上。

《万寿寺》里有一部关于薛嵩和红线的故事手稿，可与《寒冬夜行人》相媲美。其中只讲述了一个故事，但却讲述了 22 遍，每次叙述从方式到内容都迥然相异，又隐约相关，故事中的人物性格、关系设置、情节发展、逻辑因果一次又一次地被创造，而后被颠覆，如此反复。薛嵩建寨，薛嵩成人，薛嵩抢亲，刺客来犯，黄蜂退敌，宝塔救女……这些故事场景被一次又一次地描写；薛嵩、红线、雇佣兵、老妓女、小妓女、刺客（们）……这些人物幽灵般地出没于叙述的迷宫，性格随着时间、地点、环境、关系的变化而变化，如同古城长安的鹅毛大雪，从风飘零，就连生死大事也随着各种情节因素的编排组合而呈现出多种可能性。对于读者而言，面对《万寿寺》就如同面对充满交叉小径的花园，一切都扑朔迷离、无从捉摸，一切情感态度、道德判断、价值理念都被悬置，甚至被抛入明暗之间的尴尬境地，迷失在叙述的花园之后，读者也失去了自身的定位，阅读在没有方向的风中尽情地舞蹈。这就是王小波试图在小说《万寿寺》中做的事：穷尽可能性。

于是《万寿寺》就具有了最文学的特质。首先是创造性，神说要有光，于是有了光，这就是创造；小说作者说要有万物，于是就有了万物，这就是自由，文学的自由。其次是否定性，通过对灰色现实的否定来展示对诗意长安的向往，同时又进一步否定了那个诗意世界存在于现实中的可能性，而对诗意世界的动人描述却又否定了庸俗的此时此地存在的意义与合理性，否定带来否定，悖谬产生悖谬，小说剥去了世界的斑斓外衣，超越了庸常的判断，破除种种知性的罗网，在天空与大地、理念与现象之间呈现出本真的世界。

王小波《王小波全集：似水柔情》
译林出版社 2012 年版

《万寿寺》提供了相互叠加、并置、拥塞的众多意象，以其特质构成了对既有经典、文学规律以及阅读习惯的冒犯，既丰富了解读的多种可能性，又增加了解读的难度。事实上，统一、正确的解读是不存在的，对于真正的文学而言，任何统一的解读都是误读。理想的解读方法是：穷尽可能性——王小波对小说的要求。但事实上没有人可以做到这一点，就像王小波在《万寿寺》中百般挣扎之后不得已发出的浩叹，“长安城里的一切已经结束。一切都在无可挽回地走向庸俗”；就像似水流年，我们生命延续的过程就是丰富的可能性逐渐减少的过程，最后的可能性，只能是“坟”；就像王小波在另一篇小说《似水柔情》中提及的阿兰的书——“一本书不能把一切都容纳进去”……所以我们此处所能做的，不是“容纳一切”，而只是提供一种解读。

二、小说的叙事分析

王小波小说中叙述者的身体常常有这样那样的缺陷，如《万寿寺》中的失忆者王二、《我的阴阳两界》中的阳痿患者王二，但叙述者的精神世界却不受限制，叙述者的精神、人格、思维、志趣均与小说文本的隐含作者一致，甚至也就是王小波杂文的叙述者和隐含作者：充满理性批判精神，追求“智性趣”。王小波对这一理性的信仰和坚持，使他不能同意卡夫卡的非理性——他不止一次在小说中提到卡夫卡，《万寿寺》中称小妓女是一个“女性的卡夫卡”，《红拂夜奔》中称第八章受卡夫卡《变形记》的影响，在《未来世界》中称《变形记》是“纯粹黑白两色”的，而“颜色单调是压抑的象征”，在《黑铁时代》中表述了这样一种观点：对于卡夫卡的小说，他要么是读不懂，要么是读懂了但是不能同意。

我们很容易看到以下事实：王小波小说里即使最非理性的荒诞也出自他理性的思维；卡夫卡小说里最具逻辑性的话语也述说着无处不在的非理性。

王小波《红拂夜奔》
浙江文艺出版社 2013 年版

王小波《黑铁时代》
上海三联书店 2013 年版

小说《万寿寺》有着双重叙述者，一个是现实故事的第一人称叙述者“我”——一个叫王二的失忆者，一个是手稿故事的第三人称叙述者——起初是不明身份的神秘人，最后被发现就是王二本人。双重叙述者分别讲述了彼此并置的两个层面的故事，现实故事讲述失忆者王二和白衣女人（王二妻子）的感情故事，手稿故事讲述薛嵩和红线的感情故事。这两个层面的故事各自拥有不同的结构，现实故事是单线式结构，按时间顺序发展，事件依次发生，以失忆者王二寻回记忆告终；手稿故事的结构则循环往复、难以言表，是一个更为繁复的拓扑结构，繁复就是这种结构的本质。以小说第一章为例：

> 王二在医院意识到自己失忆（§1·一·1）→在万寿寺发现手稿，故事开始①（§1·一·2）→对薛嵩孤身一人不满，增添了雇佣兵，故事开始②（§1·一·3）→雇佣兵与薛嵩的关系（§1·一·4）→故事开始③，增添了老妓女（§1·二·1）→妓女年龄的不同会使故事有两种发展可能（§1·二·2）→小妓女出现，提及红线（§1·二·3）→小妓女破坏秩序，挨打（§1·三·1）→打完后薛嵩体会到将帅的寂寞（§1·三·2）→抽打小妓女即建功立业，故事开始④（§1·三·3）→薛嵩在老妓女面前长大成人，王二批判旧日手稿。（§1·三·4）

这还只是第一章，女主人公红线还没有正式出现，手稿故事就已经四次重新开始；此后到第四章，作为手稿读者的王二对手稿直接进行修改和写作；到第七章，手稿里的薛嵩开始被第一人称“我”替代，不仅如此，“我”同时还成了“塔里的女人”（老妓女，或者别的任何女性角色），甚至成为薛嵩的表弟；到最后一章，却写到了故事开始之前的长安城，那是一切的发生处……现实故事与手稿故事的结构都是“显在结构”，《万寿寺》这一文本还有更深一层的“隐性结构”——寓指文学创作本身。无论怎样闪转腾挪，企望借助变化中的历时性来延宕稳定的共时性的到来，但“一本书不可能把一切都容纳进去”，当穷尽各种可能性后，文本就宣告结束，最终仍会呈现出一种稳定的、唯一的结局，就像小说的结束语——“一切都在无可挽回地走向庸俗”，是的，“所谓真实，就是这样令人无可奈何的庸俗”。这是创作的局限，而克服这种局限正是创作吸引人的最美好之处。似乎悲伤绝望的结尾暗示了这样一种理想的文本——茫茫中来，茫茫中去，无边无垠，无始无终。在这样的文本中，永远有对共时性的期待，而任何已经形成的共时性都具有转化为历时性的可能，而且已经、正在或将要转化。人终有一死的事实，并不能阻止人类对于永恒的追求。写作，用其创造世界的自由来鼓舞我们，用其反抗现实的自由来诱惑我们，从而使所有彼此矛盾的、未曾实现的可能性集合在一起，形成一股强烈的对抗运动，在这种对抗中，写作者追求永无终结的理想文本，以追求生命的永恒。

《万寿寺》具有浓重的“元小说”[01]的印痕，但不是严格意义上的“元小说”。在手稿故事中，叙述者根据需要，随心所欲地改换、增删人物与情节。因为“孤零零一个人的故事必定殊为无趣”，于是就拉来一伙雇佣兵；营妓的出现，是因为“薛嵩手下是一帮无赖，没有女人的地方，无赖们怎么肯来呢”；现实故事中表弟的柚木名片，在手稿故事中成为迎娶红线的囚牢的建筑材料；最后现实故事中的“我”与薛嵩会合，白衣女人与红线会合……这些“叙述干预”不断地破坏叙述的逼真性，详尽地展示了叙述者怎样进行虚构、文本怎样

[01] 元小说，是指“关于小说的小说”，当小说把小说本身当作对象时，即“小说谈自己”时，就出现了元小说。参见赵毅衡：《当说者被说的时候——比较叙述学导论》，中国人民大学出版社 1998 年版，第 261 页。

产生，使《万寿寺》像一篇“关于小说的小说”。但这种破坏有其限度，并没有触及《万寿寺》的“主叙述”（现实故事），没有直接暴露对失忆者现实生活的叙述所具有的操作痕迹，没有把这些痕迹从背景中凸现出来，从而利用“小说谈自己”的手段否定现实故事的真实性。所以，《万寿寺》不是严格意义上的“元小说”。

三、“肉身化的写作”与双重指向的性描写

所谓“肉身化写作”，是指“把肉身当作写作的主要资源与内驱力，集结本能、冲动、原欲，以快感为推力，贴近生命的本然状态与形而下日常现场”[01]。90 年代初女性先锋作家林白、陈染等人的创作被称为“身体写作”，“肉身化写作”是“身体写作”进一步延伸的结果，它“出示肉身里面的各种隐语”“打通肉身与其他意识的种种关联，指涉生理之外更为广阔的视野，利用肉身，颠覆长期监控心灵的公共话语、权力话语，审视肉身，锲入现代感性存在——肉体与文化的深部结合，尤其关注肉体与伦理间的互动，给予人性最大的敞开……”[02]

王小波的作品中既有止于生理学的浅层次的“肉身化写作”，又有由自然、社会、文化构成的深层次的“肉身化写作”。例如：《黄金时代》中的性爱更宜于解释为自我与处境的紧密相连，所谓“真正的自我是处境”，荒诞的处境中产生荒诞的自我。《革命时代的爱情》中王二与 X 海鹰的关系也适用于这样的解释：生命的痛苦、冲突无法得到解决时，曲折的变态的方法可化解不可消融的肉体。《我的舅舅》《2010》中关于 S/M 关系的描写，可以理解为人与人关系的本质，引发对权力和人际关系的深层思考。《似水柔情》中那个动人的意象——被五花大绑的白衣女人与刽子手在草地上同行，“脖子上预感到刀锋的锐利”，被侮辱和被损害与柔顺和美的奇妙混同，正可以揭示出所谓“贱民”的凄凉处境——只有在认贱的情况下，以受虐的方式才能享受爱情……在《万寿寺》中有一个场景值得特别提出，即年

王小波《黄金时代》
上海三联书店 2013 年版

[01] 陈仲义：《肉身化诗写刍议》，《南方文坛》2002 年第 2 期，第 41 页。
[02] 同上。

轻妓女被多次拷打，正像小妓女自述的那样，“这寨子里不管谁犯了错误，都是我挨打”。这一场景说明了什么呢？小说里作为对比写到了“二战”后法国人怎么惩办和德国兵来往的法国姑娘——剃光头发，这让人联想到鲁迅笔下批驳的“节烈救世说”——“女子死了丈夫，便守着，或者死掉；遇了强暴，便死掉；将这类人物，称赞一通，世道人心便好，中国便得救了”。看来剃光头发作为惩戒不节烈的手段，还算是较为温和的了。中外似乎都有让女子担负起道德盛衰、天下兴亡之责的习惯，岂止中外，古今亦然。这一场景的另一引人注目之处是挨打者的态度——“既然需要打我的脊梁，那就打吧”，其中的甘苦，旧中国的妇女该是体会尤深，那里凝聚着弱者的生存智慧与东方女性的温柔坚忍的美德。这种态度，与老舍《四世同堂》里人物的“日本人厉害吧，架不住咱能忍”，与福克纳《喧哗与骚动》的末句“他们在苦熬”，与余华《活着》里福贵老人叙述往事的平静，与卡夫卡的“一切障碍都能摧毁我”的态度相仿，更进一步说，在某种程度上，它是我们所有现代人的现实生活的基本态度，也象征着现代人在苦难中前行、在绝望中抚慰的悲凉境遇。

深浅两个层次的“肉身化写作”，使得王小波作品中的性描写具有双重指向，可以将其大体分为两类：一类是暧昧隐晦的性描写，一类是自然纯粹的性描写。以女性为对象的性描写，多属于后一类（老妓女是个例外），描写干净、率直、自然，被评论者誉为“性价值中立化”“性不需要任何理由，性就是自然的存在”——这也是“王小波式”性描写的标志性特征。而前一类多以男性为描写对象，性在这里蒙上了神秘的面纱，显示出历史的、文化的、政治的，总之是暧昧的隐喻性的意蕴。试举一例，薛嵩在老妓女面前长大成人——“她用像墓穴一样冰凉的手拿住了薛嵩的男根，开始说话（‘官人，你不是个等闲之人’，等等）。薛嵩不禁勃起如坚铁，并在那一瞬间长大成人了”，从此便充满了“建功立业”“为大唐朝开辟疆土”的念头。联想到文中对老妓女的议论——“她并不是出卖肉体，而是供给男人一种文化享受”，领导的夸奖——“小王是个人才嘛”，以及“在这个故事里，男根、勃起，长大成人，都有特殊的含义”，再回想“修身、齐家、治国、平天下”的圣贤之言，把这一描写称为对中国传统文化的批判，也不失为一种理解。再看“完全不守营规”的小妓女：

"在做爱时，她总是津津有味地吃着野李子，有时会猛然抱住他，用舌头把一粒李子送到他嘴里，然后又躺下来，小声说道：'吃吧，甜的！'当然，这粒李子她已吃掉一半了。总之，这女孩很可爱。"但是这可爱的女孩，却总是让薛嵩产生一种"内疚、自责的心情"，理由是"薛嵩觉得找她对自己的道德修养有害"。更多的时候，暧昧隐晦与自然纯粹这两种性描写是交替甚至重叠出现的，薛嵩与红线的做爱场面，大抵如此。"薛嵩常给红线讲的那些男尊女卑的大道理，她都理解到性的方面去了。"薛嵩渴望听到诸如"老爷是天，奴是地"的答复，渴望一面交欢，一面"心里想着阴阳调和的大道理，感觉甚是庄严肃穆"，但红线在躺下之前，还去抓了一大把吃起来"甜里透苦"（性的味道？）的瓜子，"一边嗑，一边说，既然干好事，就不妨多干一些：既'罪该万死'（按：对红线来说此乃调情之语，枕畔戏言），又嗑瓜子。你要不要也吃一点？"两种性描写就这样交错杂糅，相互映照，前者更衬托出后者的纯净无邪、健康自然，后者也进一步增强了前者批判的深度和力度。总之，王小波的性描写至少有以下两个层面的功用：一来通过性描写隐喻政治、权力关系、意识形态、社会心理，实现文化批判；二来通过不加雕饰、朴素本相的性描写，嘲讽了"这不是男女做爱，而是在创造历史"的文化心态，表达了"性价值中立"的观念，力图唤起对性的健康的、自然的"平常心"。

四、平等的女性形象

红线是《万寿寺》中与薛嵩完全平等的女性形象，虽然她也偶尔谦恭地自称"小贱人"，但是滑稽敷衍、漫不经心、流于形式，完全是游戏的心情，与薛嵩的一本正经、道貌岸然极不和谐，构成温和的嘲谑与情意绵绵的反讽。红线作为酋长的女儿，有颇高的地位，难免刁蛮；是苗族的女子，未经文明的洗礼，尚存野性；既有一往情深的纯真，又有迷离叵测的心思。正因如此，红线才以其自然淳朴的天性、不卑不亢的态度，以其聪明果敢、美丽活泼和脉脉柔情，成为小说中的亮点，既是薛嵩生活中不可缺少的爱的对象、性的伴侣，同时也是一面镜子，照见薛嵩的一切弱点，使这个男人身上的自大、愚妄、虚伪、软弱、无能和强烈的统治欲无处遁形，并给予其针砭、关怀和治疗的药。红线这一与男子平等的女性形象并非个例，在王小波的小说中，红拂、小桃阿姨、小舅妈、“我”前妻……这些女性都与此相仿。

王小波身为男性不能负上“女性写作”的美名，但我认为，王小波做到了平等地看待女性、描写女性。这与当下某些以描写个人隐私为主要特征的“女性话语”相比，在冒犯与媚俗之间高下立见——这些“女性话语”在叛逆的外表下依然如脱衣舞女般扭动着腰肢，诱惑与忍受着男性赏鉴的目光，就像王小波笔下那棵人树嫁接的怪物，“只能够体味男人的爱抚带来的战栗”，但是“说不出话”，“描写自己”沦为一种变相的“被描写”，在看与被看、描写与被描写之间，没有平等可言。

五、多元变形的意义

首先，在时间形态上，意义从静止走向运动。《万寿寺》中这样的例子俯拾皆是，仅以薛嵩为迎娶红线造的囚车为例。一开始这囚车似乎是薛嵩赤诚和温柔的爱的象征，进而变为囚禁爱人又不失甜蜜的枷锁，然后是两人共同营造的家、悉心相爱的产物，还寓意着周到、细致、温柔和严酷，这辆囚车的主题是性爱，它又是没落文化的参照物，最后甚至成了杀敌的武器。意义在这里像流水波光，终极的、确定的意义似乎无法捕捉。

其次，在空间形态上，意义从统一走向差异。在《万寿寺》中，这不仅表现在对故事的不同叙述中人物与事件相互抵牾上，即使在同一叙述中，人物与事件也充满矛盾和内在的紧张，显得模棱两可。叙述者对人物的态度含蓄、暧昧，时而肯定，时而否定，时而厌憎，时而喜欢。悖谬迭起，反讽丛生，充满无法解决的冲突，意义也因而多元化，呈现出多种可能性。意义接近于无限透明之后，只剩下语言进行彻底的揭示，这就等于认可了意义的多元性，使得意义获得空前的解放，使无数东西在有限的文本中得以展现。

最后，意义的自我否定。这正是小说《万寿寺》的特性之一，文本本身似乎就在做着否定自身意义的努力，极力打破所谓单一的“真相”，保护丰富的可能性。在手稿故事中，意义多元并置，相互否定，没有任何意义是主要的。当然也须指出，在现实故事中，对庸俗现实的批判压倒性地占了主要的地位。

六、《万寿寺》与《暗店街》的主题比较

文学经常是通过作家之间的动人相遇得以传承的。萨特读到卡夫卡、波德莱尔读到爱伦坡、马尔克斯读到胡安·鲁尔福、尤金·奥尼尔读到斯特林堡、鲁迅读到安德列耶夫……文学能使这些不同时空、不同民族、使用不同语言的人在某时某地跨越种种障碍而精神往来、呼吸与共。王小波与莫迪阿诺的相遇未必像上述那些动人，但至少可以肯定，对《暗店街》的阅读影响了王小波《万寿寺》的写作。《暗店街》的一开始写道："我的过去一片朦胧……"而《万寿寺》的第一句话就是："莫迪阿诺在《暗店街》中写道：'我的过去一片朦胧……'"在《万寿寺》接下来的叙述中，我们很快看到《暗店街》一书出现在故事里的病房中，而且知道主人公像《暗店街》中的居伊·罗朗一样失去了记忆。在长达两百多页的《万寿寺》中，提及《暗店街》及其有关内容的地方有十余次。通过仔细阅读和比较，这两者之间确有形式和精神上的相通之处：两者都采用失去记忆的人寻找过去、寻找自我的故事框架，突出了"寻找失落的……"的主题。

（一）寻找的原因与目的

两者的寻找有着一个共同的原因，即对现状的不满。但两者的目的不尽相同。《暗店街》中的居伊·罗朗在现实中无所寄托，有着朦胧的恐惧和危机感，为了认识自己的现在，他必须去了解过去，去寻根溯源。他有一种潜在的希望，即过去是美好的、有价值的，不像现在这么百无聊赖、缺乏意义。他希望过去能够赋予自我以价值，赋予存在以意义，赋予前途以光明。于是，"过去"就成为他避难的绿洲，"寻找"就成为与自身命运息息相关的必然行为。

如前所述，《万寿寺》中现实故事和手稿故事相互交织，"寻找"的主题也与此对应而具有两重性。一是在现实故事中对过去的生活的寻找，二是在手稿故事中对诗意的世界的寻找。前一种寻找是被动而不自觉的，因为作者认为过去的现实必然是枯燥乏味的，所以不愿意去寻找，而"丧失了记忆而不自知，那才是人生最美好的时光"，只是身份注定了他只能生活在此时此地，他才不得不去寻找过去的生活。后一种寻找积极主动，主人公由一开始的阅读手稿到后来的创作手稿，甚至把手稿当作逃避庸俗现实的所在，表达了作者对"诗意的世界"的向往。王小波的表述是："一个人只拥有此生此世是不够

的，他还应该拥有诗意的世界。”[01] 于是，他笔下的主人公就宁愿把过去的生活想象成住在石头城中，呼吸着紫丁香，御风而行。小说的第八章对这个“诗意的世界”即长安城做了全书中最美丽的描画，写了鹅毛大雪、茉莉花香、园林、流水、镜面似的石板、龙爪槐、白衣女人、小桥、水榭、池塘、黑暗中的树影、错动变形的天空……“这片错动中的、黑白两色的世界不是别的，而是‘性’。”联系到王小波“有智有性有趣”的写作观——“我写作的起因就是：既然这世界上有趣的书是有限的，我何不去试着写几本”[02]“我以为自己的本分就是把小说写得尽量好看，而不应该在作品里夹杂某些刻意说教”[03]“我总觉得文学的使命就是制止整个社会变得无趣”[04]“有趣就是有道理而且新奇，在我们生活的这个世界上，最大的不幸就是有些人完全拒绝新奇”[05]“大家在小说里看到的，应该是有趣本身”[06]“性是一个人隐藏最多的东西，是透视灵魂的真正窗口”[07]，这个“黑白两色的世界”实质上就是作者在小说开始和最后都提到过的“诗意的世界”。

（二）寻找的结果和意义

《暗店街》中主人公最后仿佛找到了失落的过去、自我，但又显得有些暧昧不明、亦真亦幻，结尾这样写道：“这张照片就是好多年前在那里拍的。黄昏时分，一个小女孩跟随着她的母亲从海滩上回家来。她因为还想再玩，就莫名其妙地哭起来了。她离去了。她已经拐过街角，而我们的生命不也正是像孩子的这种忧伤一样，会很快地在暮色中消失的吗？”这样的结局中暗蕴着巨大的失落。《暗店街》中有一个“海滩人”的意象，即在海滩为背景的一大群人中，某个特定的人是谁？来自何方？他还存在吗？这一切都成为悬疑。人的存在仿佛水汽、尘粒和幻影一般，也像黑暗中一闪即逝的萤火，湖面上一掠而过的水鸟的倒影。这也许就是莫迪阿诺想告诉我们的关于人的渺小、短暂和悲怆。

---

[01] 王小波：《万寿寺》，中国青年出版社 2002 年版，第 258 页。
[02] 王小波：《沉默的大多数》，中国青年出版社 2002 年版，第 235 页。
[03] 王小波：《沉默的大多数》，中国青年出版社 2002 年版，第 318 页。
[04] 王小波：《沉默的大多数》，中国青年出版社 2002 年版，第 354 页。
[05] 同上。
[06] 王小波：《沉默的大多数》，中国青年出版社 2002 年版，第 22 页。
[07] 王小波、王锋：《我希望善良，更希望聪明》，《浪漫骑士》，中国青年出版社 1997 年版，第 214 页。

在《万寿寺》的现实故事中主人公有一个完满的结局，他完全找到了自己遗失的过去，但是这一结果却使他沮丧。如前所述，他真正致力寻找的是手稿中的“诗意的世界”，而结果却与他的理想南辕北辙，诗意的世界将不复存在，要无可挽回地失落了。用王小波自己的话就是:“我没有点灯，也没有打开铺盖，就在杂乱之中躺下，眼睛绝望地看着黑暗。这是因为，明天早上，我就要走上前往湘西凤凰寨的不归路。薛嵩要到那里和红线会合。我要回到万寿寺和白衣女人会合。长安城里的一切已经结束。一切都在无可挽回地走向庸俗。”《暗店街》从寻找切实的过去开始到感伤而虚无的结束，《万寿寺》寻找“诗意的世界”而不可得最终无可挽回地走向庸俗，寻找都不约而同地来到了原始目的的反面，寻找带来失落，我们从中可以感受到人的命运的悲凉和处境的荒诞。

（三）寻找的方式

《暗店街》中居伊·布朗采用的是细致入微的侦破方法，查电话簿、查档案、访问、约会、实地调查……这种志在必得的精神来自那种势在必行的必然性，寻找就是他生命中一件至为重要的事，关系到他的前途和命运。而在《万寿寺》中主人公对自己过去和身份的寻找十分消极，他采用的方式是等待，几乎就像卡夫卡所说的那样，“坐着什么也不干，大千世界自动向你涌来”。但他对“诗意的世界”的寻找却是相当积极的，这种寻找方式有所不同，通过他创作手稿时那种穷尽各种可能性的反复尝试表现出来，这种不断反复的叙述，正是对“诗意的世界”的寻找。

经由比较可知，《万寿寺》的主题在于寻找——在现实生活中寻找失落的美好、寻找诗意和永恒。这种寻找对应了两个故事，有两个层面：手稿故事中对“诗意的世界”的寻找；现实故事中对过去生活的寻找。前者是兴味盎然、不厌其烦的寻找，这体现在无数次重写故事、极尽想象之能上；后者是消极被动的寻找，甚至不情愿重新拥有失去的记忆。寻找的最后结局是：现实故事中找到了一切，但不能使人满意，手稿世界中的诗意却要无可挽回地失落了。“一切都在无可挽回地走向庸俗”，这既是对庸俗现实的无情批判，又是对失落的诗意的无限哀惋之情和悉心的守护。

七、症候式分析

王小波的小说留下大量风格的断裂、叙述的盲区和意义的残缺乃至空白，把意义的生成和解释权转移给读者，不同的读者可以对文本给出不同的阐释，也可以从文本中诊断出不同的“症候”[01]。《万寿寺》中有两处症候值得提出。第一，《万寿寺》中的现实故事与手稿故事相较，显得枯燥、生涩、乏味。尽管作者竭尽全力丰富小说的可能性，以《暗店街》为前文本，借鉴侦探小说来写现实故事，以使其摇曳多姿，但在现实故事中还是多处可见急功近利的抨击和流于肤浅的牢骚。这一不足之处，无意中揭示了作者在追求艺术之外执着于现实的另一面，艺术的迷离绚烂不能掩盖其针对现实的批判锋芒，这无疑对文本的艺术性有所损伤，但也使文本越发耐人寻味。第二，在《万寿寺》的第五章有这样一段话：“薛嵩的一切作品都有太过复杂、难于操纵的毛病。如果不繁复，就不能体现自己是个能工巧匠。繁复本身却是个负担——我现在就陷入了这种困境……”这其实可以理解为王小波表明了自身的写作状态，他也正陷于穷尽可能性的繁复之中，难以自拔。“我可以在任何时间，任何地点，我可以是任何人”，这是小说权利的张扬，是极致的自由，但这种自由仅存在于小说之中，现实中充满束缚和压抑，这也正从反面揭示出小说之于现实的无能、无用，如同鲁迅当年感受到的那样。“在这个女刺客被红线逮住的事情上，我恐怕没有穷尽一切可能性”，即使是在小说中，自由也是有限度的，“一切都无可挽回地走向庸俗”，穷尽可能性从根本上讲是不可能的，这是一种注定失败的绝望的抗争。据此看来，《万寿寺》并不是一个穷尽可能性的优秀文本，相反却是证明了小说局限性的失败之作，是自由的挽歌，是写作的绝望。

然而，诚如王小波所说：“绝望其实是无限的美好。”自由亦然。王小波对新世纪文学创作的主要意义在于：第一，他以一个理科学术背景“自由写作者”的身份跃入文坛，为打破主流文学机制而自由创作提供了一种可能，召唤和鼓舞了更多不同专业、不同职业的文学爱好者加入写作者的队伍中，新世纪初成立的各大纯文学网站都聚集了

[01] 症候式分析，是学者蓝棣之提出的一种文学分析理论，借鉴精神分析学的“症候”概念，用精神分析的方法考察文学作品，通过分析作家创作时的无意识趋向，将各种细微表象联系起来，从中探寻出文本中的“潜文本”和作家创作的深层意图。参见蓝棣之：《现代文学经典：症候式分析》，人民文学出版社 2006 年版。

这样一批不同专业和职业的写作者；第二，他的作品传播与互联网络兴起发生在同一时间，他的读者大多具有网民的身份和对自由的渴望，他的作品及其传播形塑了部分读者，加速了受众分化，改变了新世纪文学的读者构成和发展进程；第三，他在作品中对文学可能性的自由探求，形成对主流文学场域和消费文学场域的潜在颠覆，为独立文学场域的写作提供了一个典范。

第二节　自由："文学自由坛"文学

20 世纪末，中国"网络文学"伴随着互联网络的兴起应运而生，当时较具影响力的网络文学论坛是"榕树下"，主要发表并传播旨在盈利和娱乐至上的消费文学作品，而在网络上广为传播的也多为《第一次亲密接触》等消费文学作品，比较而言，纯文学的发表和传播空间较为狭窄。越来越多的纯文学写作者与爱好者，深觉在中文网络中开辟并建设一些纯文学作品发表和讨论阵地的必要性，诗歌这一文体成为网络纯文学的"先行者"。2000 年 2 月 28 日，"诗生活"网站（www.poemlife.com）的成立具有标志性的意义，它是"国内第一家诗歌综合网站"，"时至今日仍被不少人认为是最大最全面或许也是最有影响的诗歌综合网站"，它"一度是'网络诗歌'的中心，而且站在诗坛和网络相'链接'的关节点上"，它还是"规则制定者"——"从经营模式，到内容设置，再到论坛管理，以及其他网站制度和游戏规则，'诗生活'都有'示范'作用"，首创了"网刊编辑，驻站诗人，每月点评，为民刊提供论坛，诗人自助专栏，诗人肖像等

莱耳主编《诗生活年选（2012 年卷）》长江文艺出版社 2013 年版

等内容、形式和方法”[01]。“文学自由坛”则是一个不限于诗歌文体的纯文学综合论坛，小说、诗歌、童话、散文、戏剧等诸多文体都可以在此发表、讨论、引起共鸣或引发争议，在中文网络中也具有“先行者”的地位和标志性的历史意义。

一、“文学自由坛”概述

2000 年 6 月，北京北大在线网络有限责任公司出资，在北大在线[02]的下属文化网站“新青年”（www.newyouth.beida-online.com）的文学板块“文学大讲堂”开辟 Web 论坛，这就是后来名噪一时的纯文学论坛——“文学自由坛”。起初，论坛的主创人员是一批具有“北大背景”的诗人，如胡续冬、马雁（阿三）、冷霜、饭饭等，还有复旦诗人马骅，论坛上发表和讨论的内容也多与诗歌有关。但随着论坛的发展壮大，越来越多身份各异的文学写作者和爱好者加盟，论坛上发表的文学文体日趋多样，讨论内容也五花八门，小说、诗歌、散文、戏剧甚至电影、音乐创作者和爱好者都能各得其所，“文学自由坛”真正成为畅谈文学艺术的自由之地。自 2000 年 6 月因守护和创建纯文学的信仰空间而创办至 2004 年底因资金不继和人员流失而停办，“文学自由坛”这一自由之地在四年多的时间内聚集了相当数量志同道合、热衷于自由探求文学可能性的作家、诗人、学者及文学爱好者（以北大五四文学社、复旦诗社成员为核心），其中胡续冬、马骅、康赫、马雁（阿三）、王敖、饭饭、冷霜、席亚兵、成婴、萧颂、马牛、拉家渡、颜峻、韩松落（白夜）、卢小狼、流马、凌丁等人成为论坛的重要作者。论坛先后邀请诗人及学者臧棣、诗人孙文波、作家残雪等知名人士担任版主，编辑出版了《中国高校文学选集》三卷（由长江文艺

童月等著《北大新才女书》
文化艺术出版社 2001 年版

“文学自由坛”
《新青年写作手册》
文学大讲堂 2001 年版

---

[01] 王璞：《对网络诗歌的初步考察和研究》，http://dean.pku.edu.cn/bksky/1999tzlwj/18.doc。

[02] 北大在线是一个主要向全国司法从业人员提供在线学历教育服务的北大校办网络，网址为 www.beida-online.com。

出版社出版）和《北大新才女书》，自费印行了《新青年写作手册》，与诗人北岛合作在《今天》上刊发“文学自由坛”的“青年作者小说专辑”，在线发布与《视界》《书城》等杂志的合作，邀请作家格非、残雪，学者阎幽磬等在线交流，开创了作家在线交流的范式，参与北大未名诗歌节，还频频组织文学沙龙、诗歌朗诵会、话剧演出等文学活动。这一系列文学事件及活动，在当时网络内外均引起了较大的影响，为新世纪文学发展带来了令人耳目一新的清新气象。

“文学自由坛”创办和发展的核心人物是北大诗人胡续冬，当时还是北大博士的他在 2001 年成为北大在线的文化总监，他这样谈及“文学自由坛”的创办宗旨：“我对‘文学自由坛’的基本想法，是通过不同背景的人的视野融合达到消除网络‘土生’和‘地面’介入的写作者身份区分问题，使得至少在自由坛这个小范围，我们可以有一个共享的资源、传统和交流口径。我们要做的就是提供一个开阔的传统‘基点’，自觉放弃自己的成见，也使网络‘自身’的诗人放弃成见，使大家在一个共同的框架中享有更丰富的‘基点’。”[01] 强调融合共享和多元并存，这一理念推动了“文学自由坛”在创办初期的繁荣发展，强调消除身份区分和放弃个人成见，这一理念形成了“文学自由坛”宽松的环境和自由的气息。“文学自由坛”在自编的《新青年写作手册》总第一期的发刊词中这样描述聚集到这里的写作者及其相对一致的写作观：

> 在北大在线新青年文化社区的“文学大讲堂”频道及其下属的论坛“文学自由坛”，一股新的文学动力正在以数码的形态交汇、凝聚、暗自强健。一些相识或不相识的写作者带着他（她）们千差万别的身份、经验、素养和技艺来到这里，他（她）们身上的写作幽灵不约而同地钻进了光缆，在这一方安静、平和、开阔的领地之上飘荡、撞击，最后形成赛伯空间里的一个勤劳、上进的土地爷。
>
> 这个土地爷的崛起昭示了一个健康的写作群落的存在，在这里，相对成熟的写作者和毛手毛脚的新鲜面孔平等地交

[01] 拉家渡、胡续冬等：《关于网络与诗歌的对话》，《南方周末》，2001 年 9 月 20 日。

流着，砥砺着，进步或再进步着，他（她）们的嬉戏和严肃已突破了自我表达、自我娱乐的局限，径直指向一个虽然模糊但却有着巨大吸引力的目标。这个目标隐藏在网络与文学的交接地带的无限可能性里面。他（她）们深信：网络会改变文学的生态环境，而更关键的是，文学本身会发生变化，文学本身必将发生改变。[01]

这批写作者形成一个“健康”的写作群落，所谓“健康”，一是指消除身份、经验、技艺差异的平等意识，这是写作者彼此间交流所秉持的道德原则，有益于形成自由的讨论氛围；二是指突破自我娱乐的局限而自由探求文学的可能性，这是写作者艺术上的自觉追求，有益于守护并建设纯文学的信仰空间。“文学自由坛”主创人员寄望于由这些背景各异的写作者和爱好者所组成的“健康”的写作群落，能够通过各自的独立创作和彼此的互动交流，对网络环境进行深度开发，对新世纪文学生态进行更新和塑造，并进而改变文学本身。这一美好的理想并未在现实中完全实现，因为纯文学论坛缺乏盈利空间，入不敷出的投资方于2004年撤资，导致公司停办，缺乏资金来源是“文学自由坛”停办的最主要原因。另有两个重要原因：一是人员流失，主创人员胡续冬、饭饭、马骅、马雁、康赫等先后离开“文学自由坛”；二是外在环境变化，到2004年互联网络上越来越多的倡导“自由”“独立”“先锋”的纯文学论坛相继成立，其中影响力较大的论坛有“黑蓝”“他们”“左岸”“橡皮”等，各大门户网站也相继成立文学论坛，分流走了已有或潜在的作者人群和读者受众。但“文学自由坛”所秉持的文学理想及其文学实践并非没有对现实产生影响和作用，论坛停办以后，在论坛上发表并交流作品的创作者们转向其他纯文学论坛，纷纷成为其他纯文学论坛一段时期内的重要作者，如流马、卢小狼、王敖、8439、石留、门兴格拉德巴赫、唯阿等之于“黑蓝”，李云雷、徐泽臣等之于“左岸”。这些写作者继续在其他地方自由探求文学艺术的可能性，用自身的写作不断拓展着独立文学场的疆域，形成创造性的写作策略，丰富了新世纪文学的资源，改变着新世

[01] 文学大讲堂:《新青年写作手册·发刊词》，总第一期，内部交流，2001年10月，第1页。

纪文学史的面貌。此外，“文学自由坛”的历史意义还在于：“文学自由坛”具有先行性，是中文网络中最早由活跃的文学作者、评论者和学者直接担任主创人员的纯文学 Web 论坛，同时期的网络文学论坛多由 IT 从业人员担任主创人员，而“文学自由坛”是由一些最初对网络技术并不擅长甚至一无所知的作者在操办，又有公司运营和北京大学一些师生的支持，与同时期的网络文学论坛相比，资源比较丰富，因此迅速集合了相当数量的优秀作者和刊物在虚拟空间交互，将论坛最初的高校文学的自我娱乐样态转向社会人员参与、当代艺术参与的丰富样态，给中文网络文学论坛提供了较高质量和专业性的创作和讨论活动，是那一时期汉语文学创作最年轻、活跃、前卫的所在，提升了中文网络纯文学在线发布、交流和评论的水准。[01]

二、代表作家及其作品

新世纪初，“文学自由坛”上一时汇聚着身份各异的文学写作者，论坛上也时时更新各异的文体——诗歌、小说、散文、戏剧，无所不包，在文学的各个领域都涌现出颇有活力和创新意识的写作者，他们以其创作——胡续冬、王敖、马骅、萧颂、马雁等人的诗歌，康赫、马牛、流马、卢小狼、凌丁等人的小说，韩松落等人的散文，饭饭等人的童话——丰富了新世纪的文学风貌，并形成一定的影响力，其中诗歌和小说的创作成绩尤为显著。以下对“文学自由坛”的一些重要作家及其作品予以介绍和简要分析。

（一）胡续冬

胡续冬

胡续冬，本名胡旭东，网络常用 ID 胡子，生于 1974 年，重庆人，文学博士，现于北京大学外国语学院任教，曾以诗歌作品获“刘丽安诗歌奖”“柔刚诗歌奖”“明天·额尔古纳中国诗歌双年奖”双年新锐奖，出版诗集《日历之力》（作家出版社 2007 年版）、《旅行 / 诗》（海南出版社 2010 年版）、《片片诗》（台湾秀威资讯科技 2013 年版）。

胡续冬称自己是一个“十足的文字的享乐者”，

[01] 有关“文学自由坛”创办始末的材料，主要来自论坛主创人员马雁、胡续冬等人对笔者咨询的回复，尤其是马雁回复的电子邮件，解答了笔者提出的许多问题。

力求从诗歌写作中追求“文本的愉悦”（la plaisir du texte）[01]。他说：“不管我在写作时面对什么样的境况，我都把手头的口语、方言、书面语、流行语等材料处理在一起，并尽量享受写作的满足，达到一边在拿着笔写，一边在偷偷摸摸地抿嘴笑的状态。”[02] 他在“文学自由坛”创办宗旨中所倡导的兼收并蓄的平等意识和对艺术可能性的自由探求，清晰地呈现在自己的诗歌创作中，以“平等”的态度处理着各异的语言材料，通过“艺术”的安排让相互矛盾的元素在诗歌中达到平衡。这些相互矛盾的元素不单是书面语 / 口语、方言 / 官话、专业术语 / 网络熟语等语言材料，也包括现实 / 理想、学院 / 民间、传统 / 现代、中国 / 西方等话语空间，还融合了讽刺 / 反讽、结构 / 解构、长句 / 短句等形式技巧。被臧棣称为“一首令人称奇的当代诗”的《安娜·保拉大妈也写诗》充分表现了胡续冬诗歌的上述特征：

安娜·保拉大妈也写诗。
她叼着玉米壳卷的土烟，把厚厚的一本诗集
砸给我，说：“看看老娘我写的诗。”
这是真的，我学生若泽的母亲、
胸前两团巴西、臀后一片南美、满肚子的啤酒
像大西洋一样汹涌的安娜·保拉大妈也写诗。
第一次见面那天，她像老鹰捉小鸡一样
把我拎起来的时候，我不知道她写诗。
她满口“鸡巴”向我致意、张开棕榈大手
揉我的脸、伸出大麻舌头舔我惊慌的耳朵的时候，
我不知道她写诗。所有的人，包括
她的儿子若泽和儿媳吉赛莉，都说她是
老花痴，没有人告诉我她写诗。若泽说：
“放下我的老师吧，我亲爱的老花痴。”
她就撂下了我，继续口吐“鸡巴”，去拎

[01] 又译“文之悦”，是法国学者罗兰·巴特提出的概念，它“牵涉到主体”，是“主体的颤动”，参见罗兰·巴特：《文之悦》，上海人民出版社 2009 年版。

[02] 刘波：《学院派诗歌里的另类声音——胡续冬诗歌论》，http://blog.sina.com.cn/s/blog_4006bacd010009e2.html。

另外的小鸡。我看着她酒后依然魁梧得
能把一头雄牛撞死的背影，怎么都不会想到
她也写诗。就是在今天，在安娜·保拉大妈
格外安静的今天，我也想不到她写诗。
我跟着若泽走进家门，侧目瞥见
她四仰八叉躺在泳池旁边抽烟的时候，想不到
她写诗；我在客厅里撞见一个梳着
鲍勃·马力辫子的肌肉男，吉赛莉告诉我那是她婆婆
昨晚的男朋友的时候，我更是打死都没想到
每天都有肌肉男的安娜·保拉大妈也写诗。
千真万确，安娜·保拉大妈也写诗。凭什么
打嗝、放屁的安娜·保拉大妈不可以写
不打嗝、不放屁的女诗人的诗？我一页一页地翻着
安娜·保拉大妈的诗集。没错，安娜·保拉大妈
的确写诗。但她不写肥胖的诗、酒精的诗、
大麻的诗、鸡巴的诗和肌肉男的肌肉之诗。
在一首名为《诗歌中的三秒钟的寂静》的诗里，
她写道："在一首诗中给我三秒钟的寂静，
我就能在其中写出满天的乌云。"[01]

这是一首取材于异国经历而带有叙事性的诗，多重矛盾元素在其中并置杂陈。首先引人注目的是安娜·保拉大妈的形象与传统诗人形象的违拗，这个肥胖、酗酒、吸毒、出言不逊、举止粗俗的人物形象与一般诗人骚客的风雅形象南辕北辙，这一对矛盾形象的扭结颠覆了读者对诗人的刻板印象；第二重矛盾在于，这个"打嗝、放屁"的安娜·保拉大妈所写的诗歌却是"不打嗝、不放屁"的"纯诗"——"在一首诗中给我三秒钟的寂静，我就能在其中写出满天的乌云"，这无疑是对"风格即人""文如其人"等传统美学观念的颠覆；第三重矛盾在于，错综复杂的"散文化"长句和诗情的微妙结合，完成了对主流诗学所倡导的"简洁"风格的颠覆，如臧棣所论，这首诗"听

[01] 胡续冬：《安娜·保拉大妈也写诗》，洪子诚、臧棣主编：《北大年选·2005诗歌卷》，北京大学出版社2006年版。

上去多少显得有点绕来绕去，但是不唯如此，一种新颖的美学效果就无法传递出来”，“这首诗的韵律也许不够谐美，但洋洋洒洒，雄浑汹涌，它展示的是足以应对当代生活的混杂的复调节奏。它是当代诗对小说的狂欢美学的一次精彩的即兴发挥。它对诗的简洁原则的挑战同样是深刻的，更深刻的是当诗歌知道可以如此运用我们的语言时，它也抵达了对生活本身的一种洞察”[01]。

胡续冬的另一首代表作《新年》以其质朴的诗风、干净的语言、深挚的情感和在诗中重现的随流年消逝的事物，成为引起“70 一代”广泛共鸣的经典诗作：

我怀念那些戴套袖的人，
深蓝色或者藏青色的袖套上，沾满了
鸵鸟牌蓝黑墨水、粉笔灰、缝纫机油和富强粉；
我怀念那些穿军装不戴帽徽和领章的人，
他们在院子里修飞鸽自行车、摆弄锃亮的
剃头推子、做煤球、铺牛毛毡，偶尔会给身后
歪系红领巾的儿子一记响亮的耳光，但很快
就会给他买一支两分钱的、加了有色香精的冰棒；
我怀念那些在家里自己发豆芽的人，
不管纱布里包的是黄豆还是绿豆，一旦嫩芽
顶开了压在上面的砖块，生铁锅里
菜籽油就会兴奋地发出花环队的欢呼；
我怀念那些用老陈醋洗头的人，
在有麻雀筑巢的屋檐下，在两盆
凤仙花或者绣球花之间，散发着醋香的
热乎乎的头发的气息可以让雨声消失；
我怀念那些用锯末熏腊肉的人，用钩针
织白色长围巾的人，用粮票换鸡蛋的人，用铁夹子
夹住小票然后“啪”的一声让它沿着铁丝滑到收款台去的人；
我怀念蜡梗火柴、双圈牌打字蜡纸、

[01] 臧棣：《诗意凶猛，读胡续冬》，http://www.poemlife.com/thread-61751-1-1.html。

清凉油、算盘、蚊香、浏阳鞭炮、假领、
红茶菌、“军属光荣”的门牌、收音机里
“我们的生活充满阳光”的甜美歌声……
现在是 2003 年了。我怀念我的父母。
他们已经老了。我也已不算年轻。[01]

这首写于 2003 年新年的诗歌可谓言简意赅。所谓“言简”，是指它并不像胡续冬其他诗歌中常见的以多种各异的语言材料的交错使用呈现出的复杂的诗风，而以重复出现的“我怀念”的简单句型贯穿全诗；所谓“意赅”，是指它在简单句型中包容并置了许多已然消逝的带有浓烈时代特征的事物——包括日常生活中的事物，自然景物，政治意识形态产物和各种职业、身份的人物，这些形色各异甚至互为冲突的事物，在诗歌中完美地融为一体，共同成为对过往岁月的深情追忆，记录了一个时代的记忆，而在诗歌末句，这种对往昔事物的具体记忆又被升华为更加抽象也因而更具普遍性的时间之感、存在之思:“现在是 2003 年了。我怀念我的父母。他们已经老了。我也已不算年轻。”《新年》等诗歌以“忽而严肃，忽而顽皮，忽而轻盈，忽而沉重”的风格，“使胡续冬的写作显得百无禁忌”，“这些并非只是文体的变化和才能的多样性的体现，更是他对这个世界丰富的态度。这种态度里充分体现了历史的包容性质”[02]，正是因为这种“包容”的平等意识和“自由”的艺术探求精神，胡续冬在其诗歌实践中形成了开放多元、独具个性的风格，并获得 2004 年“明天·额尔古纳中国诗歌双年奖”双年新锐奖。

（二）王敖

王敖，生于 1976 年，山东青岛人，北京大学中文系学士，华盛顿大学硕士，耶鲁大学博士，现于美国卫斯廉大学任教，出版诗集《朋克猫》（中国文联出版公司 1998 年版）、《绝句与传奇诗》（作家出版社 2007 年版）、《王道士的孤独之心俱乐部》（南京大学出版社 2013 年版）。

[01] 谭克修主编:《明天》（第一卷），湖南文艺出版社 2003 年版。
[02]《明天》编辑部:《首届“明天·额尔古纳中国诗歌双年奖”揭晓》，http://www.poemlife.com/thread-794-1-1.html。

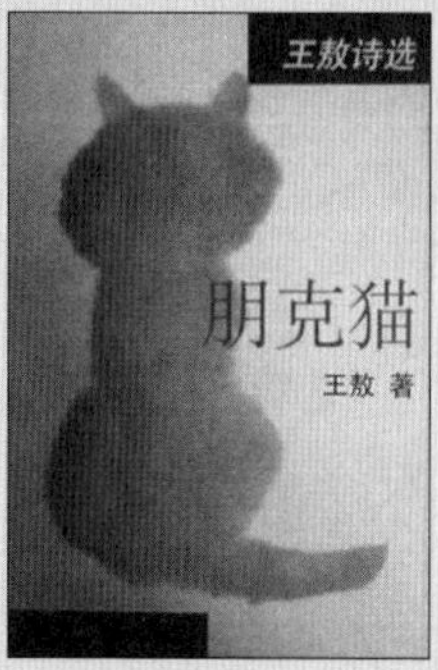

王敖《朋克猫》
中国文联出版公司 1998 年版

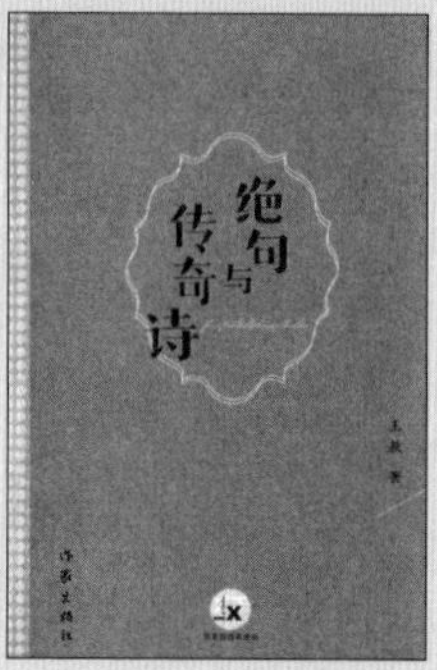

王敖《绝句与传奇诗》
作家出版社 2007 年版

王敖《王道士的孤独之心俱乐部》
南京大学出版社 2013 年版

1998 年出版的《朋克猫》是王敖的第一本诗集，收录了他触网之前青少年时期的作品，被诗人自称为“自己的天真之歌”，王敖于 2008 年如此评价自己的这部作品：“虽然没有自悔少作，但本世纪以来，我从来都不敢看它。除了其中的部分儿童诗。”[01] 这些儿童诗以极精练的语言描摹出儿童稚趣的日常生活情态，塑造出生动的人物形象，如《临床实验》中爱子心切的可亲可爱的“爸爸”：

爸爸叠被子
没看见我
我从床上
滚到地上
我醒过来
看看爸爸
什么话也没说
爸爸赶快抱住我的头
后来我听见
爸爸屋里咚咚响
过去一看
爸爸正在做实验
他从床上滚下来
摸摸头

[01] 王敖：《这里居然有我第一本诗集啊》，http://book.douban.com/review/1311302/。

寻思一会儿
看摔坏没有[01]

《区别》一诗则具有儿童诗中难得一见的对意识形态幻想的穿越：

老师说
好好学习
将来建设祖国
我说嗯
老师说
好好锻炼
将来保卫祖国
我说嗯
老师说
明天你们几个
来帮我买煤
我说那可不行[02]

儿童对“建设祖国”“保卫祖国”的满口答应与对“帮我买煤”要求的果断拒绝相映成趣，对爱国口号的服从和对个人求助的拒绝正是老师有关“集体 / 个人”意识形态教育的结果，通过对空洞口号的绝对服从，暴露了意识形态控制下日常生活的悖谬，简单的场景中包含了意识形态的控制机制和对这一意识形态幻想的穿越。王敖以后的诗歌创作不断穿越更多的意识形态幻想，尤其是关于诗歌的诸多意识形态幻想。

2000 年至 2001 年，王敖活跃于中文互联网络的文学论坛，“诗生活”“文学自由坛”都有他张贴的诗歌作品，一度“引领当时网上写作的潮流”。这一时期王敖诗歌的主要特点是具有强烈的即兴性（《鼹鼠日记》为即兴诗的代表作），题材多远离日常经验，纯粹以想象力为依托，注重语言的创造性运用，对词语、节奏、音韵、修辞甚

[01] 王敖：《这里居然有我第一本诗集啊》，http://book.douban.com/review/1311302/。
[02] 同上。

至诗行与段落排版进行大量实验性的探索。“这种随意、迷醉、即兴、对想象力的专注，确实和网上写作有一些不谋而合之处”[01]，因此在网络诗歌写作者和读者中产生了较为广泛的影响。其中具有开创性文体价值的作品是“绝句体”系列诗——以《绝句》为名的多首同名诗，诗人这样谈及“绝句体”诗的创作缘由：

> 我以《绝句》为题写了不少短诗，有一些具体的原因。主要是因为，我一直有锤炼短诗的爱好。我觉得，我有能力在10行之内更新读者的感受。我把写《绝句》看作一种忙碌生活中必要的自我训练，通过它强化技艺，力求完善。写完之后，要能够成诵，一字一句地慢慢复述出来，看它们怎样在时间和节奏中成型，形成美妙的形式和意义的旋涡。如果能做到这些，我就给这首短诗题名为《绝句》。如果不能，就当作信件发给自己，告诉我自己曾经拿这些句子没办法。[02]

诗人旨在以极简风格包蕴丰富的内容，在有限的空间内塑造多种层次，以美妙有力的艺术形式“达到创造或重塑诗歌原型的地步”。将丰富的内容浓缩于短诗之中，对诗艺提出了极高的要求。一方面，通过节奏和韵脚制造“余音绕梁”的声音效果，通过字句的联结引发思维的跃迁以生成“意义的旋涡”；另一方面，通过抽去具体的事件来集中营造情境氛围，引发读者的情感激荡或思想共鸣，以产生“一日长于百年”的阅读体验。我们来看以下这首《绝句》：

> 很遗憾，我正在失去
> 记忆，我梳头，失去记忆，我闭上眼睛
> 这朵花正在衰老，我深呼吸，仍记不住，这笑声
> 我侧身躺下，帽子忘了摘，我想到一个新名字，比玫瑰都要美[03]

---

[01] 王璞：《对网络诗歌的初步考察和研究》，http://dean.pku.edu.cn/bksky/1999tzlwj/18.doc。

[02] 王敖、木朵：《王敖访谈：浩瀚视野中的怪异自我》，http://www.douban.com/group/topic/2605693/。

[03] 王敖：《绝句与传奇诗》，作家出版社2007年版，第1页。

这首短诗以四行诗句涵盖了人们共有的人生经验——遗忘，胡续冬的《新年》重在重现记忆中的具体事物，只在末句将记忆抽象为“时间之感”，而王敖这首诗却因“失去记忆”而略过一切记忆中的具体事物，整首诗的诗境都建构在“存在之思”的哲学层面上。这首诗的音韵明净优美，反复出现的韵脚“i”使其朗朗上口，具有可读性；字句也十分考究，文字间彼此联系，具有丰富意蕴，使得读者在形式和意义上被双重吸引，产生阅读的“眩晕感”，需要反复阅读，延宕了短诗的阅读时间。具体而言：“梳头”能够促进血液循环有助于增进记忆，“深呼吸”能够使血液里充入氧气有助于增进记忆，“闭上眼睛”能够隔绝外界视觉刺激以保持精神专注，同样有助于增进记忆。“我”做了这一切试图挽回记忆、弥补“遗憾”，但是一切都无济于事，花在衰老，笑声在消失，时光在流逝，这是每一个人都经历过的人生经验，更是每一个人都无法弥补的人生遗憾。“我侧身躺下，帽子忘了摘”一句有双重含义：第一重是日常经验的直接指涉，“侧身躺下”和“戴着帽子”显然违背常情，在日常经验中会使人不舒服，这突出了“失去记忆”的程度和普遍性；另一重含义是暗指俗语“摘帽子”，即去除某种（不符合实际的）名义或指称，既可引申为古人所谓的“逃名”雅致、“淡泊”精神——“酣歌自适逃名久，不必门多长者车”（司空图《归王官次年作》），也可引申为符号的能指和所指之间意指关系的割裂，而“忘了摘帽子”则意味着对日常经验的背离，也意味着对传统诗学理念（比如中国的“诗言志”或者西方的“模仿说”）和传统诗人形象（比如“逃名”的高士形象）的背离，而这种背离的结果是产生新的创造——“我想到一个新名字，比玫瑰都要美”。末句里暗引“玫瑰之名”的典故：一般意义上玫瑰是爱情和美丽的象征，但玫瑰的象征意义不止于此，尤其在基督教传统中有着丰富的含义，可以指代歌颂圣母玛利亚的《玫瑰经》或耶稣的血脉，甚至修士们的念珠……如此众多的象征含义使得“玫瑰”这个简单的词语包蕴了丰富的人文内涵，莎士比亚《罗密欧与朱丽叶》的第二幕第二场中，朱丽叶有如下独白：“……姓名本来是没有意义的；我们叫作玫瑰的这一种花，要是换了别的名字，它的香味还是同样的芬芳；罗密欧要是换了别的名字，他的可爱的完美也绝不会有丝毫改变。”这里指出了名实之间的差异，并倡导实重于名。意大利符号学家、小说家埃科用“玫瑰之名”来命名自己的涉及符号学知识的小说[01]，他在《关于〈玫瑰之名〉的思考》中说：“玫瑰这一意象有如此丰富的含义，以至于现在它已经没有任何含义了：但丁笔下神秘的玫瑰；代表爱情的玫瑰；引起战争的玫瑰；使艺术相形见绌的玫瑰；以许多其他名字出现的玫瑰；玫瑰就是玫瑰就是玫瑰就是玫瑰……”[02] 埃科这里所说的“玫瑰”，是剥除了附加于其上诸多象征意义的玫瑰，是玫瑰的“实”而不是“名”，指涉事物的“真理”。王敖诗歌中涉及“玫瑰之名”这一典故，但不去做名实之辩，而是轻盈地从遗忘中创造出一个“新名字”，一个“比玫瑰都要美”的名字，这是虚构对现实的超越，是诗歌之美对自然之美的超越，其中可见诗人对想象力和创造力的推崇，也包含了诗人的浪漫主义的诗歌理想。

王敖这样论及“诗歌理想”和“理想的诗歌”：

> 诗歌理想是可以不断地生产出来的。它是用来做梦的，不是用来强加给读者或者其他写作者的。
>
> 理想的诗歌是什么，是所有诗歌的综合还是诗歌等级中最稀有的那个东西？是最初的语言还是最终的语言？……这样的问题可以继续问下去，理至极处，往往不可思议。我觉得理想中的诗歌应该高于我们的诗歌理想，不管它是什么，它就像天空帮助大地制造地平线那样，引导我们边走边眺望。[03]

正是基于这样的诗歌理想，王敖在新世纪不断探求诗歌艺术表现的新的可能性，以“创造或重塑诗歌原型”（除“绝句”外，还有“反绝句”“双绝句”“传奇诗”等），不断创造出有力量“更新意义本身”的诗歌作品，“诗歌需要它的新皇帝，来穿上那镶嵌日月、缥缈着浑虚太空的大袍，或者栖身于一段音乐，或者投身几重幻境，从

---

[01] 昂贝托·埃科：《玫瑰之名》，重庆出版社 1987 年版。

[02] 马凌：《玫瑰就是玫瑰》，《读书》2003 年第 2 期。

[03] 王敖等：《王敖的访谈和其它言论小汇总》，http://www.douban.com/group/topic/2605693/。

不可预知的方向，手持利刃，反身刺入现实”[01]。这就是王敖及其诗歌创作之于新世纪文学的意义所在。

（三）马骅

马骅（1972—2004），祖籍福建，生于天津，1991—1996 年就读于复旦大学，是“复旦诗社”当时的核心诗人，毕业之后先后从事多种职业，周游各地；2000 年任北大在线的频道经理，是创办“文学自由坛”的核心人员，以“小马”为 ID 同时活跃于“诗生活”“泡网俱乐部”等文学论坛，2002 年起担任《诗生活月刊》的主编；2003 年 2 月离开北京，远赴云南省德钦县梅里雪山下的藏区乡村小学义务支教，2004 年 6 月 20 日在明永冰川景区公路因交通事故坠江；出版诗集《雪山短歌》（作家出版社，2007 年版）。

马骅的早期诗歌在形式上追求不断的变化，内容上呈现复杂的风貌，严肃和荒诞并置，戏谑和痛苦杂陈，反复抒写对远方的幻想和对自由的渴望，远行迁居和诗歌写作，成为他对抗庸常生活的两种方法。他在因一语成谶而最广为人知的诗歌《在变老之前远去》中写道：“幻想中的生活日渐稀薄，淡得没味 / 把过浓的胆汁冲淡为清水 / 少年仍用力奔跑 / 在月光里追着多余的自己远去 /……/ 在变老前踩着剩下的步点远去。”[02] 他在评论诗人京不特的一篇同名文章中写道：“既然觉者如释尊告诉我们生老病死是轮回的巨流，既然饕者如浮士德都不能让美好的时光停留一刻，既然那个早夭的酒鬼凯鲁亚克曾经喊过‘永远在路上’，那么，我们为什么不能在变老之前远去呢？”[03] 因为不安于庸常的生活，因为听从内心的渴望，马骅“用力奔跑”追寻自由，这不仅仅表现为生活环境与状态的骤然改变——他以“周游世界”为由告别朋友悄然远行，离开都市去梅里雪山下当一名乡村教师，更表现为他在诗歌艺术上的不羁冒险——在梅里雪山下，他“以前作品中复杂的戏谑与沉痛渐渐转变为开阔的澄明与宁静”，写

马捷、李海波编著《在变老之前远去：通往神迹的马骅》中国青年出版社 2004 年版

[01] 王敖：《代后记：衣服的新皇帝》，《王道士的孤独之心俱乐部》，南京大学出版社 2013 年版，第 333 页。

[02] 马骅：《雪山短歌》，作家出版社 2007 年版，第 126 页。

[03] 马骅：《在变老之前远去》，http://www.poemlife.com/url.php?forumID=14&msgID=2147480412&page=1。

出了组诗《雪山短歌》，该诗被称为当代汉语中最“清澈纯净”[01]的部分之一。

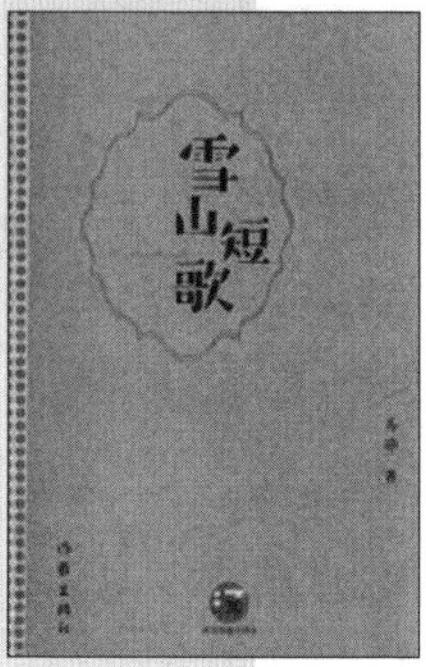

马骅《雪山短歌》
作家出版社 2007 年版

组诗《雪山短歌》[02]共计 37 首短诗，每首诗 5 行（第 29 首《念青卡瓦格博》因未完成只有 3 行），运用简洁明净的口语描景、状物、叙事、抒情，将自然、人情、经验和哲思完美地融为一体。组诗同时呈现出作为“异乡人”的自我与世界的关系，既表现了自我对世界的疏离——“一群玉色蝴蝶仍在吮吸花蕊，一只漆黑的岩鹰 / 开始采摘我的心脏”（《桃花》），“只有在山腰上四处张望的异乡人 / 才会被稀疏的松树林所迷惑，而困顿、麻木”（《晚秋》），“下游的温暖却不肯逆江而上，恍惚里的寒意 / 让人实在地着凉、淌鼻涕”（《午睡（二）》）；又表现了自我对世界的融入——“梦见破烂的木门就是我自己 / 被透明的积雪和新月来回敲打”（《春眠》），“…… 只有吵闹的学生跟着。/ 十二张黑红的脸，熟悉得就像今后的日子：/ 有点鲜艳，有点脏”（《乡村教师》），“新剥的树木顺流而下 / 撞击声混入水里，被我一并装入木桶。/ 沸腾之后，它们裹着两片儿碧绿晶亮的茶叶 / 在我的身体里继续流荡”（《山溪》）。相对应地，组诗同时传达出诗人的两种情绪，既流露出绝望和虚无之感——“雪崖上渗出的流水，直接溅出了轮回的大道 / 把石壁上的文字与阴影冲洗得更加隐晦”（《神瀑》），“四个年轻男人在雪山对面枯坐，等待积雪背后 / 秋天冰凉的满月。有水波流荡其间的满月，/ 如天缺，被不知名的手臂穿过；/ 如莲花，虚空里的那道霹雳”（《秋月》）；又展现出因绝望中的美好和虚无中的幸福而彻悟后的宁静澄明——“金色的蜂群周游其间，和遥望来生的人一起：收集幸福的蛛丝马迹”（《格桑花》），“后来跳舞的人都回了家，带着 / 细竹竿、柏树枝和来世的幸福。/ 一只宝蓝色的松鸦留了下来，和冰凉的泉水做伴 / 合唱莲花颂歌。唱了一千年”（《明妃舞场》）。以下两首短诗最能代表《雪山短歌》的上述特征：

[01] 韩博：《一个自由不羁的灵魂——诗人马骅云南遭遇意外》，http://paowang.net/post/2082760。

[02] 马骅：《雪山短歌》，作家出版社 2007 年版，第 141—160 页。下引组诗《雪山短歌》的诗句，均同此，不再一一注明。

我最喜爱的

“我最喜爱的颜色是白上再加上一点白
仿佛积雪的岩石上落着一只纯白的雏鹰；
我最喜爱的颜色是绿上再加上一点绿
好比野核桃树林里飞来一只翠绿的鹦鹉。”
我最喜爱的不是白，也不是绿，是山顶上被云脚所掩盖的透明和空无。

山雨

从雨水里撑出一把纸伞，外面涂了松油，内面画了故事：
一个男人和一个女人，在通往云里的山路上。
梦游的人走了二十里路，还没醒。
坐在碉楼里的人看着，也没替他醒，
索性回屋拿出另一把伞，在虚无里冒雨赶路。

《我最喜爱的》前四句由德钦县本地民歌改编而成，加上末句便形象地诠释了“空无”的概念——是“白上再加上一点白”，是“绿上再加上一点绿”，“不是白，也不是绿，是山顶上被云脚所掩盖的透明和空无”。《山雨》则描画了诗人凭窗望雨时的想象，雨 / 伞，内 / 外，男 / 女，梦 / 醒，走 / 看，一系列彼此矛盾的事物和意象在诗中交错起伏，织成令人迷惑的世界之网，而诗人的解脱之道是“拿出另一把伞，在虚无里冒雨赶路”。与王小波的“绝望其实是无限的美好”相仿，与王敖的“想到一个新名字，比玫瑰都要美”相仿，马骅在诗歌中所做的，是“站在虚构这边”[01]，这是具有浪漫主义理想的诗人、作家共有的理念——自由地探求艺术的可能性，用写作创造一个“比玫瑰都要美”的新名字、新世界。

[01] “站在虚构这边”，据秦晓宇考证，是欧阳江河第一本文集的名字，也是他为张枣所写的一篇评论的标题。但提出这种说法的是多多，他在《在这样一种天气里，来自天气的任何意义都没有》一诗中写道：“在这样一种天气里 / 你不会站在天气一边 / 也不会站在信心那边，只会站在虚构一边 / 当马蹄声不再虚构词典。”参见秦晓宇：《七零诗话》，敦煌文艺出版社 2006 年版，第 40—41 页。

（四）萧颂

萧颂，字慢之，生于1982年，四川人，初中辍学，从事过媒体工作，多数时间内无业，写诗，漫游，似古代的吟游诗人；2000年起活跃于“文学自由坛”，发表自己的诗歌和小说作品，大量参与诗歌讨论，也参与诗歌朗诵、话剧演出等文学活动；2002年起和杨孝峰（杨过）一起筹办民间诗歌刊物《大雅》，创刊号于2002年出版，收录程小蓓、杨过、刘焱、韦源、马骅、石可、张国晨、萧颂等诗人的作品，到2012年共出版5期；2009年自印诗集《诗》。

萧颂诗风多变，形式自由不羁，古诗、新诗兼作，或想象丰沛、气势恢宏，或天真烂漫、率性自然，或沉郁低回，或尖锐辛辣。诗学理念则相对恒定——吸取古代诗歌养分，接续中国诗歌传统，重构诗歌内在秩序，为祖国写诗，为传统写诗。从《大雅》创刊号的发刊词中不难看出萧颂的上述诗歌观：

> 千古诗家之心，莫衷一是，有求同者，亦有人卓而取异。惟此种种，竟不能论之以高下，诋之以善恶，甚或善恶，亦已非殊途。然《风》久不在，而《雅》习之，概《雅》之不能继日，诗无以言道。非不取，是不能也。
>
> 后学几，姑试言之，且效关长生，新袍覆旧袍之上而终不弃旧袍，为美事。

“《风》久不在，而《雅》习之”，萧颂把个人的诗歌创作放置于中国诗歌的大传统中，诗以言志，发“诗歌之正声”（此即大雅），他在诗歌中写道：“我热爱简单、自然，和祖国／我最害怕的事是死亡。”（《我的流水账》）在《有理想就有敌人》中，他这样写道：

> 我可以写甜美的情诗，现在也能写，
> 但五千年后我不拥有任何爱情。
> 无论我写什么，五千年后我自己
> 都注定会消失。
> 我能肯定还存在的，只有屹立的中国。
> 要想我写的东西有那么些价值，

那得是为中国而写的。
我爱自由，那不仅是我自己的自由；
我渴望强大，却不是我个人的强大。

或许是出于对死亡的恐惧，同时也是出于对永恒的向往和对个人存在意义的探询，萧颂选择了为传统写诗和为祖国写诗，选择了一条融合古典和现代、幻想和现实的“综合”[01]之路，以延续和发展自己的诗歌创作。而重构诗歌内秩序的具体方法为“新袍覆旧袍之上而终不弃旧袍”。萧颂的大量诗作直接以“古诗”或“赋”命名，如《古诗九首》《感悟赋》《克己赋》《木赋》《雨赋》《鸟赋》等，诗句中更是巧妙而大胆地将古典诗词中的典故和意象运用于当下现实：“没有楚国，没有山。/ 没有郎来的游记，雪一堆。/ 骑鹅的孩子拓走家谱，/ 老邻居在坟头种树，厌倦琴”（《感物赋》）；“让葡萄吃掉我们，/ 吃不饱疲倦，在浮萍色的桨下 / 拼散冷街的旧，烈马趁缁衣。/ 让新月吃掉我们”（《诗》）。更重要的是，近年来萧颂的诗歌创作在追求诗艺精进之外多了历史的和现实的责任感，也多了反思和自省精神，向传统的诗歌信仰皈依，以其言行和写作“佐证了一个当代社会古典诗人的可能”[02]。以下这首写于2003年的诗歌《我的愿望》充分体现了诗人的自省精神和内观的生活：

以前我有一个愿望，
想要有一栋巨大的房子，
里面装满了陈酒和怪异的古董；
那房子得有一个地下室
我时常想在那地下室的正中央打斯诺克。
不久我的愿望改变，
要在一片竹林的空隙里，修一间竹屋——那得是一间

[01] 袁可嘉在《新诗现代化》一文中论及现代诗歌的发展趋势，他认为，“这个新倾向纯粹出自内发的心理需求，最后必是现实、象征、玄学的综合传统；现实表现于对当前世界人生的紧密把握，象征表现于暗示含蓄，玄学则表现于敏感多思、感情、意志的强烈结合及机智的不时流露”，倡导“诸种因子的相对相成，有机综合”，“反对任何一种或几种质素的独占独裁”，肯定“自我意识的扩大加深”所致力于追求的“浑然一片的和谐协调”。参见袁可嘉：《半个世纪的脚印：袁可嘉诗文选》，人民文学出版社1994年版，第68页。

[02] 陈错：《中国80后诗人排行榜》，http://www.tianya.cn/techforum/content/210/3432.shtml。

漂亮的竹屋。我坐在里面，墙上满是字画。我负着手看画，或者听一个佣人弹琴。有时候马骅与蒋浩来访，我就引着他们去屋后的池塘边钓鱼；或者去看我准备兴建的石塔的地基。

在有着这么些愿望的同时，

我心里的另一面时常发出另一种叫嚷：让那些狗屁房子都见鬼去吧！我不要什么房子，连被子也不要——我甚至不要一双鞋子；只要在任意一座城市的大街上睡觉

满街的漂亮与肮脏，都是我的装饰。

而到了如今，至少是我写这首诗的此时此刻，我只想有一间其他大部分人都有的、结实的、正派的屋子。

我想要一些简单但实用的家具，它们最大的优点是便宜，至少让我看着不讨厌。我在那屋子里整日读书写字睡觉——也看看电视

我希望有一个简单的人在我身边，陪我做同样的事情。

诗的第一节是少年关于获得财富的愿望，这是民间童话中反复出现的幻想，第二节是关于获得格调的愿望，是典型的对中国传统文人生活的幻想，第三节是关于获得艺术的愿望，是对波西米亚人的流浪生活的幻想，而在写这首诗的此时此刻，在第四节里，诗人洞察了上述一切幻想，把个人愿望落在了坚实的大地上、日常的生活中——“只想有一间其他大部分人都有的、结实的、正派的屋子”“我在那屋子里整日读书写字睡觉——也看看电视 / 我希望有一个简单的人在我身边，陪我做同样的事情”。其实过这样平凡的日常生活的愿望，对许多诗人、小说家、艺术家而言，又何尝不是难以企及的幻想？正如萧颂在另一首诗《我的流水账》中所说——“我确信我生活在诗歌里 / 所以我生活在矛盾里 / 因为我的诗歌总在尽一切可能 / 向光明靠近 / 而世界正在逐渐毁灭 / 莫非毁灭就是光明？”写于 2009 年的《克己赋》，正是诗人的诗作“尽一切可能向光明靠近”的明证：

说真的，我的朋友们越来越美了；

轻雾喃喃地散开，空调里有豆花庄，
将有路，将有山
愿做手术，愿褪枝叶，露出不甘。[01]

（五）马雁

马雁（1979—2010），四川成都人，2001 年毕业于北京大学中文系，2000 年参与创办“文学自由坛”，2010 年 12 月 30 日在上海因病意外辞世。马雁曾获刘丽安诗歌奖、珠江诗歌节青年诗人奖，著有自印诗集《迷人之食》、散文集《读书与跌宕自喜》，去世后由诗友冷霜、胡续冬等人为她编辑出版诗文遗著《马雁诗集》和《马雁散文集》，均于 2012 年由新星出版社出版。

马雁

马雁《马雁诗集》
新星出版社 2012 年版

马雁在为数不多的诗论中表明了自己的诗学理念，可以概括如下：

第一，语言问题是诗歌创作的基本问题。“诗人应当对自己的艺术语言怀着极大的热情”，“致力于寻找、质疑和运用最基本的诗歌手段，不满足于现有语法框架内的语素搬运”，“使不同语素获得平等的被书写权”[02]，“我们每写下一个字都冒着生命危险”[03]，“发明词语者 / 发明未来”[04]。

第二，诗歌的意义在于，它显示了存在另外一种可能性，“使世界通过诗歌获得新的形态”[05]，或者使那些相信诗歌的人得到一个新的世界。“当一切的话语都能够通过转换生成而实现时，诗歌还有什么意义呢？事实恰恰是：转换生成永远是有限的，如果我们使用的语言不是简单的计算机符码，那么总存在着新的可能性。”[06]

第三，崇尚简单的风格。“喜欢简单直接，一针见血。当然也可

[01] 节选自萧颂自印诗集《诗·克己赋》，2009 年，第 7 页。
[02] 马雁：《马雁诗集》，新星出版社 2012 年版，第 203 页。
[03] 马雁：《马雁诗集》，新星出版社 2012 年版，第 205 页。
[04] 马雁：《马雁诗集》，新星出版社 2012 年版，第 107 页。
[05] 马雁：《马雁诗集》，新星出版社 2012 年版，第 205 页。
[06] 马雁：《马雁诗集》，新星出版社 2012 年版，第 204 页。

能并没有什么血可见，那么给出这个空无也是对的，给出毫无惊奇的现实”，“满足于简单，不急于给出自己根本没有的东西”[01]。

第四，强调共同的经验。“在残酷的现实面前写作是困难的”，“要写出这种残酷，需要极大的力量”，“需要从震惊里出来，世界不仅仅是那样，不仅仅是有个人的痛苦，也就是说要通过共同的经验”[02]。

马雁用诗歌创作实践印证着自己的诗学理念，在诗歌写作中致力于语言的冒险和心灵的冒险，致力于对新的可能性的探求，致力于将个人的痛苦和人类共同的经验相结合，写于 2003 年的《冬天的信——给马骅》是这方面的代表作：

那盏灯入夜就没有熄过。半夜里
父亲隔墙问我，怎么还不睡？
我哽咽着：“睡不着。”有时候，
我看见他坐在屋子中间，眼泪
顺着鼻子边滚下来。前天，
他尚记得理了发。我们的生活
总会好一点吧，胡萝卜已经上市。
她瞪着眼睛喘息，也不再生气，
你给我写信正是她去世的前一天。
这一阵我上班勤快了些，考评
好一些了，也许能加点工资，
等你来的时候，我带你去河边。
夏天晚上，我常一人在那里
走路，夜色里也并不能想起你。
“明月出天山，苍茫云海间”，
这让人安详，有力气对着虚空
伸开手臂。你、我之间隔着
空漠漫长的冬天。我不在时，
你就劈柴、浇菜地，整理

[01] 马雁：《马雁诗集》，新星出版社 2012 年版，第 197 页。
[02] 马雁：《马雁诗集》，新星出版社 2012 年版，第 196 页。

一个月前的日记。你不在时，
我一遍一遍读纪德，指尖冰凉，
对着蒙了灰尘的书桌发呆。
那些陡峭的山在寒冷干燥的空气里
也像我们这样，平静而不痛苦吗？[01]

诗歌前9行写的是个人生活的痛苦——母亲的去世，父亲的哀恸，对生活强烈的无力感和微茫的期望——“我们的生活 / 总会好一点吧，胡萝卜已经上市”，第9行在回忆中出现的“你”，是诗人马骅，他当时正在梅里雪山脚下做乡村教师，同时也交代了这首诗的写作缘由。第10—12行，继续书写生活的痛苦，从家庭到工作，更琐碎和物质化，情绪看起来积极了些，工作更“勤快”，考评更“好”，“加点工资”，但隐藏着对痛苦的逃避，第12行“你”再次出现，出现在未来时态中，把诗歌的空间带到了一个精神的栖居地——“河边”。从第13行起到最末一行，书写精神的痛苦——在“河边”，在夏天的“夜色”中，“并不能想起你”，面对离别所造成的物理上的时空距离，面对“存在主义的无聊”所产生的巨大的精神“虚空”而“伸出手臂”，这力气来自和更遥远的时空距离（“明月出天山，苍茫云海间”[02]）、更悲惨的人生境遇的对比（“由来征战地，不见有人还”），天地浩渺，万里戍边，离人望乡，思妇苦颜，诗人把个人的痛苦和普遍的共同经验结合起来，写出了“天地不仁”的淡漠和“死去何所道，托体同山阿”的通脱——“那些陡峭的山在寒冷干燥的空气里 / 也像我们这样，平静而不痛苦吗？”这种“平静而不痛苦”的“托体同山阿”的通脱，正和陶渊明的《挽歌》一样，是通过对宇宙万物和人类群体的无限悲悯而完成对个人痛苦的超越，换个角度看，也浸透了人生无以解脱的极致的悲凉。2004年6月20日，马骅因事故去世，6月23日，马雁写了悼亡诗《夏天的信》，淋漓尽致地呈现了这种极致的悲凉：

……去年，在黑水我想起

[01] 马雁：《马雁诗集》，新星出版社2012年版，第28—29页。
[02] 语出李白《关山月》，《乐府古题要解》中载：“‘关山月’，伤离别也。”

一个梦，汹涌冰凉的江水穿过陡峭的山，
人们在谷草丛中等一月一班的公共汽车。
我住在那里，荒凉而绝望。是的，你
住在那里，荒凉而绝望。你的鱼鳞云[01]
没带来爱情，今天我在这里写夏天的信。
当冰凉的江水冲刷你时，有一个人不断
给你写信，到天起凉风时，给你写信。[02]

（六）康赫

康赫，浙江萧山人，小说家，剧作家，长篇小说《斯巴达——一个南方的生活样本》于2003年1月由海峡文艺出版社出版，被收入叶匡政主编的“纸生态书系·独立文学典藏”作品集，2007年自印出版长篇小说《独行客》，2003年之后更多地创作话剧剧本，原创剧本《审问记》《采访记》《纣王》《堂吉诃德中原零年》和改编剧本《受诱惑的女人》（由康赫创作的小说《斯巴达》改编）、《泄密的心》（由爱伦·坡同名小说改编）等均在前卫话剧界赢得关注和好评。多达1345页的长篇小说《人类学》于2015年2月由作家出版社出版。

康赫是“文学自由坛”的主创人员之一，也是论坛的重要作者，可以说正是康赫凭其对文学的理解和热情所实施的一系列关于小说创

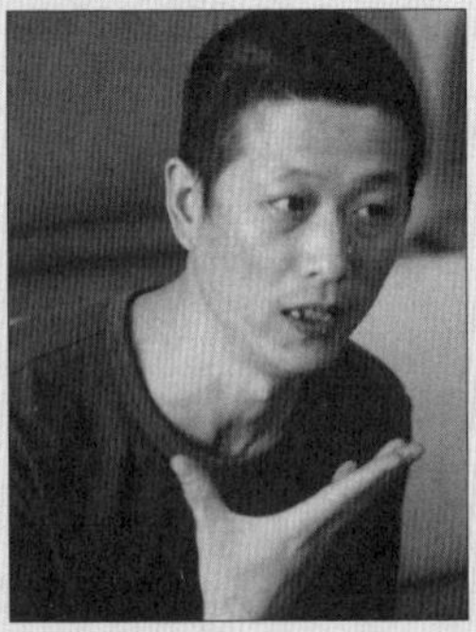
康赫

康赫《斯巴达》
海峡文艺出版社2003年版

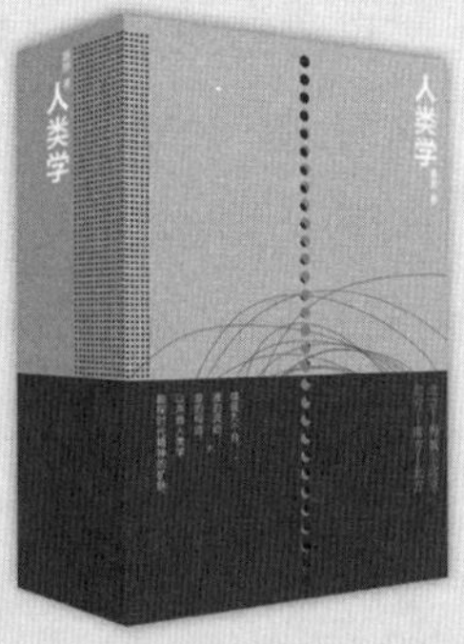

康赫《人类学》
作家出版社2015年版

[01] 马骅的《雪山短歌》中的《乡村教师》有这样的诗句：“上个月那块鱼鳞云从雪山的背面/回来了，带来桃花需要的粉红，青稞需要的绿，/却没带来我需要的爱情，只有吵闹的学生跟着。/十二张黑红的脸，熟悉得就像今后的日子：/有点鲜艳，有点脏。”
[02] 马雁：《马雁诗集》，新星出版社2012年版，第187—188页。

作及评论的举措——包括编辑网刊、发现作者、引发讨论、在线访谈名家等，才带来了“文学自由坛”中小说这一文体的繁荣。颇具代表性的事件是2002年与北岛主办的刊物《今天》的合作，2002年第2期《今天》夏季号上刊发了一组“青年作者小说专辑”，收录了马骅、马雁、何鸣（流马）、卢小狼、凌丁、韦源、疯羊、胡昉、燕窝、雷立刚等人的短篇小说。

廖一梅如此评价康赫及其话剧创作：“请注意康赫，他是个不同凡响的导演，具有独特坚决的美学系统，和同样强烈的精神气质，那是我在一个作品中最想看到的东西。他的每出戏都令我惊奇，在这个人云亦云的时代，这种气质是稀有的……”[01]这个评价同样适用于康赫的小说创作，康赫具有自身“独特坚决的美学系统”，他的每部小说以其“稀有的气质”不断打破读者的常规阅读经验，令读者在惊奇中发现（或者在不解中放弃）。这种“稀有的气质”主要表现在以下四个方面：

廖一梅

第一，康赫具有成为大师的“野心”且在写作中毫不掩饰这种野心，他试图让自己的创作比肩中外文学经典，不但在创作中以戏仿的方式致敬经典，而且试图颠覆、超越、创造经典。比如他的第一部长篇小说《斯巴达》在结构方式、人物形象、情节设计上和《尤利西斯》形成对照，再造史诗的理想呼之欲出；同时又和乔伊斯的《尤利西斯》形成第二重对照，乔伊斯把爱尔兰的庸常生活打造成爱尔兰的“现代史诗”，而康赫则试图把以家乡萧山为原型的一个中国南方小镇的庸常生活打造成中国的“现代史诗”。他认为“当代小说的史诗性存在于它所涉足生活的广阔度（没有深度），同时需要一次与时间主题相关的永恒不变的历险：生活之流的艰难穿越”，而语言“从来就是具有行动能力的”，“在时间和语言的帮助下，我们还有机会窥见其真相”，因而史诗“没有在奥德修斯就结束”，“因为它从来就没有结束过；奥德修斯结束的只是某一类别英雄的，

[01]《孟京辉评康赫：他对于中国戏剧美学是有贡献的》，http://yule.sohu.com/20091028/n267797128.shtml。

类别史诗”[01]。

第二，康赫是一个具有高度艺术自觉的优秀文体家，在他的作品中各类文体穿插杂糅，史诗、传奇、戏剧、戏曲、诗歌并呈，成为文体的万花筒。康赫认为“生活是没有文体的第一文本”，“但是它本身不是悲剧，它不提供陶冶享受和净化”，“文体正是虚拟和距离所在，是观赏性的基础”，而“在事件的丛林中，个体历险的不同形式，庄严英雄体，琐碎市民体，所包裹的是同一种传奇，欲望和热情的传奇”，因而打破文体间的藩篱，创作出像这个世界一样无所不包的百科全书式作品，以“极端的文体”产生“极端的观赏性”[02]，也因之我们可以在他的小说中看到戏剧中的对白（如《斯巴达》第七章），在小说中看到童话的情节模式和漫画的夸诞手法（如《独行客》），而在他的话剧作品中，我们又能听到小说式的叙述，看出“文学的全新可能性”[03]。

第三，康赫具有“对中国市民精神的精确洞察”，无论在《斯巴达》还是在《独行客》中，“他写到的一切市民生活的场景都是冷漠、伪劣、暴力、贪婪、粗鄙、麻木的，人们像老鼠一样茁壮地生存，过着毫无尊严、猥琐的生活。他所写到的每一个细节都只是对现实的夸张，没有爱，没有同情，没有浪漫，只有生命力在卑贱地生长。人们对死亡无动于衷，对他人无动于衷，也对自己无动于衷”[04]，这体现了康赫小说所建构的世界的存在主义的荒谬感——意义虚无，了无价值。

第四，康赫具有坚定的“为艺术而艺术”的创作态度，坚持“内心王国和自己的语言法则”，不从于俗，不服于威，坚守和创造着纯文学的信仰空间，也坚持抗拒着消费浪潮的裹挟席卷。他在访谈中谈及观众（读者）的期待：

---

[01] 康赫：《语言、文体、史诗及中国古典戏剧》，参见《斯巴达——一个南方的生活样本》，海峡文艺出版社 2003 年版，第 569 页。

[02] 康赫：《语言、文体、史诗及中国古典戏剧》，参见《斯巴达——一个南方的生活样本》，海峡文艺出版社 2003 年版，第 567—568 页。

[03] 颜峻这样评价康赫话剧《泄密的心》：“我从这个剧里看到了文学的全新可能性。”参见《孟京辉评康赫：他对于中国戏剧美学是有贡献的》，http://yule.sohu.com/20091028/n267797128.shtml。

[04] 颜峻：《颜峻关于〈独行客〉的评论》，http://book.douban.com/subject/2306155/discussion/19239211/。

> 观众的期待真是件麻烦的事情。我不知道他们期待什么。……他们期待我杀一只鸡，结果我杀了一条龙。他们打算祭晚上的安稳觉或明天早餐，我祭出了一些自由飞翔。他们必须明白一点，祭祀通常不是满足吃的，而是要让精神上升去接近天空。他们好不容易有机会接近菩萨去许个愿，结果拉了菩萨落地说要发财。[01]

这种对观众（读者）期待的淡然态度，在消费文化大行其道的社会环境里堪称“稀有”，它和北京四环以外的狭小居室、多达 40 万字的《斯巴达》的千元稿费、竣稿多年无法出版的鸿篇巨制[02]……一道构成了一个独立文学场域中的艺术家的生活样本。

以上这 4 个方面的“稀有气质”集中体现于长篇小说《人类学》中。在耗时 8 年，多达 130 余万字、1345 页的这部小说中，康赫试图把“巴尔扎克式的外部世界”和“乔伊斯式的内心世界”缝合起来，“同时保持司马迁那种对世界的态度，再加入自己的语言和构造法”。在这部小说中，叙述者随时观察他和世界之间的关系，自由调整他和世界之间的距离，“充满热忱和参与欲，同时又中立克制”。这就是所谓“司马迁对世界的态度”，也是康赫自己对世界的态度。小说共 9 章，每一章对应 1 个月的故事时间，“每一章有一个相对独立的主题，有一帮相对独立的人群”，章与章之间“主题会有流动，人物会有流动，节气会有流动”。这就是康赫创造的“构造法”，“把东方小说的流动性和西方小说的立体构造法融在了一起”。小说的语言形态繁复多变，有普通话、台湾普通话、西北方言、北京方言、曲阜话、萧山话、绍兴话等，有时像小说，有时像戏剧，有时像笔记，“一种不伦不类的语言，像韵文或打油诗，像内心絮叨，也像普通叙事”，“有时候会听不清究竟是谁在说，作者，叙事者，还是人物的讲述，或只是单纯的记录，是作者独白还是人物独白”，“一句话里经常有三四个声音”。这就是康赫发明的“自己的语言”，让他

[01] 陈然、康赫：《与康赫漫谈的一个小时：无需审视，只需沉迷》，http://yule.sohu.com/20101031/n276848455.shtml。

[02] 这本书已于 2015 年由作家出版社出版，近 140 万字，名为《人类学》，获第四届《人民文学》长篇小说双年奖。

"能够自由滑行，随时可以滑入内心，或是滑进外部世界"。小说讲述的是一个创造者如何寻找世界和自我的关系，如何在这种寻找中完成自己的创造。康赫认为它不是一个完成的状态，而是一部开放的小说，它向读者发出"接着写"的邀请，"比如里面有个小孩，他只出现了一个名字，或者一小段经历，你可以接下去，把这个人分布到九个章节里面去，让它和别的人物一样拥有一条自然流动的命运线，并和别的命运线适当交叉"。这种开放的未完成状态，符合时代的碎片化特性，"这个小说看上去也是零碎的，一小块一小块的，小块小块组成一个流动的大块，组成一个月"，"用一种零碎的形式来组成一个东西，这个东西我不希望是一个宏伟主题，主题不是固定的，而是人。我不想像传统小说那样有一个强大的主题，所有都笼罩在其下"。因此，在《人类学》中，"一切都在动荡，有一个自由的面貌"，也因此，《人类学》成了一部诗化的小说，一部结束小说的小说[01]。

（七）流马

流马，原名何鸣，生于1977年，山东人，在济南从事媒体记者工作，2007年赴京在房地产公司任职，目前是一家互联网公司的新媒体负责人；1999年开始小说创作，2000年起是"文学自由坛"重要的小说作者之一；"自由坛"停办之后，转赴"黑蓝""左岸""诗生活""万语小说"等文学论坛，其风格独特的小说作品产生了一定的影响力；后来成为微信公众号"读首诗再睡觉"的发起人之一，反对诗人与诗歌的精英化，致力于向公众推广中外诗歌，"用大众可以接受的形式，把诗推荐给大家，如果有可能的话形成一种影响力，改变大家对诗的看法"；在豆瓣阅读出版电子小说集《荒村梦话》《夜潜》，诗集《你们都不来唤醒我》，2015年3月由中华书局出版散文集《假如你没有机会加入黑手党》。

"读首诗再睡觉"
微信公众号二维码

流马曾是一个孤独的造梦者，在小说《流马》中，他这样解释"流马"的含义：

[01] 李昶伟：《垦荒者康赫：写下记忆中的九十年代》，《新京报》2015年4月11日。笔者此处的论述参考了李昶伟采写的访谈康赫的全文。

> 20年前就已经干涸的大河，生满灰褐的水草。我看见，对岸与河床交接的岩石上，分明有一股浮动的水流，像缭绕的炊烟，飘扬却不飘散；又像一群自由奔腾的骏马，雄壮然而飘逸。在没有水的地方能够看见水，那就是著名的流马。妈妈曾经说过，看见流马的人，是世界上最孤独的人。[01]

这段文字不仅解释了“流马”这个ID的来历，也不只是作者独立的叙事立场和孤独的精神状态的隐喻，同时还概括了流马小说的主要文体特征：梦幻式的语言、情节和结构——“在没有水的地方能够看见水”“像缭绕的炊烟”“又像一群自由奔腾的骏马”，轻逸而自由，虚幻而精确。这段文字还透露了流马创作小说的方法：“他时常会睡眼惺忪地从里屋冲出来，到处找笔和笔记本，说‘做了个梦，做了个梦’，就在哪张桌子前坐下来，奋笔疾书。”[02] 流马在小说中以“床上艺术家”[03] 自称，他所致力表现的不是我们置身于其间的由理性和规则拘囿的日常生活，而是一个又一个既荒诞不经又有清晰真实感的迷离梦境，在流马看来，这才是他需要面对的精神层面的深层现实：“我们进入的不是事件，而是人的精神。从这个意义上说，这种写作应该更直接地面对现实才对。”[04] 他的小说也被读者称为“梦境小说”，这方面的代表作有《幽暗的森林》《夜潜》等。

写于2002年的《舌头》在流马的小说中别具特色，不羁的想象所营造的并非幽暗迷离的梦境，而是一则艺术和现实激烈碰撞的清晰的寓言。《舌头》取材于流马童年的真实生活，他将村里的流浪说书艺人胡兰纯搬入了小说，并虚构了他的精湛技艺和传奇故事[05]。故事发生在一个虚构的国度，皇帝下令封上了说书人胡兰纯的嘴巴，人民因为缺少了胡兰纯的说书艺术而了无生趣，在皇帝儿子的婚礼上，亲家流泽王要一睹民间艺术家的风采，因而揭下胡兰纯嘴巴上的封条，

[01] 流马：《滑稽故事集·流马》，http://www.heilan.com/forum/forum.php?mod=viewthread&tid=8123。

[02] 2Tiger：《神殿里的流马——一种误读》，http://www.heilan.com/forum/forum.php?mod=viewthread&tid=321。

[03] 流马：《访问床上艺术家》，http://site.douban.com/widget/articles/29025/article/10036623/。

[04] 2Tiger：《神殿里的流马——一种误读》，http://www.heilan.com/forum/forum.php?mod=viewthread&tid=321。

[05] 流马：《在走向猪笼城寨的路上》，http://www.poemlife.com/thread-59311-1-1.html。

可是嘴唇已经生长到一块，舌头也早被吞咽下去，于是再造了新的嘴巴和舌头。胡兰纯在短短的时间内发展出新的技艺——吐舌头：

在我帮他把舌头塞进嘴里之后，他似乎从我卷舌头的动作中获取了灵感，现在竟然能够将舌头收卷自如了。他的表演匪夷所思，闻所未闻，舌头的动作越来越复杂，越来越精彩，可以上翘，可以打旋，可以像蛇一样蜷曲，还发出各种奇怪的声音：唏溜唏溜，呼哧呼哧，呵啦呵啦，吧嗒吧嗒，啧啧啧啧，啊啊啊啊，唧唧喳喳，呱呱啾啾，哦唉哎呀……流泽王对胡兰纯的表演叹为观止，跑过去捋着他的舌头，久久不肯放手。皇帝也没见过胡兰纯这类表演，吃惊得嘴都合不上，舌头不自觉地伸出来，再也无法收回。[01]

故事中的叙述者“我”是一位酷爱说书艺术的复仇者，由于硕大的臀部被桥洞卡住行刺皇帝未遂，被勒令割去“多才多艺”的舌头，然而：

奇迹终于发生了，胡兰纯嘴里伸出一条新的舌头。流泽王立刻扔掉手中的那一条；而我只有再割一次。但流泽王永远喜欢长在胡兰纯嘴里的那条舌头，我也只有永远一条条地割下去。在流泽王的脚边，丢弃的舌头已经一左一右堆成两座小塔，但胡兰纯的舌头仍然一茬茬地伸出，继续显摆自己吐舌头的奇妙把戏；不仅如此，他全身许多重要的关节，都长出一张张新嘴，吐出一条条更加多才多艺的舌头。两只手心里已经各有一张嘴在玩弄舌头，裸露的两个膝关节也各有一张嘴在玩弄舌头；他胸前的上衣一鼓一鼓地，似乎有三只老鼠在怀里跳来跳去；剥掉他的上衣，看到他的两个乳头和一个肚脐也都变成了嘴巴，也在玩弄他不断吐出的舌头，多才多艺的舌头。

[01] 流马：《舌头》，http://www.xici.net/d7458870.htm。

> 割舌头的工作加重了数倍，但我仍然看不到结束的迹象。[01]

在小说《舌头》中，说书人的艺术战胜了皇帝的强权、刽子手的折磨、现实的藩篱和死亡的威慑。然而在现实中，流马的写作艺术却并未战胜物质生存的压力和世俗生活的烦琐。他在 2012 年 8 月 21 日的博客文章中写道："事实上 2005 年之后我就没有写过什么像样的东西……微薄的薪水不足以承担我在济南的房供、妻女的生活和我自己在北京的房租……我绝不是那种在朝不保夕的生活中还能安心写作的人……为了解决一家人的吃饭问题，还是要先赚钱……现在我依然不会奢谈写作，我必须全力去争取一个自由，时间的自由或者财务的自由，我必须为孩子赚够成长的钱。如果这些东西我达不到，我永远不会静下心来。"[02] 这是当下社会环境中一个致力于"造梦"的纯文学写作者所遭遇到的一种典型境况，他所表达的在生活压力和艺术理想发生冲突时的矛盾心理和价值选择也具有一定代表性，从中可以窥见守护纯文学信仰空间的不易。但我们也不能认为艺术就此完败于物质生活，毕竟如流马所说：

> 写作是一件专业的事儿，以后重新进入会很难，但我真不能着急，着急也没用。
>
> 所能做的唯有奔着这个目标，规划好未来的事情。那一天也许还要等很久，也许很快就来了——不管怎样，我还是要乐观一下——一切取决于现在。[03]

（八）卢小狼

卢小狼，原名卢一鸣，生于 1974 年，祖籍江西，2001 年夏天开始写作小说，"文学自由坛"重要小说作者之一，论坛停办后，转赴"黑蓝""新浪原创文学"等论坛任版主。短篇小说《烟女士》《丰镇盗贼》获首届"作家杯"征文大赛的奖项，长篇小说《彼之乐园》

---

[01] 流马：《舌头》，http://www.xici.net/d7458870.htm。

[02] 流马：《鸵鸟慢慢抬起头》，http://blog.sina.com.cn/s/blog_5372631201015cla.html。

[03] 同上。

获“作家杯”优秀长篇奖，于2005年5月由作家出版社出版。2008年移居广州，任《信息时报》记者，创作话剧剧本《画皮》《夜迷宫》《媒心媒肺》《三姐妹》《不可告人》《我的朋友是机器人》《垃圾总动员》等，其中《画皮》获山东国际小剧场节7项金奖，由卢小狼担任编剧的电影《一路狂奔》于2013年上映。

卢小狼《彼之乐园》
作家出版社2005年版

卢小狼的小说写作可以说是从“文学自由坛”起步的，在康赫等人的鼓励下，卢小狼凭借旺盛的创作欲和精巧的“拆解技术”[01]创作了一部部质量均衡、风格独特的短篇小说，在“文学自由坛”受到读者好评，其中《东管头的吸血鬼》被残雪评论道：“这篇文章的作者有惊人的想象力。巨大的宝藏已初现轮廓，对于它的开掘只是有待时日的问题了。我想，当作者越来越复杂起来的时候，作品的结构也会越来越凸现。现在，我还不知道那到底是一种什么样的奇妙的结构。我会拭目以待。”[02]

卢小狼的小说有两个显著特征。一是以自然的语言制造神秘的叙事张力，对此陈卫有着精当的评价：“每篇小说几乎都至少有一个神秘之处……以极其自然的语言，使这些神秘毫不生硬，真实无疑。有时这种神秘表现为小说中的某个道具（人物或人物身体的异样），如《瑞香路的按摩女妖》和《东管头的吸血鬼》，有时语言自身就充满神秘的张力，譬如《小女兵》《烟女士》。他善于捕捉隐秘的冲突。《小女兵》全文写实，但总有一种莫名的冲突贯穿全文，阅读时能感到它带来的巨大张力。”[03]对于这种“神秘的张力”，流马称为“魅惑”——“不少人评价他的小说如此，其实他的人也是这样。有时候我感觉他就是一个幽灵，走路没有声音，面孔苍白而泛着模糊难辨的笑意，就连他抽烟的神态，都仿佛是一个幽灵的沉思。”[04]第二个特征是以精准的细节描摹环境氛围和人物心理，无论是来自日常生活的暖气片上发出的咝咝响声，还是来自幻想的让吸血鬼迷恋的七色花的

[01] 卢小狼在博客文章《艺术家》中总结自己的小说创作经验，用“解构技术”来概括，“就是读一个作品时能够顺利地将之拆解，吸取自己需要的，然后运用到习作中去”。参见http://blog.sina.com.cn/s/blog_569c71d70100cmf9.html。

[02] 残雪：《关于〈东管头的吸血鬼〉》，http://www.xici.net/d9539491.htm。

[03] 张小羊：《卢小狼和他的小说》，http://www.xici.net/d9539491.htm。

[04] 同上。

形状与光泽，都能产生真实感和动人的效果，“使他的小说具有一种丰富又简单的趣味性”，对于细节的缜密的处理，是“他的小说最大的看点”[01]。

2005年长篇小说《彼之乐园》出版之后，卢小狼中断了小说创作，也在网络文学论坛上逐渐淡出，2008年移居广州，从事媒体职业，同时转向商业话剧写作，赢得了市场的认可，成为知名编剧。对于自己的创作转向，卢小狼在2009年4月15日的博客文章中自我剖析道：

> 我意识到自己过去的那些东西只不过是习作而不是作品时，我羞愧难当。和我同时期的文学青年也各有不同的出路，那些严谨创作的人注定没有好下场。……我热爱诗意，热爱纯洁得毫无瑕疵的思想，但是我却做不到，做不干净。两年前我曾经和一个朋友探讨过高贵的艺术，那时我对自己认识得还不够清晰，我对她说要写出高贵的作品来，却没有做到，相反我为自己一次次阴谋得逞而沾沾自喜。……我成为低端快餐文化的缔造者，我成为一个有个性的人，我成为一个有理论支持的人，我甚至敢于不假思索地怀疑了。
>
> 这些年来我一直寻找的诗意离我越来越远了。我不抱怨，这是我的苦衷，我作为一个小人物有权利拥有苦衷和难解之愁。反正我的痛苦无足轻重，我的快乐也就是小富即安，我相对平安地度过了三十多年，忙活了十几年的劳碌人生，就快要不惑了，突然跳出生活变成神经病了。也就是说以前我就是行为再怪异那也是趋风附雅，直到最近苗头才有些不对，至少不能再做一个盲目自我欣赏的人。基于我的艺术观，我认为自己没有资格再谈艺术。[02]

这是一个由独立文学场域向消费文学场域转向的写作者的内心独白，其中有自我安慰、自我原谅和自我辩解，更多的是自我分析、自我审视和自我批判。“那些严谨创作的人注定没有好下场”——这在

[01] 秦晓宇：《关于〈特洛伊之恋〉》，http://www.xici.net/d9539491.htm。

[02] 卢小狼：《艺术家》，http://blog.sina.com.cn/s/blog_569c71d70100cmf9.html。

由经济场支配的消费文学场域是既存的现实。只是面对同样的现实，不同的人做出了不同的选择，有人选择“金钱为王”，也有人选择“艺术至上”。

第三节　“对不可言说之物的独立言说”——陈卫小说论

在新世纪文学场中，在经济场作用下，消费文学场域的影响日益增强，娱乐至上的消费文学浪潮此起彼伏，一个又一个明星作家被商业机制“包装”出来并推至台前，赢得偶像般的名望和可观的经济利益；政治场作用下的主流文学场域的影响力虽然在消费文学的冲击下有所减退，但在长久以来形成的文学机制的管理和维护下，仍旧拥有较多的出版资源和媒体宣传平台，较易引起评论界的关注并获取官方文学奖项；而独立文学场域，则远离了由政治场中的主流意识形态和经济场中的商业机制共同构成的“文学支持网络”。陈卫的中短篇小说集《你是野兽》和《从现在开始》，始终保持着一种“先锋”的姿态，其先锋性主要体现在对当下文学支持网络的逃逸，他通过努力言说那些在场而不可言说之物来实现这种逃逸。

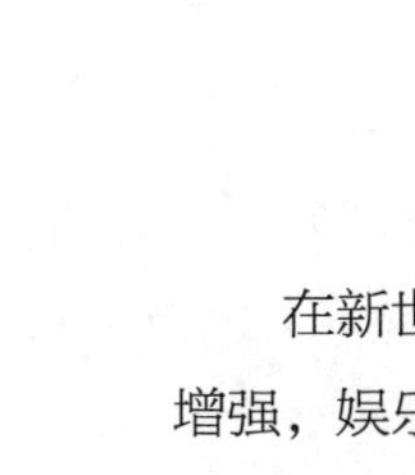

陈卫《你是野兽》
广西师范大学出版社2005年版

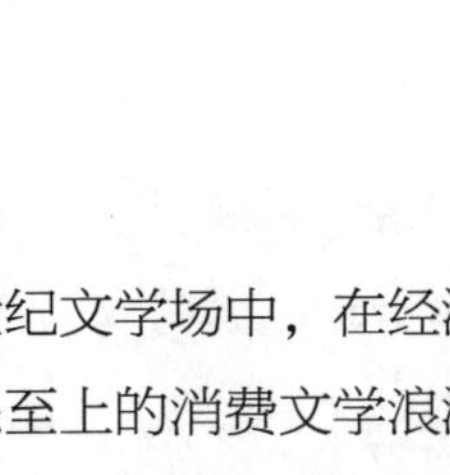

陈卫《从现在开始》
上海人民出版社2010年版

解读陈卫作品的整个叙述过程，从叙述者、叙述内容、叙述方式和叙述接受者几个方面来分析陈卫小说的创作，就可以具体地体会到他是如何去言说那些不可言说之物的。从叙述者的角度看，陈卫小说的叙述者总站在一个逃逸的位置上；从叙述内容看，其小说努力去言说那些写作者（尤其是主流文学场域和消费文学场域中的写作者）不能言说的、不愿言说的、不易言说之物；从叙述方式看，其小说用客观冷静的文字力图表现在场的不能言说之物的真实，对于小说题目的处理十分独特；从叙述的接受者角度看，用作者自己的话来说就是："我全身心地投入、制作出一篇小说，我所有劳作的气息和力量已经感染、促生出该有的，哪怕是潜在的读者。"[01]

一、对当下文学支持网络的逃逸

所谓先锋文学并不是一个文学流派，而是指一个空间性的概念。"先锋"（Avant-garde）一词来源于法语，是一个军事术语，原义来自法国著名的《拉鲁斯词典》，是指一支武装力量的先头部队，其任务是为这支武装力量开始行动做准备。后被引用到文学艺术领域，"适于19世纪的先进的和实验的艺术运动，通常与现代主义有关系。'先锋'这个词意味着艺术形式的变革，同样，这个词也意味着艺术家们为把自己和他们的作品从已经建立起来的艺术陈旧过时的桎梏陈规和艺术品味中解放出来所做的努力。先锋在被认识和接受为正统合法的艺术表达之前，常有一个长时间的忍受和力争得到社会承认其存在价值的奋斗和挣扎的过程。"[02]可见，先锋既是一种反叛又为一种准备，它是对现有已经建立起来的权力话语的反叛与超越，这就意味着其应具有超前性。同时它又为一种即将建立的话语做准备，也就是说在其超越主流话语的时候就具备了先锋性，当其被主流话语所接受并且融入主流话语的时候其先锋性也就丧失了，而被另外的具有超前性的先锋所取代，所以，先锋文学并不是一个静态的文学流派而是一个动态的文学发展的过程。先锋性具有几个普遍特点："1. 明显的实验色彩。2. 在力求创新的推动下，通常具有不符合当时审美取向的艺术形式，形式上的不好懂是其最明显、最直观的标记。3. 与流行的、

[01] 陈卫、常立：《很多过往的好方法都不适合你》，《黑蓝网刊》，第89号，http://www.heilan.com/periodical/heilan_89/cxzks_6.htm。

[02] 舍予：《世界艺术百科全书选译》，上海人民美术出版社1987年版，第7页。

占主导地位的、体制化的、被大众接受的艺术程式针锋相对，具有强烈的反叛性。4. 有能力为艺术发展开辟新的可能性，这一点会使得先锋艺术区别于哗众取宠的‘伪先锋’。5. 自我颠覆性。先锋艺术会不断地推翻自己的艺术形式和文本模式，从某种形态或者说艺术范式越向另外一种。”[01]

纵观中国当代文学，1949 年之后在文学机制操控下的具有强烈政治意识形态的文学是中国文学的主流，20 世纪 90 年代以来，随着商品经济的发展，商业机制渗透到了文学领域，受到市场主导的消费文学继而兴起。而先锋文学则悄悄地存在于远离政治场和经济场的独立文学场域中，它有“得到承认的先锋派”和“未得到承认的（真正意义上的）先锋派”两种形式。处在文学场中的任何文学体裁都会分化成一个“探索的领域”和一个“商业的领域”，这是文学场结构的两极，先锋文学产生于“探索的领域”，当其进入“商业的领域”时就失去了先锋性[02]。

我们也可以通过文学创作与“文学的支持网络”之间的关系来确定其是否具有先锋性。所谓“文学的支持网络”，从宏观层面上说，它指的是文学场中某种文学的生产和转化机制，以及和这种文学具体意蕴（美学 / 社会学）对应的，由一般社会环境、权力场（意识形态权力和商业权力机制）、文化语境层面上的支持点交织成的网络。它是这种文学进入文学场结构获得合法性的必要条件。从微观层面上说，它是指支持某种文学创作的个人在客观现实中的经历等有一定物质性实存性质的因素，个人所获得的体系化的知识及其身处其中的文化语境等有非物质性实存性质的因素，个体诗性体验的心理机制、诗性思维能力等具有主体创造效能的因素这三个方面的综合体。最后一点是最为重要的因素，它制约着主体对于前两者的接纳、吸收，而它的形成又无法离开前两者的基础性作用[03]。那么可以说，当一种文学不具备支持网络的时候，就是逃离出了原来的文

[01] 程波：《先锋及其语境：中国当代先锋文学思潮研究》，广西师范大学出版社 2006 年版，第 3 页。

[02] 程波：《先锋及其语境：中国当代先锋文学思潮研究》，广西师范大学出版社 2006 年版，第 7 页。

[03] 程波：《先锋及其语境：中国当代先锋文学思潮研究》，广西师范大学出版社 2006 年版，第 8 页。

学支持网络，又还没有被一种新的支持网络所覆盖，这样的文学就具有先锋性，而当它被一种支持网络所覆盖的时候，也就失去了先锋性，与此同时，融入支持网络中的先锋文学又在为下一次逃逸做着准备。

陈卫的小说既没有被主流意识形态文学网络所覆盖，也没有融入市场主导的商业文学中，而处在一个探索的领域，小说的内容及小说的创作方法具有自身的独创性，他在创作中去除了政治意识形态的影响并努力远离当下主流文学话语，不去迎合市场的需求和读者的品味，而是试图去言说主流文学场域和消费文学场域的写作者不能言说、不愿言说或难以言说之物。这就体现出其创作在主流之外所具有的独立性，我们可以将他的创作看作是对当下文学支持网络的逃逸，这种逃逸，正是陈卫小说具有先锋性的原因所在。

二、在场的不可言说之物

不可言说并不是一种独立的存在。符号学的创始人之一格雷马斯认为一个单独的对象词是没有意义的。意义预设了关系的存在，而关系的级别要高于它所衔接的内容。结构是关系的表征方式，也是意义的存在方式。结构以衔接两个义素的关系为特征。因为关系的表征方式具有多样性，所以结构也具有多样性[01]。他通过普遍存在的二元对立来发掘事物之间的联系和关系，并建立了著名的格雷马斯语义方阵。方阵中，对立关系是一对基本关系，矛盾关系是辅助关系。正是靠着这四个功能项之间的关系及其种种变体，对象词的意义才得以衍生。

用这种方式可以看出陈卫小说的意义。

我们可以把文本的生成分为：在场—可说—不在场—不可说。其中与在场相对应的是不在场，与可说相对应的是不可说。如下图所示：

[01] A.J. 格雷马斯：《结构语义学》，百花文艺出版社 2001 年版，第 20—26 页。

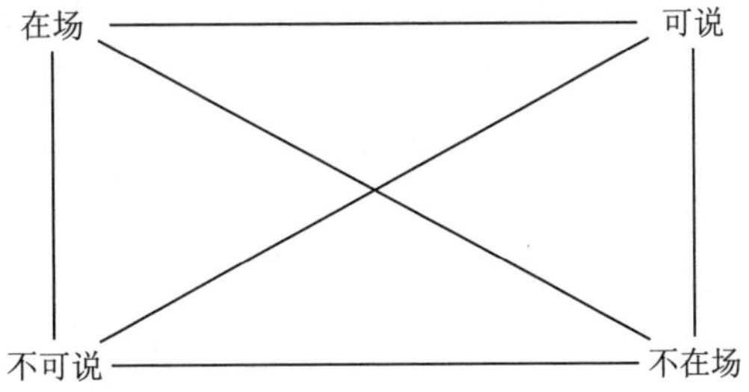

从这个方阵中可以看出，“在场—不在场”这条语义轴所表现的是实在界中的两种存在形式，在场的是看得到或能感觉到的，而不在场的则是虚构或虚无之物。与之相对应的是“可说—不可说”，这是文本对实在界的表述。几乎所有的文本都可以放到这个方阵中来分析。

由在场和可说所构成的文本是能够用语言表达的言语，那是一种传统的很容易被大众接受的艺术程式，这类文本言说了在场的可言说之物。如新闻、通讯、公文等应用型文体均属于此类，传统的现实主义文学也多属于此类，在当下主流文学场域和消费文学场域的多数文学作品也属于此类；由可说和不在场所构成文本是没有言语的虚构的语言，这类文本偏重形式、意义暧昧而较难被大众接受，20 世纪 80 年代的一些先锋文学作品属于此类；由不可说和不在场所构成的文本则不存在，既不存在又无法言说的属于虚无，它在语言和言语之外；由在场和不可说所构成的文本力图去表达那些不能用语言表达的言语。从图中可以看出，由“在场—可说—不在场”围成的区域基本覆盖了当下的主流文学场域和消费文学场域。由“在场—不可说—不在场”围成的区域是对以上文学场及其文学支持网络的逃逸。又由于“不可说—不在场”所围成的区域是无法言说的不存在的，那么真正存在的逃逸就是由“在场—不可说”所围成的区域，这也正是陈卫小说所属于的区域。

三、对不可言说之物的言说

不在场指的是被叙述之物，言说指的是叙述本身。“凡是用一种符号手段再现一系列的事件，而这些事件的排列又具有一定的可跟踪性，这个符号意指过程就称为叙述。”[01] 在整个叙述的过程中，叙述者并不是作者，而是作者的一个抽象的人格，叙述接受者也并不是读者，而是叙述行为假定的接受者。二者通过建立叙述文本产生联系。那么整个叙述的过程可以这样表示：

文本

作者 ——→ 叙述者 ——→ 叙述接受者 ——→ 读者

陈卫小说就是通过“叙述者—文本—叙述接受者”这样一个过程来显现其不可言说的言说。

第一，谁在说。这也就是小说的叙述者问题：谁来言说那些不可言说之物？言说者并非陈卫本人，而是陈卫在小说中预设的那个叙述者，这是一个抽象的人格。在陈卫的中短篇小说中出现了两种人称的叙述：第一人称和第三人称。第一人称叙述的作品有《白沙乐园》《碧波荡漾》《定淮门》《宽躺椅》这四篇，其余的都是第三人称叙述，第二人称叙述没有出现。

第一人称叙述几乎都是叙述者全显式的，就以“我”的角度来叙述整个文本，《白沙乐园》中的“我”的隐秘的想法，《碧波荡漾》中“我”骑铃木摩托车的感觉，《定淮门》中“我”和女友被警察“跟踪”时的感受，还有《宽躺椅》中“我”来到上海“父母”家的所见和在伟驰美术馆右侧厅躺椅上的感觉……都让人可以明显地看到那个作者抽象的人格。而第三人称叙述的作品我们以《被迫接受》为例，叙述者通过第三人称弦的视角叙述其蹲在路边的所见所闻所感，但有时候弦也不存在了，就成了一双眼睛看着并叙述着发生的事情：铁路两边的景象，还有坐在列车中的汉子。《世界》和《红》两篇虽然写的是兽，用的是第三人称“他”，但叙述者始终在一个半隐半显的位置去观察兽，甚至细致地描写兽的感觉、兽的心理。

无论是用第一人称视角还是用第三人称视角，后面的那个叙述者总处在一个“局外人”的位置，这里的“局外人”如同加缪小说《局外人》中的莫尔索，有一双看似冷漠的眼睛，处于一个看似冷漠的位

[01] 赵毅衡：《当说者被说的时候——比较叙述学导论》，中国人民大学出版社 1998 年版，第 1 页。

置，无论发生什么都总在力求不动感情地叙述，就像在《那时我们这样杀死老师》这样的小说中的性爱场景，叙述者不带感情地在一旁观看并描写着。然而正是这样的“局外人”的角度让叙述者处在一个逃逸的位置上，也正是叙述者与叙述内容之间的距离才让叙述者有足够的空间去言说。如同小说《中间》里的场景，不断转换的镜头，每一个片段就像一张张照片一样不连贯地转换着，没有逻辑和情节。仿佛叙述者就是一台照相机随意地取景，然后把这些照片陈列到接受者面前。试想如果叙述者站在卡农、拉凡、粱卉或者任何一个人的角度，将会获得更多的情节性内容，那么就无法做到这样尽量客观地言说整个场景。

有时候这种客观性已经达到完全消隐了叙述者的程度，一种虚拟的在场使叙述者逃逸，比如小说《两只空气同时落球》。作者精细刻画帕斯卡、森格兰以及他们当时的生活环境（包括摆设、田野风景、空气，尤其是人物的思想和精神意志），以至于后者如当时日记所载一般完全乱真地“在场”（很多读者读完小说都以为这个作品如作者虚拟的“引子”所称，是取自小说人物之一森格兰的日记），相对于此，通过那个虽然虚拟的却是为了更加“真实”的“引子”，叙述者彻底地逃逸、不在场。作品的充分在场正是以作者人格的充分不在场为代价，而正是作者人格的充分逃逸和消解，才在最终作品充分呈现时使得作者的人格闪射在作品的字里行间而不是像传统小说那样呈现在小说某个或几个关键的寓意部分，也就是说，《两只空气同时落球》以作者人格的充分逃逸和消解的全新手段，获得了作者人格最大化的呈现。

所以，叙述者的位置成为陈卫小说中言说不可言说之物的一个关键因素。

第二，说了什么。这也就是小说叙述内容的问题。陈卫力图去表达的是那些在场而不可言说之物。所谓“在场”是指实在界中存在的客观的物或是主观的感觉，而所谓的“不可言说”则是那些不能言说、不易言说或不愿言说之物。这是一种先锋性的尝试，突破了传统文学、大众文学的限制，努力尝试着扩大文本所能表现的范围。在传统文学中言说被限制在那些可言说之物上，无论是在场的还是不在场的，无论真实还是虚构，言说往往成为叙述者和接受者共谋的谎言，或者可以说成为一种叙述者和接受者共同期望的虚构的理想。为了逃离这种共谋的谎言或虚构的理想，努力去言说那些不可言说之物无疑是一种大胆的尝试。正如陈卫自己所言："一个优秀的艺术家，必然为这世界创造新的'命名'，也必然为这个世界'重新命名'。在这个意义上，作者必须敢于寻求和面对'不可言说之物'的言说。在这里分清种类并不重要，重要的是达到'不可言说'。作者应该敏感'不可言说之物'的降临，一旦如此，他会知道'创造'的激动随之降临，相反，如果他始终面对'可言说之物'或'已被言说之物'，写作也就变得索然寡味。"[01]

首先，不能言说之物。小说是一个叙事的文本，小说创作从取材到构思再到组织行文的过程是由作家完成，然后再让作品中那个人格化了的叙述者来完成小说的叙述，叙述之前的工作是不能构成叙述本身的，但陈卫在小说《喜马拉雅山的温暖》中就叙述了叙述本身。小说没有连贯的情节，看上去只是一些灵感和思绪的记录，如小说竟有这样的内容："……3. 你看，就像聊天，一个特能侃的人，不让听众有半瞬的喘息，反而以特有的反应力迫不及待地跟上他的节奏。4. 短句的力量。5. 笔锋突然一转：从描叙转入生活细节。一块漂浮的石头终于落地，有了安顿的所在。6. 诗！ 7. 比喻陌生、有理，极具风格。8. 他说：'小孩子'，多么宽厚……"[02] 这些看上去类似写作材料的内容构成了小说叙述本身，这就在结构的同时也解构了小说本身。同样的还有小说《从现在开始》，陈卫把叙述以及叙述的过程作为小说来进行叙述。于是他在文中有这样一段："写完这个开头，习惯性的躁动使我搁下了它，似乎我仍需要在不知名的前景中等待、索取、服从、制造我盼望这个小说出现的、全新的、甚至能摧毁我自己的特异性，而为了它或它们的出现，我似乎还需要继续做些我并不清楚具体内容的准备……我初步想了一下：1. 为了减少修改，我准备学习采用以往带着轻微反感的老派做法：先列提纲，再写。2. 以后任何一个小说第一次动笔，必须写满三千字。3. 如果还是不断地感到'写坏'，则不许丢弃，让这些'写坏'的开头照样挂在小说里，一来保留它们

[01] 陈卫、常立：《很多过往的好方法都不适合你》，《黑蓝网刊》，第 89 号，http://www.heilan.com/periodical/heilan_89/cxzks_6.htm。

[02] 陈卫：《你是野兽》，广西师范大学出版社 2005 年版，第 87 页。

或许存在的价值，二来给自己丢脸。下面重新开始。”[01] 这样的写作内容可以看作是一种超越，将叙述的内容延伸到了叙述之外，言说了那不能言说之物。

其次，不愿言说之物。叙述必然会顾及叙述者和接受者的社会文化等背景，而一些东西则是文化或传统的禁忌或者是个人不便言说的隐秘。陈卫在其创作中大胆地言说了这一类不愿言说之物。如小说《那时我们这样杀死老师》中描写两个少年和一个少女的性爱场面，不动声色的描写让性爱带上了一种冷峻的色彩，这样突破传统禁忌的描写一次已经让人难以继续，而陈卫在描写了一次之后又描写了一次，这就将那人们不愿言说的禁忌完全地呈现出来，这是一种大胆的尝试。而在小说《白沙乐园》中关于性幻想的描写，被叙述者毫不遮拦地言说出来。无论是禁忌还是隐秘都是难以言说的，而陈卫在小说中努力地言说了。

最后，不易言说之物。很多东西并非不在场而是很难去抓住，很难用文字来定格。比如那些转瞬即逝的感觉，这是一个很难去具体言说的瞬间，然而在小说中陈卫努力地去表达这个难以表达的瞬间。如小说《伤心夏季》中，小鱼在路上行走，迎面过来的三个少年吹着口哨，但和小鱼擦肩而过的时候他们停止了吹口哨，就在这时以及在此之后小鱼耳边一直响着一种幻听，那是口哨声停止后的瞬间的感觉，这样的感觉就如同闭上眼睛脑海中瞬间出现的影像，就是此类稍纵即逝、难以捕捉的感觉，成为陈卫在小说中努力言说的对象。而在小说《碧波荡漾》中叙述者如此描写骑铃木 GSX400 摩托车的感觉：一开始尽量从视觉听觉感觉等方面来描述，而之后那种风驰电掣的感觉到了无法描述的时候，就只剩下一些只有读音而没有实际意义的字或词，被堆叠成一大块一大块。正是这样的叙述方式超越了各种修辞手法，也正是这样的叙述方式让人不仅看到一个生动的场景，而且还真正体会到那种骑在摩托车上飞驰的感觉。

空间的片段也是难以言说的，因为叙述行为总会受到逻辑的影响，纯粹跳出逻辑之外是难以表达的，陈卫在小说中企图突破这种逻辑去进行逻辑之外的表达，如同小说《中间》描写海鲸酒楼里发生的

[01] 陈卫：《从现在开始》，上海人民出版社 2010 年版，第 119 页。

事情，没有情节也没有逻辑，纯粹只是一个空间的场景，来来往往的人像一个个空间中的符号，无须知道他们是谁，也无须知道发生了什么事，没有顺序，也没有逻辑，只有这样陈设出来的一个空间才更为真实。

纯粹为表达一个过程而言说也是陈卫小说的一大特色，没有起因，也没有结果，仅仅只是努力将一个过程以最完好的形式呈现在接受者面前，可以说陈卫的小说几乎都有这样的描写，《伤心夏季》中小鱼的行走，他要去哪里，没有人知道，重要的不是行走的原因和结果，重要的是行走的过程。在小说《对伟大偶然而要命的限制》中猴子唱《死了都要爱》的过程成为整篇小说的内容。

第三，怎么说。想要言说那不可言说之物，"怎么说"也就是叙述的方式问题。冷峻的陌生的视角，客观而准确的语言，是陈卫小说创作的一大特点，如小说《那时我们这样杀死老师》中那样不动声色、不带感情地描写着少年们的性爱，那样暧昧的场景却能描写得如此冷峻，好像性爱也变成了如同某件物体一样客观的场景。这样的言说方式在《如果外婆今年不死》中也可以看到，弦似乎是以一双逃逸出世俗的眼睛看着身边的世界，看着外婆生病死亡，看着全家人的忙碌，那样客观而冷峻地写着，这让人更深刻地体会到死亡的冰冷。

陈卫小说的语言非常干净，几乎不加修饰，他试图用准确的语言去精确地再现一个生活片段或再现一种感觉，比如《中间》里的场景画面的精确描写，《碧波荡漾》中骑摩托车时的感觉描写和炒菜时的声音与动作描写，等等，正如作者自己所言："这些描写的动机很单纯，就是为了抵达真实，文字的数量、重量、质量、声音及其总和与所描写的现实的合拍。"[01]

小说题目与文本的关系在陈卫小说中也独具特色。作者对题目是非常重视的，因为题目也属于叙述的一部分，有时候题目可以统领全文作为全文的主旨与概括，而有时候题目是为了打开文本的空间。陈卫小说的题目更接近后者，为了打开文本空间，题目也在努力实现对文本的逃逸。其小说中很多题目看上去似乎与小说的内容有很大的差距，据作者本人说："题目与内容之间的关联并不是一成不变的，但

[01] 陈卫、常立：《很多过往的好方法都不适合你》，《黑蓝网刊》第 89 号，http://www.heilan.com/periodical/heilan_89/cxzks_6.htm。

总体的目的都是扩大，而不是总结小说的容量，在某种意义上，因为题目与正文的关联，将使题目形成另一个小说的正文，后者将对小说原本的正文部分产生冲击，扩大小说给予读者的想象空间。”作者称自己有时只想到题目，然后再为这个题目思考小说内容，如《你以为你能走多远？》就属于这种情况。《你是野兽》的题目与“题记”中小说未正面出现的人物林卡的“这有什么奇怪的，你本来就是野兽”联系起来，可以使读者想象小说里没有写到的“他”和林卡的生活场面。对于《喜马拉雅山上的温暖》这个题目，作者这样说：“来自有一次在酒吧里与一些朋友小聚，但聚会随着夜深和个别朋友酒醉而逐渐有些无聊，我渐渐离开我们的桌子，靠在吧台上看电视机里播放的 MTV，MTV 正在播一首我以前从没听过的、很古典、很豪迈的歌，我听完让服务生重新播放了一遍，才知道是改编过的《欢乐颂》。这从未感受过的豪迈使当时气氛下的我很受震动，虽然那个 MTV 的影像实在地说也很庸俗，但明亮的色彩、秀丽的山川，使我瞬间有了这个题目：喜马拉雅山上的温暖。后来几个月我一直在思考怎么把这个题目写成小说，并最终断断续续地完成了。虽然小说里确实没有写到喜马拉雅山，但通篇我试图以各个角度表达最高峰上的温暖这一主题。”有时候陈卫小说的题目甚至消解了文本，在小说《中国》中，题为《中国》但却消解了“中国”这个概念，小说中没有显而易见的政治意识形态，但这个“没有意识形态”恰恰是以“在场”来消解的，文中虽然严肃认真涉及了“意识形态”（“他”和林卡讨论列车条件、中国社会的改变），但很明显，从全文宏观角度特别是最后结尾来看，叙述者毫无疑问在消解、抵制甚至是逃逸和无视“中国”这一严肃而宏大的命题所涵盖、指向的“意识形态”暗示。结尾，“他”说：“我想从这篇开始，学习并能忍受写一些没什么意思的东西。”最后那个小孩也消失了、逃逸了，他的消失、逃逸催生了这部小说令人惊奇的结尾。这种消隐、逃逸和消解，同样出现在《两只空气同时落球》这个题目上。“落球”其实也就是“坠落”之意。“空气”“落球”直接指向“坠落”“落空”“空无”“消失”之意。“两”无疑表明某种相伴关系，既可指代小说中的帕斯卡和森格兰，也可指代小说作者和帕斯卡、森格兰的混合体的合一。由此，这些相伴者在这个题目里被称为“空气”的理由也指向着“空无”。文中帕斯卡与森格兰的谈话内容：“人所有的努力，并没有加在一起，而有可能互相抵消了。”这也是在追寻和思索人类努力的总和的意义；而在这一切所谓“意义”的实质性的抽离、不在场之下，人类的每时每刻仍旧没有停止奔忙和追索、奋斗和思考，这看起来既是可笑的悖论，又以一次小说写作的经验重现了“过程的价值”：最初或最终的意义是不存在的，因此人类永远活在或沉迷于某个时段的过程之中，这同样是一次针对“不可言说”的挑战。也正是因为以具有如此破坏力、消解力，同时又具有更大扩散力的题目为小说命名，《两只空气同时落球》完全摆脱了前人各种取材“历史”的小说窠臼，包括博尔赫斯的“历史小说”的类型化倾向，独辟蹊径而成为一篇特立独行的“逃逸式”小说。

综上，陈卫的小说并不是为迎合大众而创作的，小说的叙述接受者并不是大众，作者曾经自述道：“在写的时候确实不会考虑，也不需要读者。写作时作者与自我心灵的对话，就是与最好的读者的对话；写作要求越高，这种对话的质量也越高，这种质量是任何其他外在的读者所不能达到的。但是，写完之后，一个高质量的读者所带来的欣喜就是写作这份工作最好最大的收获。每个作者的作品已经预设了他的读者。我的读者应该是懂艺术、喜欢陌生、喜欢精妙的刺激、喜欢生产过程、喜欢未知结局、懂道德、懂生活的非愤青。”[01]

陈卫的小说逃逸出了主流的和市场化的轨道，逃逸出了当下文学的支持网络，以一种先锋的独立的姿态存在着。陈卫的小说努力去言说那些在场而不可言说之物，为的是还原在场的真实，力图用文学去建构一个真实的世界，而不是用叙述去粉饰真实，或者是去虚构那遥不可及的理想。在当下中国的文学语境中，作为艺术探索的陈卫的小说写作，为小说艺术的发展提供了新的可能。可以说，陈卫的小说是一种创新的、独立的、个体的、艺术的小说。他的创新性在于努力言说不可言说之物，开拓叙述的空间；他的独立性在于对整个文学支持网络的逃逸，“不谄媚政治，不取悦市场，不依傍文学史，不讨好文学理论，也不斤斤计较于文坛得失”[02]；他的小说始终站在个人一方，保持着自由不羁的姿态，忠实地呈现现代性的个体，既不跟从群体，

[01] 陈卫、常立：《很多过往的好方法都不适合你》，《黑蓝网刊》，第 89 号，http://www.heilan.com/periodical/heilan_89/cxzks_6.htm。

[02] 常立：《为了黑蓝新小说》，《不过是 OPEN》，上海人民出版社 2008 年版，第 2 页。

也不重复自身；在艺术上他不断尝试新的艺术手法，“始终在向写作技艺本身寻求答案而不是向政治、历史、民族、时尚、市场和冗长的字数索取无谓的支援和帮助”[01]。

维特根斯坦说：“凡是不可说的东西，必须对之沉默。”[02]而陈卫及其小说给出的答案是：“凡是不可说的东西，我们必须努力言说。”

---

[01] 常立：《为了黑蓝新小说》，《不过是 OPEN》，上海人民出版社 2008 年版，第 3 页。

[02] 维特根斯坦：《维特根斯坦全集（第一卷）》，河北教育出版社 2002 年版，第 263 页。

第四节 独立："黑蓝"文学

"文学自由坛"停办之后，2002 年 8 月开通的"黑蓝论坛"成为最具影响力的纯文学论坛之一，其创办宗旨是成为一个让坚持文学独立性和艺术至上原则的写作者们自由发表作品和进行专业交流的园地，并且鼓励、发现和培养新的文学独立者和自觉者，使之与"黑蓝"一起构成中国当下最接近艺术的文学存在。

一、"黑蓝"历程

"黑蓝"的历程跟它的创办人陈卫的写作经历息息相关。

1988 年，陈卫开始写作，当时，他就读于中等师范学校。他感到自己作品的精神气质与主流文学格格不入，因此在辞去校方文学社社长之后，和同班同学沈黎明创办了一个文学社，取名"雪文艺社"，只招纳 10 名会员，均是校园文学创作的主力；编印社刊《雪》，还收编了另一所中专学校学生自办的社报《江雪诗报》。

1991 年，陈卫中师毕业，被分配至故乡常州一所小学任教，雪文艺社的其他社员也毕业离校，他们毕业后的心态与在校时大相径庭，现实环境也震动和改变着这些初涉社会的文学创作者的生存状态。他们感到自己的文学观念和品位已然发生变化，原来的"家"已回不去，未来的去处尚不明确，而中师那些年轻的写作者还期待他们的“老社长”能给他们以“指导”。正是在这样的境况下，陈卫与沈黎明在1991年冬天的一次聚会讨论中，为了在波动的现实中更好地巩固和促进彼此的写作，认为有必要再创立一个社团，初始的想法是这个社团的成员以毕业的“雪社”成员为主，包括新结交的志同道合的同龄写作者，但这毕竟只是某种年少青春的愿望而已，事实是在创立之后很久，其成员主要就是陈卫和沈黎明两人。在取名时，二人取各自喜欢的颜色——黑色和蓝色，于是有了“黑蓝”。“黑蓝”最初并没有太多的直接与文学相关的呈现，这是因为陈卫当时刚度过青春期的尾声，从学校突然踏入社会，变化纷至沓来，一时之间写作无法顺利持续，他本身也面临着诸多精神营养补给的问题。因此陈卫辞去教职，开始了相对颠沛流离的生活。他重新回到读中师的城市，独自租房，认真读书，学习进入真正与写作艺术相关的思考，一年之后，“为了检验自己的修学”，他去了上海，在复旦旁听了一些课程。这两年的经历，使他获得了对文学和自我的确信，使他自然地考虑一些与写作相关的呈现。而他心中从未忘记“黑蓝”，这是因为无论是基于对自身的观察，还是基于对具体人、事的接触，都让他感到自己及一些与自己相似的年轻创作者与主流文学场域的格格不入。这种距离，使他时时怀揣梦想，渴盼一片文学的净土，一个真正以艺术为核心价值的群体在这片净土上“休养生息”、交流创造，因此，他时时留意结交写作的朋友。

1994年，他离开上海回到南京。到1995年，他终于写出了踏入社会之后第一批让自己满意的作品，特别是小说《世界》和《中间》的完成，又使他在“满足”之后面临着“早临的虚无”[01]，于是，他重新渴盼行动以驱散这种虚无。与此同时，结交数年的顾耀峰、吴海燕、任协华等文友也写了一批作品，多方面的条件均已成熟。1995年6月，陈卫开始提议创办《黑蓝》刊物。作品的确定、刊物的期限和创办刊物的费用是最初讨论的议题。陈卫寻求他的好友查小虎资助两万元以解决资金问题。杂志的开本、印制、版式，以及设计，即陈卫所说的“刊物的表现形式”，是陈卫尤其重视的，因为

[01] 陈卫：《无门的写作》，http://article.hongxiu.com/a/2004-6-1/385485_2.shtml。

他认为“形象就是本质”，缺乏有意味的表现形式，即可见昏聩、平庸的本质，而平庸的文学，正是陈卫所反对的。正因为此，才最终出现了 1996 年 2 月出版的《黑蓝·创刊号》，它以 32 开本、全胶印（当时众多民刊还停留在复印、油印阶段），以及尤其重要的版式、小辑标题页和各篇首创作人创作时间的表现形式，反复强化创作的行动性。这期刊物上刊发了陈卫、顾耀峰、任协华三个作者的作品小辑，以完整地呈现一个作者某一阶段的创作整体风貌。陈卫在发刊词中提出了“70 后写作”的概念，期待新一代写作者呈现出新的写作面貌。

在做《黑蓝·创刊号》的同时，陈卫也收到了胡昉、李凡等小说作者，唐丹鸿、朱朱、韩博等诗人，官策、金风等视觉艺术家的文字作品。《黑蓝·创刊号》印制出来后，他们通过邮寄的方式把杂志寄给全国各地的写作者（地址通过一些民刊和一些文友获知），许多写作者写信给“黑蓝”表示肯定和支持。《黑蓝》刊物的创办虽然产生较大的影响，但由于当时的社会环境和文化政策，1996 年 6 月《黑蓝》纸刊停刊，陈卫回到老家常州。直至两年后重回南京进行小说创作，并在《芙蓉》中提出“重塑 70 后”的话题。

《黑蓝·创刊号》
1996 年春季卷

新世纪以来，网络媒体的迅猛发展，社会环境的有利变化，以及个人在文学观上的成熟和写作艺术上的成长，使得“黑蓝”在互联网上“重生”成为可能。陈卫在南京于 2001 年 6 月至 2003 年 5 月创办“黑蓝文学网”。2002 年 8 月，开通“黑蓝论坛”，十年来论坛先后设置过的版块有：小说、诗歌、视觉、黑蓝生活、译介、哲学、阅读、出版、小说奖、随笔、音影（后来改为“电影”）等，其间或有增减，而小说、诗歌、随笔、视觉和黑蓝生活五大版块保持不变，这也是“黑蓝”始终关注和致力于表现的内容。2003 年 1 月，推出电子刊物《黑蓝网刊壹号》，此后每月一刊，截至 2012 年 8 月已发刊总计 166 期。2003 年 12 月，创立“黑蓝小说季度奖”，截至 2012 年 8 月，已举办总计 22 届。2005 年 11 月，陈卫短篇小说集《你是野兽》由广西师范大学出版社出版。2007 年“黑蓝文丛”第一辑由上海人民出版社出版，包括“黑蓝”作家的短篇小说集——顾湘的

常立主编《不过是 OPEN》
上海人民出版社 2008 年版

常立主编《黑蓝：中国小说艺术的高度》
北京时代华文书局 2014 年版

陈树泳《走神的时刻接近真实》
江苏凤凰文艺出版社
2015 年版

不有《异禀》
江苏凤凰文艺出版社
2015 年版

《为不高兴的欢乐》、马牛的《妻子嫉妒女佣的美貌》、洪洋的《抵制喜剧》、赵松的《空隙》、柴柴的《睡莲症》。2008 年 12 月，《不过是 OPEN》由上海人民出版社出版，收录十四篇“黑蓝小说季度奖”获奖作品。2010 年 4 月，陈卫短篇小说集《从现在开始》由上海人民出版社出版。2011 年 9 月，“黑蓝文丛”第二辑由上海人民出版社出版，包括两部短篇小说集——生铁的《侦察员，你在爱的旷野》、司屠的《同行》。2014 年 2 月，小说选集《黑蓝：中国小说艺术的高度》由北京时代华文书局出版。2015 年 3 月，“黑蓝文丛”第三辑由江苏凤凰文艺出版社出版，包括四部短篇小说集——陈树泳的《走神的时刻接近真实》、不有的《异禀》、邱雷的《越过闪光的大海》、shep 的《燃》。

2014 年 8 月 1 日开始，“黑蓝”信息发布和作品推介的平台由论坛转移到微信公众平台，小说奖暂停，网刊继续保留。

除致力于守护和创造纯文学的信仰空间之外，“黑蓝”还深度介入中国当代艺术的活动现场：2003 年 8 月，策划主办当代视觉艺术展《电解质》；2008 年 5 月，协助举办北京大学“第九届未名湖诗歌节——110 诗响家”；2009 年 5 月，应邀参加中国台北“第 28 届新一代设计展”；2010 年 9 月，在上海证大当代艺术陈列馆策划举办“第一推动力·高盛婕个展”和当代艺术展览“READ”；2011 年 3 月，与上海大学影视学院合办“法语国家电影节·上海站”活动……

这一系列活动有效扩大了“黑蓝”文学的社会影响[01]。

二、“黑蓝”文学理念与“黑蓝小说奖”

“黑蓝”创立伊始，就鲜明地提出自己的文学理念——倡导“本体小说”的创作，以艺术标准为最高标准。点击“黑蓝”首页（www.heilan.com），首先会弹出两行红字：

> 小说不再是叙述一场冒险
> 而是一场叙述的冒险

相对于“讲故事”，“黑蓝”更强调“怎么讲故事”，强调把写作重心放在艺术形式的探索和技艺的创新上。首页上有一篇宣言《作为本体存在的小说》进一步阐明了这一理念：

> 小说必须把研究形式作为意识对象化关联外部世界的首要手段。以何种方式即以何种形式与世界发生联系，应该是不同作家风格区别的根本所在。
>
> 从意识的主观性上讲，小说只与绝对的“我”有关，这一绝对表现为：意识并不反映现实，意识只创造现实。在此意义上，超越现实经验的虚构和想象成为必要。真实不仅体现为和谐的形式，还体现为绝对的主观性。
>
> 而这一主观性为小说走向彻底的形式主义提供了保证。这里所说的形式主义，仅仅意味着通过对材料的综合处理，使形式与材料达成和谐，而不是那种普遍认为的，把形式从材料上剥离开来。形式能够而且应该成为小说的唯一本体。
>
> 强调本体，就是让小说回到它自身，成为它自身。只有这样，小说才可能从讲故事变为讲故事的艺术。就像绘画就是色彩和线条一样，小说首先应该关心叙述和语言。
>
> 小说不追求快乐，小说只追求极端的快乐。给读者制造重重阻碍的小说，以破坏文化霸权、写作惯性、读者的趣味

[01] 在有关“黑蓝”历程资料的搜集和整理过程中，“黑蓝”版主陈树泳（ID：X）给笔者提供了大量帮助。

为己任，最终让读者抵达本体层面上的纯粹爱欲。

当小说抛弃了上述这些身外之物，还可以继续推进到取消意义，甚至小说的认识功能，这是“本体”的题中之义。一切的努力只是为了小说仅仅被它自身的光芒照亮，这不仅仅是一种理论设想，这是一种正在实践中的可能。[01]

这一宣言具体涉及文学本体论、作者观、读者观等多个层面：“黑蓝”认为小说的本体即形式；作品以何种形式与世界发生联系即体现为风格；作者应该去进行完全自我的写作，去创造而不是反映现实；作者应向文化霸权、写作惯性和读者的阅读经验发出挑战，而不是努力迎合读者的兴趣和需求。其中每一层面，都和消费文学场域的写作策略南辕北辙。

这一关于“本体小说”的宣言多次在论坛上引起各界人士的争议，其中反驳意见以鲁迅文学奖获得者田耳的《小说偶感：关于先锋 / 天才》一文较具典型性，田耳在这篇文章中说：

柴柴《睡莲症》
上海人民出版社 2007 年版

（《睡莲症》的）作者关心一切器物和细节，把器物描摹得很精准，把细节无节制地放大，但写不出人物。我读不下去。这也是当前一个基本现实：没有基本功的，缺乏最基本的小说写作常识的，他敢宣称自己先锋，仿佛先锋已经是一块遮羞布……其实从八十年代开始，先锋在国内就只是一种策略。但现在时代不一样了，策略已经大变，一大帮人还稀里糊涂地照搬八十年代经验……现在缺少的反而是基本的叙事能力、结构能力和有效的情感力量，缺乏打动别人的智慧。因为缺乏，所以干脆不承认语言是人与人之间用来沟通和交流的，在他们看来，语言是用来给沟通和交流制造障碍的。[02]

---

[01] 黑蓝：《作为本体的小说》，http://www.heilan.com/main.htm。

[02] 田耳：《小说偶感：关于先锋 / 天才》，http://www.heilan.com/forum/forum.php?mod=viewthread&tid=30880&extra=page%3D1&page=1。

文中提到的“八十年代”，正是中国当代先锋文学的鼎盛时期，也是第三次文代会弱化文学为政治服务的工具性而强调文学本体性的时期，是艺术标准在文学制度中的地位显著上升的时期。“黑蓝”虽然在艺术形式上强调突破创新，但在文学信仰上恰恰是这一时期文学理想的延续，试图在时局变化的情况下守护和创造纯文学的信仰空间，采用“艺术至上，输者为赢”的写作策略。而主流文学场域中的田耳清楚地认识到“现在时代不一样了，策略已经大变”，因而和主流文学场域的写作策略转向相一致——“先锋性的消退，通俗性的增强”。这是两个文学亚场、两种文学策略和逻辑规则、两种文学信仰的交锋，在主流文学场、消费文学场和独立文学场三分天下的新世纪，注定是一场没有胜负，甚至无从展开的论争。

2007年起，随着“黑蓝文丛”第一辑的出版，“黑蓝”更强调“独立文学”这一概念，这里的“独立”，既包含“本体小说”所指涉的文学自身的独立自足——其自足性在于语言本身足以呈现这一艺术的全部面貌，语言呈现的是思想、情感、形式、叙事逻辑、观察方式等的高度统一，共同构建起一个让读者自由体验的艺术世界；又包含文学写作者的叙述立场的独立性——“在一个大型程序可以无限细分为众多函数的强调分工合作的时代，小说的写作者唯一可以依赖的仍然只有自己，而小说的写作和阅读，既不能使人获取财富，也不能使人获得道德水准上的提高，诚如哈罗德·布鲁姆（Harold Bloom）所说:‘西方经典的全部意义在于使人善用自己的孤独’，通过小说的写作和阅读，学会与这个世界独立相处，不谄媚政治，不取悦市场，不依傍文学史，不讨好文学理论，也不斤斤计较于文坛得失，此谓独立性”[01]。

2003年12月“黑蓝小说奖”的设立是“黑蓝”践行其文学理念的一种行动，其宗旨为:

> 以树立当代新小说艺术观为己任，关注、鼓励符合艺术规律的汉语小说形态和技艺的创新与丰富，重塑与当代中国背景和气息相对应的汉语新小说艺术尺度。通过对当下各种

[01] 常立:《为了黑蓝新小说》，参见陈卫、顾湘等著，常立主编:《不过是 OPEN》，上海人民出版社 2008 年版，第 3 页。

> 最具积极意义的写作尝试成果的及时发现与肯定，努力揭示并呈现中国小说诸多新的可能。[01]

“黑蓝小说奖”的参选条件为在《黑蓝》网刊上发表6万字以内的小说作者，评委则由“黑蓝”主创、“黑蓝小说奖”的获得者、“黑蓝论坛”上写作成绩显著的会员组成。2003年12月起，“黑蓝小说奖”以季度奖的形式颁发了14届，奖金均为1000元。2007年4月改为年度奖，奖金提升为10000元。由于当时奖金为“黑蓝”自筹，万元奖金难以为继，第16届起又改为半年奖，奖金为2000元，截至2013年10月，已颁发共26届“黑蓝小说奖”，获奖作者累计21人。“黑蓝小说奖”历届获奖名单如下：

首届“黑蓝小说奖”：
获奖作品：《断鼠》（作者：陈梦雅。黑蓝ID：8439）、《The sims》（作者：顾湘。黑蓝ID：恐怖爱丽丝）
第二届“黑蓝小说奖”：
获奖作品：《罗思萍》（作者：王宇光。黑蓝ID：宇文光）
第三届“黑蓝小说奖”：
获奖作品：《天地》（作者：陈梦雅。黑蓝ID：8439）
第四届“黑蓝小说奖”：
获奖作品：《圆孩子》（作者：张文靖。黑蓝ID：石留）
第五届“黑蓝小说奖”：
获奖作品：《柏林静物》（作者：彭天璞。黑蓝ID：缝果匠）
第六届“黑蓝小说奖”：
获奖作品：《过年》（作者：王宇光。黑蓝ID：宇文光）
第七届“黑蓝小说奖”：
获奖作品：《家电世界》（作者：汪铁。黑蓝ID：生铁）
第八届“黑蓝小说奖”：
获奖作品：《那时我们这样杀死老师》（作者：陈卫。黑蓝ID：陈卫）

[01] 黑蓝：《第二十三届“黑蓝小说奖”公告》，http://www.heilan.com/forum/forum.php?mod=viewthread&tid=55215&extra=page%3D1。

第九届“黑蓝小说奖”：

获奖作品:《小猫》(作者：顾湘。黑蓝 ID：恐怖爱丽丝)

第十届“黑蓝小说奖”：

获奖作品:《睡莲症》(作者：张捷。黑蓝 ID：柴柴)

第十一届“黑蓝小说奖”：

获奖作品:《霹雳火》(作者：张捷。黑蓝 ID：柴柴)

第十二届“黑蓝小说奖”：

获奖作品:《不过是 open》(作者：洪洋。黑蓝 ID：黑天才)

第十三届“黑蓝小说奖”：

获奖作品:《悬巢》(作者：范静。黑蓝 ID：童末)

第十四届“黑蓝小说奖”：

获奖作品:《织锦》(作者：陈梦雅。黑蓝 ID：8439)

第十五届“黑蓝小说奖”：

获奖作家：陈燕铭。黑蓝 ID：shep

第十六届“黑蓝小说奖”：

获奖作家：彭剑斌。黑蓝 ID：鳜膛弃

第十七届“黑蓝小说奖”：

获奖作家：冯迎春。黑蓝 ID：冯与蓝

第十八届“黑蓝小说奖”：

获奖作家：姚来江。黑蓝 ID：司屠

第十九届“黑蓝小说奖”：

获奖作家：陈树泳。黑蓝 ID：X

第十八届“黑蓝小说奖”
颁奖礼海报

第十九届“黑蓝小说奖”
颁奖礼海报

第二十一届“黑蓝小说奖”
奖牌

第二十届“黑蓝小说奖”：
获奖作家：江冬。黑蓝 ID：男男
第二十一届“黑蓝小说奖”：
获奖作家：段林。黑蓝 ID：段林
第二十二届“黑蓝小说奖”：
获奖作家：魏蛇。黑蓝 ID：魏蛇
第二十三届“黑蓝小说奖”：
获奖作家：王自堃。黑蓝 ID：不有
第二十四届“黑蓝小说奖”：
获奖作家：邱雷。黑蓝 ID：邱雷
第二十五届“黑蓝小说奖”：
获奖作家：何隽。黑蓝 ID：Juneau
第二十六届“黑蓝小说奖”：
获奖作家：王自堃。黑蓝 ID：不有

“黑蓝小说奖”之于新世纪文学的历史意义在于：它是独立文学场域的一项民间文学奖，是向主流文学场域争夺话语权和象征资本的具体行动；从小说作者角度而言，它给予作者精神上有力的共勉和物质上一定的支持；从读者角度而言，它给读者提供一个良好的艺术氛围和交流探讨小说技艺的环境；从广义的小说的未来角度而言，它期望能够给所有有志于创新的、独立的、个人的、艺术的“新小说”创作的人一个希望，期望在不远或者遥远的未来，有越来越多的年轻的小说爱好者能够走在“新小说”这条路上[01]。

三、代表作家及作品

“黑蓝文学网”创立以来，先后汇聚了众多年龄身份不同、写作风格各异的纯文学写作者和爱好者，其中代表性作家为陈卫、顾湘、马牛、8439、司屠、生铁、黑天才、shep、邱雷、唯阿、赵松、不有、X、冯与蓝、柴柴、童末、魏蛇、让、马耳等，他们用自己的写作守护和创造着纯文学的信仰空间，呈现出文学艺术发展的新的可能

[01] 常立：《为了黑蓝新小说》，参见陈卫、顾湘等著，常立主编：《不过是 OPEN》，上海人民出版社 2008 年版，第 4 页。

性。以下选出八位作家简要论述其作品特征和美学理念。

（一）马牛

马牛，生于 1977 年，山西绛州人，南京大学中文系毕业；1999 年开始写小说，为“文学自由坛”重要作者之一，后成为“黑蓝”的代表性作者之一；著有中篇小说《80 个片段》，长篇小说《意象癖》《猪头和他的蜜》《遮蔽师》《仪式》《手艺人送你上天堂》（均未出版）和众多短篇小说，2007 年短篇小说集《妻子嫉妒女佣的美貌》由“黑蓝文丛”第一辑收录出版。

生铁《蒿里》
黑蓝文学网 2011 年版

shep《燃》江苏凤凰文艺出版社 2015 年版

“他的短篇篇幅都不长，三五千字，大多没有跌宕起伏的故事情节，只是一些意象的记录和繁杂的场面描写。”[01]——这是在马牛小说《子虚乌有的大师》中评价由作者虚构出的作家图莫·若瓜多诺的小说的一句话，也可以当作马牛对自己小说的准确评价——意象繁多，情节淡化，这就是马牛小说的显著特征。按照一般的小说美学，马牛小说几乎是“反小说”的——不讲故事，不塑造人物，不依循因果律，不追求缜密的结构，近于“诗化小说”——情绪的延展、意象的生成、节奏的跳跃、结构的碎片化才是马牛小说的美学关注。这样独特的小说样态——只言片语虽美不胜收，通观全文却无门而入，会让有着一般小说阅读期待的读者感到困惑迷茫，面对无限绵延的意象的森林或心烦意乱或手足无措，但雅致的语言、瑰丽的想象、奇诡的人或物，使得马牛一直拥有一批稳定的小众读者。

马牛

马牛《妻子嫉妒女佣的美貌》
上海人民出版社 2007 年版

虽然马牛致力构建的意象森林幽暗隐晦，但其主题仍有迹可循，马牛小说的主题关键词大致可以概括为“时间”“身体”和“书”。“时间”时常作为一种外在的强大的力量在马牛小说中出现，连奔跑的死者对时间也无可奈何——“我们用的是同一种时间，同一种时间无法缩短”

[01] 马牛：《妻子嫉妒女佣的美貌》，上海人民出版社 2007 年版，第 110 页。

（《死者的奔跑》），在《七刀》中时间以“刀”这一意象现身，秒刀，分刀，时刀，日刀，月刀，年刀，生刀（一生一刀），七把刀按照时间的短长依序排列，岁月如飞刀，刀刀催人老，时间流逝的过程就是身体衰老的过程，而衰老就是时间的刀加之于身体的创伤，刀与刀伤、时间与身体的创伤，两组关系巧妙地联结在一起，揭示出人生的境况与哲理。“身体”作为人在时空中的最基本的存在却有其复杂性，是物质与精神的合体，有时是与物质相对的“人体”，有时是与精神相对的“肉体”，表现于马牛的小说中：

> 身体，有时候被马牛提升为生命，有时候又加以物质化，如《两个字的书中岁月》及《我的玫瑰试验》中的雌雄玫瑰，而它们总在时间的无情鞭策下，发生着异化，被时间击败，挣脱不了自我的束缚，成为物的奴隶。如《链条女》，“把链条缠在身上，想象自己是架什么机器，工作机器、吃饭机器、睡觉机器、做爱机器……”“她开始她的机器生活。她把那个温暖柔软的自己隐藏起来，藏到冰凉的机器后面”。而《标签女》则“把自己藏在标签后面，不让人发现”“始终没有被探索被发现的乐趣”……《亲爱的肉》让人想起电影台词“跟着你，有肉吃”“你就是靠着这些肉，邀我与你度日”，我起初并不想用月季和你交换肉，爱情与物质不可交换，但我也有肉食的需要，不能不屈服于这等价交换的原则，但最终我也像动物一样被你的鞭子赶进绞肉机，成为一堆跳动不已的肉。[01]

禁锢、拘缚、遮蔽、畸变、物化……是马牛小说中在瑰丽的想象包裹之下外力时常施加于身体的“惩罚”方式，是呼应“人的异化”主题和“生活是苦熬”主题的马牛式表述。而个体对抗或者逃避这种惩罚的一条道路就是“书”（即创作），马牛创作了多篇关于书的小说，《《　》》[02]《两个字的书中岁月》《羊皮书》《泪之书》《子虚乌有的大师》《十五个页码的画册》《蚯蚓巷臆想书》……这些虚构之书

[01] 杨新宇：《是谁蜷在树杈上做梦》，《中国图书评论》2008 年第 2 期，第 119 页。
[02] 这篇小说以书名号“《　》”为名。

就是个体对抗时间、对抗外力的方法和途径，也代表了马牛对自己创作的期望和理想：

> 这根本不是一本让我阅读的书……整本书的每个泪形文字在不同的光线下，都会散发不同的光芒，光芒的不同带出节奏的不同，节奏的不同又使得每一行、每一段、每一页不期然地演变为一支光的交响乐，舒展、紧促、顽皮、哀伤、惶然、月光下的呜咽……[01]

马牛虽然在小说中表达了对理想的虚构之书的迷恋：“我希望对它的阅读和诸如此类的文字永无终止。”[02] 但是作为写作者的马牛，却对自己的重意象轻叙事的诗化小说感到了厌倦，他在访谈中说：

> 2006年就开始写长篇了，那之后再没写过短篇。我对短篇小说的感情也就是刚开始写的那几年有，后来就没了。因为它写得快（起码在我是这种状况）、短，也很容易看完，像是个小东西。……为什么不再喜欢写那样的小说了？是因为那样的小说写得太多，你知道是怎么回事儿了，再写还是重复，自己就会感觉没意思。……之前意象是重点。也单纯。但它不够强大。……在四大奇书面前，我感觉对小说的理解是零。……所以，我现在重新开始学习如何写小说。[03]

马牛的写作策略似乎正在发生巨大的转向——由短篇到长篇，由现代到古典，由意象到结构，由反小说到话本传奇。不过这一切并非是在消费文化影响下的被动之举，而是一个具有文学自觉的写作者的内在反省，是文学内部、自我内部的“革命”，诚如马牛所说：“总之一切都是为了新的小说，乐此不疲。”[04]

---

[01] 马牛：《妻子嫉妒女佣的美貌》，上海人民出版社2007年版，第62页。

[02] 马牛：《妻子嫉妒女佣的美貌》，上海人民出版社2007年版，第3页。

[03] 马牛、X：《不知疲倦也从不顾惜》，《黑蓝网刊》，总第110期，http://www.heilan.com/forum/forum.php?mod=viewthread&tid=53599&extra=page%3D1。

[04] 同上。

（二）顾湘

顾湘，生于1980年，上海人，2001年于上海戏剧学院戏剧文学系本科毕业，2004年于莫斯科国立大学新闻系硕士毕业，少女时期成名，1993年在《中外少年》上发表处女作，著有《为不高兴的欢乐》（“黑蓝文丛”第一辑）、《好小猫》、《安全出口》、《点击1999》、《西天》、《东香纪：俄罗斯游学札记》、《穿过近海》等，获第一届、第九届“黑蓝小说奖”。

顾湘《为不高兴的欢乐》
上海人民出版社2007年版

顾湘多才多艺，擅长创作各类文体，是《萌芽》的主要作者之一，在“海派”和“萌芽系”拥有诸多粉丝，在“黑蓝”作家中属于读者甚众的畅销作家。顾湘小说具有明显的游戏性特征，主要表现在：

第一，直接以电脑游戏为素材进行创作，比如直接仿拟游戏《模拟人生》创作小说《The Sims》《The Sims II》，在其中虚构了房屋、街道、古怪的邻居和荒诞的生活——“我搬入甜芹街的一所价格便宜的小房子一个半月后，厨房电路出了点问题，我找来一个电工，他在整修的时候水管子突然爆裂了，喷出的水里也带着一点儿电，也许梯子架得不稳，他跌到地上，那一团糟的情景真是可怕，地上淌满了水，后来也许他又碰了哪儿，我不清楚，反正他被电死了”[01]。

第二，以戏谑的互文性手法拓展小说的叙事空间，比如，《为不高兴的欢乐》将任溶溶童话《没头脑和不高兴》中的人物变成了小说的角色，并煞有介事地宣称：“须强调的是，我、布高兴和其他人，全都确有其人，并非童话中子虚乌有的角色。”[02] 此处的第一人称叙述者“我”即“没头脑”（梅投瑙），关于这个名字的由来做如下解释：“十余年后，梅大南下广西，娶赵氏，生一女，艳而且芳，取名投瑙，意取自‘投之以木桃，报之以琼瑶’。”[03] 此处还捎带用“艳而且芳”指涉中国香港影星梅艳芳；又如，在《决斗》中叙述者“我”准备为一篇小说《茱萸》写读书报告，而“茱萸”正是顾湘另一篇小说的名字；再如，《起床的爱丽丝》一文与刘易斯·卡洛尔的《爱丽

[01] 顾湘：《为不高兴的欢乐》，上海人民出版社2007年版，第13页。
[02] 顾湘：《为不高兴的欢乐》，上海人民出版社2007年版，第30页。
[03] 顾湘：《为不高兴的欢乐》，上海人民出版社2007年版，第31页。

丝漫游奇境》、苏珊·桑塔格的《床上的爱丽丝》形成互文关系。

第三，以狂欢化精神将多种文体杂糅并营造出亦轻亦重、亦庄亦谐的复合效果，典型的例子是《起床的爱丽丝》中的文体游戏，小说以译文的形式呈现[01]，并仿拟学术论文的形式制作了大量注释——关于或真或假的术语的解释，关于不存在的作品的引用，关于荒诞事件的说明：

> 关于PIPP和PMS，在伽斯特里的电影《赤来乌》（Chillywood）中得到了活生生的诠释，不过把背景搬到了一颗名叫“上海”的星球上，所有台词由那种令我们中国人也感到十分困惑不解的上海话完成，影片主要叙述了发生在两个派系间的一场缓慢得怪异非常的血拼（也许是由于受到那个星球的引力、磁场及其他种种因素的影响），场面血腥残暴，参战者飙洒的血在举头三尺凝结成蓝色的无边沙尘暴，迷路的幼小的绿色神明在雾中嘤嘤哭泣，并迅速叛变他的家族成为一名变态孤胆邪魔，血溅到温暖高空则融化为荧光桃红色焰火；记录含情脉脉的打砸抢的同时，描绘了富有趣味的上海居民生活图景、机器人与机器猴子之间和煦的弹簧之爱等等；结局看起来（至少看起来）有一种相当温和明亮的调子：一个宁静和煦的午后，厨房，一只假甲鱼从热气腾腾的浓汤里爬出来（由于蛋白质异常折叠进入狂欢节阶段所引起的纷繁芜杂的疾病，这种汤已经禁止销售了，实际上在私人厨房里也难觅其影踪），并看见了小绿魔，奇迹般地安抚了它，使它镇静，并令它自觉跟随自己，爬回汤里去，于是厨房里又只有一锅热气腾腾的、香喷喷的汤了——假甲鱼汤，或者说是假甲鱼神魔汤，宁静地咕嘟着，在不同版本中，最后有位未露面的妈妈进来将它端到餐桌上，或没有这个情节。……[02]

[01] 小说首发“黑蓝论坛”时以《爱丽丝起床了》为名，注明“伽斯特里著，顾爱葆译”，参见 http://www.heilan.com/forum/forum.php?mod=viewthread&tid=10630。

[02] 顾湘：《为不高兴的欢乐》，上海人民出版社 2007 年版，第 173 页。

"我们做的游戏，也兵戈旄钺，也男耕女织，也指鹿为马，也磨难重重。"[01] 小说的游戏性或许是顾湘作品受读者喜爱的原因之一，但使其作品更具艺术性的是作者处理游戏性的方式——轻松、即兴的游戏时常蕴含着人生的讽刺和哀伤，超现实的、神秘的细节时常来自日常生活中平凡又简单的事物。这正是顾湘小说的魅力所在。获第九届"黑蓝小说奖"的《小猫》充分展示了这种魅力，在顾湘笔下，这只坠楼的、残疾的、走失的小猫，就像一个自由的精灵：

> 睡着的小猫又香又甜。伸手蹬腿，像扑蝶，捞月亮，撩水玩；梦见变成水黾，在发亮的水面上划行，它不湿，水也不破，互相切，但隔绝了，谁也不碰到谁。飞。它在大魔王般地长大。因为很年幼，漂浮得自由自在，还有点稚拙，生怕从空气里沉下去。它还嘟囔一两声，像环法自行车运动员拿沿途的水瓶，傍晚前退烧的小鹅卵石。它睡觉肚子朝天，头往后仰，歪着，腿放得随意，小手总弯曲着、软软的，搁在头上，遮着眼睛，或者蜷在腮边，或窝在下巴下头，像跳幼儿园里学的舞蹈，弯在身侧，像对小翅膀。嘴角翘着好像要笑，两只新长的小獠牙挂出来。我记得很清楚。[02]

这是回忆中的小猫，而在想象中，小猫变得"像朵小巧的雨云""像只琥珀色雨蛙""像小鹿那样踱步"，更神奇地，小猫变成了载"我"去远方的火车，或者说，火车变成了小猫，"我""火车""小猫"融为一体，带着所有那些失去的、无法留住的美好，在微茫的人世"像探险般地活下去"，《小猫》的结尾这样写道：

> ……我真喜欢哪儿也不在——永远在离开，并不去到哪儿……如果非要在哪儿，在猫里是最好不过。……广播喇叭还放歌曲：小猫小猫我们的朋友，你是我们的好朋友，你张开洁白的翅膀，总飞在我们的船前船后。面临突然失去某种程度的存在的可能一开始确实让人害怕焦虑，但要是确

[01] 顾湘：《为不高兴的欢乐》，上海人民出版社 2007 年版，第 32 页。
[02] 顾湘：《为不高兴的欢乐》，上海人民出版社 2007 年版，第 216 页。

> 信实现，是我欣然接受的。火车停了一个站，我看不到它的脸，可是知道它征询地看着我，我对它说：“不啦，不下去。”于是它欢呼一声又跑起来。[01]

这是怎样一列迷人的小猫火车呢？让人同时想到童年和成年、游戏和挣扎、期待和绝望、疼和痒、欢乐和忧伤——这就是顾湘小说带给读者的如孩童般好奇又如老者般沧桑的“复合”感受。

（三）唯阿

唯阿，原名牛筱刚，生于1971年，陕西西安人，1994年毕业于南京大学中文系，毕业后在广东省任警察，曾在伶仃岛上做海岛警察；1998年写就长篇小说《穿裤子的云》（未出版）；新世纪初，先后在“文学自由坛”“黑蓝”“左岸”“诗生活”等纯文学论坛上发表小说、参与小说讨论，以其独特文体受到读者关注。其代表作有中短篇小说《民工》《旧社会颂》《中秋革命计划》《狗儿子》《民间道》等，出版小说集《不可能有蝴蝶》（东方出版社2013年版）、《嘘，大海》（线装书局2014年版）。

唯阿《不可能有蝴蝶》东方出版社2013年版

唯阿谈及影响自己写作的三位作家：

> 第一个是鲁迅，他是最成功地跨过新旧文学门槛的人，他打通了它们。没有他展示出的新文学的巨大前景，我这一生可能也就做一个稍稍开明一点的旧式秀才吧；第二个是北岛，北岛的诗学值得我们研究和消化；第三个，选个外国人吧，纳博科夫。《塞·奈特的真实生活》中有这样一段，我愿意与每一个写作者共享：“我想起数周前跟一个生意人吃了一顿午饭，给我们递帽子的女人耳朵里塞着药棉。而那个生意人却困惑地说他根本没觉得哪儿有过一个女人……我经常觉得我是坐在一群瞎了的疯子中间，因为我想一大堆人中只有我一个人在琢磨那个卖巧克力的女孩的非常轻微、非常轻微的跛足。”[02]

[01] 顾湘：《为不高兴的欢乐》，上海人民出版社2007年版，第218页。
[02] 唯阿、凌丁：《十二生肖问答》，http://www.eduww.com/wai/weia.htm。

这三位作家无一不是优秀的文体家，而对文体、形式和技巧的极端注重，正是唯阿小说的特征之一——“小说必须是文体主义的”[01]；与此同时，唯阿坚称其小说是“讽刺的艺术”，是“不妥协的现实主义”[02]；而这两者（形式与内容、文体主义与现实主义）的融合，是通过对生活中微末之物的关注，“为琐碎之物而疑虑”达成的——“于无声处，那些经历过的、别人讲述的、自己联想的以及编造的针尖似的小瞬间依次涌上来，逼迫我和它们对话”[03]。

唯阿深知，小说艺术的神秘力量来自魔术师的魔术：“小说的秘诀就是睿智地向技巧要力量而不是笨拙地寄身于乌合之众的字数之内。”[04]观赏唯阿小说的魔术，可以透过一个大广角镜头，对千姿百态的个体作品来个集体照，从宏观上观其大略，提供这样一个广角镜头，正是以下论述试图做到的。[05]

1. 魔术的仪式——类文本性

观赏一出戏剧或者电影时，有人为我们静场、熄灯、鸣铃、开幕——这一系列仪式能够帮助我们沉静下来，进入演出所需要的氛围中，但是当我们阅读一篇小说时，小说作者能做什么呢？他在遥远的过去或者大洋中的孤岛，既不能代我们关掉身边的手机，又不能阻止访客的不期而至，他只能把智慧和力量都集中在文本本身，通过题目、序、跋、后记等类文本来制造演出的仪式。对于成熟的小说读者而言，履行这一仪式至关重要，因为整个演出的关键秘密很可能就隐藏在类文本中。唯阿是一个对命名有着极端兴趣的小说作者，曾以整篇小说探讨这一问题（《不可能有蝴蝶》），甚至连一条狗的名字都不轻易放过，在《狗儿子》中对其进行大篇幅的趣味盎然的探讨。因此我们也须格外关注唯阿小说的题目。

《狗儿子》：1. 蔑称，作为狗的儿子；2. 昵称，作为儿子的狗。“天地不仁，以万物为刍狗”的“狗”，“虎毒不食子”的“子”，两者的简单搭配，支撑起一个足够开阔的空间：从轻蔑嘲讽到亲切狎昵，从

[01] 唯阿、凌丁：《十二生肖问答》，http://www.eduww.com/wai/weia.htm。

[02] 同上。

[03] 唯阿：《我在海岛写小说》，《西湖》2007 年第 3 期，第 23 页。

[04] 唯阿、凌丁：《十二生肖问答》，http://www.eduww.com/wai/weia.htm。

[05] 本节论述参考笔者所撰写的《唯阿小说的魔术》一文，《西湖》2007 年第 3 期，第 24—26 页。

世界的冷酷到亲情的温暖，一个充满可能性的文本世界行将展开。

《雄牝城》：1. 男性女性的城市；2. 按《孙子兵法》，易守难攻居于高处之城为“雄城”，易攻难守居于低处之城为“雌城”。将要演出的是一场男性女性攻守进退的情欲之战吗？是一个关于性、关于诱惑、关于秘密的传说吗？

《民间道》：1. 民间道派；2. 按儒家的学术传统——“学在民间，道在山林”，真正的“道”只存在于民间。民间道派是“道”的真正传承吗？民间的“道”是真正的“道”的曲解与误读吗？这是一幕关于“道”与“俗”、“出世”与“入世”、“真”与“假”冲突的人间喜剧吗？

《旧社会颂》：1. 作为一种文体，“颂”是指以颂扬为目的的诗文，常以情调的特别激扬、词句的长短不一和形式的复杂为标志；2. 作为名词，“颂”有“风貌”的意思，这是一篇赞扬“旧社会”的颂文吗？还是描摹“旧社会”风貌的悼词或者檄文呢？小说的题记可以告知我们答案——“天道如何？吞恨者多”。

同题目、题记一样重要的是小说的后记，在唯阿的小说中，即便没有后记，也往往有一个相当于后记的结尾——唯阿称为“小说的脱身术”，“小说的结尾，应该变成具体情境中的一个镶嵌物，它不能显得无理，但也不必合情合理，它可以是一个反讽过程，也可以成为反讽的对象，作者必须借此完成叙述的脱身术，即既沉浸于自己的叙述又超然其外，使读者也能从其中跳出来，站在另一个角度审视小说本身”。譬如《民间道》的结尾：

> 果真如此吗？主张禁欲主义的道士们又一次得手了吗？！[01]

一个漂亮的问句，把叙述者和读者从剧情的高潮里轻轻托起，令读者在超然中释然，又在释然中惘然，不得不反顾思索。再比如《狗儿子》的结尾：

[01] 唯阿：《民间道》，《西湖》2007 年第 3 期，第 9 页。

……小桶跳上了一块岩石，静静地盯着一艘停泊的拖船观看。在那条船的甲板上有一条狗走来走去，它像水手一样如履平地，叫人赞叹。它似乎也发现了小桶，于是停了下来，静静地望向岸边。它们隔水相望，它在岸上看风景，看风景的狗在船上看它。我和小童坐在另一块岩石上，看着它们，看着伶仃岛，看着一望无际的太平洋……[01]

读者的视线和叙述者一样最终停留在一望无际的太平洋上，由狗及人，见微知著——作者以小见大的用心在这一连串的由近及远的"看"字中展露无遗。

2. 魔术的建构——互文本性和超文本性

唯阿小说常常呈现出鲜明的互文本性和超文本性。互文本性体现为引用、抄袭、讽喻；超文本性则体现为模仿与戏仿。它们是唯阿小说重要的材料生成方式和修辞手段。

如果允许我们把世界作为一个文本加以解读，那么互文本性和超文本性绝不是什么新鲜的理论术语，它甚至出现在西方最早的美学理论"模仿说"中——（小说）艺术是对现实世界的模仿。作家当然不会相信小说仅是对现实的模仿，小说业已从现实形象的禁锢中解脱出来，它的意义不仅在于它与世界的关系，更在于文学词语的指称对象，小说的材料库也不会局限于现实，还不断延伸到古往今来无数的文本中去。与唯阿小说构成互文关系的文本为数众多，《水浒传》之于《旧社会颂》《儒：景阳冈》《中秋革命计划》，《文本和价值》之于《狗儿子》，《聊斋志异》之于《民间道》，不一而足。这些互文本作为唯阿小说文本的"彼岸"存在，一方面为唯阿小说赋予丰富的隐喻或深层的结构，一方面又被唯阿小说重新阐释，生发出新的意义。就小说的技巧而言，借助互文本性和超文本性，可以实现小说时间的跳转、延长、缩减、凝滞，从过去到现在乃至未来，自由来去，无所挂牵。唯阿小说中在时间控制方面最典型的例子当数《民工》，自始至终，叙事时间在互文本和超文本的频繁更迭中徐徐流逝，而故事时间却始终静止。借助互文本性和超文本性，也可以实现小说空间的迁

[01] 唯阿：《狗儿子》，《西湖》2007年第3期，第22页。

移、扩大、缩小、变换，从小说文本到其他文本乃至文本以外，小说的空间被无限打开，文本的开放性由此而生。借助互文本性和超文本性，叙事如同对一个预先编译过的天地进行模仿，它不断探索可能的范例，通过新的意群组合方式将其重新建构，小说的创新与传统之间的复杂关系呈现于斯——唯阿的小说既不是“传统故事”的复制，也不是“现代小说”的搬演，而是对两者进行的有效的调和。

3. 魔术的表演者——元文本性和总文本性

唯阿的小说中经常存在一个双重性格的叙述者（有时干脆是两个叙述者）——通常在小说中被称作“作者唯阿”，有时像第三人称作者一样旁观、镇静、严谨、无所不知，有时像第一人称作者一样唯我、冲动、热情，还是无所不知——后一个形象的叙述者时常在小说中亮相，毫不吝惜地展示叙事的技巧，或者毫无顾忌地发表个人的演说，如同魔术的表演者，在紧张刺激的表演过程中，时时不忘用亲切的笑容、优雅的舞步、程式化的背景音乐提醒观众——这仅仅是魔术。在文学理论中，这种提醒被称为“元文本性”。它的出现，往往会把由叙述者苦心营造出来的“逼真性”毁于一旦，拉开读者与故事的距离，突出小说的虚构性，但也正因如此，读者才得以保持在理性的距离之外审视小说的艺术，揣摩小说的技巧，才得以真正进入小说这个试图包容一切的虚构的游戏。

如果从“总文本性”的角度考察，我们会发现唯阿早期的小说（《不可能有蝴蝶》）更着力展示魔术的仪式与建构，而后期作品（《贼的脚后跟》）则把我们带到魔术的后台去，让我们更近距离地接触魔术师本人及其生活。如同乔伊斯不同时期的创作一样，唯阿小说也清晰地呈现出作者的小说观的变化和创作心路历程：“2003 年，我还在努力做一个文学先锋，而现在，我只想做一个文学后卫”。简言之，《贼的脚后跟》不像乔伊斯的《芬尼根守灵夜》一样在“先锋”的路上渐行渐远，而是回归到写作者“现实”的警察身份及警察生活中去，“这本书的主题将是他对现实生活取用之间的冲突，现实能提供他什么？他如何运用这些东西？”——这是纪德小说《伪币制造者》中的作家爱德华一直在写而未能写出的小说，是试图包容并不相等的人生真理和小说真理的小说，是在四顾茫然时从可有可无之境出发的小说。

现在我们熟悉了唯阿小说的仪式，了解了唯阿小说的材料生成方式与常用的修辞手段，甚至认识了表演者唯阿，那么是否每个人就能成为魔术师唯阿呢？假如小说就是这些现实中或者文本中的材料的重新组合，与读者相比，魔术师之所以为魔术师，究竟是因为他擅长什么呢？

小说是关于怎么写的艺术——这是唯阿所认同的一种观点。相对于读者而言，作者所擅长的正是怎么写的具体技术，即组合规则与叙述方法——细节的真实、节奏的变化、叙述的视角变换、时间和空间的迁移、词语的错置（比如古代情境中的白话与当代情境中的文言）、意义的消解、物的说明和描写，还有时而敦厚时而尖锐的讽刺与反讽……不过唯阿像所有具有艺术自觉的写作者一样，不愿重复他人也不愿重复自己，不断创造着新的组合规则与叙述方法，试图写出“像世界一样无所不包”的小说。唯阿心目中的理想小说，符合张大春在《小说稗类》中所概括的小说的本性——如同稗草一样，“它很野，很自由，在湿泥和粗砾上都能生长；人若吃了它不好消化，那是人自己的局限”[01]。

（四）陈梦雅

陈梦雅，“黑蓝”ID为8439，生于1984年，江西南昌人，心理学博士；新世纪初在“文学自由坛”发表小说，之后成为“黑蓝”的重要小说作者，是首届“黑蓝小说奖”得主，此后又获第三届、第十四届“黑蓝小说奖”，代表作有《断鼠》《织锦》《天地》《豆蔻·塔》等；出版小说集《断鼠》（广东人民出版社2012年版），出版电子小说集《乡野童话一则及其它》《织锦、螃蟹奶奶和跪安》《万福达和夕阳蹦恰恰》（副本制作）。

陈梦雅《断鼠》
广东人民出版社2012年版

陈梦雅的小说在论坛上一经发表，就会引起网友的关注（有时是争议），喜爱纯文学的一些读者对陈梦雅小说的直观印象是“优秀”“奇特”“想象丰富”“彰显天赋”，但要对其进行具体评说分析，却又往往不知从何说起；而不喜欢其作品的读者则往往觉得“看不

[01] 张大春：《小说稗类》，广西师范大学出版社2004年版，第2页。

懂”“琐碎”“松散”“缺乏意义”，但也同样说不出什么所以然。出现这种读者反应的原因在于陈梦雅小说所具备的独一无二的殊异性——它既不追随既往经典的文学传统，也不与同时期的他人创作混同；既超出了多数读者的阅读期待，也超出了一般文学评论的理论范畴。它仿佛是“一块无名异物”，“而不是美味放心的糖果、日常的食物”，它一出现，“一切似乎都不对了，一切都需要重新审视、调整位置”[01]。从这个意义上说，它就是试图拓展小说边界和重新确立小说定义的“新小说”。

陈梦雅小说的殊异性，主要体现在以下四个方面：

第一，词语即世界。陈梦雅的语言观，与其说是“小说的”，不如说是“诗的”：创造词语即创造世界，“语言能够决定哪些经验可以进入我们的意识”[02]。她的小说中时常出现奇异的汉字组合，这些组合生成想象中的奇丽场景和虚构的怪诞人物，生成一个又一个“新的名字”，“比玫瑰都要美”。“黑蓝”还有一些写作者在作品中把新词语的创造推到了更极端的地方，比如柴柴的《霹雳火》、童末的《悬巢》等。

柴柴

第二，无意识即结构。陈梦雅小说之所以使人费解，是因为她更偏好“逻辑暧昧的叙事”[03]，叙事之所以显得“暧昧”，首先是违反逻辑的因果律，打破叙事的“完整性”假象，以暗潮汹涌的无意识来解释现象的生成，其次是以无意识的流动路径取代时间的发展线索来组织事件的序列，进而结构全篇。

第三，氛围即主题。作为结构的无意识中具有大量“表征着童年”的禁忌，这些禁忌重重包裹着“人格”，人格催生出“情结”，而“每个写作者内心深处所有情结沉淀后的东西”，便是氛围，氛围被陈梦雅认为是“检验纯粹最本真的路径”，是陈梦雅小说的一贯主题：

[01] 常立：《为了黑蓝新小说》，参见陈卫、顾湘等著，常立主编：《不过是 OPEN》，上海人民出版社 2008 年版，第 1 页。

[02] 8439：《受奖词》，http://www.heilan.com/forum/forum.php?mod=viewthread&tid=27673&highlight=8439。

[03] 8439、凌丁：《第 14 届小说奖得主 8439 访谈》，http://www.heilan.com/forum/forum.php?mod=viewthread&tid=27799&highlight=8439。

> 我想在持久的写作中部分作者能够逐渐掌握并熟悉自己脑子里那架语言输出装置的性能、架构以及功率，这时最大的快感和鞭笞就出现了，我窃以为那就是最为关键的氛围。[01]

陈梦雅的小说重视氛围的营建甚于人物的塑造和情节的设计，人物和情节出现与否，取决于是否适合于已经生成的氛围或是否有利于新的氛围的生成。

第四，碎片即整体。陈梦雅小说中的每一个段落、每一句话都可以被看作一块精美的文字碎片，具有自足性，而无数的碎片被叙述者以“儿童般纯净的好奇、情人般热烈的敏感和科学家般的精细”[02]拼贴聚合在一起，形成一个能够表现出特定氛围的整体，只有这样的整体诞生，陈梦雅的小说实验才告完成。获得首届“黑蓝小说奖”的《断鼠》，就是一次成功的小说实验，创造了一个由精美碎片聚合而成的情绪充盈、氛围迷人的整体——鹦鹉、狗、金鱼、乌龟、螺蛳、苍蝇、菁菁虫、蟑螂、蚂蚁、蜘蛛、踩在白云上的老鼠、马戏团团长卜嘟噜、不被理解的丈夫、不被理解的妻子、同样不被理解的耍蛇的姑娘……所有这一切被诡异而妥帖地安置在一起，共同创造出一个让人大开眼界的世界和一个既热情又冰冷，既快乐又忧伤的奇妙氛围：

> “我会找你倾诉，”姑娘看着他，“是想让你知道不只你孤单一个人。”她这种热情的话语像平静的河流缓慢缠绕住脑肠，过后几分钟激动人心的力量才骤然发生起来。可仍然是那条河流，即便浪流破裂在高空成为碎石，即便水的方向变得难以捉摸，依然是这条风景怡人的河流。[03]

---

[01] 8439：《受奖词》，http://www.heilan.com/forum/forum.php?mod=viewthread&tid=27673&highlight=8439。

[02] 常立：《为了黑蓝新小说》，陈卫、顾湘等著，常立主编：《不过是 OPEN》，上海人民出版社 2008 年版，第 5 页。

[03] 8439：《断鼠》，陈卫、顾湘等著，常立主编：《不过是 OPEN》，上海人民出版社 2008 年版，第 154 页。

当然，新的创造必然伴随着一次次的失败，陈梦雅并不总是能够创造出这样由碎片凝聚而成的“整体”，也并不总是能够创造出符合自身理想或他人期待的“氛围”，但陈梦雅小说的创造性，尤其在当下值得充分肯定，因为这就是小说（novel）这一名目的题中应有之义（词根 -new，有新颖、新鲜的含义）。

（五）洪洋

洪洋，“黑蓝”ID 为黑天才，生于 1980 年，1997 年开始写诗，2001 年开始写小说，2005 年出版长篇小说《脏》（文汇出版社，“80 后生态文丛”），2007 年出版长篇小说《抵制喜剧》（上海人民出版社，“黑蓝文丛”第一辑），获第十二届“黑蓝小说奖”。

或许是受早年写诗经历的影响，洪洋的小说有着“诗化小说”的气质，重抒情，轻叙事，“将日常生活、内心生活和外在生活、梦想和现实转化为一首诗，一首以事件而不是以语言为韵律的诗”[01]。其主要表现有以下四个方面：

第一，注重诗意语言的运用。典型如洪洋用八个月左右时间锤炼而成的中篇小说《绝句》，全文每一个句子都可以当作一行精美的诗句，仅以第一小节《空》为例：

> 天青，天蓝，六七天，敌不过一个时辰的天光——那悬空而捉摸不定的风，一会儿化虎，一会儿化鹤，又吹不散云，只把两片花瓣吹在半空里叶叶翻翻，绕美人蕉，梨花中躲藏一阵，继而闪入柳絮飘出城墙化蝶。苍山在青山之外，飞鸟高来高去，倒悬的飞鸟望见倒悬的青山。飞远了。飞远了化进苍山。城墙外的小路花闲草逸，江面空空流水随意打漩，另一股流水亦步亦趋：都是找不到尽头的流光。最后一艘渔船两个时辰后能赶到，此刻江面剩一只折翅纸鸢，倒悬着划进一片亮光中，水下鱼群飘，水草肥，候渔翁。一只竹，必有淡得发黄的翠影，有黄山溪水，有淮南苇，有晚霞，出游时钓竿化笛。江山空空，青山空空，苍山空空，云不空，天空，高去之物空青山，昨夜细雨绵绵空，梧桐空，城空。

[01] 冯小凤：《能力与天才——评洪洋小说集〈抵制喜剧〉》，http://www.heilan.com/publish/wencong_hongyang_pl.htm。

突地有了笛声的一个赠音，一个送音，化了风化了箭，来来去去的笛音，于江面上一阵荡漾。风随即大了些，一时间城墙浑身长满了灰色音孔，千百个声音从身体里被风带出来。静卧的白云原本苍白淡尽，随着笛声的悠扬要逐另一掌白云而去。先是晚霞来，湖面落日清新，仿佛有个生灵正在照亮薄暮之时。一些风乖乖化了虫豸细细密密沿着城墙爬开，有的虫被风吹个趔趄也不在意。另一些风依旧弄花瓣，偏将其化蝶。一群透明的纸鸢依着风正经过江面，江面微澜。八年化音的笛声，跟风四处游走，戏花、戏水，戏残破的几页书，是在城墙的拐角化了尘。有风时，只有青山和飞鸟才能自已，直到天青了，这透明的灵才有停留之意。一些在树冠上歇了歇，化了冠顶上的半朵浮云，另一些含混在苍山的轮廓里。只有一阵风未走，一边打捞两片渐入江心的花瓣，一边执意待吹江枫渔火。早起的夜猿在林子里凄厉地响了，阿牧立在城墙下说："凭空来的一句话，也是经典。"[01]

如此精致铺陈的语言、绵密叠加的意象和自如跳跃的节奏，使得时间感和情节性在小说中被淡化了，使小说显现出诗的文体特征。

第二，注重边缘人物的塑造。洪洋小说中的主人公大都是一般意义上的社会边缘人——拾荒少年、摇滚歌手、流浪旅人、街头混混等。这些边缘人物，并非"为赋新词强说愁"的青春期符号，也非反抗主流、彰显叛逆的个性标志，而是在洪洋小说所塑造的世界中生存、成长和毁灭的"真实的人"，他们及其边缘生活多来自洪洋自身的生活经验，他在很长一段时间内就生活在相似的边缘境况之中，在其中呼吸、触摸、感受和思考，"他就像里尔克笔下的'浪子'，一个为了不被时代的洪流所淹没，为了逃避太多的甜蜜、安稳、富足与被爱，为了寻找那只存在于精神中的爱尔弥德花园而放逐自己的青年。怀着一种看似落伍的、不合时宜的、被这个时代所嗤之以鼻的英雄主

[01] 黑天才：《绝句》，http://www.heilan.com/forum/forum.php?mod=viewthread&tid=49006&extra=&highlight=%BE%F8%BE%E4&page=1。

义情结”[01]。

第三，注重对庸常甚至破败生活中的诗意的萃取。在洪洋的小说中，最破败不堪、凡俗不耐的生活中，也会时不时流淌出些许诗意。比如在《抵制喜剧》所描绘的颓废、无望、失去尊严、百无聊赖的生活中，“我”有“一扇通往世界的门”，“那里有我的工作——扮演一只熊”[02]，一只张牙舞爪、失去面孔、娱乐顾客的熊；而一群青年正在全身心地投入一出“死去的病人”编写的悲剧的表演当中。一个老头沉浸在过去的回忆当中，引用《约伯记》说：“他不再回自己的家，故土也不再认识他。”[03]一个穿“米黄色的裙子”打着伞的女人，总是能适时给晦暗的生活增添些许明亮……

第四，注重结构的发散性。洪洋小说的结构通常并不缜密，而是呈现出发散性特征。例如前文提及的《绝句》，全篇分《空》《空欢喜》《定》《偏离临》等24个章节，章节之间没有明显的逻辑关联，依靠情绪和节奏的变化连接。又如《不过是OPEN》，全书呈现出一种即兴发散的形态，不宏大，不张扬，不“高尚”，不“坚守”，只是徐徐道来，慢慢敞开[04]，像切斯特顿在《我的衣袋中发现什么》中做的那样掏空自己的口袋——不止是衣服上的口袋，还有身体、记忆、想象以及灵魂中的口袋，像马尔克斯让俏姑娘裹着床单起飞一样让两个小孩在列车上由于“轻”而飞进飞出，像李敖献给胡茵梦的赞词一样“又漂亮又漂泊，又迷人又迷茫，又优游又优秀，又伤感又性感，又不可理解又不可理喻”。

（六）司屠

司屠，原名姚来江，生于1975年，2002年起开始写小说至今。主要小说作品有《同行》《在继续之中》《旅行与艳遇》《故人豫襄》《唐朝的瘦身运动》《世界》《顶峰积雪》等，2010年3月获得第十八届“黑蓝小说奖”，2011年9月出版小说集《同行》（上海人民出版社，“黑蓝文丛”第二辑）。

---

[01] 冯小凤：《能力与天才——评洪洋小说集〈抵制喜剧〉》，http://www.heilan.com/publish/wencong_hongyang_pl.htm。

[02] 洪洋：《抵制喜剧》，上海人民出版社2007年版，第59页。

[03] 洪洋：《抵制喜剧》，上海人民出版社2007年版，第69页。

[04] 第十二届“黑蓝小说奖”评委会：《授奖词》，陈卫、顾湘等著，常立主编：《不过是OPEN》，上海人民出版社2008年版，第156页。

司屠的小说带着作者所赋予的独特烙印，“以清醒的态度，细致坚韧的语言，表达了个体内心在遭遇了不断变动的物质世界的重重阻隔之后，由怀疑到自我否定，再从迷失的困境中突围而出，最终迈向相对平衡的回归之路”[01]。其显著特征表现在以下三个方面：

第一，大多作品有一个观察细致、思维缜密、不断浮想联翩并且不断推敲字句的孤独的叙述者——无论是第一人称叙述还是第三人称叙述，小说中的主人公也常常具有相似的“独立者”特征。一个明显的叙述标记是小说中大量使用的括号及括号中的解释性文字，这些文字试图精确地描摹微妙的瞬间、幽微的心思、暧昧的情境或变化的情绪。例如，小说这样描写一次夜晚的尴尬的“结伴同行”：

> 就此时，两个女的从我右侧的台阶上下来，走到我身边。她们频频回头，看着身后的房子（顺便我也看了一眼，房子如同剪出一般，轮廓分明），但脚步并没有减缓其速度，也不说话。我们并排而行。我能感觉到靠近我身边的这个女人虽没有看过我，但显然已经注意到了我的存在。我们三人一字排开（我最高，我身边的其次，最右边靠近阶沿的女人最矮），我们三个的手都插在衣兜里，一起向南而去。……这种情况使我很是为难。我不能就此停下，也不能突然起步开跑。这样肯定会吓着她们。若我边走边对她们（几乎耳语）说，我不是个强奸犯或我不是个坏人之类，她们就会当我是真的强奸犯、神经病、变态杀手，受惊吓的程度反而会大大增加……[02]

司屠

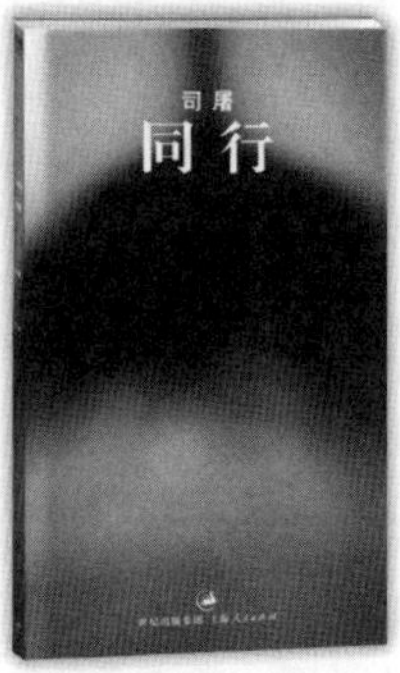

司屠《同行》上海人民出版社 2011 年版

括号中的文字有助于更立体地呈现出生活中的这一偶然境遇——在夜晚一个男性和两个女性同行，更清

[01] 第十八届“黑蓝小说奖”评委会：《授奖词》，http://www.heilan.com/prize/prize_18_shoujiangci.htm。

[02] 司屠：《同行》，上海人民出版社 2011 年版，第 25—27 页。

晰地揭示了这一暧昧情境下人物的情绪起伏和心理变化。下面这段关于“饥饿”的解释性文字则揭示了历史中的集体无意识：

> 难道说是饥饿的缘故？人们之所以会突发如此奇想，是因为他们时常想到饥饿（仿佛海面上平静过后，风暴降临。平静，时常令他们惶惶不安；持久的平静，令他们更加地不安。似乎这里预示着一场更大的灾难，将把他们重新推入饥饿的深渊）。[01]

第二，大多作品具有独立的叙事立场和对既存写作范式的颠覆性。司屠有着明确的个人创作观——“除了完全自我的写作，其他都是讨好读者的写作，程度不同而已”“宁愿让人觉得枯燥，也不要让人觉得有趣，有趣是容易的”。前者表达了独立的叙事立场，表现于小说中，叙述者或主人公通常与其置身其间的社会和人际环境格格不入，典型如《唐朝的瘦身运动》，在一个以胖为美的时代，杨如佩却在悄悄进行着瘦身运动：“这里所说的‘运动’，并非指的是一种参与者甚众的运动，只是就这个词本身而言。如果我们非要按照普遍的理解去运用它，那就是说，它不过是杨如佩一个人的运动。在唐朝，它始于杨如佩，止于杨如佩。随着杨如佩的死亡而匿迹销声。”[02]后者则表达了颠覆既有写作范式的理念，这一颠覆性除了指向“有趣”之外，还指向不同的小说类型和题材。例如，取材自《史记·刺客列传》之豫让的《故人豫襄》可以说是刺客题材小说的颠覆之作，小说全文均在叙述行刺前的准备活动，三分之二篇幅是关于刺客的心理描写（思乡、怀亲、内疚、尴尬、羞愧、踌躇以及想象中的诸多场景与活动），《史记》中的刺杀高潮（豫让刺杀襄子未遂被俘，要求刺襄子衣服三剑，以明“士为知己者死”之志，心愿完成后自杀）被放置于刺客的想象活动之中，也就是说，他在想象中预见了未来的命运。这虽然吊诡但不无可能，刺杀之前细密的思虑极有可能顾及于此。而对于幼女的爱更是太史公未尝描绘的：“他从不失眠，偶尔想到妻小，也不放纵这种情绪。无非是因为觉得女儿的一句话美妙，是说，妈

[01] 司屠：《同行》，上海人民出版社 2011 年版，第 36 页。
[02] 司屠：《同行》，上海人民出版社 2011 年版，第 29 页。

妈，我们走了呀，特别是那个‘呀’，他才偶尔会在睡觉前念叨一番。”[01] 在一次次铺垫之后，戏剧性高潮并未如读者所预期的那样到来，在小说的末尾，情绪反而急转直下，陷入虚无：

> 在那个斩断槐树枝的夜晚，夜已深，豫襄返回崔护家。在路上他被一块石头绊了一跤。在他欲意站起时，突然被一阵厌倦的情绪击倒。他委顿在地，那一刻几乎彻底丧失了报仇的欲望。他想象自己此刻正走在回家的路上，从今往后他便要与妻女长相厮守，老死山中。他被困于这一念头不能自拔。[02]

而使他暂时脱困于这虚无的完全是生活中的偶然：“雨帘中，一只黑色的小猫从他身边一蹿而过，使他挣脱。”《史记》里传说中的侠客志士，在小说中被还原为平凡的人，宏大的理想和“正确”的价值观，在小说中被还原为个体的执念和生命的偶然，而正是这些平凡而执拗的人，在广漠的时空中，在“存在主义的无聊”中，因为偶然创造了我们的历史，书写着我们的生活。又如，《旅行与艳遇》可以说是对浪漫小说的颠覆，旅行不仅不自由；反而是在逼仄的空间和狭隘的人际交往中不得自由，艳遇不仅不浪漫，反而是琐碎、平庸、充满挫折感的日常生活的缩影。张固最后在性欲即将满足时刻的“不举”，“实质上，正是小说的主旨所在——驱离那些包裹着小说的生活碎片所散发出来的恶臭”，在这一刻，人自身比性欲更深刻的问题开始显形——“他的性欲遭到了体内更强大的存在的反击”，“那种动物性的念头，那些本能般的反应，都被统统打碎”，“人，诞生了”[03]。

第三，大多作品以“同行”为人物的基本境遇，在文本中建构了一个“同行不同道”的世界。“行”，是人类乃至世界存在的基本形态，时间总是流逝，空间总是转换，感情和思想总是变化，一切都“在继续之中”，这是象征层面的“行”；具体而言，小说中的人物无论是走路、坐车还是乘电梯，无一不处于“行”之中。不同个体的

---

[01] 司屠：《同行》，上海人民出版社 2011 年版，第 81 页。

[02] 司屠：《同行》，上海人民出版社 2011 年版，第 86 页。

[03] Shep：《向青春致敬后，前行吧》，http://book.douban.com/review/5560314/。

“行”，在特定的时空相遇，“结伴同行”，就构成了人来人往的世界。《旅行与艳遇》中有一段描写形象地揭示了这一世界的形成：

> 随着车子的颤动，张固的身体不时地挨着陆萍萍的身体。他很想装作睡着了，让这身体就势靠在陆萍萍的身上，以至于让头滑落到她的肩头。但他克制着没有这么做。他怕她或许会以为他是在装睡，他这是故意为之（确实如此）。他似乎不想让她有这种想法。而如果他真的睡着了，她也会以为他是故意为之。仿佛因此，张固一直没有睡着。在表明自己已经醒来之前的一路上，张固便犹豫着，憧憬着，并且暗暗地感受着这微妙的接触——碰一下，然后分开，又碰一下，又分开……[01]

这里的“车子”，象征了“出发地和目的地和由此构建而成的世界”，“在更深一层上还代表了一个无形权力的压抑甚至是群体无意识的发生过程”[02]。人并非主动去构建这一世界（车子），而是被不由分说地抛置于世界（车子）之中，被迫成为世界（车子）的一部分。这种“被抛”状态，使得人从本质上是一个又一个孤独的个体，“同行”是暂时的境况，是人适应环境的能力、虚与委蛇的态度、突如其来的情绪、骤然升起的欲望和对生活无能为力的结果，是“碰一下”，然后“又分开”。小说《世界》中，因同车考驾照而短暂“同行”的几个人构建了一个“同行不同道”的世界;《夜行》《便衣》《同行》均以此种方式构建了人们在其中“碰一下，又分开”的世界。在这样意义匮乏的世界中，独立者只有在人群中坚定地行走：“他在这里，但他不属于他们，他不断地超越他们，他超，超，超，以至于没有了自己，也就没有了人群，也就没有了道路……现在他缓缓地降落，一切又具体可见，又清晰如初，但仿佛已经有所不同，他感受着这不同，他回到了他们，他就是一名便衣。”[03] 通过超越人群又回归人群，独立者寻找到“完全的自我”，而只有“完全的自我”，才能用静默的

---

[01] 司屠：《同行》，上海人民出版社 2011 年版，第 156—157 页。

[02] Shep：《〈同行〉中的车》，http://book.douban.com/review/5560314/。

[03] 司屠：《同行》，上海人民出版社 2011 年版，第 299 页。

态度抚平生活的异质而达致内心的宁静：“自人们身旁徐徐经过，神态从容，一如从前。”[01]

（七）生铁

生铁，原名汪铁，祖籍江苏，1976 年生于北京，自青少年时代起练习写作，曾任《大众软件》编辑部主任兼首席记者。小说《家电世界》获第七届“黑蓝小说奖”。著有小说集《再见了，海河》（电子书）、《侦察员，你在爱的旷野》（上海人民出版社 2011 年版，“黑蓝文丛”第二辑）。

生铁

解读生铁风格各异、写法多变的小说，有以下两个关键词：故事和空间。

在“黑蓝”的代表性作家当中，生铁是最注重小说故事性的作者之一，他的大多数小说都有一个吸引人的故事内核——至少也有一颗有潜力发展成为吸引人的故事的种子。虽然经过了作者的变形处理，但读者喜闻乐见的各种故事类型，都能够在生铁的小说中被一一发现。比如：间谍故事《粮油店，你也夜里卖冷咖啡？》和《侦察员，你在爱的旷野》，恐怖故事《怪异故事二则》，犯罪故事《灵车》，科幻故事《春游》，爱情故事《有关爱情的若干片段》和《在沙滩上》，色情故事《新港》……与“黑蓝”的《作为本体的小说》一文所倡导的写作（“怎么讲故事”比“故事”更重要）不同，“故事”在生铁小说中占有举足轻重的地位。何以如此呢？从《侦察员，你在爱的旷野》中的这一段文字，我们或许可以看出一些端倪：

生铁《侦察员，你在爱的旷野》
上海人民出版社 2011 年版

和紫叶在一起，我几乎无法写作。她用尽心思呵护我，而我却差不多丧失了写作的能力——因为她始终希望我的作品是为她而作的，是献给她的，尽管她不直接这样讲。但当我和玉台在一起时，写作的欲望重新萌动起来，甚至变得相当高亢愉悦。玉台建议我将一篇重要的中篇小说推翻重写，因为之前的稿子是我按照紫叶的意愿写的——当她在说

[01] 司屠：《同行》，上海人民出版社 2011 年版，第 44 页。

这些的时候，还是和平时泰然接受紫叶安排时的态度一样平静。但是现在看她的这种态度显得更有硬度。“你写吧，随心所欲地写。我不会要求什么，只要是你写的，都是为我写的。”她这么对我说。她甚至腾出时间来帮我校对、誊写文章的清样。[01]

这里提及两个不同的女人：紫叶，“娇小文静”“相当俏丽”“目光清澈而迷离”“在亲切中隐约透着一种不可接近的感觉”，主办纯文学期刊《欣欣》，在她的引领下，《欣欣》对商业文化的入侵非常敏感，“艺术，或者说纯粹的艺术，在这些编辑内心中毋庸置疑是唯一标准”；玉台，“白净”“圆润”“做作”“她把那种异常令人心动的神态展现给我，却让我感到有一丝厌恶”“她的美很低贱，但却是活着的”。如果把这两个女人比作两种不同的文学观念，作者生铁心向往之的是代表“纯文学”（而不仅仅是“故事”）的紫叶，但是更能煽动、激发他创作欲望的，却是“做作”地取悦于人的代表“故事”的玉台。而在小说的后半部，这两个人物发生了角色的反转，“纯文学”带上了虚伪气息，“故事”却有了纯真色彩。对超越单纯讲故事的小说艺术的探索和对单纯讲故事的无法割舍的热爱，同时在生铁小说的隐含作者身上并存，构成了小说中“反故事”和“故事”并存的复杂面貌。

生铁小说的“反故事”性，体现在他对“故事”的变形处理上，主要有以下 5 种技术。第一，因果序列中突如其来的反因果性，例如《春游》中大半篇幅以写实手法回忆和记叙“我”和父亲在清明开车去墓园给爷爷扫墓，结尾在归途中却毫无征兆地突遇飞碟入侵，并开车飞向天空迎击外星人；第二，日常生活情境中出没的性格模糊的反常人物，比如《灵车》《在出租车上》中的“我”，或者《侦察员，你在爱的旷野》中的托托；第三，反常情境中的日常对话和合理行为，例如“我”在亦真亦幻的“旷野”中求职和就业的场景描写（《侦察员，你在爱的旷野》），或者“我”在火车驶入水中时寻找列车员的“常规”努力以及列车员的“合理”解释（《怪异故事二则》）；第四，

[01] 生铁：《侦察员，你在爱的旷野》，上海人民出版社 2011 年版，第 248 页。

时间线索的分叉、错置和隐藏，例如《灵车》《有关爱情的若干片段》《在沙滩上》等都打破了时间顺序的线性叙事常规；第五，得不到解答的悬念设置，例如《粮油店，你也在夜里卖冷咖啡？》开头所设置的一系列悬念：托托的电话是怎么回事？“我”为什么回来了？为什么先回到学校？……然而由于作者对“故事”本能的热爱，这些“反故事”技术并未削弱小说的“故事”性，反而几乎所有的“反故事”设置都可以从“故事”本身寻求解答，例如《春游》中人的死亡及衰老和外星人的联系，《怪异故事二则》中父母离异与火车驶入水中的可怖梦魇的联系，《侦察员，你在爱的旷野》中亦真亦幻的场景和叙述者“我”的精神疾患的联系（这一精神疾患甚至还解释了《粮油店，你也在夜里卖冷咖啡？》中的一些没有结果的悬念）……那么，我们从生铁小说中看到的仅仅是“故事”吗？

生铁小说中的所有故事，讲述的重点并不在于“人物”（大多性格模糊），而在于“空间”（大多精心营构），给读者留下最深刻印象的也往往是虚实兼备的“空间”。我们从生铁小说的命名中可以看出作者对“空间”的持续关注。例如，《侦察员，你在爱的旷野》中的“旷野”：

> 我看见原野上起雾了。迷蒙而低回的雾霭，厚厚地覆盖在绿色的草丛之上。它们慢慢地、慢慢地飘移着，漫过并且浸透了每一根草梗，它们幻化无穷，有时像白色的炊烟，有时又像某种液态的物质。绿色的草地从雾气的缝隙中露出来。一瞬间什么都能看到了，突然一切又都被那白色所湮没，连声音也没有了，一切都安静极了……[01]

又如《在铺上》的“火车卧铺”：

> 你永不知道，这有多隔膜。就像现在躺在铺上。有时整个世界都显得那么陌生，而你又永远是个与之无关的人。你

[01] 生铁：《侦察员，你在爱的旷野》，上海人民出版社 2011 年版，第 213—214 页。

什么也丧失不了。[01]

再如满是米面和植物油味道的在夜里卖冷咖啡的“国营粮油店”（《粮油店，你也在夜里卖冷咖啡？》），被忧郁的海水反复冲刷得了无声息的白色的“沙滩”（《在沙滩上》），下了车关上车门就谁也不记得谁的“出租车”（《在出租车上》）……另一些小说虽未直接以“空间”命名，但“空间”在小说中仍然至关重要，如《春游》中的“墓园”、《我和关平》中死者奔赴的“荒原”等。

我们从生铁用不同“故事”构建出的各类“空间”中可以看出一致的特性——“空”（即虚无），而“空”唤起的是迷惘、伤感、忧郁、孤独等人类面对无意义世界的“存在主义的无聊”所产生的共通的情感，由“空间”的“空”引起读者的这一类情感共鸣是生铁小说的深层魅力所在，也是生铁小说的“艺术性”所在——经由对想象性空间（如旷野、荒原、粮油店等）的建构产生陌生化艺术效果，引人超离现实入幻想之境，同时又经由对现实空间（如出租车、卧铺、墓园等）的解构拆穿现实中习焉不察的幻想，还原出幻想遮蔽下的真实，引人对存在本身发问：

你们在这个地方，生活得还好么？唉，人们啊……[02]

（八）陈树泳

陈树泳，“黑蓝”ID：为X，生于1986年，广东潮州人，大学期间开始写小说，2010年9月获第十九届“黑蓝小说奖”，2010年加入“黑蓝”主创团队，常任小说版版主和“黑蓝小说奖”评委，著有小说集《恶童》（电子出版）、《走神的时刻接近真实》（江苏凤凰文艺出版社）。

陈树泳小说的题材多与现实生活相关，但并非“现实主义小说”。他并非通过对现实的描摹去塑造人物、编织故事，而是努力去避免因小说过于贴近现实而趋向通俗和促狭，为此，他常采用的创作手法是

[01] 生铁：《在铺上》，陈卫、顾湘等著，常立主编：《不过是OPEN》，上海人民出版社2008年版，第21页。

[02] 生铁：《侦察员，你在爱的旷野》，上海人民出版社2011年版，第12页。

将故事背景抽象化、模糊化，以激发出日常主题的陌生魅力。例如，小说《青皮》的构思起源于他一次剃光头的理发经验，但他将这个故事放到了模棱两可的俄国战时背景中，从而赋予了作品异国情调般的陌生氛围。这一创作手法的意义在于：展示了一种破除固有的现实认知的束缚而主要依靠理想化的想象来建构作品的写作观念，并相应引发了叙述模式的变化：

> 随后的事情他大概记得不太清晰，我所知道的，他后来对我讲到的，是他们一路没怎么说过话，只是一味地跟随着前面的人往前走，然后碰到更多的人，人越来越多，小的开始变得兴致勃勃，忘记了自己刚刚理了个他不肯看上一眼的光头。我猜想那会是一个有趣的场景，在众人之中，人们第一眼就能看到这位年轻人，并非因为他特殊的气质引人注目，人人都惊奇在这样一种紧张的氛围之中看到一个引人发笑的脑袋兴致勃勃地前进，没有人会真为这种天真而感到开心。[01]

在以第三人称叙述的小说《青皮》中，结尾来临时作者让一直隐藏着的叙述者出场，将故事的时间突然拉到几十年之后，引发出另一个人物视角，由其带出“追忆”，使整个文本成为“复调”——一方面是此时此刻正在发生的事件，另一方面，这个事件因为回忆而有了被讲述的可能。

在另一部小说《走神的时刻接近真实》中，他将这一写作观念推向极致：

> 在整个购置衣服的过程中，我将大部分心理感受都投射到张慎身上，他那些被我写下来的，是作为他这个人这件事的背景出现的，而它们最终成了这件事的主体。[02]

在许多现实主义小说中，事件往往为了丰富人物的性格或作为故

[01] 陈树泳：《走神的时刻接近真实》，江苏凤凰文艺出版社 2015 年版，第 90—91 页。

[02] 陈树泳：《走神的时刻接近真实》，江苏凤凰文艺出版社 2015 年版，第 169 页。

事的主体而存在，但在陈树泳的小说中，所发生的事件已经不是故事的主体，而只是得以引发叙述的契机，小说的叙述脱离了对现实的临摹，转向更为直指人心的表达，并获得隔岸观火般的冷静效果：

> 不难想象出他深夜回到家里，发现我们一个晚上的收获跟他的生活既不相称也毫无关联，便扔掉了衣服，可能整夜他都在想这件事，但我不知道是什么想法使他清晨时在屋里烧炭。想象力可以继续走得更远，包括我不在场时张慎心里想的事情，但我不确定他是否真能把事情想清楚然后做下了决定，还是深陷其中而感到窒息，他从此失去了辩驳的机会。张慎的母亲，我看她一生都在受苦，为这个聪慧的孩子受苦，大概为了他，她暂时还不会去死，痛苦过后，会习惯继续照料他一生。他的同学们都给她捐钱，她受了恩，很是感激，这多少减轻了她的痛苦。[01]

在陈树泳为数不多的远离了现实题材的小说中，这种依靠理想化的想象而不断推进的叙述变得更加无拘无束，形成一种来自头脑的声音：

> 我头脑中出现了马。
>
> 或许是三月，也可能是五月，应该是三月。微风和马，以及春天还处于萌发初端的状态中。[02]

在《对〈B.A.C.H〉的重述》这篇小说中，作者对艺术家高盛婕的影像装置作品《B.A.C.H》进行了一次观看和“解读”，但他并不在意影像里所发生的具体“事件”和“时间”，而是在这一观察的过程中，随时捕捉影像对想象思维的刺激后的反馈，以文学的方式去理解和再现另一种形式的艺术：

> 由于斜风和细雨使整个天空和它下面的山丘饱含水汽，

[01] 陈树泳：《走神的时刻接近真实？》，江苏凤凰文艺出版社 2015 年版，第 171—172 页。
[02] 陈树泳：《走神的时刻接近真实？》，江苏凤凰文艺出版社 2015 年版，第 106 页。

> 马在海上因而成了马在浅坡的一种遥相呼应，马身上泛起的光泽不是和风丽日中皮毛的反光，而是在水的滋润下在阴天里从井中取出的鲫鱼。[01]

影像中马在斜坡上吃草的场景，并没有被陈树泳描摹下来，而是通过整体的气象和局部的光泽，调出了“马在海上”和“井水中的鲫鱼”这类艺术通感上的想象。在陈树泳这些小说的反常规的叙述中，我们可以看到，他明确实践着破除现实束缚的写作观念，并竭力尝试用小说的方式来传达他源源不断的“头脑中的声音”。

（九）魏虻

魏虻，本姓罗，生于1988年，河南焦作人，2010年6月起尝试小说写作，2011年被“黑蓝”首页的《作为本体的小说》一文吸引，开始在“黑蓝”论坛上发表小说，主要作品有《林鸟的叫声》《黑衣妇人和广场上的鸽子楼》《砖石建筑》《雪夜望海》等，其中《雪夜望海》获第二十二届“黑蓝小说奖”。

魏虻小说有着独特的“翻译体”语言风格，连绵不绝的长句层层叠叠密织成文，对微眇事物的描写细致入微，树木、房屋、街道、雪地、旷野、鸽子楼……小说里每一处景物和场景描写无不浸染着叙述者难以遏抑的激情，“在对自然景色与日常事务的透彻理解之上赋予了个人书写的情感”，“散发着一股天真而不乏悲悯、游离于俗世

魏虻

魏虻《黑衣妇人和广场上的鸽子楼》黑蓝文学网2010年版

魏虻《雪夜望海》黑蓝文学网2012年版

[01] 陈树泳：《走神的时刻接近真实？》，江苏凤凰文艺出版社2015年版，第111页。

价值之外的入世情感”[01]。例如《雪夜望海》开篇不久一段对树木的描写：

在行走中，我不断仰视树木，为这些树木奇妙而美丽的姿势而大受感动。这些普通树木将其在无动于衷的漫长生命中产生的沉郁个性和细密枝杈，完整地往上统一于一个优美的动态，像是天然的枝形吊灯。虽然模仿的方向是相反的，但你简直找不到词来形容那种华美。以此构成意象，那些冬季树木奇迹般的生动细部显示出完全舒展的形态。而这种在冬日完全无实用的展示，显示出那样强烈的对美的慷慨，显示出它对它周围世界那么深刻的理解——依据是它们略显忧愁的分杈和无动于衷的对自身痛苦的格外冷静，你又怎么能不心领神会并且默默无语、充满感激地与它做些眼神的交流呢。那些在冬天被遗忘在枝头沉沉地垂坠下来（并在北风中摇晃，发出沙沙声），以独属于它们那一树种家族的复杂的混合花序格局，排列着虽然无人照看却极其冷淡，似乎一点也不期望在湿润土壤中、在沉睡中生长的菁葖果。它们安静地打开着干裂的木质果皮。从而在沉闷的白日，使得太阳那甚至连轮廓都看不清的神秘简洁和天空从早到晚没有表情的灰色调，也是因为这些树木而并不那么令人讨厌。而这种奇异的美感所表现出的轻快喜悦，也类似于在同一背景中，一只黑长尾巴的灰鹊连续从这棵树飞到那棵树，或者在桐树顶端黑色鸟巢的乱杈中间上下弹动着尾巴停顿了一小会儿，确认目标后便再飞到另一棵树上去时，表现出的轻快喜悦。它们着雪的黑色，如同夜一般抽象。它们那么超然，那么奇特。直到如今我之所以对它们在那晚的印象特别深刻，大概因为从它们的超然和美那里，我获得了一点的安慰。没有路灯的街道上连男女都分辨不清，行人对我就如同是一个个鬼魅，刚刚才从远处白白的模糊不清的虚空飘过去，就又从同一方向的远处迎面飘回来了。有的人大胆地在雪地骑自

[01] 第二十二届“黑蓝小说奖”评委会：《授奖词》，http://www.heilan.com/prize/prize_22_shoujiangci.htm。

> 行车，两手挼着车把子打着抖摇晃，耳朵后面还冒出一阵阵在同一个平面上摇摆尾巴的烟雾。过了不多一会儿，他就从前面笨拙地蜷起大腿，拿脚尖越过横梁，小心翼翼地下车来了。和仍旧默默无语的远处的一两个行人一样他也走起路来，那烟头也便在黑暗中更加频繁地一明一灭。[01]

这里沉静而细腻、忧郁而成熟的叙述者“我”与小说中人物“我”的年龄（正值儿童）构成强烈的反差，作者虽然采用第一人称叙述，而叙述者也是小说中的人物，但并未遵循现代小说一般叙事规律——以人物身份和年龄特征来制造叙述者的有限视角，而是采用了古典小说中较常见的混合视角进行叙述——有时是儿童的“我”天真的眼光和单纯的声音，有时是成年的“我”冷静的观察和不无忧伤的回忆，这种微妙的混合，正是魏虻小说的奇特魅力所在——我们看到的是童年与成年、稚嫩与成熟、单纯与繁复、古典与现代的糅合。“这种魅力来自她写作时面向自我的内心和情感，毫无保留地投入其中没有躲闪，使小说显露出坦诚和赤裸的力量”[02]，尽管它可能出于年轻作者尚未成熟的写作实验中，但这种“未完成”“未定型”的状态对专注于小说艺术的写作者而言是合适的，而魏虻正是这样的写作者。

生活中的魏虻谦虚、低调、寡言，只在和人谈论写作的时候说话最多，甚至不愿透露自己的真实名字，并且希望写作能够独立于日常生活，“觉得投稿对自己很背叛，更不用提拿它长期换钱”，但是需要读者意见和作者“内心意见的相互流通”，因而网络就成为魏虻最好的发表作品和谈论文学的园地，她在访谈中说：“我想如果杜拉斯那时候有网络，她应该也会同意这种即时、稳定又很少量的交流。对于无法排遣孤独的人，无功利写作绝对是良药。”[03]魏虻对无功利的纯文学写作有着虔敬而笃定的心态，她在《受奖词》中谈及写作的意义：

---

[01] 魏虻：《雪夜望海》，http://www.heilan.com/forum/forum.php?mod=viewthread&tid=53532&extra=&highlight=%D1%A9%D2%B9%CD%FB%BA%A3&page=1。

[02] 第二十二届“黑蓝小说奖”评委会：《授奖词》，http://www.heilan.com/prize/prize_22_shoujiangci.htm。

[03] 魏虻、X：《对于无法排遣孤独的人，无功利写作是良药——第二十二届黑蓝小说奖得主魏虻访谈》，http://www.heilan.com/prize/prize_22_fangtan.htm。

> 写作对我的重要性自不必说，写作的意义在我也并不是一个不可触摸之物，它并不潜伏，在表面直接对人发挥作用，这作用对人的影响深刻而且一言难尽。即便我说它那么仁慈、体谅人的情感和经验、不愿意引导你去为它牺牲、并不尖锐、所有的矛盾都尽量指向写作它自身，但也正因为上述原因和人的脆弱，对它的热爱还是会使人精疲力尽。我正在受各种作家的影响，我希望能不断受他们影响。他们一个个的总是能告诉你许多知识——关于人的经验、人的生命的真正形态，它让你发现你身边事物的文学性，让你学会怀疑，获得一些最基本的素质，让你容忍你的卑微。就好像在爱情当中，人会变得伟大、单纯，会特别地显现出自己最高尚的那部分心性。写作大概最大的好处是让你自由……[01]

不难看出，魏虻作为独立文学场域的写作者，自觉采取了与主流文学场域和消费文学场域截然相反的写作策略，以“输者为赢，艺术至上”的写作策略介入当下复杂的新世纪文学现场。对这样的独立写作者及其写作，“黑蓝”做出积极的回应：

> 二十四岁的魏虻使我们重温远离于商业气味和急切功利而一心致力于艺术耕耘的质素——须知这些年来急切浮躁的商业影响已在包括所谓的“纯”写作圈稳固地扎根并安逸地蔓延。在优秀的年轻作者越来越少的现实下，魏虻对写作的坦诚和投入、赤忱与悲悯，目不旁顾，即便有再多的不自信也不会对“我这样写作”产生丝毫怀疑，这使我们再次感到与其说“艺术家”是一份工作或职业，还不如说是一种命运。面对这久违的重温，我们可以欣慰，也会对这欣慰有所抑制，也许这是因为我们至今仍旧不能做得更多；不过，眼下我们至少能够遵照评委们的意愿，把第二十二届“黑蓝小说奖”这束小而亮的光，放到魏虻手上，以盼她在未来的写

[01] 魏虻：《受奖词——我不太敢走捷径，害怕被捷径报复》，http://www.heilan.com/prize/prize_22_wm_shoujiangci.htm。

作中，随着自身的沉淀与写作格局的拓展，写出更多动人心魄的作品而不负众望。[01]

“与其说艺术家是一份工作或职业，不如说是一种命运”，这句话，“黑蓝”既是寄语魏虻，也是寄语独立文学场域中默默前行的写作者们；“这束小而亮的光”，既是对魏虻的小小支持，也是对纯文学信仰空间的写作者们发出的召唤，希望人们能够在暗夜中彼此确认、相互支撑。

在新世纪文学鱼龙混杂泥沙俱下的创作洪流中，“黑蓝”创造了主流文学场域之外的独立文学生存环境，并为此系统探索积累生存经验：网络论坛发现作者，网刊鼓励作者，小说奖肯定作者，出版凸现作者，利用图书首发、读者见面会等活动推广作者，大力迎接电子移动阅读市场。

“黑蓝”等独立文学场域的存在，创造了独立文学的价值标杆，为未来文学机制的变革提供了一种参照，为新世纪文学呈现了一段值得关注和研究的历史。独立文学场域的写作正在、已经并将要形成一种深沉有力的潜流，它逐渐激荡出越来越绚丽的浪花，呈现出丰富的新的可能性。文学的明天无论怎样，我们都将欣然拥抱，毕竟，明天包蕴了我们的昨天和今天，毕竟，明天会是新的一天。

[01] 第二十二届“黑蓝小说奖”评委会：《授奖词》，http://www.heilan.com/prize/prize_22_shoujiangci.htm。

参考文献

[1] A. J. 格雷马斯 . 结构语义学 [M]. 天津：百花文艺出版社，2001.
[2] 阿尔都塞 . 意识形态和意识形态国家机器 [J]. 思想，1970（151）.
[3] 艾尔雅维茨 . 图像时代 [M]. 长春：吉林人民出版社，2003.
[4] 昂贝托 · 埃科 . 玫瑰之名 [M]. 重庆：重庆出版社，1987.
[5] 巴赫金 . 巴赫金文论选 [M]. 北京：中国社会科学出版社，1996.
[6] 白烨 . 在适应中坚守——文坛现状的观察与思考 [J]. 北京文学，2004（1）.
[7] 布迪厄 . 艺术的法则：文学场的生成和结构 [M]. 北京：中央编译出版社，2001.
[8] 布迪厄，华康德 . 实践与反思——反思社会学导引 [M]. 北京：中央编译出版社，2004.
[9] 布赖恩 · 里德雷 . 科学是魔法吗 [M]. 桂林：广西师范大学出版社，2007.
[10] 卡温 . 解读电影 [M]. 桂林：广西师范大学出版社，2003.
[11] 卜松竹 . 名家热论作家明星化 [N]. 广州日报，2012-03-03.
[12] 不有 . 异禀 [M]. 南京：江苏凤凰文艺出版社，2015.
[13] 蔡慧 . 郭敬明：我不想成为一个符号 [J]. 南都娱乐周刊，2012（8）.
[14] 残雪 . 残雪散文 [M]. 杭州：浙江文艺出版社，2000.
[15] 残雪 . 残雪文学观 [M]. 桂林：广西师范大学出版社，2007.
[16] 残雪 . 地狱中的独行者 [M]. 北京：生活 · 读书 · 新知三联书店，2003.

[17] 残雪．灵魂的城堡：理解卡夫卡 [M]. 上海：上海文艺出版社，1999.
[18] 残雪．吕芳诗小姐 [M]. 上海：上海文艺出版社，2011.
[19] 残雪．为了报仇写小说——残雪访谈录 [M]. 长沙：湖南文艺出版社，2003.
[20] 残雪．最后的情人 [M]. 广州：花城出版社，2005.
[21] 常立．百度贴吧的传播模式解读 [J]. 新闻界，2007（5）.
[22] 常立．“他们”作家研究：韩东·鲁羊·朱文 [M]. 上海：上海三联书店，2010.
[23] 常立．唯阿小说的魔术 [J]. 西湖，2007（3）.
[24] 常立．不过是 OPEN[M]. 上海：上海人民出版社，2008.
[25] 常立．黑蓝：中国小说艺术的高度 [M]. 北京：北京时代华文书局，2014.
[26] 陈梦雅．断鼠 [M]. 广州：广东人民出版社，2012.
[27] 陈树泳．走神的时刻接近真实 [M]. 南京：江苏凤凰文艺出版社，2015.
[28] 陈卫．从现在开始 [M]. 上海：上海人民出版社，2010.
[29] 陈卫．你是野兽 [M]. 桂林：广西师范大学出版社，2005.
[30] 陈晓明．故乡面与后现代的恶之花：重读刘震云的《故乡面与花朵》[J]. 解放军艺术学院学报，2004（3）.
[31] 陈晰．救赎与消费：当代中国日常生活中的消费主义 [M]. 济南：山东文艺出版社，2001.
[32] 陈仲义．肉身化诗写刍议 [J]. 南方文坛，2002（2）.
[33] 程波．先锋及其语境：中国当代先锋文学思潮研究 [M]. 桂林：广西师范大学出版社，2006.
[34] 程光炜．新世纪文学“建构”所隐含的诸多问题 [J]. 文艺争鸣，2007（2）.
[35] 大解．长歌 [M]. 北京：新世界出版社，2010.
[36] 大伟．新英雄闯荡上海滩 不限户籍个个精英 [N]. 新民晚报，2009-02-04.
[37] 戴维．路金波：是他“炮制”了韩寒 [N]. 都市快报，2011-10-05.
[38] 戴潍娜．仙草姑娘 [M]. 北京：新世界出版社，2014.

[39] 道格拉斯·凯尔纳，斯蒂文·贝斯特．后现代理论——批判性的质疑[M]. 北京：中央编译出版社，2004.
[40] 邓楠．通过深挖畅销元素，打造畅销书——《岛·庞贝》出版前的台前幕后[J]. 出版参考，2008（1上）.
[41] 邓伟．非理性文学消费与“粉丝”身份建构——以郭敬明、韩寒粉丝群体为个案[J]. 长江学术，2010（4）.
[42] 邓小琴．文代会制度的生成及演变初探[J]. 中共福建省委党校学报，2011（11）.
[43] 第五次全国文代会开幕[N]. 新华日报，1988-11-09.
[44] 恶鸟．马口铁注[M]. 北京：新世界出版社，2011.
[45] 傅元峰．寻找当代汉诗的矿脉[M]. 太原：北岳文艺出版社，2014.
[46] 傅元峰．一种被推向极致的反讽叙述——试读《故乡面和花》[J]. 小说评论，2000（4）.
[47] 高宣扬．布迪厄的社会理论[M]. 上海：陕西师范大学出版社，2004.
[48] 郜元宝．鲁迅六讲[M]. 上海：上海三联书店，2000.
[49] 顾湘．为不高兴的欢乐[M]. 上海：上海人民出版社，2007.
[50] 宫东红．反思与突围——读刘震云《故乡面和花朵》[J]. 当代文坛，2000（2）.
[51] 龚海燕．出版还能继续引领新世纪文学吗？[J]. 文艺争鸣，2009（8）.
[52] 管宁．突破传统学术疆域的理论探险——近年消费文化研究述评[J]. 福建论坛，2004（12）.
[53] 郭宝亮．反乌托邦——《故乡面和花朵》试解[J]. 小说评论，2000（4）.
[54] 郭敬明．悲伤逆流成河[M]. 武汉：长江文艺出版社，2007.
[55] 郭敬明．幻城[M]. 沈阳：春风文艺出版社，2004.
[56] 郭珊，吴培峰．反对文学“挂靠”影视“独立文学”丛书出版[N]. 南方日报，2007-07-06.
[57] 哈罗德·伊尼斯．传播的偏向[M]. 北京：中国人民大学出版社，2009.
[58] 韩东．关于语言、杨黎及其它[J]. 作家，2003（8）.
[59] 韩东．韩东的诗[M]. 南京：江苏凤凰文艺出版社，2015.

[60] 韩东．树杈间的月亮 [M]. 北京：作家出版社，1995.
[61] 韩东．我的柏拉图 [M]. 西安：陕西师范大学出版社，2000.
[62] 韩东．我和你 [M]. 上海：上海文艺出版社，2005.
[63] 韩东．扎根 [M]. 北京：人民文学出版社，2003.
[64] 韩东．《扎根》及我的写作 [J]. 作家，2003（8）.
[65] 韩东．知青变形记 [M]. 广州：花城出版社，2010.
[66] 韩东．中国情人 [M]. 南京：江苏人民出版社，2013.
[67] 韩仁均．儿子韩寒 [M]. 上海：上海人民出版社，2000.
[68] 韩小蕙．作家为何纷纷签约北京作协 [N]. 光明日报，2004-09-07.
[69] 何平．重建散文的尊严 [M]. 太原：北岳文艺出版社，2014.
[70] 河西．平妖传 [M]. 北京：新世界出版社，2011.
[71] 洪洋．抵制喜剧 [M]. 上海：上海人民出版社，2007.
[72] 洪子诚、臧棣．北大年选：2005 诗歌卷 [M]. 北京：北京大学出版社，2006.
[73] 侯磊．还阳 [M]. 北京：新世界出版社，2010.
[74] 胡风．胡风全集 [M]. 武汉：湖北人民出版社，1999.
[75] 胡续冬．旅行 / 诗 [M]. 海口：海南出版社，2010.
[76] 胡续冬．日历之力 [M]. 北京：作家出版社，2007.
[77] 胡传吉．拒绝喧嚣 [J]. 当代作家评论，2004（6）.
[78] 黄凤玲．新世纪城市青年文学与亚文化研究 [M]. 昆明：云南人民出版社，2013.
[79] 霍香结．地方性知识 [M]. 北京：新世界出版社，2010.
[80] 纪红．试论网络文化的特征 [N]. 光明日报，2008-02-02.
[81] 贾勤．现代派文学辞典 [M]. 北京：新世界出版社，2010.
[82] 蒋丽娟．在爱与痛的夹缝中穿行——简析郭敬明的成长叙事 [J]. 当代文坛，2005（5）.
[83] 蒋荣昌．消费社会的文学文本 [M]. 成都：四川大学出版社，2004.
[84] 姜涛．“新诗集”与中国新诗的发生 [M]. 北京：北京大学出版社，2005.
[85] 蒋肖斌．网络写手称千字提成一分钱 每日更新无休假 [N]. 中国青年报，2010-01-05.

[86] 杰·英格拉姆.蚊子干嘛老叮我？——以及生活中你老想不透的科学问题[M].长沙：湖南科学技术出版社，2011.
[87] 康赫.斯巴达——一个南方的生活样本[M].福州：海峡文艺出版社，2003.
[88] 康赫.人类学[M].北京：作家出版社，2015.
[89] 旷新年.《上海宝贝》：后殖民时代的欲望书写[J].天涯，2004（3）.
[90] 困困.路金波：是他“炮制”了韩寒[N].都市快报，2011-10-05.
[91] 拉家渡，胡续冬，等.关于网络与诗歌的对话[N].南方周末，2001-09-20.
[92] 拉斯·史文德森.时尚的哲学[M].北京：北京大学出版社，2010.
[93] 拉斯·史文德森.无聊的哲学[M].北京：北京大学出版社，2010.
[94] 蓝爱国，马薇薇.文化传承与文化消费[M].北京：北京大学出版社，2009.
[95] 蓝棣之.现代文学经典：症候式分析[M].北京：人民文学出版社，1970.
[96] 雷达.新世纪小说概观[M].太原：北岳文艺出版社，2014.
[97] 勒庞.乌合之众[M].北京：中央编译出版社，2005.
[98] 理查德·福特.石泉城[M].北京：人民文学出版社，2012.
[99] 李尔葳.张艺谋说[M].沈阳：春风文艺出版社，1998.
[100] 李建军.尴尬的跟班与小说的末路——刘震云及其《手机》批判[J].小说评论，2004（2）.
[101] 李建盛.艺术学关键词[M].北京：北京师范大学出版社，2007.
[102] 李洁非.文学会被市场弄脏吗？[N].文汇报，2004-07-04.
[103] 李文辉.用娱乐方式解构中国传统文化——以湖南卫视《天天向上》为例[J].东南传播，2009（9）.
[104] 李云雷.新世纪底层文学与中国故事[M].广州：中山大学出版社，2014.
[105] 林白.妇女闲聊录[M].北京：新星出版社，2008.
[106] 林舟.生命的摆渡——中国当代作家访谈录[M].深圳：海天出版社，1998.
[107] 刘博智.双橙记[M].北京：新世界出版社，2011.
[108] 流马.假如你没有机会加入黑手党[M].北京：中华书局，2015.

[109] 刘醒龙．天行者 [M]. 北京：人民文学出版社，2009.
[110] 刘悠扬．长篇占据主流 短篇小说路在何方 [N]. 深圳商报，2012-06-19.
[111] 刘震云．从《手机》到《一句顶一万句》[J]. 名作欣赏，2011（13）.
[112] 刘震云．故乡面和花朵 [M]. 北京：华艺出版社，1998.
[113] 刘震云．手机 [M]. 武汉：长江文艺出版社，2003.
[114] 刘震云．我叫刘跃进 [M]. 武汉：长江文艺出版社，2007.
[115] 刘震云．一句顶一万句 [M]. 武汉：长江文艺出版社，2009.
[116] 柳治．刘震云：创作可遇不可求 [N]. 南国早报，2008-01-03.
[117] 刘子超．韩东：每个人都是生存的英雄 [N]. 南都周刊，2008-03-21.
[118] 鲁迅．鲁迅全集 [M]. 北京：人民文学出版社，2005.
[119] 罗兰·巴特．文之悦 [M]. 上海：上海人民出版社，2009.
[120] 马季．读屏时代的写作——网络文学 10 年史 [M]. 北京：中国工人出版社，2008.
[121] 马克斯·韦伯．经济与社会 [M]. 北京：商务印书馆，2004.
[122] 马凌．玫瑰就是玫瑰 [J]. 读书，2003（2）.
[123] 马牛．妻子嫉妒女佣的美貌 [M]. 上海：上海人民出版社，2007.
[124] 马雁．马雁诗集 [M]. 北京：新星出版社，2012.
[125] 马骅．雪山短歌 [M]. 北京：作家出版社，2007.
[126] 茅盾．茅盾评论文集 [M]. 北京：人民文学出版社，1978.
[127] 梦亦非．碧城书 [M]. 北京：新世界出版社，2010.
[128] 马原．马原谈新作：我不关心社会批判和反思历史 [N]. 东方早报，2012-04-06.
[129] 马原．牛鬼蛇神 [M]. 上海：上海文艺出版社，2012.
[130] 尼尔·波兹曼．童年的消逝 [M]. 桂林：广西师范大学出版社，2004.
[131] 尼尔·波兹曼．娱乐至死 [M]. 桂林：广西师范大学出版社，2009.
[132] 宁媛，饶思中．消费社会及其文学 [N]. 文艺报，2004-02-17.
[133] 牛学智．批评的本土话语审视 [M]. 太原：北岳文艺出版社，2014.
[134] 佩里·诺德曼，梅维丝·雷默．儿童文学的乐趣 [M]. 上海：少年儿童出版社，2008.
[135] 裴仁伟．走近“习性”“资本”和“场”[J]. 贵州师范大学学报，2001（1）.

[136] 彭剑斌 . 我去钱德勒威尔参加舞会 [M]. 广州：广东人民出版社，2012.
[137] 彭致 . 路金波谈策划：品牌落实靠技术细节 [N]. 中国新闻出版报，2007-08-03.
[138] 蒲安迪 . 中国叙事学 [M]. 北京：北京大学出版社，1996.
[139] 蒲心文 . 浅论西方消费文化研究 [J]. 社会科学研究，1997（4）.
[140] 秦晓宇 . 七零诗话 [M]. 兰州：敦煌文艺出版社，2006.
[141] 邱雷 . 越过闪光的大海 [M]. 南京：江苏凤凰文艺出版社，2015.
[142] 让・鲍德里亚 . 消费社会 [M]. 南京：南京大学出版社，2008.
[143] 人与 . 智慧国 [M]. 北京：新世界出版社，2010.
[144] 萨义德 . 知识分子论 [M]. 北京：生活・读书・新知三联书店，2002.
[145] Shep. 燃 [M]. 南京：江苏凤凰文艺出版社，2015.
[146] 邵培仁 . 传播学 [M]. 北京：高等教育出版社，2000.
[147] 邵燕君 . 新世纪文学脉象 [M]. 合肥：安徽教育出版社，2011.
[148] 舍予 . 世界艺术百科全书选译 [M]. 上海：上海人民美术出版社，1987.
[149] 申霞艳 . 消费社会的文学生产 [J]. 文艺争鸣，2009（2）.
[150] 生铁 . 侦察员，你在爱的旷野 [M]. 上海：上海人民出版社，2011.
[151] 司屠 . 同行 [M]. 上海：上海人民出版社，2011.
[152] 苏晓芳 . 网络与新世纪文学 [M]. 北京：中国社会科学出版社，2011.
[153] 孙冉，罗雪辉 . 中国文学的“郭敬明年代”[J]. 中国新闻周刊，2005（36）.
[154] 谭克修 . 明天：第一卷 [M]. 长沙：湖南文艺出版社，2003.
[155] 谭毅 . 戏剧三种 [M]. 北京：新世界出版社，2011.
[156] 陶东风 . 把装神弄鬼进行到底？[J]. 小康，2008（6）.
[157] 田志凌 .“黑蓝”要推“独立文学”概念 [N]. 南方都市报，2007-07-04.
[158] 王敖 . 绝句与传奇诗 [M]. 北京：作家出版社，2007.
[159] 王敖 . 王道士的孤独之心俱乐部 [M]. 南京：南京大学出版社，2013.
[160] 王敖 . 朋克猫 [M]. 北京：中国文联出版公司，1998.
[161] 旺报 . 盛大文学转由全版权方式经营 [J]. 版权周刊，2010（2）.
[162] 王本朝 . 第一次文代会与中国当代文学的发生 [J]. 广东社会科学，2008（4）.

[163] 王本朝 . 中国当代文学制度研究 [M]. 北京 : 新星出版社，2007.
[164] 王春林 . 新世纪长篇小说地图 [M]. 太原 : 北岳文艺出版社，2014.
[165] 汪继芳 . 断裂 : 世纪末的文学事故 [M]. 南京 : 江苏文艺出版社，2000.
[166] 王坤 . 刘震云新世纪小说形式的影视化倾向——以《手机》《我叫刘跃进》为例 [J]. 新乡学院学报，2011（12）.
[167] 王磊 . 网络写作三大疑问——网络写手与传统作家大辩论 [N]. 中国青年报，2000-07-27.
[168] 王先霈 . 新世纪以来文学创作若干情况的调查报告 [M]. 沈阳 ：春风文艺出版社，2006.
[169] 王小波 . 万寿寺 [M]. 北京 : 中国青年出版社，2002.
[170] 王小波 . 沉默的大多数 [M]. 北京 : 中国青年出版社，2002.
[171] 王小波 . 浪漫骑士 [M]. 北京 : 中国青年出版社，1997.
[172] 王月 . 新世纪中国网络写作的产业化 [J]. 文艺研究，2012（5）.
[173] 唯阿 . 不可能有蝴蝶 [M]. 北京 : 东方出版社，2013.
[174] 唯阿 . 狗儿子 [J]. 西湖，2007（3）.
[175] 唯阿 . 民间道 [J]. 西湖，2007（3）.
[176] 唯阿 . 我在海岛写小说 [J]. 西湖，2007（3）.
[177] 唯阿 . 嘘，大海 [M]. 北京 : 线装书局，2014.
[178] 卫慧 . 蝴蝶的尖叫 [M]. 长沙 : 湖南文艺出版社，1999.
[179] 维特根斯坦 . 维特根斯坦全集：第一卷 [M]. 石家庄：河北教育出版社，2002.
[180] 温爽 . 网络文学盈利模式催生“舒马赫”[N]. 中国青年报，2010-01-07.
[181] 吴秀明 . 新世纪文学现象与文化生态环境研究 [M]. 杭州 ：浙江工商大学出版社，2010.
[182] 希利斯·米勒 . 全球化对文学研究的影响 [J]. 文学评论，1997（4）.
[183] 向祚铁 . 武皇的汗血宝马 [M]. 北京 : 新世界出版社，2010.
[184] 笑蜀 . 像韩寒那样珍惜你的痛感 [N]. 南方周末，2010-04-15.
[185] 徐淳刚 . 柳叶全集 [M]. 北京 : 新世界出版社，2011.
[186] 许立志 . 新的一天 [M]. 北京 : 作家出版社，2015.
[187] 徐颖 .“包装”作家——明星化 [J]. 包装大世界，2000（4）.

[188] 严慧 . 灵魂的对话——卡夫卡与残雪 [J]. 海南师范学院学报（社科版），2002（6）.

[189] 阎连科 . 风雅颂 [M]. 南京：江苏人民出版社，2008.

[190] 阎连科 . 受活 [M]. 沈阳：春风文艺出版社，2004.

[191] 阎连科 . 张学昕：我的现实，我的主义 [M]. 北京：中国人民大学出版社，2011.

[192] 杨典 . 鬼斧集 [M]. 北京：新世界出版社，2010.

[193] 杨匡汉，孟繁华 . 共和国文学 50 年 [M]. 北京：中国社会科学出版社，1999.

[194] 杨魁，董雅丽 . 消费文化——从现代到后现代 [M]. 北京：中国社会科学出版社，2003.

[195] 杨新宇 . 是谁蜷在树杈上做梦 [J]. 中国图书评论，2008（2）.

[196] 姚斯 . 走向接受美学，接受美学与接受理论 [M]. 沈阳：辽宁人民出版社，1987.

[197] 姚伟 . 尼禄王 [M]. 北京：新世界出版社，2010.

[198] 易文翔，残雪 . 灵魂世界的探寻者——残雪访谈录 [J]. 小说评论，2004（4）.

[199] 余地 . 谋杀 [M]. 北京：新世界出版社，2011.

[200] 余华 . 第七天 [M]. 北京：新星出版社，2013.

[201] 余华 . 兄弟：上 [M]. 上海：上海文艺出版社，2005.

[202] 余华 . 兄弟：下 [M]. 上海：上海文艺出版社，2006.

[203] 於可训 . 新世纪文学论集 [M]. 北京：中国社会科学出版社，2013.

[204] 宇文所安 . 迷楼——诗与欲望的迷宫 [M]. 北京：生活·读书·新知三联书店，2003.

[205] 余秀华 . 摇摇晃晃的人间 [M]. 长沙：湖南文艺出版社，2015.

[206] 余秀华 . 月光落在左手上 [M]. 桂林：广西师范大学出版社，2015.

[207] 于越 .《萌芽》50 岁 新概念赛受质疑 [N]. 北京娱乐信报，2006-05-15.

[208] 袁可嘉 . 半个世纪的脚印：袁可嘉诗文选 [M]. 北京：人民文学出版社，1994.

[209] 费斯克 . “粉丝”的文化经济学 [M]. 北京：北京大学出版社，2009.

[210] 翟文婷 . 郭敬明：最商业的作家 最文艺的商人 [J]. 创业邦，2012（4）.
[211] 张大春 . 小说稗类 [M]. 桂林：广西师范大学出版社，2004.
[212] 张泉 . 改革开放以来北京作协的体制改革 [J]. 北京社会科学，2008（5）.
[213] 张绍民 . 村庄疾病史 [M]. 北京：新世界出版社，2010.
[214] 张松 . 景盂遥详细自传：I [M]. 北京：新世界出版社，2011.
[215] 张未民 . 新世纪文学研究 [M]. 北京：人民文学出版社，2007.
[216] 张艳梅 . 新世纪中短篇小说观察 [M]. 太原：北岳文艺出版社，2014.
[217] 张意 . 文化与符号权力——布迪厄的文化社会学导论 [M]. 北京：中国社会科学出版社，2005.
[218] 张志忠 .1993：世纪末的喧哗 [M]. 济南：山东教育出版社，1998.
[219] 赵毅衡 . 当说者被说的时候——比较叙述学导论 [M]. 北京：中国人民大学出版社，1998.
[220] 赵瑜 . 纪实创作真谈录 [M]. 太原：北岳文艺出版社，2014.
[221] 郑伯农 . 世纪之交的文艺纲领——学习江泽民同志在文代会、作代会上的讲话 [J]. 求是，1997（3）.
[222] 郑惠 . 五十年国事纪要：文化卷 [M]. 长沙：湖南人民出版社，2000.
[223] 中国互联网络信息中心 . 第 29 次中国互联网络发展状况统计报告 2012 年 1 月 16 日发布 [N]. 人民日报，2012-01-17.
[224] 中国作家协会章程 [J]. 人民文学，1953（11）.
[225] 周根红 . 出版转型与新世纪文学生态 [J]. 中国出版，2011（11）.
[226] 周南焱 . 新概念作文大赛的花开花落 [N]. 北京日报，2012-03-08.
[227] 周志雄 . 新世纪网络文学的侧面 [M]. 济南：山东人民出版社，2014.
[228] 竹内好 . 近代的超克 [M]. 北京：生活 · 读书 · 新知三联书店，2006.
[229] 朱文 . 断裂：一份问卷和五十六份答卷 [J]. 北京文学，1998（10）.
[230] 朱小如 . 对话：新世纪文学如何呈现“中国经验” [M]. 太原：北岳文艺出版社，2014.
[231] FOUCAULT M. Nietzsche, Genealogy, History[M].Ithaca：Cornell University Press, 1977.

后 记

这仿佛是一篇为了告别的后记。本书的主体部分完成于2012年，后经多次校补修订，终于在今年问世。自2012之后，笔者的研究兴趣转向了儿童文学尤其是图画书领域。

新世纪的第二个十年转眼将成为过去，近十年来新世纪文学的形式与内容均已发生了不少变化——韩寒、郭敬明风光不再，文学论坛烟消云散，主流文学也出现种种分化，还产生了相当数量的成人文学作家转而写作儿童文学的新现象，独立文学场域的作家们的写作状况也多有变化，有的已从小说作者变为诗人，有的已从文字创作转为影像制作，还有的已经搁笔不再写作……尽管如此，本书所采用的研究方法、研究结论与对具体文本的细读分析仍然有效，仍然不失忠实地记录了新世纪第一个十年的复杂多样的文学风貌，并不失深入地对其成因进行了较为系统的理论阐释。

选择正处于不断发展变化中的新世纪文学作为研究对象，很可能是一件吃力不讨好的事，但我一字一字重读书稿，仍然感受到了我在撰写这些文字时所感受到的重任在肩的些许激动与自豪——如果我不把这些记录下来，还会有谁来记录呢？

在我最初的计划里，后记中写上这么一句足矣：

> 2011 年 1 月 21 日，微信诞生。

但这无法表达我对在撰写此书过程中予我以帮助的师生的感激之情，他们是：高玉、李蓉、马俊江、周明刚、刘晓倩、纪明阳、黄芯蕊、王帅乃、赵伟、卢姗、严利颖、卢科利、夏宇、张婷婷、宓湛森、王梦青、唐靓、林温琬。

此外，本书所用图片均来自互联网络或图书实物。特致感谢。

常　立

2019 年 10 月于丽泽花园